U0063434

神鵰俠侶
金庸

大元聖政國朝典章綱目

大德七年　中書省劄付江西奉使宣撫呈乞照中統以
至今日所定格例編集成書頒行天下照得先據御史臺呈比及
國家定立律令以來合從　中書省爲頭一切隨
朝衙門各各編類中統建元至今
聖旨條畫及朝廷已行格例置簿編寫檢舉仍令監察御史及各道
提刑按察司體究成否庶官吏有所持循政令不至廢弛已經
遍行合屬依上施行去訖今據見呈仰照驗施行

詔令
世祖皇帝
成宗皇帝

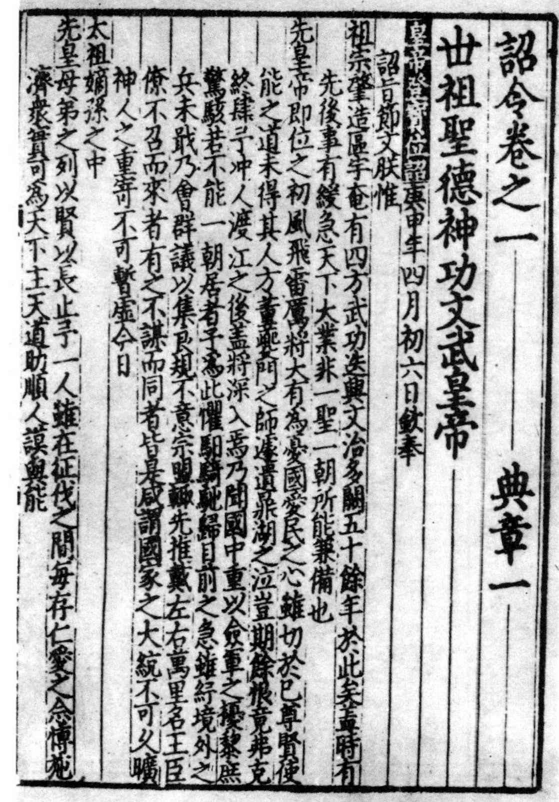

詔令卷之一　典章一

世祖聖德神功文武皇帝

皇帝登寶位詔　庚申年四月初六日欽奉
詔旨節文朕惟
祖宗肇造區宇奄有四方武功迭興文治多闕五十餘年於此矣蓋時有
先後事有緩急天下大業非一聖一朝所能兼備也
先皇帝即位之初風飛雷厲將大有爲憂國愛民之心雖切於已尊賢使
能之道未得其人方董夔門之師遽遺鼎湖之泣豈期餘恨竟弗克
終肆予冲人渡江之後蓋將深入焉乃聞國中重以僉軍之擾黎庶
驚駭若不能一朝居者乎爲此懼馳驛歸日前之急雖紓境外之
兵未戢乃會群議以集良規不意宗盟輒先推戴左右萬里名王巨
僚不召而來者有之不謀而同者皆是咸謂國家之大統不可久曠
神人之重寄不可暫虛今日
太祖嫡孫之中
先皇母弟之列以賢以長止予一人雖在征伐之間每存仁愛之念博施
濟衆實可爲天下主天道助順人謨與能

忽必烈「皇帝登寶位詔」——庚申年即一二六〇年。憲宗蒙哥於一二五九年七月攻宋而死，因此忽必烈的登位詔中說：「先皇帝即位之初，風飛雷厲，將有大爲。憂國愛民之心雖切於己，尊賢使能之道未得其人。方董夔門之師，遽遺鼎湖之泣。豈期餘恨，竟弗克終。肆予冲人，渡江之後，蓋將深入焉……」相傳黃帝於鼎湖乘龍上天，「鼎湖」指皇帝逝世。

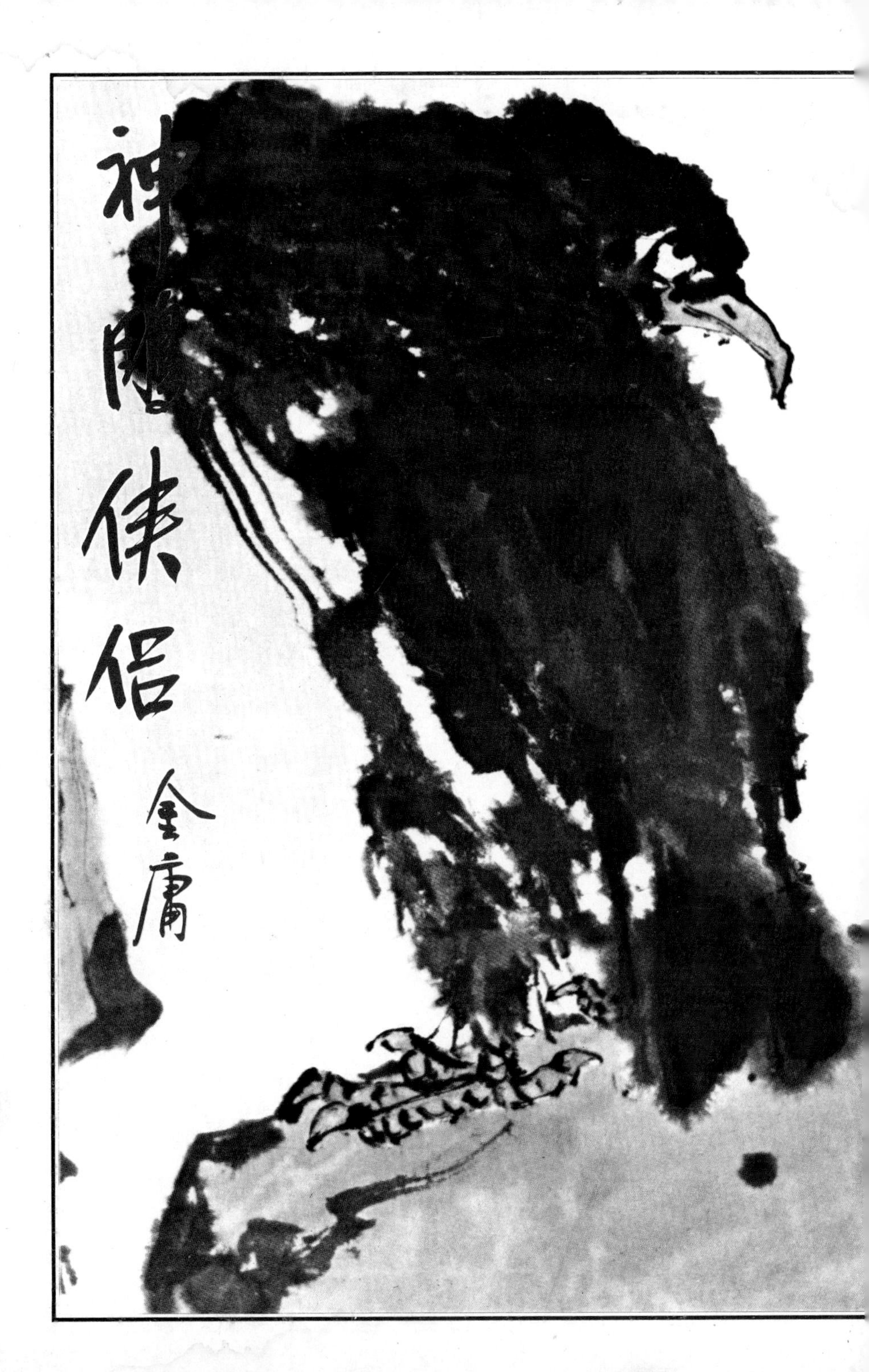
神鵰俠侶
金庸

華山棋亭——相傳宋太祖與陳摶在此下棋，宋太祖輸了，從此免去華

宋度宗像
理宗的姪兒，他做了十年皇帝，再過五年南宋就滅亡了。度宗九年，蒙古軍攻陷樊城，襄陽城守將呂文煥（呂文德之弟）投降。

理宗做了四十年皇帝，他接位時成吉思汗尚在世，逝世時忽必烈已做了五年蒙古大汗。楊過自幼年至壯年都是在理宗做皇帝的時期。

亞明「華山」 亞明，當代國畫家。

上圖　襄陽府疆域圖　錄自「古今圖書集成」。下圖／襄陽鹿門山圖

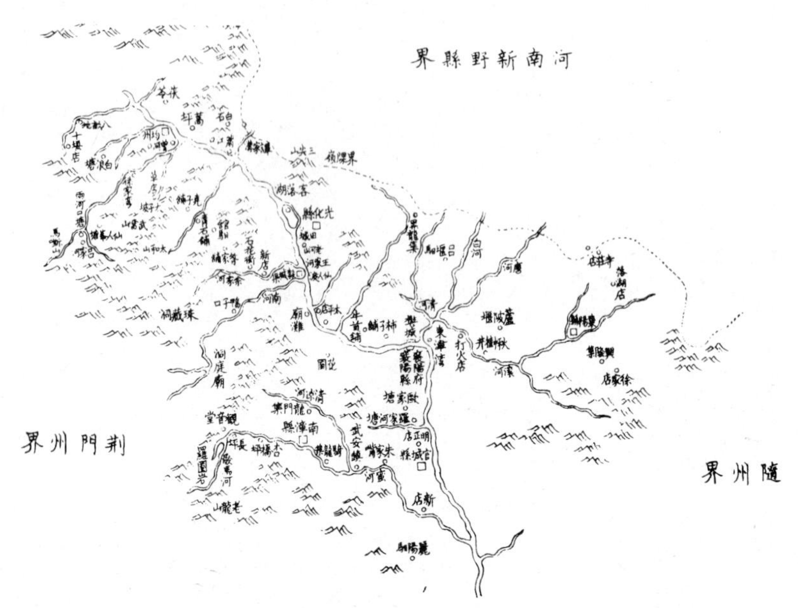

鹿門山在襄陽城外羣山盤拱襄江環抱真隱士之居也龐德公棲隱於此孟浩然夜歸鹿門歌云山寺鳴鐘晝已昏漁梁渡頭爭渡喧人隨沙岸向江村予亦乘舟歸鹿門鹿門月照烟中樹忽到龐公棲隱處岩扉松徑長寂寥惟有幽人自來去

上圖　襄陽峴山圖
下圖　襄陽名勝古蹟說明
以上三、四、五等三幅均錄自明刊「三才圖會」。

峴山在襄陽府城南七里晉羊祜每登此山置酒嘗謂從事鄒湛曰自有宇宙便有此山由來賢哲登此者多矣皆湮滅無聞湛曰公德冠四海聞望當與此山俱傳祜歿襄人感其德立祠刻碑其上見者莫不流涕杜預因名墮淚碑

隆中山在府城西北二十五里下有隆中書院漢諸葛亮嘗隱于此

習家池在府城南八里後漢習郁嘗穿此池依范蠡養魚法中築釣臺臨歿謂其子曰必葬我近魚池後山簡鎮襄陽每出游多之池上置酒輒醉名曰高陽池

樊城在府城北漢江上與襄陽對峙即周仲山甫所封樊國關羽圍曹仁于樊即此西魏爲安養縣唐改爲臨漢縣

夫人城在府治西北晉朱序鎮襄陽苻堅遣將圍城序母韓氏謂城西北角必先受敵領百餘婢幷城中女丁於其角築城二十餘丈賊攻西北角果潰衆守新築城賊遂引退襄陽人因名夫人城

大堤城在府城外唐李白大隄曲漢水橫襄陽花開大隄暖劉禹錫詩酒旗相望大隄頭隄下連檣隄上樓日暮行人爭渡急槳聲咿啞滿中流

傅抱石「待細把江山圖畫」——傅抱石，近代國畫家。題記中有云「漫遊太華、歸來寫此」云云，畫的是華山。「待細把江山圖畫」是辛稼軒詞。

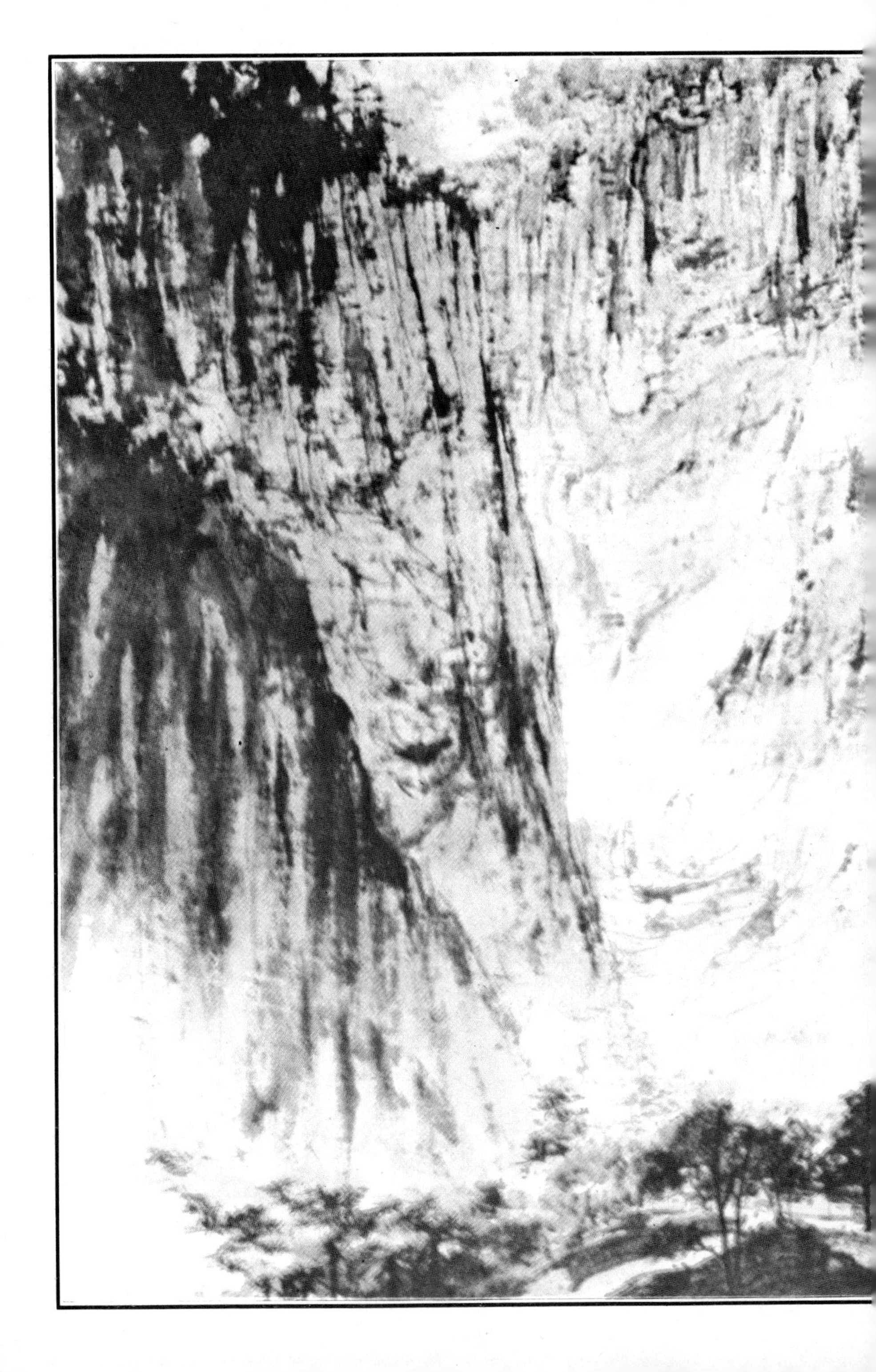

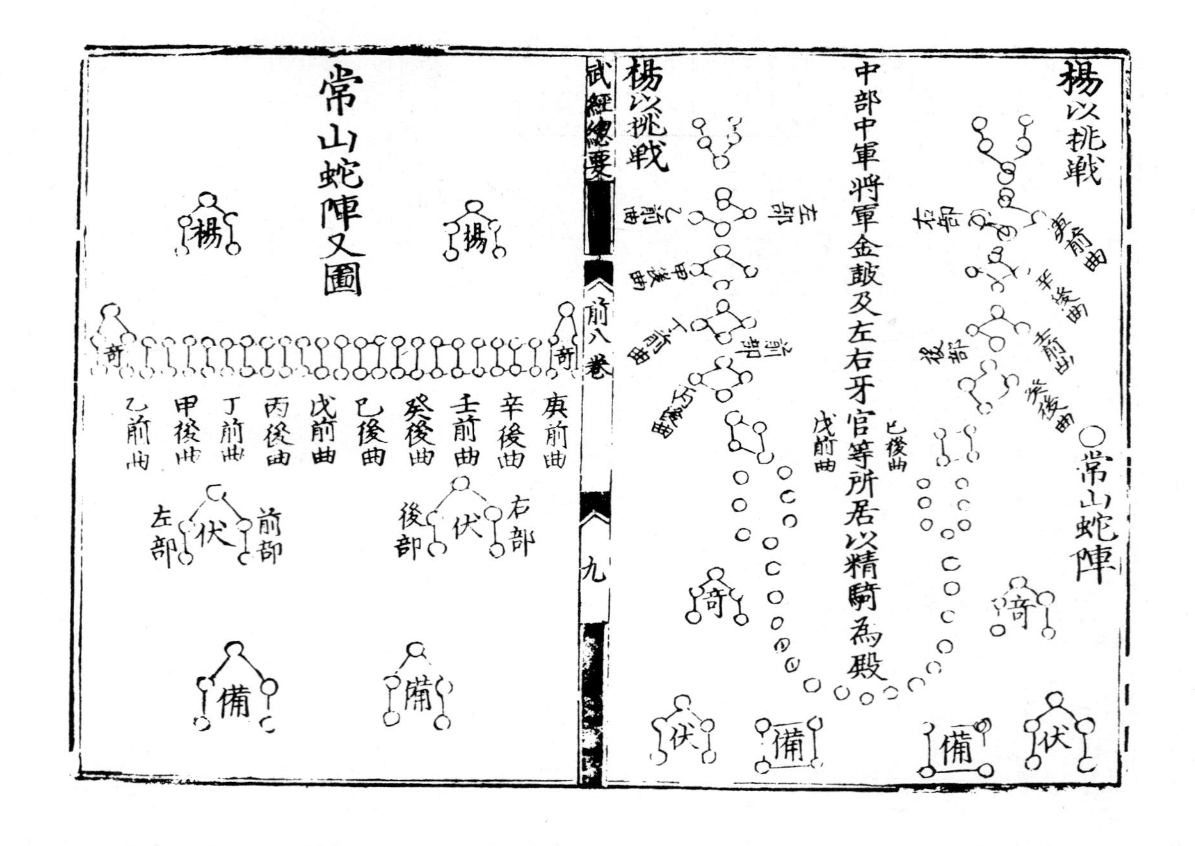

宋軍陣法「常山蛇陣」——步兵左、右、前、後、中五部共四千人，騎兵楊、奇、備、伏八隊，共二千人。圖中每一團爲五十人。百人曰隊，二隊曰官，二官曰曲，二曲曰部。左圖即俗稱「一字長蛇陣」。

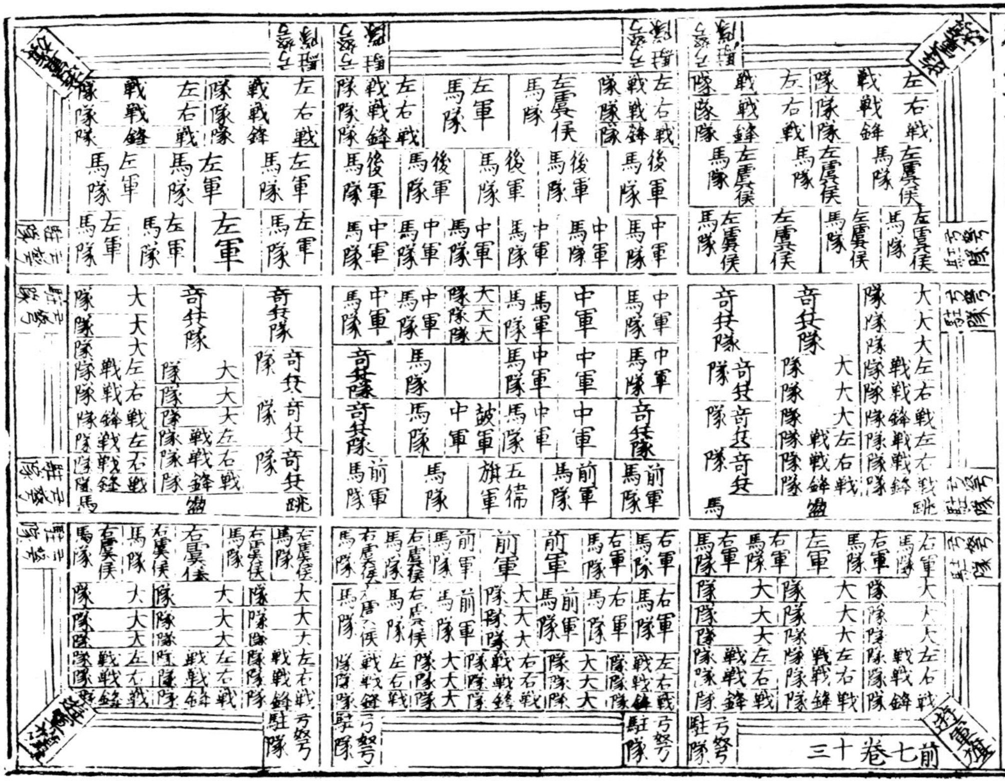

衝方陣圖

於卦震　於音角　為青龍

左戰隊　右戰隊　戰鋒隊　左戰隊　右戰隊　戰鋒隊
左虞候　馬隊　左虞候　馬隊　左虞候　馬隊
左虞候　馬隊　左虞候　左虞候　馬隊　左虞候　馬隊
左戰隊　右戰隊　戰鋒隊　左戰隊　右戰隊　戰鋒隊
左虞候　馬隊
後軍　馬隊　後軍　馬隊　後軍　馬隊　後軍　馬隊　後軍　馬隊
中軍　馬隊　中軍　馬隊　中軍　馬隊　中軍　馬隊　中軍　馬隊　中軍　馬隊　中軍　馬隊
左軍　馬隊　左軍　左戰隊　右戰隊　戰鋒隊　左戰隊　右戰隊　戰鋒隊
左軍　馬隊　左軍　馬隊　左軍　馬隊　左軍　馬隊　左軍

大隊　大隊　大隊　左戰隊　右戰隊　戰鋒隊　左戰隊　右戰隊　戰鋒隊　跳盪
奇兵隊　奇兵隊　大隊　大隊　大隊　左戰隊　右戰隊　戰鋒隊
奇兵隊　奇兵隊　奇兵隊　馬
中軍　馬隊　中軍　中軍　馬隊　大隊　大隊　大隊　中軍　馬隊　中軍　馬隊
中軍　馬隊　中軍　中軍　馬隊　馬隊　奇兵隊
奇兵隊　中軍　中軍　馬隊　中軍　鼓軍　馬隊　奇兵隊
前軍　馬隊　前軍　馬隊　五備　旗軍　馬隊　前軍　馬隊
奇兵隊　奇兵隊　奇兵隊　奇兵隊　大隊　大隊　大隊　左戰隊　右戰隊　戰鋒隊　跳盪
奇兵隊　大隊　大隊　大隊　左戰隊　右戰隊　戰鋒隊　馬

右軍　馬隊　右軍　馬隊　左軍　右軍　馬隊　右軍　馬隊
大隊　大隊　大隊　左戰隊　右戰隊　戰鋒隊（三列）
右軍　馬隊　右軍　馬隊　前軍　前軍　馬隊　右虞候　馬隊　右虞候　馬隊
右軍　馬隊　右軍　馬隊　前軍　馬隊　大隊　大隊　大隊　前軍　馬隊　右虞候　馬隊　右虞候　馬隊
左戰隊　右戰隊　戰鋒隊　大隊　大隊　大隊　右戰隊　戰鋒隊　左戰隊　右戰隊　戰鋒隊
右虞候　馬隊　右虞候　馬隊　右虞候　右虞候　馬隊　右虞候　馬隊
大隊　大隊　大隊　左戰隊　右戰隊　戰鋒隊（三列）

弓弩駐隊　弓弩駐隊　弓弩駐隊　弓弩駐隊　弓弩駐隊　弓弩駐隊　弓弩駐隊　弓弩駐隊　弓弩駐隊

宋軍陣法「衝方陣」——宋軍八陣之一，此陣屬震卦，舉青旗。即木陣、青龍陣，孫子稱衝方陣，吳起稱直陣，諸葛亮稱折衝陣。

朱玉「太平風會圖」（部份）——兩人打架，旁人勸阻，打架者聲勢洶洶，顯非武林高手。

朱玉「太平風會圖」（部份）—朱玉，元朝畫家，江蘇崑山人。畫中人均作宋人裝束，描繪宋朝走江湖者在街頭賣藝的情景。據說宋太祖趙匡胤善使桿棒，「太祖棍法」在宋朝武林中甚爲流行。本圖現藏美國支加哥美術館。

宋軍守城用之「望樓」——樓高八丈。平時捲旗，敵來則張旗，旗桿平則敵近，垂桿則敵軍攻到。錄自「武經總要」。

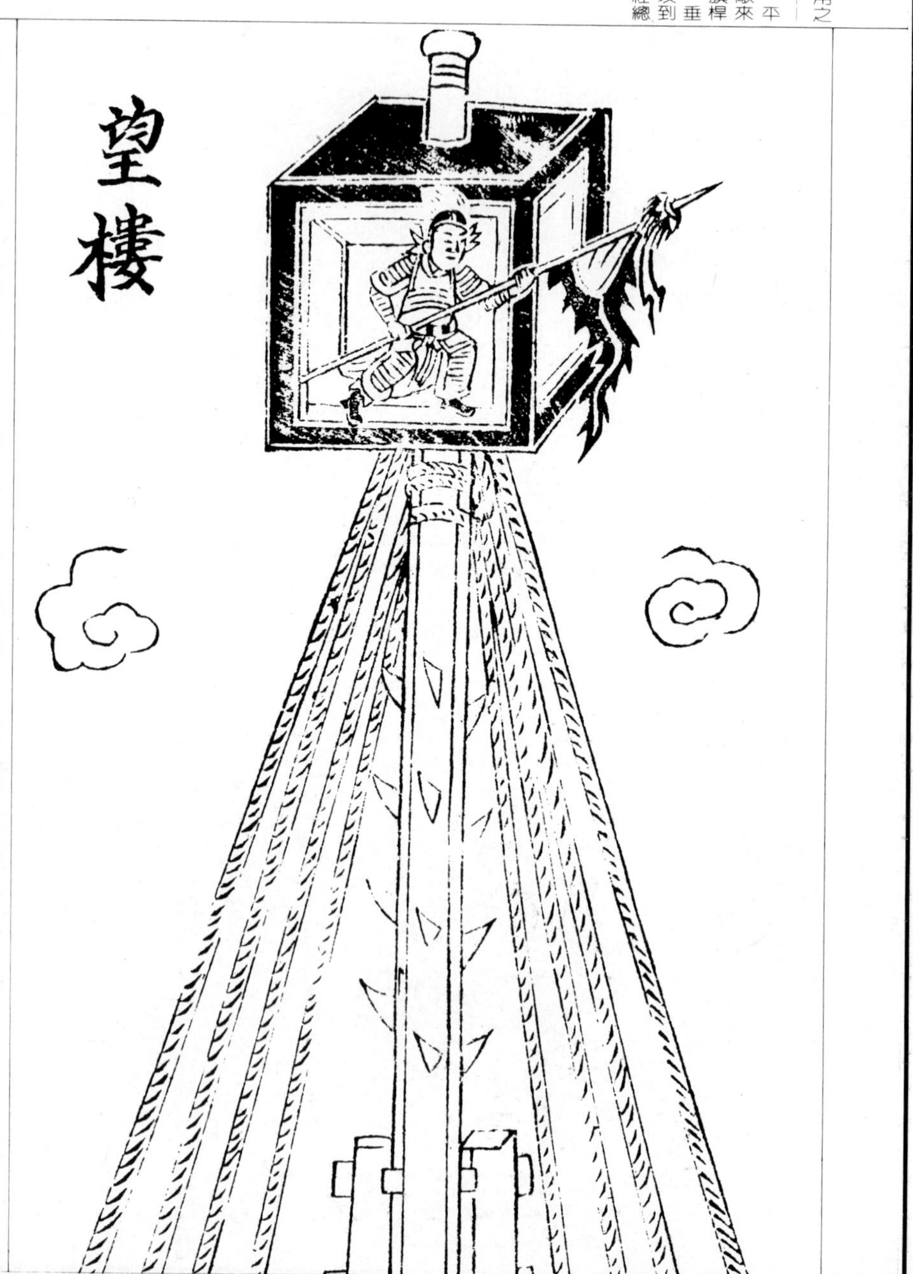

中國古代陣法的軍旗：上、亢金龍，「亢」宿爲二十八宿中東方七宿之一。下、丁巳神將，巳爲蛇，所以神將爲蛇頭。

大元聖政國朝典章綱目

大德七年　中書省劄付文准江西奉使宣撫呈乞照中統以
至今日所定格例編集成書頒行天下照得先據御史臺比及
國家定立律令以來合從　中書省爲頭一切
朝廷衙門各各編類中統建元至今
聖旨條畫及朝廷已行格例置簿編寫檢舉仍令監察御史及各道
提刑按察司體究成否廢官吏有所持循政令不至廢弛已經
通行合屬依上施行去訖今據見呈備牒施行

詔令
世祖皇帝
成宗皇帝

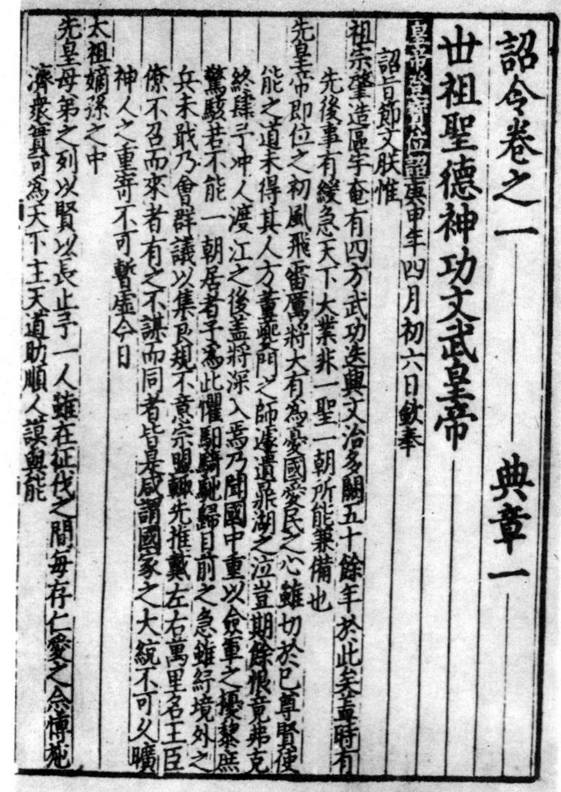

詔令卷之一　典章一

世祖聖德神功文武皇帝

皇帝登寶位詔　庚申年四月初六日欽奉

詔旨節文朕惟
祖宗肇造區宇奄有四方武功迭興文治多闕五十餘年於此矣蓋時有
先後事有緩急天下大業非一聖一朝所能兼備也
先皇帝即位之初風飛雷厲將大有爲憂國愛民之心雖切於己尊賢使
能之道未得其人方董夔門之師遽遺鼎湖之泣豈期餘恨竟弗克
終肆予冲人渡江之後蓋將深入焉乃聞國中重以僉軍之擾黎庶
驚駭若不能一朝居者予爲此懼馹騎馳歸目前之急雖紓境外之
兵未戢乃會群議以集良規不意宗盟輙先推戴左右萬里名王臣
僚不召而來者有之不謀而同者皆是咸謂國家之大統不可久曠
神人之重寄不可暫虛今日
太祖嫡孫之中
先皇母弟之列以賢以長止予一人雖在征伐之間每存仁愛之念博施
濟衆實可爲天下主天道助順人謨與能

忽必烈「皇帝登寶位詔」——庚申年即一二六〇年。憲宗蒙哥於一二五九年七月攻宋而死，因此忽必烈的登位詔中說：「先皇帝即位之初，風飛雷厲，將有大爲。憂國愛民之心雖切於己，尊賢使能之道未得其人。方董夔門之師，遽遺鼎湖之泣。豈期餘恨，竟弗克終。肆予冲人，渡江之後，蓋將深入焉……」相傳黃帝於鼎湖乘龍上天，「鼎湖」指皇帝逝世。

神鵰俠侶

金庸著

金庸作品集⑫

神鵰俠侶㈣

The Giant Eagle and Its Companion, Vol. 4

作　　者／金　　庸

平裝版封面設計／黃金鐘　典藏版封面設計／霍榮齡
內頁插畫／姜雲行　內頁圖片構成／霍榮齡・潘清芬・陳銘

發 行 人／王　榮　文
出　　版／遠流出版事業股份有限公司
臺北市汀州路3段184號七樓之5
郵撥／0189456-1　電話／365-3707(代表號)
發　　行／信報股份有限公司

印　　刷／優文印刷有限公司
□1983(民72)年5月31日　初版一刷
□1995(民84)年5月16日　初版三刷
平裝版　每冊200元(本作品全四冊，共800元)
〔典藏版「金庸作品集」全套36冊〕

行政院新聞局局版臺業字第1295號

Printed in Taiwan
ISBN　957-32-0415-0（套：平裝）
ISBN　957-32-0419-3（第四冊：平裝）

目錄

波的一聲，裘千尺第三枚棗核釘又從口裏噴出，射向黃蓉咽喉。黃蓉爲了遵守「不避不格」的諾言，只得行險，雙膝微曲，待棗核釘對準嘴唇飛到，一口眞氣噴了出去。

第三十一回　半枚靈丹

絕情谷佔地甚廣，羣山圍繞之中，方圓三萬餘畝。道路曲折，丘屏壑阻，但楊過與小龍女展開輕身功夫，按圖而行，片刻即到，只見前面七八丈處數株大榆樹交相覆蔭，樹底下是一座燒磚瓦的大窰，圖中指明天竺僧和朱子柳便囚於此處。

楊過向小龍女道：「你在這裏等着，我進去瞧瞧，裏面煤炭灰土，定然髒得緊。」弓身走進窰門，一步踏入，迎面一股熱氣撲到，接着聽得有人喝道：「甚麼人？」楊過道：「谷主有令，來提囚徒。」

那人從磚壁後鑽了出來，奇道：「甚麼？」見是楊過，更是驚疑，道：「你……你……」楊過見是個綠衣弟子，便道：「谷主命我帶那和尚和那姓朱的書生出去。」那弟子知道谷主性命是他所救，曾當衆說過要他做女壻，綠萼又和他交好，此人日後十九會當谷主，倒也不敢得罪，說道：「但……谷主的令牌呢？」楊過不理，道：「你領我進去瞧瞧。」那人答應了，轉身而入。

越過磚壁，熾熱更盛，兩名粗工正在搬堆柴炭，此時雖當嚴寒，這兩人卻上身赤膊，下身只穿一條牛頭短褲，兀自全身大汗淋漓。那綠衣弟子推開一塊大石，露出一個小孔。楊過探首張去，只見裏面是間丈許見方的石室，朱子柳面壁而坐，伸出食指，正在石壁上揮劃，顯是在作書遣懷，只見他手臂起落瀟洒有致，似乎寫來極是得意。那天竺僧卻臥在地下，不知死活如何。楊過叫道：「朱大叔，你好？」

朱子柳回過頭，笑道：「有朋自遠方來，不亦樂乎？」楊過暗自佩服，心想他被困多日，仍然安之若素，臨難則恬然自得，遇救則淡然以嘻，這等胸襟，自己遠遠不及，問道：「神僧他老人家睡着了嗎？」這句話出口，心中突突亂跳，只因小龍女的生死全都寄託在這天竺僧身上。朱子柳不答，過了一會，才輕輕嘆道：「師叔他老人家抗寒熱的本領，本來遠非我所能及，可是他……」

楊過聽他語意，似乎天竺僧遇上了不測，心下暗驚，不及等他說完，便轉頭向那綠衣弟子道：「快開室門，放他們出來。」那弟子奇道：「鑰匙呢？這鑰匙谷主親自掌管。若叫你放人，定會將鑰匙交你。」

楊過心急，喝道：「讓開了！」舉起玄鐵重劍，一劍斬出，喀的一聲響，石壁上登時穿了一個大洞。那弟子「啊」的一聲叫，嚇得呆了。楊過直刺三劍，橫劈兩劍，竟將那五寸圓徑的窗孔開成了可容一人出入的大洞。

朱子柳叫道：「楊兄弟，恭賀你武功大進！」彎腰抱起天竺僧，從破孔中送了出來。楊過伸手接過。觸到天竺僧手臂溫暖，心中一寬，但隨即見他雙目緊閉，心道：「啊喲，這火浣室中死人也薰得熱了。」忙伸手探他鼻息，覺得微有呼吸出入。朱子柳跟着從洞中躍出，說道：「師叔昏迷過去，想來並無大碍。」楊過臉上一紅，暗叫：「慚愧！」自知眞正關心的其實並非天竺僧死活，而是自己妻子能否獲救，問道：「大師給熱暈了麼？快到外面透透氣去。」抱着他走出。

小龍女見三人出來，大喜迎上。楊過道：「找些冷水給大師臉上潑一潑。」朱子柳道：「不，我師叔是中了情花之毒。」楊過一驚，問道：「中得重不重？」朱子柳道：「我想不碍事，是師叔自己取了花刺來刺的。」楊過和小龍女大奇，齊問：「幹麼？」朱子柳嘆道：「我師叔言道：這情花在天竺早已絕種，不知如何傳入中土。要是流傳出去，爲禍大是不小，當年天竺國便有無數人畜死於這花毒之下。我師叔生平精研療毒之術，但這情花的毒性實在太怪，他入此谷之時，早知靈丹未必能得，就算得到，也只救得一人，他發願要尋一條解毒之方，用以博施濟衆。他以身試毒，要確知毒性如何，以便配藥。」

楊過又是驚詫，又是佩服，說道：「佛言我不入地獄，誰入地獄？大師爲救世人，不惜干冒大難，實令人欽仰無已。」朱子柳道：「古人傳說，神農嘗百草，覓藥救人，因時時食錯毒藥，臉爲之靑。我這位師叔也可說有此胸懷了。」

楊過點頭道：「正是。不知他老人家何時能夠醒轉？」朱子柳道：「他取花刺自刺，說道若是所料不錯，三日三夜便可醒轉，屈指算來已將近兩日了。」楊過和小龍女對望一眼，均想：「他昏迷三日三夜，中毒重極。好在這情花毒性隨人而異，心中若動男女之情，毒性便發作得厲害。這位大和尙四大皆空，這一節卻勝於常人了。」

小龍女道：「你們在這窰中，是那裏找來的情花？」朱子柳道：「我二人被禁入火浣室中後，有位年輕的姑娘常來探望……」小龍女道：「可是長挑身材、臉色白嫩、嘴角旁有顆小痣的麼？」朱子柳道：「正是。」小龍女向楊過一笑，對朱子柳道：「那是谷主之女綠蕚姑娘。她聽說兩位是爲楊過求藥而來，自是另眼相看。除了不敢開室釋放之外，你們要甚麼便給甚麼了。」朱子柳道：「正是。師叔要她攀折情花花枝，我請她遞訊出外求救，她一一應允。這火浣室規定每日有一個時辰焚燒烈火，也因她從中折衝，火勢不旺，我們才抵擋得住。我常問她是誰，她總不肯說，想不到竟是谷主之女。」小龍女道：「我們所以能尋到這裏，也是這位姑娘指點的。」

楊過道：「尊師一燈大師也到了。」朱子柳大喜，道：「啊，咱們出去罷。」楊過眉頭微皺，說道：「就是慈恩和尙也來了，這中間只怕有點麻煩。」朱子柳奇道：「慈恩師兄來了，那豈不是好？他兄妹相見，裘谷主總不能不念這份情誼。」他雖比慈恩先進師門，但慈恩的武功與江湖上的身分本來均可與一燈大師比肩，點蒼漁隱和朱子柳等敬重於他，都尊之爲師兄。朱子柳請綠蕚傳訊出去求救，原是盼慈恩前來，兩家得以和好，那知楊過說反增麻煩，甚是不解。

楊過畧述慈恩心智失常，以及裘千尺言語相激的情形。朱子柳道：「郭夫人駕臨谷中，那是最好不過，她權謀機智，天下無雙，況且有我師主持大局，楊兄弟你武功又精進若斯，還必無他變。我倒是擔心師叔的身子。」楊過也覺天竺僧的安危倒是第一等大事，說道：「還是找個所在，靜候大師回復知覺。我夫婦和朱大叔一起守護便了。」朱子柳沉吟道：「卻在那裏好呢？」尋思半晌，總覺這絕情谷中處處詭秘，難覓穩妥的靜養所在，心念一動，說道：「便在此處。」

楊過一怔，卽明其意，笑道：「朱大叔所言大妙，此處看似凶險，其實倒是谷中最安穩的所在，只要制住在此看守的那幾個綠衣弟子，使他們不能洩漏機密卽可。」朱子柳伸手虛點一指，笑道：「這事容易。」抱起天竺僧，說道：「我們在這窖中安如磐石，還是請楊兄弟賢夫婦去助我師一臂之力。」

楊過想起一燈重傷未愈，慈恩善惡難測，自己若是只守着天竺僧一人，未免過於自私，於心難安，眼見朱子柳抱起天竺僧鑽入窖中，便和小龍女重覓舊路回出。

兩人經過一大叢情花之旁，其時正當酷寒，情花固然不華，葉子也已盡落，只餘下光禿禿的枝幹，甚是難看，樹枝上兀自生滿尖刺。

楊過突然間想起李莫愁來，說道：「情之爲物，有時固然極美，有時卻也極醜，便如你師姊一般。春花早謝，尖刺卻仍能制人死命。」小龍女道：「但盼神僧能配就治療花毒的妙藥，不但醫好了你，我師姊也可得救。」

楊過心中，卻是盼望天竺僧先治小龍女內臟所中劇毒，想天竺僧昏迷後必能醒轉，但若竟然不醒，終於死去，那便如何？眼望妻子，心中柔情無限，突然之間，胸口一陣劇痛。他知乃因適才爲救程陸姊妹、花毒加深之故，生怕小龍女憐惜自己而難過，於是轉頭瞧着那些光禿禿的花枝，想起情意綿綿之樂，生死茫茫之苦，不由得痴了。

這時絕情谷大廳之中又是另一番光景。裘千尺出言激兄，語氣越來越是嚴厲。一燈大師一言不發，任憑慈恩自決。慈恩望望妹子，望望師父，又望望黃蓉，一個是同胞手足，一個是傳法恩師，另一個卻是殺兄之仇，心中恩仇起伏，善惡交爭，那裏決得定主意？自幼至老數十年來的大事，在腦海中此來彼去，忽而淚光瑩瑩，忽而嘴角帶笑，心中這一番火拚，比之他生平任何一場惡戰都更爲激烈。

陸無雙見楊過出廳後良久不回，反正慈恩心意如何，與她毫不相干，輕輕扯了程英的衣袂，悄步出廳。程英隨後跟出。陸無雙道：「傻蛋到那兒去了？」程英不答，只道：「他身中花毒，不知傷勢怎樣？」陸無雙道：「嗯！」心中也甚牽掛，突然道：「眞想不到，他終於和他師父……」程英黯然道：「這位龍姑娘眞美，人又好，也只這樣的人才，方配得上楊大哥。」陸無雙道：「你怎知道這龍姑娘人好？你話都沒跟她說過幾句。」

忽聽得背後一個女子聲音冷冷的道：「她脚又不跛，自然很好。」陸無雙伸手拔出柳葉刀，轉過身來，見說話的正是郭芙。

郭芙見她拔刀，忙從身後耶律齊的腰間拔出長劍，怒目相向，喝道：「要動手麼？」陸無雙笑嘻嘻的道：「幹麼不用自己的劍？」她幼年跛足，引爲大恨，旁人也從不在她面前提起，這次和郭芙鬥口，卻給她數次引「跛足」爲諷，心中怒到了極處，於是也以對方斷劍之事反唇相稽。郭芙怒道：「我便用別人的劍，領教領教你武功。」說着長劍虛劈，嗡嗡之聲不絕。陸無雙道：「沒上沒下的，原來郭家的孩子對長輩如此無禮。好，今日教訓教訓你，也好讓你知道好歹。」郭芙道：「呸，你是甚麼長輩了？」陸無雙笑道：「我表姊是你師叔，你若不叫我姑姑，便得叫阿姨。你問問我表姊去！」說着向程英一指。

郭芙以母親之命，叫過程英一聲「師叔」，心中實是老大不服氣，暗怪外公隨隨便便的收了這樣一個幼徒，又想程英年紀和自己相若，未必有甚麼本領，這時給陸無雙一頂，說道：「誰知道是眞的還是假的？我外公名滿天下，也不知有多少無恥之徒，想冒充他老人家的徒子徒孫呢。」

程英雖然生性溫柔，聽了這話也不自禁有些生氣，但此時全心全意念着楊過的安危，無意爭這些閒氣，說道：「表妹，咱們找……找楊大哥去。」陸無雙點點頭，向郭芙道：「你聽明白了沒有？她不是叫我表妹麼？郭大俠和黃幫主名滿天下，也不知有多少無恥之徒，想冒充兩位的兒子女兒呢！」說着嘿嘿冷笑，轉身便走。

郭芙一呆，心想：「有誰要冒充我爹爹媽媽的兒女？」但隨卽會意過來：「啊喲！她是罵我野種來着，罵我不是爹媽親生的兒女？」一聽懂她語中含意，那裏還忍耐得住？縱身而上，挺劍往她後心刺去。

陸無雙聽得劍刃破風之聲，回刀擋格，噹的一響，手臂微感酸麻。郭芙喝道：「你罵我是野種麼？」長劍連連進招。陸無雙左擋右架，冷笑道：「郭大俠是忠厚長者，黃幫主是桃花島主的親女，他二位品德何等高超……」郭芙道：「那還須說得？也不用你稱讚我爹娘來討好我。」她只道陸無雙眞心頌揚她父母，劍招去勢便緩了，那知陸無雙接着道：「你自己呢？你斬斷楊大哥手臂，不分靑紅皀白的便寃枉好人，這樣的行逕跟郭大俠夫婦有何相似之處？令人不能不起疑心。」郭芙道：「疑心甚麼？」陸無雙陰陰的道：「你自己想想去。」

耶律齊站在一旁，知道郭芙性子直爽，遠不及陸無雙機靈，口舌之爭定然不敵，耳聽得數語之間，郭芙便已招架不住，說道：「郭姑娘，別跟她多說了。」他瞧出郭芙武功在陸無雙之上，不說話只動手，定可取勝。豈料郭芙盛怒之際，沒明白他的用意，說道：「你別多事！我偏要問她個明白。」

陸無雙向耶律齊瞪了一眼，道：「狗咬呂洞賓，將來有得苦頭給你吃的。」耶律齊臉上一紅，心知陸無雙已瞧出自己對郭芙生了情意，這句話是說，這姑娘如此蠻不講理，只怕你後患無窮。

郭芙瞥見耶律齊突然臉紅，疑心大起，追問：「你也疑心我不是爹爹、媽媽的親生女兒？」耶律齊道：「不是，不是，咱們走罷，別理會她了。」陸無雙搶着道：「他自然疑心啊，否則何以要你快走？」郭芙滿臉通紅，按劍不語。耶律齊只得明言，說道：「這位陸姑娘說話尖酸刻薄，你要跟她比武便比，不用多說。」陸無雙搶着道：「他說你笨嘴笨舌，多說話只有多出醜。」

這時郭芙對耶律齊已有情意，便存了患得患失之心，旁人縱然說一句全沒來由的言語，只要牽涉到她意中人，不免要反覆思量，細細咀嚼，聽陸無雙這麼說，只怕耶律齊當眞看低了自己。她自幼得父母寵愛，兩個小伴武氏兄弟又對她千依百順，除了楊過偶然頂撞於她之外，從未跟人如此口角過，今日斗然間遇上了一個十分厲害的對手，登時處處落於下風，她也已知道說下去只有多受對方陰損，罵道：「不把你另一隻脚也斬跛了，我不姓郭。」說着運劍如風，向陸無雙刺去。陸無雙道：「你不用斬我的脚，便已不姓郭了，誰知道你姓張姓李？」轉彎抹角，仍是罵她「野種」。說話之間，兩人刀劍相交，鬥得甚是激烈。

郭靖夫婦傳授女兒的都是最上乘的工夫。這些武功自紮根基做起，一時難於速成。郭芙的天資悟性，多似父親而少似母親，因此根基雖好，學的又是正宗武功，但這時火候未到，許多厲害的殺手還用不出來，饒是如此，陸無雙終究不是她對手，加之左足跛了，縱躍趨退之際不大靈便。郭芙怒火頭上，招數儘是着眼攻她下盤，劍光閃閃，存心要在她右腿上再刺一劍。

程英在旁瞧着，秀眉微蹙，暗想：「表妹罵人雖然刻薄，但這位郭姑娘也太橫蠻了些，無怪他的右臂會給她斬斷。再鬥下去，表妹的右腿難保。」只見陸無雙不住倒退，郭芙招招進逼，忽聽得嗤的一聲，陸無雙裙子上劃破了一道口子，跟着輕叫一聲：「啊喲！」跟蹌倒退，臉色蒼白。郭芙搶上兩步，橫腿掃去。程英見她得勝後繼續進逼，陸無雙已處險境，當卽輕輕縱上，雙手一攔，說道：「郭姑娘手下容情。」郭芙提起劍來，見刃上有條血痕，知陸無雙腿上已然受傷，得意洋洋的指着她道：「今日姑娘教訓教訓你，好教你以後不敢再胡說八道。」

陸無雙腿上創傷疼痛，怒道：「但憑你一把劍，就封得了天下人悠悠之口嗎？」她知郭芙深以父母爲榮，偏偏就誣她不是郭靖、黃蓉的女兒。郭芙喝道：「天下人說甚麼了？」踏上一步，長劍送出，要將劍尖指在她胸口之上。

程英挾在中間，眼見長劍遞到，伸出三指，搭住劍刃的平面，向旁輕輕一推，將長劍盪了開去，勸道：「表妹，郭姑娘，咱們身處險地，別作這些無謂之爭了。」

郭芙挺劍刺出，給她空手輕推，竟爾盪開，不禁又驚又怒，喝道：「你要幫她是不是？

好好好，你們兩個對付我一個，我也不怕，你抽兵刃罷！」說着長劍指着程英當胸，欲刺不刺，靜待她抽出腰間玉簫。

程英淡淡一笑，道：「我勸你們別吵，自己怎會也來爭吵？耶律兄，你也來勸勸郭姑娘罷！」耶律齊道：「不錯，郭姑娘，咱們身在敵境，還是處處小心為是。」郭芙急道：「好啊，你不幫我，反而幫外人。」她見程英淡雅宜人，風姿嫣然，突然動念：「難道他是看上了她？」耶律齊半點也沒猜到她的念頭，續道：「那慈恩和尙有些古怪，咱們還是瞧瞧令堂去。」

陸無雙只聽得郭芙一句話，見了她臉上的神色，立刻便猜到了她心事，說道：「我表姊相貌比你美，人品比你溫柔，武功又比你高，你千萬要小心些！」這四句話每一句都刺中了郭芙的心事，她心頭一震，問道：「我小心些甚麼？」陸無雙冷笑道：「除非我是傻瓜，我才不歡喜表姊而來喜歡你呢！你橫蠻潑辣，有甚麼好？」這兩句話說得過於明顯，郭芙如何能忍？長劍幌動，繞過程英，向陸無雙脅下刺去。

她這一招叫作「玉漏催銀箭」，是黃蓉所授的家傳絕技，劍鋒成弧，旁敲側擊，去勢似乎不急，但劍尖籠罩之處極廣，除非武功高於她的對手以兵刃硬接硬架，否則極難閃避。程英眉心一蹙，心道：「這位姑娘怎地儘使這等凶狠招數？我表妹便算言語上得罪於你，終究不是死仇大敵，怎可不分輕重的便下殺手？」好在黃藥師也傳過她這路劍法，於此一招的去勢了然於胸，當下勁蓄中指，待郭芙劍劃弧形，錚的一聲輕響，已將長劍彈落於地。

這一彈程英使的雖是「彈指神通」功夫，但所得力純在巧勁，只因事先明白對手劍路，恰於郭芙劍上勁力成虛的一霎之間彈出，否則她兩人功夫只在伯仲之間，單憑一指之力，可不能彈去郭芙手中兵刃。她跟着左足上前踏住長劍，玉簫出手，對準了郭芙腰間穴道。彈劍、踏劍、指穴這三下一氣呵成，郭芙被她一佔先機，處境登時極為尷尬，如俯身搶劍，腰間數穴道非有一處給點中不可，但若躍後閃避，長劍是給人家奪定了。她武功雖然不弱，臨陣經驗卻少，一時之間俏臉漲得通紅，打不定主意。

耶律齊喝道：「喂，這位姑娘，你把我的兵刃踏在地下幹麼？」側身長臂，來抓玉簫。程英手臂回縮，轉身挽了陸無雙便走。郭芙忙搶起長劍，叫道：「慢走，你我好好的比劃比劃。」陸無雙回頭笑道：「還比劃……」程英手臂一抬，帶着她連躍三步，二人已在數丈之外，陸無雙那句話沒能說完。

耶律齊道：「郭姑娘，她僥倖一招得手，其實你們二人勝敗未分。」郭芙恨恨的道：「是啊，我劍劃弧形，尚未刺出，她已乘虛出指。看不出她斯斯文文的卻這麼狡猾。」耶律齊「嗯」了一聲，他性子剛直，不願飾詞討好，說道：「這位程姑娘武功不弱，下次如再跟她動手，不可輕敵。」

郭芙聽他稱讚程英，眉間掠過一陣陰雲，忍不住衝口而說：「你說她武功好嗎？」耶律齊道：「是。」郭芙怒道：「那你不用理我，去跟她好啊。」說着轉過了身子。耶律齊急道：「我勸你不可輕敵，要你留神，那是幫你呢，還是幫她？」郭芙聽他話中含意確是迴護自己，不由得一笑。耶律齊道：「我不是幫你奪劍嗎？你還怪我嗎？」郭芙回過頭來，說道：「怪你，怪你，怪你！」臉上卻堆滿了笑意。

耶律齊心中一喜，忽聽得大廳中傳來吼聲連連，同時噹啷、噹啷，鐵器碰撞的響聲不絕。郭芙叫道：「啊喲，快瞧瞧去。」她本來聽裘千尺囉唆不絕，說的都是數十年前舊事，她可不知每句話中實都隱藏危機，越聽越是膩煩，便溜了出來，卻無緣無故的和程陸姊妹打了一架，這時猛聽得異聲大作，掛念母親，便即奔回大廳。

只見一燈大師盤膝坐在廳心，手持念珠，口宣佛號，臉色莊嚴慈祥。慈恩和尚在廳上繞圈疾行，不時發出虎吼，聲音慘厲，手上套着一副手銬，兩銬之間相連的鐵鍊卻已掙斷，揮動時相互碰擊，錚錚有聲。裘千尺居中而坐，臉色鐵青，她相貌本來就難看，這時更加猙獰可怖。黃蓉、武三通等站在大廳一角，注視慈恩的動靜。

慈恩奔了一陣，額頭大汗淋漓，頭頂心便如蒸籠般的冒出絲絲白氣，白氣越來越濃，他也越奔越快。一燈突然提氣喝道：「慈恩，慈恩，善惡之分，你到今日還是參悟不透？」慈恩一呆，身子搖幌，撲地摔倒。

裘千尺喝道：「蕚兒，快扶舅舅起來。」公孫綠蕚上前扶起，慈恩睜開眼來，見綠蕚的臉龐在眼前不過尺餘，迷迷糊糊望出來，但見她長眉細口，綠鬢玉顏，依稀是當年妹子的容貌，叫道：「三妹，我在那裏啊？」綠蕚道：「舅舅，我是綠蕚。」慈恩喃喃道：「舅舅，誰是你舅舅？你叫誰啊？」裘千尺喝道：「二哥，她是你三妹的女兒。她要你領她去見大舅舅。」

慈恩瞿然而驚，說道：「我大哥麼？你見不到了，他已在鐵掌峯下跌得粉身碎骨，屍首無存。」一躍而起，指着黃蓉喝道：「黃蓉，我大哥是你害死的，你……你……你償他的命來！」

郭芙進廳後靠在母親身邊，接過妹子抱在懷裏，突見慈恩這般凶神惡煞般指着母親喝罵，立時忍耐不住，走上數步，說道：「和尚，你再無禮，姑娘可容不得你了。」

裘千尺冷笑道：「這小女子可算得大膽……」慈恩道：「你是誰？」郭芙道：「郭大俠是我爹爹，黃幫主是我媽媽。」慈恩道：「你抱着的娃娃是誰？」郭芙道：「是我妹妹。」

慈恩厲聲道：「哼，郭靖、黃蓉，居然還生了兩個孩兒。」

黃蓉聽他語聲有異，喝道：「芙兒，快退開！」郭芙見慈恩瘋瘋顛顛，說了半天也不動手，料想他害怕母親了得，心中對他毫不忌憚，反而走上一步，笑道：「你有本事就快報仇，沒本事便少開口！」

慈恩喝道：「好一個有本事便快報仇！」這聲呼喝宛如半空中響了個霹靂，只聽得案上的茶碗噹噹亂響。郭芙絕未料到一個人竟能發出這般響聲，一驚之下，不禁手足無措，但見慈恩左掌拍出，右手成抓，同時襲到，兩股強力排山倒海般壓了過來，待欲退後逃避，卻那裏還來得及？

黃蓉、武三通、耶律齊三人不約而同的縱上。三人於一瞥之間均已看出，慈恩右手這一抓雖然兇猛，但遠不及左掌那麼一觸卽能制人死命。因此三掌齊出，都擊向他左掌。砰的一聲，四股掌力相撞。

慈恩嘿的一聲，屹立不動。黃蓉等三人卻同時倒退數步。耶律齊功力最淺，退得最遠，其次則為黃蓉。她未穩身形，先看女兒，只見郭襄已給慈恩抓去，郭芙卻兀自呆立當地，驚得慌了，竟然忘了躲閃。黃蓉大吃一驚：「莫非芙兒終究還是為掌力所傷？」立即縱上，伸左手將她拉了回來，右手打狗棒護住前身，只要使出「封」字訣，慈恩掌力再猛，一時也已傷她不得。郭芙其實未受損傷，但心中一片混亂，直至靠到母親身上，方始「啊」的一聲叫了出來。

這時武氏兄弟、耶律齊、完顏萍等見慈恩終於動手，各自拔出兵刃。裘千尺手下的衆弟子也都紛紛散開，只待谷主下令，便即上前圍攻。只有一燈大師仍是盤膝坐在廳心，對周遭的變故便如不見，口誦佛經，聲音不響，卻甚為清徹。

慈恩舉起郭襄，大叫：「這是郭靖、黃蓉的女兒，我先殺此女，再殺黃蓉！」裘千尺大喜，叫道：「好二哥！這才是英名蓋世的鐵掌水上飄裘大幫主！」

當此情勢，別說黃蓉等無一人武功能勝過慈恩，卽令有勝於他的，投鼠忌器，也難以從這半瘋之人手中搶救嬰兒。

郭芙突然大叫：「楊過，楊大哥，快來救了我妹子。」她數次遭逢大難，都是楊過出其不意的救了她出來，這時眼見人人無法可施，心中自然而然的盼望楊過來救。但楊過此時卻正和小龍女偷閒相聚，兩人携手緩行，正自觀賞絕情谷中夕陽下山的晚景，那想到大廳之中竟然情勢如此緊逼。

慈恩右手將郭襄高高舉在頭頂，左掌護身，冷笑道：「楊過？楊過是甚麼人？此時便算東邪、西毒、南帝、北丐、中神通一齊來此，也只能傷我裘千仞性命，卻救不了這小女娃娃。」

一燈緩緩抬起頭來，望着慈恩，但見他雙目之中紅絲滿布，全是殺氣，說道：「你要找人家報仇，人家來找你報仇，卻又如何？」慈恩喝道：「誰有膽子，那便過來！」這時天將傍晚，暮色入廳，衆人眼中望出來均有朦朧之感，慈恩的臉色更顯得陰森可怖。

突然之間，猛聽得黃蓉哈哈大笑，笑聲忽高忽低，便如瘋子發出來一般。衆人不禁毛骨悚然。郭芙叫道：「媽媽！」武三通、耶律齊同聲叫：「郭夫人！」衆人心中怦怦而跳，均想她女兒陷入敵手，以致神態失常。但見她將打狗棒往地下一拋，踏上兩步，拆散了頭髮，笑聲更加尖細悽厲。郭芙叫道：「媽媽！」上前拉她手臂。黃蓉右手一甩，將她揮得跌出數步，隨卽張開雙臂，尖聲慘笑，走向慈恩。

這一下連裘千尺也是大出意料之外，瞪目凝視，驚疑不定。

黃蓉雙臂箕張，惡狠狠的瞪着慈恩，叫道：「快把這小孩兒打死了，要重重打她的背心，不可容情。」慈恩臉無人色，將郭襄抱在懷裏，說道：「你……你……你是誰？」黃蓉縱聲大笑，張臂往前一撲。慈恩的左掌雖然擋在身前，竟是不敢出擊，向側滑開兩步，又問：「你是誰？」

黃蓉陰惻惻的道：「你全忘記了嗎？那天晚上在大理皇宮之中，你抓住了一個小孩兒。對啊，就是這樣……就是這樣……你弄得他半死不活，終於無法活命……我是這孩子的母親。你快弄死這小孩兒，快弄死這小孩兒，幹麼還不下手？」

慈恩聽到這裏，全身發抖，數十年前的往事驀地兜上心來。

當年他擊傷大理國劉貴妃的孩子，要南帝段皇爺捨卻數年功力為他治傷，段皇爺忍心不治，那孩子終於斃命。後來劉貴妃瑛姑和慈恩兩度相遇，勢如瘋虎般要抱住他拚個同歸於盡。慈恩武功雖然高，卻也不敢抵擋，只有落荒而逃。黃蓉當年在青龍灘上、華山絕頂，曾兩次親聞瑛姑的瘋笑，親見她的瘋狀，知道這是慈恩一生最大的心病，見他手中抱着孩子，無法可施之際便卽行險，反而叫他打死郭襄。武三通、裘千尺、耶律齊等都道她是瘋了，以致語出不倫。只有一燈才暗暗佩服黃蓉的大智大勇，心想便是一等一的鬚眉男子，也未必便有此膽識，有人縱能思及此策，但「快弄死這孩兒」之言勢必不敢出口，眼見慈恩如此怨氣沖天，兇悍可怖，他輕輕一掌，豈不立時送了郭襄的性命？

慈恩望望黃蓉，又望望一燈，再瞧瞧手中的孩子，倏然間痛悔之念不能自已，嗚咽道：「死了！死了！好好的一個小孩兒，活活的給我打死了。」緩步走到黃蓉面前，將郭襄遞了過去，說道：「小孩兒是我弄死的，你打死我抵命罷！」黃蓉歡喜無限，伸手欲接，只聽得一燈喝道：「寃寃相報，何時方了？手中屠刀，何時方拋？」慈恩一驚，雙手便鬆，郭襄便直往地下掉去。

不等郭襄身子落地，黃蓉右脚伸出，將孩兒踢得向外飛出，同時狂笑叫道：「小孩兒給你弄死了，好啊，好啊，妙得緊啊。」她這一脚看似用力，碰到郭襄身上，卻只以脚背在嬰兒腰間輕輕托住，再輕輕往外一送。她知道這是相差不得半點的緊急關頭，如俯身去抱起女兒，說不定慈恩的心神又有變化。

郭襄在半空中穩穩飛向耶律齊。他伸臂接住，但見郭襄烏溜溜的一對眼珠不住滾動，張開小嘴正欲大哭，鮮龍活跳，不似有半點損傷，一怔之下，隨卽會意，料想黃蓉知道郭芙莽撞，才將幼女擲給自己，當郎伸掌在嬰兒口上輕按，阻止她哭出聲來，大叫：「啊喲，小孩兒給這和尚弄死了。」

慈恩面如死灰，剎時之間大徹大悟，向一燈合十躬身，說道：「多謝和尚點化！」一燈還了一禮，道：「恭喜和尚終證大道！」兩人相對一笑，慈恩揚長而出。裘千尺急叫：「二哥，二哥，你回來！」慈恩回過頭來，說道：「你叫我回來，我卻叫你回來呢！」說罷大袖一揮，飄然出了大廳。一燈喜容滿面，說道：「好，好，好！」退到廳角，低首垂眉，再不言語。

黃蓉挽起頭髮，從耶律齊手中抱過郭襄。郭芙見母親如常，妹子無恙，又驚又喜，撲在母親懷裏，說道：「媽，我還道你當眞發了瘋呢！」黃蓉走到一燈身前，行下禮去，說道：「姪女逼於無奈，提及舊事，還請大師見諒。」一燈微笑道：「蓉兒，蓉兒，眞乃女中諸葛也！」廳中諸人之中，只有武三通隱約知道一些舊事，餘人均是相顧茫然。

裘千尺見事情演變到這步田地，望着兄長的背影終於在屏門外隱沒，料想此生再無相見之日，胸口不禁一酸，體味他「你叫我回來，我卻叫你回來呢」那句話，似乎是勸自己懸崖勒馬，回頭是岸，心中隱隱感到一陣惆悵，一陣悔意；但這悔意一瞬郎逝，隨郎傲然說道：「各位在此稍待，老婆子失陪了。」黃蓉道：「且慢！我們今日造訪，乃是爲求絕情丹而來……」裘千尺向身旁隨侍的衆人一點頭。衆弟子齊聲唿哨，每處門口都湧出四名綠衣弟子，高舉裝着利刃的漁網，攔住去路。四名侍女抬起裘千尺的坐椅，退入內堂。

黃蓉、武三通、耶律齊等見到漁網陣的聲勢，心下暗驚，均想：「這漁網陣好不厲害，不知如何方能破得？」便這麼一遲疑，大廳前門後門一齊軋軋關上，衆綠衣弟子縮身退出。武氏兄弟仗劍外衝，砰的一聲，大門合攏，兩兄弟的雙劍挾在門縫之中，登時折斷，看來大門竟是鋼鐵所鑄。黃蓉低聲道：「不須驚惶！出廳不難，但咱們得想個法兒，如何破那帶刀漁網，如何盜藥救人？」

公孫綠蕚隨着母親進了內堂，問道：「媽，怎麼辦？」裘千尺見兄長已去，對方好手雲集，知道此事甚爲棘手，但殺兄大仇人既然到來，決不能就此屈服，好言善罷，微一沉吟，說道：「你去瞧瞧，楊過和那三個女子在幹甚麼。」此言正合綠蕚心意，她點頭答應，向「火浣室」而去。

行到半路，聽到前面有人說話，正是楊過的聲音，接着小龍女回答了一句，好似說到「公孫姑娘」四字。這時天已全黑，綠蕚往道旁柳樹叢中一閃，心道：「不知她在說我些甚麼？」放輕脚步，悄悄走近，見楊過和小龍女並肩站立，聽楊過道：「你說此事全仗公孫姑娘從中周旋，委實不錯。但願神僧早日醒轉，大家釋仇解怨，邪毒盡除豈不是妙？……啊喲！」這「啊喲」一聲呼突如其來，綠蕚嚇了一跳，不知楊過驀地裏遇上了甚麼怪事。

她心中關切，情不自禁的探頭張望，朦朧中只見楊過摔倒在地，小龍女俯身扶着他的左臂。楊過背部抽搐顫動，似在強忍痛楚。小龍女低聲道：「是情花之毒發作了嗎？」楊過只是呻吟：「嗯……嗯……」竟痛得牙關難開。綠蕚大是憐惜，心想：「他已服了半枚丹藥，再服半枚，情花之毒便解。這半枚靈丹，說甚麼也得去向媽媽要來。」

過了片刻，楊過站起身來，吁了一口長氣。小龍女道：「你每次發作相距越來越近，更是一次比一次厲害。那神僧尙須一日方能醒轉，便算他能配解藥，也未必……也未必……你這番苦楚，可也難受得很啊。」她本想說「也未必來得及」，但終於改了口。楊過苦笑道：「這位公孫老太太性子執拗之極，她的解藥又藏得隱秘異常，若非她自願給我，否則便是將谷中老幼盡殺了，鋼刀架在她頸中，也是決計不肯拿出來的。」小龍女道：「我倒有個法子。」楊過早猜到她的心意，說道：「龍兒，你再也休提此言。你我夫妻情深愛篤，若能白頭偕老，自然謝天謝地，如有不測，那也是命數使然。咱兩人之間決不容有第三人攔入。」小龍女嗚咽道：「那公孫姑娘……我瞧她人很好啊，你便聽了我的話罷。」

綠蕚心中大震，知道小龍女在勸楊過娶了自己，以便求藥活命。只聽楊過朗聲一笑，道：「公孫姑娘自然是好。其實天下好女子難道少了？那程英姑娘，陸無雙姑娘，也是重情篤義之人。只是你我既然兩心如一，怎容另有他念？你再設身處地想想，若有一個男人能解你體內劇毒，卻要你委身以事，你肯不肯啊？」小龍女道：「我是女子，自作別論。」楊過笑道：「旁人重男輕女，我楊過卻是重女輕男……」說到此處，忽聽得樹叢後瑟的一聲響，楊過問道：「是誰？」

綠蕚只道被他發覺了蹤迹，正要應聲，忽聽一個女子的聲音說道：「傻蛋，是我！」只見陸無雙和程英從樹叢後的小路上轉了出來。綠蕚乘機悄悄退開，心中思潮起伏不定：「別說和龍姑娘相比，便是這程陸二位姑娘，他們的品貌武功，過去和他的交情，又豈是我所能及？」她自見楊過，便不由自主的對他一往情深，先前固已知他對小龍女情義深重，但內心隱隱存了二女共事一夫的念頭，此刻聽了這番話，更知相思成空，已成定局。她自幼便鬱鬱寡歡，今日萬念俱灰，決意不想活了，漫步向西走去。

她神不守舍，信步所之，渾不知身在何處，心中一個聲音只是說：「我不想活了，我不想活了！」

也不知走了多少時候，山石彼端忽然隱隱傳來說話的聲音。綠萼一凝神間，不禁微微一驚，原來神魂顛倒的亂走，竟已到了谷西自來極少人行之處，抬頭見一座山峯衝天而起，正是谷中絕險之地的絕情峯。

這山峯腰有一處山崖，不知若干年代之前有人在崖上刻了「斷腸崖」三字，自此而上，數十丈光溜溜的寸草不生，終年雲霧環繞，天風猛烈，便飛鳥也甚難在峯頂停足。山崖下臨深淵，自淵口下望，黑黝黝的深不見底。「斷腸崖」前後風景清幽，只因地勢實在太險，山石滑溜，極易掉入深淵，谷中居民相戒裹足，便是身負武功的衆綠衣弟子也輕易不敢來此，卻不知是誰在此說話？

公孫綠萼本來除死以外已無別念，這時卻起了好奇心，於是隱身山石之後側耳傾聽，一聽之下，心中怦的一跳，原來說話之人竟是父親。她父親雖然對不起母親，對她也是冷酷無情，但母親以棗核釘射瞎了他一目，又將他逐出絕情谷，綠萼念起父女之情，時時牽掛，此刻忽又聽到了這熟悉的聲音，才知他並未離開絕情谷，卻躲在這人迹罕至之處，想來身子也無大碍，登時心下暗喜。

只聽他說道：「你遍體鱗傷，我損卻一目，都是因楊過這小賊而起，咱倆不但敵愾同仇，也是同病相憐。」說着笑了起來，對方卻並不回答。綠萼頗感奇怪，暗想父親是在跟誰說話啊？聽他語氣中微帶輕薄之意，難道對方是個女子麼？

只聽得公孫止又道：「咱們在這人迹罕至的所在相逢，可說是天意，當眞是有緣千里來相會。」一個女人「呸」的一聲，嗔道：「我全身爲情花刺傷，你半點也沒放在心上，儘說些風話，拿人取笑。」綠萼心道：「啊，原來是今日闖進谷來的李莫愁。」只聽公孫止忙道：「不，不，我怎不放在心上？自然要盡力設法。你身上痛，我心裏更痛。」

與公孫止說話的正是李莫愁。她遍身爲情花所刺，中毒着實不輕，幸好她滿腔憤怒憎恨，怨天尤人，不動男女之情，身上倒無多大痛楚，但知花毒厲害，亟於尋覓解藥，谷中道路錯綜，亂走亂撞，竟到了斷腸崖前。公孫止卻在此已久，他有意來此僻靜之處，以便避過谷中諸人，然後俟機害死裘千尺，重奪谷主之位。兩人曾交過手，都知對方武功了得，見面後均想：「我正有事於谷中，何不倚他爲助？」三言兩語，竟爾說得甚是投契。

公孫止於當年所戀婢女柔兒死後，專心練武，女色上看得甚淡，但自欲娶小龍女而不可得，抑制已久的情欲突然如堤防潰決，不可收拾，以他堂堂武學大豪的身分竟致出手去強奪完顏萍，已與江湖上下三濫的行逕無異，此時與李莫愁邂逅相遇，見她容貌端麗，心中又卽動念：「殺了裘千尺那惡婦後，不如便娶這位道姑爲妻，她容貌武功，無一不是上上之選，正可和我相配。」那知李莫愁心地狠毒，用情卻是極專，她一生惡孽，便是因「情」之一字而來，這時聽公孫止言語越來越不莊重，心下如何不惱？但爲求花毒的解藥，只得稍假辭色，敷衍對答。

公孫止道：「我是本谷的谷主，這情花解藥的配製之法，天下除我之外再無第二人知曉，只是配製費時，遠水救不得近火，好在谷中尚餘一枚，在那惡婦手中。咱們只須除滅了她，那便甚麼都是你的了。」最後一句話意存雙關，意思說不但給你解藥，這絕情谷的主婦之位也都屬你。天下只他一人知曉解藥製法，這話原本不假，情花在谷中生長已久，公孫止上代的祖先損傷了不少人命，才試出解藥的配製之方，爲了情花有阻攔外人入谷之功，因此並不芟除，而解藥的方子也是父子相傳，不入旁人之手。雖是裘千尺，也只道解藥是上代遺存，方子已然失傳。但裘千尺那枚解藥現下只賸半枚，公孫止卻不知悉。

李莫愁沉吟道：「既是如此，你先頭豈非白說？解藥在尊夫人手中，而尊夫人又已與你反目成仇，便算殺她不難，解藥卻如何能夠到手？」公孫止躊躇未答，過了半晌，說道：「李道友，你我一見投緣，我縱死亦不足惜。」李莫愁淡淡的道：「這個可不敢當。」公孫止道：「我有一計，能從惡婦手中奪得靈丹，但盼你答應我一件事。」李莫愁勃然道：「我一生闖盪江湖，獨來獨往，從不受人要脅。解藥你肯給便給，不肯便索罷休。我李莫愁豈是哀憐乞命之輩？」

公孫止武功雖然甚強，但一生僻處幽谷，便是江湖上最厲害的人物也均不知，縱然畧有所聞，也是得自數十年前裘千尺的轉述。近十年來赤練仙子李莫愁聲名響亮，武林中無人不知她貌如桃李，心若蛇蠍，這公孫止卻懵懵懂懂的一無所悉，聽她這幾句話說得甚有氣派，只有更喜，忙道：「你會錯我的意思了。我但盼能爲你稍盡綿薄，歡喜還來不及，豈有要脅之意？只是要奪那絕情丹到手，勢不免傷了我親生女兒的性命，因之我說得不甚妥善，也是有的。你千萬不可介意。」

公孫綠萼隱身大石之後，聽到「勢不免傷了我親生女兒的性命」這句話，不由得全身一震。

李莫愁也感詫異，問道：「解藥是在令愛手中麼？」公孫止道：「不是的，我跟你實說了罷！那惡婦性情固執暴戾之極，解藥必是收藏在隱秘無比的處所，強逼要她獻出，勢所不能，只有出之誘取一途。」李莫愁點頭道：「確是如此。」公孫止道：「這惡婦對人人均無情義，心腸惡毒，無所不至，惟有對她親生女兒卻十分愛惜。咱們瞧準了這點，由我去將女兒綠萼誘來，你出手擒她，將她擲在情花叢中。這麼一來，那惡婦不得不取出絕情丹來救治女兒。咱們俟機去奪，便能成功。只可惜這絕情丹世間唯存一枚，既給了你，我那女兒的小命便保不住了。」李莫愁沉吟道：「咱們也不必用眞的情花來刺傷令愛，只消假意做作，讓她似乎中毒，那便既可奪丹，又能保全令愛。」公孫止嘆道：「那惡婦十分精明，我女兒倘若只中假毒，焉能瞞得過她？」說到這裏，忽然聲音嗚咽，似乎動了眞情。李莫愁道：「爲了救我性命，卻須傷害令愛，我心何忍？看來你原來也捨不得，此事便作罷休。」公孫止忙道：「不，不，我雖捨她不得，可更加捨你不得。」李莫愁默然，心想除此而外，確也更無別法。公孫止道：「咱們在此稍待，過了夜半，我便去叫女兒出來，憑她千伶百俐，也決想不到她爹爹有此計謀。」

兩人如此對答，每一句話綠萼都聽得淸淸楚楚，越想越是害怕。那日公孫止將她和楊過騙入鱷魚潭，她已知父親絕無半點父女之情，但當時還可說出於一時之憤，今日竟然如此處心積慮，要害死親生女兒來討好一個初識面的女子，心腸狠毒，眞是有甚於豺狼虎豹。她本來不想活了，然而聽到二人如此安排毒計圖謀自己，卻不由得要設法逃開，好在四下裏山石嶙峋，樹木茂密，隱蔽之處甚多，於是輕輕向後退出一步，隔了片刻，又退出一步，直退至數十丈外，才轉身快步走開。

她走了半個時辰，離絕情峯已遠，知道父親不久便要來相誘，連臥房也不敢回去，凄凄涼涼的坐在一塊岩石之上，寒風侵肌，冷月無情，只覺世間實無可戀，喃喃自語：「我本就不想活了，爹爹你又何必設這毒計來害我？你要害死我，儘管來害罷。眞是奇怪，我又何必逃？」

突然之間，一個念頭如閃電般射進了心裏：「爹爹用心狠毒，此計果然大妙。反正我要自盡，何不用此計向媽媽騙取靈丹，去救了楊大哥的性命？他夫妻團圓，總不免要感激我這一心一意待他的苦命姑娘。」想到此處，又是欣喜，又是傷心，精神卻爲之一振，四下一看，瞧清了身在何處，舉步走進母親臥房。

她經過情花樹叢之時，折了兩條花枝，提在手中，走到母親房外，低聲叫道：「媽，你睡着了麼？」裘千尺在房中應道：「蕚兒，有甚麼事？」綠蕚叫道：「媽，媽！我給情花刺傷了。」說着張臂便往情花枝上用力一抱。

花枝上千百根小刺同時刺入了她身體。她自幼便受諄諄告誡，決不能爲花刺刺傷，幼時因無體內情慾誘引，偶爾被小刺刺中，亦無大碍，後來年紀漸大，旁人的告誡也越加鄭重。十餘年來小心趨避之物，想不到今日自行引刺入體，心中這番痛楚卻更深了一層。她咬緊牙關，又叫了幾聲：「媽！」

裘千尺聽到呼聲有異，吃了一驚，忙命侍女開門，扶綠蕚進來。「我身上有情花花刺，你們不可近前。」兩名侍女駭然變色，大開房門，讓綠蕚自行走進，那敢碰她身子？

裘千尺見女兒臉色慘白，身子顫抖，兩枝情花的花枝掛在胸前，忙問：「你怎麼了，怎麼了？」綠蕚叫道：「是爹爹，是爹爹！」她怕母親的目光厲害，低下頭不敢望她。裘千尺怒道：「你還叫他爹爹？那老賊怎麼了？」綠蕚道：「他……他……」裘千尺道：「你抬起頭來，讓我瞧瞧。」綠蕚一抬頭，遇到母親一對凜凜生威的眸子，不禁打了個寒戰，說道：「他……他和今日進谷來的那個貌美道姑，在斷腸崖前鬼鬼祟祟的說話，我躲在大石後面，想聽他說些甚麼……」這幾句話半點不假，此後卻非揑造謊言不可，綠蕚只怕給母親瞧出破綻，說到這裏，又低下頭來。

裘千尺道：「他兩個說些甚麼？」綠蕚道：「說甚麼同病相憐，甚麼有緣千里來相會。他們……他們一起罵你惡婦長、惡婦短的，我聽着氣不過……」說到這裏便嗚嗚咽咽的哭了起來。裘千尺咬牙切齒，道：「莫哭，莫哭！後來怎樣？」綠蕚道：「我不小心身子一動，給他們知覺了。那道姑……那道姑便將我推入了情花叢裏。」

裘千尺聽她聲音有些遲疑，喝道：「不對，你在說謊！到底是怎樣？休得瞞我。」綠蕚出了一身冷汗，道：「我沒騙你，這……這難道不是情花麼？」裘千尺道：「你說話的語調不對，你自小便是這樣，說不得謊，做娘的難道不知？」綠蕚靈機一動，咬牙道：「媽，我是騙了你，是爹爹推我入情花叢的。他惱我跟你、幫你，和他作對，說我只要娘，不要爹。他……他拚命要討好那美貌的道姑。」

裘千尺恨極了丈夫，綠蕚這幾句話恰恰打中她心坎，登時深信不疑，忙拉住女兒手掌，溫言道：「蕚兒不用煩惱，讓娘來對付這老賊，總須出了咱娘兒倆這口惡氣。」當下命侍兒取過剪刀鉗子，先將花枝移開，然後鉗出肌膚中斷折了的小刺。

綠蕚哽咽道：「媽，女兒這番是活不成了。」裘千尺道：「不怕，不怕。咱們還有半枚絕情丹未用，幸好沒給那無情無義的楊過小賊蹧蹋了。你服了這半枚丹藥，花毒雖然不能除淨，只要你乖乖的陪着媽媽，對任何臭男子都不理睬，甚至想也不去想他們，那便決計無礙。」裘千尺苦受丈夫的折磨，楊過又不肯做她女壻，恨極了天下的男人，女兒如能終身不嫁，正合她心願，可說再好也沒有。

綠蕚皺眉不語。裘千尺又問：「那老賊和那道姑呢，他們在那裏？」綠蕚道：「我從情花叢中掙扎着爬起，沒敢回頭再看，他們多半仍在那邊。」裘千尺暗自沉吟：「老賊有了強助，必來奪回此谷。谷中弟子多半是他的心腹親信，事到臨頭，必定歸心於老賊，最多也是袖手旁觀，兩不相助，決不會出手與他爲敵。我手足殘廢，所仗的只是一門棗核釘。這暗器出其不意的射出固是威力極大，但老賊既有防備，多半便奈何他不得，如他手持盾牌來攻，我便一籌莫展。那便如何是好？」

綠蕚見母親目光閃爍，沉吟不語，還道她在斟酌自己的說話是眞是僞，生怕她問個不休，終於查知眞相，自己一番受苦不打緊，取不到解藥，楊過身上的毒質終是難除。她一想到楊過，胸口一陣大疼，「啊」的一聲叫了出來。裘千尺伸手撫摸她頭髮，道：「咱們取絕情丹去。」雙手一拍，命四名侍女將坐椅抬出房門。

綠萼自楊過去後，一直想知道母親將半枚丹藥藏在何處。曾聽母親說過，丹藥決不能藏在身邊，否則任誰都可殺了她，一搜即得，心想她手足殘廢，行動須人扶持，決不能竄高伏低，也不能藏之於甚麼山洞僻谷，想來定是藏在府第之中。但她數十日來到處查探，丹房、劍室、花園、臥床，沒一處不詳加察看，始終瞧不出半點端倪，這時見母親命侍女將坐椅抬向大廳，不由得大爲訝異，心想大廳是人人所到之處，最難藏物，何況此刻強敵聚集於廳，正是爲這半枚丹藥而來，難道丹藥便在敵人面前，任其予取予携麼？

大廳前後鐵門緊閉，衆弟子手提帶刀漁網監守，見裘千尺到來，上前行禮。爲首的弟子躬身道：「敵人絕無聲息，似是束手待斃。」裘千尺哼了一聲，心道：「井底之蛙，當眞不知天高地厚。善者不來，來者不善，今日闖進谷來的這些人物，焉是束手待斃之輩？」說道：「開門！」兩名弟子打開鐵門，另有八名弟子提着兩張漁網，在裘千尺左右護衞，相率進廳。

只見一燈大師、黃蓉、武三通、耶律齊諸人都坐在大廳一角。裘千尺待椅子着地，舉手說道：「這裏除了黃蓉母女三人，其餘的我可不究擅自闖谷之罪，一齊給我走罷！」黃蓉微笑道：「裘谷主，你大難臨頭，不知快求避解，兀自口出大言，當眞令人齒冷。」裘千尺心中一凜，暗想：「她怎知我大難臨頭？難道她已知那老賊回谷？」冷冷的道：「是福是禍，須待報應到來方知。老婦人肢體不全，以殘廢之身，還怕甚麼大難？」

黃蓉自不知公孫止已回絕情谷，但鑑貌辨色，眼見裘千尺眉間隱有重憂，與適才出廳時飛揚狠惡的神態大不相同，料想谷中或有內變，因此出言試探，聽裘千尺雖然說得嘴硬，自己所料卻多半不錯，說道：「裘谷主，令兄是自行失足摔下深谷而死，絕非小妹所傷。但若你對此事始終耿耿，小妹不避不讓，任你連打三枚棗核釘如何？只是打過之後，小妹不論死活，你卻須賜贈解藥，以救楊過之傷。小妹倘若死了，這裏許多朋友決不記恨，仍然助你解脫大禍，以退內敵。你這項買賣做是不做？」

黃蓉這般說法，實是讓對方佔盡了便宜，眼見裘千尺除核棗釘厲害之外別無傷敵手段，而大聲說出「內敵」兩字，更是打中她心坎。

裘千尺心想：「當眞有這麼好？」說道：「你是丐幫幫主，諒必言而有信。我打你三枚棗核釘，你當眞不避不讓，亦不用兵器格打？」

黃蓉尚未回答，郭芙搶着道：「我媽只說不避不讓，可沒說不用兵器格打。」黃蓉微笑道：「裘谷主要洩心中惱恨，小妹不用兵刃暗器格打就是。」郭芙叫道：「媽，那怎麼成？」適才她長劍被棗核釘擊斷，知道這暗器力道強勁無比，倘若眞的不讓不格，母親血肉之軀如何抵擋得了？黃蓉卻想：「過兒於我郭家一門四人均有大恩，此刻他身上劇毒難解，說甚麼也要叫老太婆交出解藥。她這棗核釘自是天下最凌厲的暗器，任她連打三釘確然十分凶險，稍有疏虞，不免便送了性命。但若非如此，她焉肯交出解藥？」

黃蓉說這番話時，早已替裘千尺設身處地的想得十分週到，旣要讓她洩去心中若干怨毒鬱積，又乘着她內變橫生、憂急驚懼之際，允她禦敵解難，而洩憤之法，正是她惟一能以之傷人的伎倆，縱是裘千尺自己，也提不出更有利的方法來。

但裘千尺覺得此事太過便宜，未免不近人情，啞聲道：「你是我的對頭死敵，卻甘心受我三枚棗核釘，到底包藏着甚麼詭計，甚麼禍心？」

黃蓉走上前去，低聲道：「此處耳目衆多，只怕有不少人對你不懷好意，我要在你耳邊說幾句話。」裘千尺向弟子掃射了一眼，心想：「這些人大半是老賊的親信，確是不可不防。」便點了點頭。

黃蓉湊過頭去，悄聲道：「你的對頭不久便要發難動手，小妹自己何嘗不是身處險地？咱們快快揭過了這場過節，小妹不論死活，大夥兒便可並肩應敵。再者楊過於我有恩，我便送了性命，也要求得絕情丹給他。人生在世，有恩不報，豈不與禽獸無異？」說罷便退開三步，凝目以望。

裘千尺聽了「有恩不報，豈不與禽獸無異」這話，心中也是一動，暗想：「若不是楊過這小子相救，我此刻還是孤零零的在地底山洞中挨苦受難。」但這念頭便如閃電般一瞬卽過，善念消退，惡心立生，冷冷的道：「任你百般花言巧語，老婦人鐵石心腸，不改初衷，來來來，你站開了，吃我三釘！」

黃蓉衣袖一拂，道：「我拚死挨你三釘便了。」說着縱身退後，站在大廳正中，與裘千尺相距約莫三丈，說道：「請發射罷！」

武三通等雖然素知黃蓉足智多謀，但裘千尺棗核釘的厲害各人親眼所見，這時見黃蓉空手站立，無不心中惴惴。郭芙更是着急，走過去一拉黃蓉衣袖，低聲道：「媽，咱們找個地方，我把軟蝟甲脫下來給你換上，那就不怕老太婆的棺材釘了。」黃蓉微微一笑，道：「以軟蝟甲擋棗核釘，那又何足爲奇？你且看媽媽的手段。」

只聽得裘千尺道：「各人閃……」那「開」字尚未出口，棗核釘已疾射而出，直指黃蓉的小腹。這枚棗核釘的去勢眞是悍猛無倫，雖是極小的一枚鐵釘，但破空之聲有如尖嘯。黃蓉「啊」的一聲高叫，彎腰捧腹，俯下身去。

郭芙和武三通等一齊大驚，待要上前相扶，嘯聲又起，這第二枚棗核釘卻是向黃蓉的胸口。黃蓉仍是一聲大叫，搖搖幌幌的退後幾步，似乎便要摔倒。

裘千尺見黃蓉果然如言不閃不格，兩枚鐵釘已打中她身上要害，這兩枚鐵釘的力道，便岩石也射入了，何況血肉之軀？但黃蓉身中兩釘，雖似已受重傷，但竟不摔倒，顯是苦苦支撑，要再受自己一釘，裘千尺心下駭然，暗想：「先前見這女子嬌怯怯的模樣，不信她有甚能耐可當丐幫的幫主。如此看來，當眞是個了不起的人物！」但想她身中兩釘，決計性命不保，就此報了深仇，不禁欣然喜色，波的一聲，第三枚棗核釘又從口裏噴出。這一次卻是射向黃蓉的咽喉，要使鐵釘透喉而過，殺害兄長的大仇人立斃於當場。

黃蓉說出甘受三釘之時，尙未籌得善策，只是知道非此不足以換得解藥，縱然身死，也是報了楊過的大恩，但其後與裘千尺一番低語，稍有餘裕，心念電閃，已有了計較。先一陣郭芙的長劍被棗核釘打斷，黃蓉拾起劍頭，藏在衣袖之中，待棗核釘打到，一彎臂便將劍頭擋在釘射到之處。只是釘劍相撞，必有金鐵之聲，她兩次大聲叫喚，便將這聲音掩蓋了過去。

這一巧招裘千尺果然並未發覺。

黃蓉有意裝得身受重傷，既可稍減對方怒氣，也可保全她一谷之主的身分。但第三枚棗核釘直指咽喉，倘若舉起衣袖，以袖中暗藏的劍頭擋格，必被裘千尺瞧出破綻，自己便算毀了「不避不格」的諾言，處此情境，只得行險，當下雙膝微微一曲，待棗核釘對準嘴唇飛到，她胸腹之間早已眞氣充溢，張口用力吐出，一股眞氣噴將出去。她知道這棗核釘來勢所以這般凌厲，全憑眞氣激發，若以氣敵氣，則敵遠我近，大佔便宜，棗核釘縱不從空墮落，來勁也必急減。那知裘千尺獨居山洞，手足既廢，整日價除了苦練這門棗核功夫之外，心不旁騖。黃蓉功力既不及她深厚，又須處分幫務、助守襄陽，生兒育女、伴夫課徒，那能如她這般苦心致志？因此一股眞氣噴出，棗核釘來勢只畧畧一緩，勁力仍是猛惡無比。

黃蓉心中一驚，鐵釘已到嘴唇，當這千鈞一髮之際別無他法，只好張口急咬，硬生生將鐵釘咬住了。這一下只震得滿口牙齒生疼，立足不穩，倒退了兩步。她先前倒退乃是假裝，這次卻眞是被鐵釘來勢衝擊而退，也幸好她應變奇速，退步消勢，否則上下四枚門牙非當場跌落不可，饒是如此，也已震得牙齒出血。

旁觀衆人齊聲驚呼，圍了攏來。黃蓉一仰頭，波的一聲，將棗核釘噴出，釘入橫樑，皺眉道：「裘谷主，小妹受了你這三釘，命不久長，盼你依言賜藥。」裘千尺見她竟能將棗核釘一口咬住，也自駭然，眼見兩枚棗核釘明明射入她體內，何以仍然直立不倒？側目向綠蕚望了一眼，心想：「我兒中了情花之毒，別說楊過不允婚事，他便當眞是我的女壻，這半枚絕情丹也豈能給他？」但自己親口答應給藥，言入衆人之耳，總不能立時反悔，她雙眼一轉，已有計較，說道：「郭夫人，咱兩人雖然是女流，但行事慷慨有信，當勝鬚眉。你挺身受我三釘，如此氣概，世所罕有，我甚是佩服，解藥便可給你。我若少待有事，仍盼各位援手。」

郭芙只道母親當眞中了鐵釘，叫道：「我媽媽若受重傷，這裏大夥兒都要跟你拚命。」轉頭向黃蓉道：「媽，老太婆的釘子打中了你身上何處？」

黃蓉不答女兒的問話，向裘千尺道：「小女胡言，谷主不必當眞。小妹生平說一是一，自當相助谷主退敵，便請賜藥是幸。」武三通等聽黃蓉說話中氣充沛，聲音爽朗，半點不像受了傷的模樣，漸漸寬心。

這一層裘千尺也已瞧出，心下驚疑不定，想道：「她有如此武功，我縱要反悔，也不容易，只有以詐道相待。」於是點頭說道：「那麼我先多謝了。」轉頭向女兒道：「萼兒過來，我有言吩咐。」

黃蓉一生之中，不知對付過多少奸猾無信之徒，裘千尺眼光閃爍不定，如何逃得過她的雙目？她知裘千尺決不肯就此輕易交出解藥，只是要怎生推脫欺詐，一時自是猜想不出。

只聽裘千尺道：「將我面前數過去的第五塊青磚揭開了。」綠萼大奇：「難道那絕情丹竟是藏在磚下？」黃蓉一聽，暗讚裘千尺心思靈巧：「這絕情丹如此寶貴，不知有多少人在亟亟圖謀。她藏在這當眼之處，確是使人猜想不到，磚下所藏當是眞藥無疑。她決不會事先料到有此刻的情勢，因而在磚下預藏假藥。」裘千尺如命人赴丹房或是內室取藥，黃蓉倒也難知取來的絕情丹是眞是假，這時見她命女兒揭開青磚，卻是少了一層顧慮。

綠萼數到第五塊青磚，拔出腰間匕首，從磚縫中揷入，揭起磚塊，只見磚下鋪着灰泥，全無異狀。

裘千尺道：「磚下藏藥之處，大有機密，不能爲外人所知。萼兒，俯耳過來。」黃蓉知道裘千尺狡計將生，當下叫聲「哎喲」，捧腹彎腰，裝得身上傷勢發作，好讓裘千尺防備之心稍殺，以便凝神聽她對女兒的說話。豈知裘千尺也已料到了此節，在綠萼耳畔說得聲音極輕，黃蓉雖是全神貫注，也只聽到「絕情丹便在青磚之下」九字。但她早料到絕情丹是在青磚之下，這九個字聽來一無用處，此後只見裘千尺的嘴唇微微顫動，半個字也聽不出來，再看綠萼時，但見她眉尖緊蹙，只是「嗯、嗯、嗯」的答應。

黃蓉知道眼前已到了緊急關頭，卻不知如何是好，正自惶急，忽聽得一燈大師道：「蓉兒過來，我瞧瞧你的傷勢如何？」黃蓉回過頭來，見一燈坐在屋角，臉上頗有關切之容，心想：「他一搭我的脈搏，便知我非受傷。」於是走過去伸出手掌。一燈伸出三指搭住她的脈腕，念道：「阿彌陀佛……阿彌陀佛……老婆婆說……阿彌陀佛……磚下有兩瓶……阿彌陀佛，阿彌陀佛……東首的藏眞藥……阿彌陀佛……西首的藏假藥……阿彌陀佛……叫女兒取西首假藥……阿彌陀佛……假藥給你……阿彌陀佛……」

一燈大師口誦佛號之時，聲音甚響，說到「磚下有兩瓶」這些話時，聲音放低。黃蓉只聽他說了「老婆婆說」那四個字，卽明其理，知道一燈大師數十年潛修，耳聰目明，遠勝常人。佛家原有「天眼通」、「天耳通」之說，佛經上言道，具此大神通者，當深處禪定之際，「能聞六道衆生語言及世間種種音聲，通達無碍」。這般說法過於玄妙，自不可信，但內功深厚、心田澄明之人能聞常人之所不能聞，卻非奇事。裘千尺對女兒低聲細語，一燈大師在數丈外閉目靜坐，一字一語聽得明明白白。他知丹藥眞假關連楊過性命，佛家有好生之德，豈能見死不救，於是告知了黃蓉。

黃蓉待他唸兩句佛號，便問：「我的傷能好麼？」「棗核釘能起出麼？」每問一句，剛好將一燈所說「東首的藏眞藥」、「西首的藏假藥」那些話掩蓋了。裘千尺向兩人望了幾眼，但見黃蓉臉有憂色，只是詢問自己的傷勢，一燈不住的說「阿彌陀佛」，那料得到自己奸計已爲對方知悉。

綠萼聽母親說完，點頭答應，彎下腰來，伸手到磚底的泥中一掏，果有兩個小瓶並列；她心中一酸，暗道：「楊郎啊楊郎，今日我捨卻性命，取眞藥給你。這番苦心，你未必知道罷？」當下摸了東首那瓷瓶出來，說道：「媽！絕情丹在這兒了！」她伸手在土下掏摸，只有她才知這瓶子原在東首，裘千尺和黃蓉卻都以爲是從西首取出。

兩個瓷瓶外形全然相同，瓶中的半枚丹藥模樣也無分別，裘千尺倘不以舌試舐藥味，也是難分眞假。她見綠萼取出瓷瓶，心道：「先前我還防這丫頭盜丹藥去討好情郎，現下她也中了情花之毒，自是救自己性命要緊了。」她生性偏狹狠惡，刻薄寡恩，決不信世上有人甘願捨卻自己性命以救旁人，說道：「咱們信守諾言，丹藥交給郭夫人。」綠萼道：「是！」雙手捧着瓷瓶，走向黃蓉。

黃蓉先斂衽向裘千尺行禮，說道：「多謝厚意。」心中卻想：「既知眞藥所在，難道還盜不到麼？」

正要伸手去接瓷瓶，突然屋頂喀喇一聲響，灰土飛揚，登時開了一個大洞，一人從空躍落，挾手便將綠萼手中的瓷瓶奪了去。綠萼大驚失色，叫道：「爹爹！」

黃蓉見公孫綠萼臉色大變，極爲惶急，不禁一怔：「公孫止奪去的瓷瓶，明明裝的是假藥，她何必如此着急？」

便在此時，大廳廳門轟的一聲巨響，震得廳上每一枝紅燭搖幌不已，火燄忽明忽暗，跟着又是一響，門閂從中截斷，兩扇大門左右彈開，走進一男三女。男的正是楊過，女的則是小龍女、程英和陸無雙。

綠萼見楊過進來，失聲叫道：「楊大哥……」迎上前去，只踏出兩步，立覺不妥，要說的那句話縮回了口中，脚步也即停止。黃蓉一直注視着綠萼的神色，只見她瞧着楊過的眼光之中流露出無限深情、無限焦慮，登時恍然，心道：「蓉兒啊蓉兒，難道你做了媽媽，連女兒家的心事也不懂了？她媽媽命她給我們假藥，但她痴戀過兒，遞過來的卻是眞藥，公孫止搶去的正是續命靈丹，她如何不急？」

楊過眼望對面斷腸崖，茫茫白霧之中，隱隱約約間似見一個白衣姑娘鬢佩紅花、身形飄忽，手執雙劍和公孫止激鬥。

第三十二回　情是何物

當黃蓉、一燈、郭芙等被困大廳之時，楊過和小龍女在花前並肩共語。不久程英和陸無雙到來。小龍女見程英溫雅靦覥，甚是投緣，拉住她手說話。陸無雙向楊過述說適才跟郭芙比武之事，怎樣譏刺得她哭笑不得，程英又怎樣制得她失劍輸陣。楊過這番再和程陸二女相會，想到她二人對己情意深重，而自己無以還報，心中不免歉仄，眼見陸無雙明知自己已娶小龍女為妻，卻無怨懟之狀，口口聲聲的說要懲戒郭芙為自己出氣，而程英對小龍女也是神情親切，自是大為欣慰。

四人坐在石上，小龍女和程英說話，楊過和陸無雙說話。但龍程二人性子沉靜，均是不擅言辭，只說得幾句便住了口。楊過和陸無雙卻你一句「傻蛋」、我一句「媳婦兒」的有說有笑。程英突然插口笑道：「楊大哥，你現下有了楊大嫂，叫我表妹可得改改口了。」

楊過「啊」的一聲伸手按住了口。陸無雙也突然驚覺，羞得滿臉飛紅。程英心中暗悔，想道：「他們隨口說笑，原無他意，我這麼一提，反而着了痕迹。」忙打岔道：「楊大哥，你中了花毒，現下覺得怎樣？」楊過道：「沒甚麼。郭伯母足智多謀，定能設法給我求到靈丹妙藥，我擔心的倒是她的傷勢。」說着向小龍女一指。

程英和陸無雙一齊失驚，問道：「怎麼？楊大嫂也受了傷嗎？我們竟一點沒瞧出來。」小龍女微笑道：「也沒怎樣。我運內力裹住毒質，不讓它發作，幾天之中，諒無大碍。」陸無雙道：「是甚麼毒？也是情花之毒麼？」小龍女道：「不是，是我師姊的冰魄銀針。」陸無雙道：「原來又是李莫愁這魔頭。傻……楊大哥，你不是瞧過她那本『五毒秘傳』麼？冰魄銀針之毒雖然厲害，卻也並不難解。」

楊過歎了口氣，說道：「毒質侵入了臟腑，非尋常解藥可治。」於是將小龍女如何逆轉經脈療傷、郭芙如何誤發毒針之事說了。陸無雙伸手在石上重重一拍，恨恨的道：「郭芙仗着父母之勢，竟是如此無法無天。表姊，咱們不能便此跟她罷休。她父母是當世大俠，便又怎樣？」小龍女道：「這件事也怪不得她，倒和斬斷他的手臂不同。」程英道：「楊大嫂，我師父曾說，以內力裹住毒質，雖可使其一時不致發作，但毒質停留愈久，愈是傷身，須得及早設法解毒才是。」小龍女「嗯」了一聲。楊過心想：「天竺僧醒轉之後，是否有法可以解毒，實所難言。」他不願多談此事，以增小龍女煩惱和自己傷心，說道：「郭伯母和一燈大師等對付那瘋和尚不知怎樣了，咱們瞧瞧去。」

當下四人覓路回向大廳，離廳尚有十餘丈，只見廳頂上人影一閃，認出是公孫止，接着垮喇喇一聲響，見他打破屋頂，跳了下去。楊過生怕公孫止在這屋頂破洞下布置了帶刀漁網陣，引自己入彀，於是挺玄鐵重劍撞開鐵門，昂首直入。

公孫止奪得絕情丹到手，雖見黃蓉等好手羣集，卻也不以爲意，心想：「我便打不過，難道還跑不了麼？」正要奪路外闖，猛見楊過破門直入，聲勢威猛之極。他一驚之下，雙足一點，騰身而起，要從屋頂洞中重行躍出，心想眼下首要之事，是將絕情丹送去給李莫愁服食解毒，至於殺裘千尺、奪絕情谷，那是來日方長，不必急急。

他身子甫起，黃蓉已搶過打狗棒跟着躍高，使個「纏」字訣，往他脚上纏去。裘千尺喝道：「老賊！」呼的一聲，一枚棗核釘往公孫止小腹上射去。公孫止縱起時便已防到此着，揮刀格開鐵釘，上躍之勢竟絲毫不緩，耳聽得風聲勁急，第二枚棗核釘又從斜刺裏射到，但金刀已擊出在外，不及收回再格，黃蓉的打狗棒又跟着纏到，拚着大腿洞穿，也決不能讓鐵釘射入小腹，當下側身橫腿，抵擋鐵釘。

那知道裘千尺這一釘竟不是射向公孫止，準頭卻是對住了黃蓉。這一下奇變橫生，連黃蓉也萬萬料想不到，急揮打狗棒擋格，但棗核釘勁力實在太強，只感全身一震，手臂酸軟，拍的一聲，打狗棒掉在地下，身子跟着落地。公孫止上躍之力也盡，落在黃蓉身側，橫刀向她砍去。

楊過玄鐵劍疾指，一股勁風直掠出去，公孫止的金刀登時被這股凌厲的劍勢逼得盪開了三尺。公孫止只覺敵人劍上勁力有如排山倒海，心下驚駭無已，想不到相隔月餘，這小子斷了右臂，武功反而精進若斯。

綠萼站在父親與母親之間，她平素對嚴父甚是害怕，從不敢對他多說一言半語，但自從聽了他在斷腸崖前對李莫愁所說的那番話後，傷心到了極處，竟然懼怕盡去，向公孫止道：

「爹爹，你打斷媽媽四肢，將她囚禁在地底山洞之中，如此狠心，已是世間罕有。今晚你在斷腸崖前，跟李莫愁又說些甚麼話來？」

公孫止心中一凜，他與李莫愁在那隱僻之極的處所說話，萬料不到竟會言入旁人之耳。他雖然狠毒，但對女兒如此圖謀，總不免心虛，突然間聽她當衆叫破，不由得臉色大變，道：「甚……甚麼？我沒說甚麼。」

綠蕚淡淡的道：「你要害死女兒，去討好一個跟咱家全不相干的女子。女兒是你親生，你要我死，女兒也不敢違抗。但你手中的絕情丹，卻是媽媽已經答應了給旁人的，你還給我罷！」說着走上兩步，向着他伸出手來。

公孫止將瓷瓶揣入了懷中，冷笑道：「你母女二人心向外人，一個叛夫，一個逆父，都不是好東西。今日我暫且不來跟你們計較，日後報應到頭，自見分曉。」說着刀劍互撞，發出嗡嗡之聲，大踏步便往外闖。

楊過聽綠蕚直斥公孫止之非，但不明其中原委，當即橫過玄鐵劍，攔住公孫止去路，向綠蕚道：「公孫姑娘，我有言請問。」

公孫綠蕚聽了他這句話，一股自憐自傷之意陡然間湧上心頭，暗道：「我捨命爲你取丹之事，決不能讓你知曉。過了幾年，你子孫滿堂，自早把我這苦命女子忘了，又何必爲了此事，使你終生耿耿於懷？」低聲道：「楊大哥有何吩咐？」楊過道：「你適才言道：令尊要害你性命，去討好一個毫不相干的女子，那女子是誰？此事從何說起？」綠蕚道：「那女子是李莫愁，至於其中原委……」頓了一頓，說道：「我爹爹雖如此待我，但終是我親生之父，此事做女兒的不便再說……」

裘千尺喝道：「你說啊！他能做得，你便說不得？」綠萼搖頭道：「楊大哥，那半枚絕情丹，在我爹爹懷中的瓷瓶之內。我……我……我是個不孝的女兒。」說到此處，再也忍耐不住，縱聲叫道：「媽！」奔向裘千尺身前，撲入她懷中。她說「我是個不孝的女兒」，在裘千尺聽來還道是指違抗父親，其實綠萼心中卻說的是不遵母命。滿廳數十人中，只有黃蓉一人才明白她的眞意。

公孫止見強敵環伺，心下早有計較：「天幸惡婦痰迷心竅，在這緊急關頭去打了郭夫人一枚棗核釘，只要引得她們雙方爭鬥，我便可乘機脫身。」當下縱聲笑道：「好好好，乖女兒，眞不枉了爹爹疼愛。你和媽媽守住這邊，要令今日來到咱們絕情谷的外人，個個來得去不得。」說着舉刀提劍，突向倚在椅上的黃蓉殺去。

黃蓉右臂兀自酸軟，提不起打狗棒，只得側身而避。郭芙手中一直握有耶律齊的長劍，當即挺劍護母。公孫止黑劍疾刺郭芙咽喉，郭芙舉劍擋格。黃蓉急叫：「小心！」錚的一聲輕響，郭芙長劍立斷，公孫止的黑劍去勢毫不停留，直往她頭頸削去。黃蓉急得一顆心幾乎要從脖子中跳了出來，在這一刹那間竟無解救之方。陸無雙在旁喝道：「舉右臂去擋！」

郭芙眼見敵劍削到頸邊，那容細辨是誰呼喝，不由自主的舉臂一擋。

程英喝道：「表妹，你怎地……」她知陸無雙惱恨郭芙斬斷楊過的手臂，存心擾亂郭芙心神，要她舉臂擋劍，那麼一條手臂也非送掉不可。程英對楊過斷臂，心中自也十分傷痛，適才黑暗中言念及此，曾悄悄哭了一會，但她只覺這事甚是不幸，雖惱恨郭芙下手太狠，但決沒想要斷她一臂來報復，因此聽得陸無雙的呼喝，忙出口喝阻，但爲時已經不及，公孫止的劍刃已掠上了郭芙的手臂。

但聽得嗤的一聲響，郭芙衣袖上劃破了一條極長的口子，同時身子被劍刃震得立足不定，向旁跌出，但說也奇怪，她手臂竟然沒被削斷，連鮮血也沒濺出一點。程英、陸無雙固然吃驚，公孫止和裘千尺等也是心頭大震。郭芙斜退數步，站穩身子，還道陸無雙是好意相救，心中好生感激，叫道「多謝姊姊！可是你怎知……」

楊過忙接口道：「這公孫老兒不知你武功如此了得。」他知道黃蓉有一件寶刀利刃不能損傷的軟蝟甲，郭芙所以能保全手臂，定係軟蝟甲之功，她問「可是你怎知……」下面自是要說「我有軟蝟甲護身？」楊過心想公孫止利劍不能傷她，其膽已寒，可不能讓他知悉其中原委，向公孫止道：「這位姑娘是郭大俠和黃幫主之女，桃花島島主黃藥師的外孫女，她家傳絕藝，週身刀槍不入，你這口破銅爛劍的玩意兒，怎能傷她？」

公孫止怒道：「哼，適才我手下留情，難道當眞便傷她不得。」說着抖動黑劍，發出嗡嗡之聲。郭芙暗想：「我既不怕他的刀劍，只須上前猛攻便是。跟他打有贏無輸，這便宜如何不撿？」說道：「小武哥哥，你的劍給我，這老兒不信我家桃花島的功夫，且讓他見識見識。」武修文倒轉長劍，將劍柄送了過去。郭芙伸手接住，挽個劍花，說道：「公孫老兒，你再上罷！」得意洋洋，有恃無恐，便似高手戲弄庸手一般神態。

公孫止見她這劍花一挽，便知她劍術的火候甚淺，喝道：「好，我再領教！」舉刀向她面門砍去，郭芙身形斜閃，還了一劍。公孫止黑劍倒翻上來，往她劍上震去。郭芙心道：「不好！我身上有軟蝟甲，劍上卻無護劍寶甲，雙劍一交，我手中長劍又是非斷不可。」當即迴劍避開。公孫止雙手一併，刀劍均已握在右掌之中，跟着左掌拍出。郭芙大喜：「你這掌拍在我軟蝟甲上，那是倒了大霉啦！」但恐他掌力厲害，拍在身上不免內臟受震，於是身子略側，要先卸去他七成掌力，然後再受他這掌。

那知公孫止一掌尚未使老，突然倒縱丈餘，說道：「好丫頭，暗箭傷人！」身子向前直跌。郭芙愕然說道：「我沒傷到你啊！」不禁大奇：「難道軟蝟甲眞有如此妙用？他手掌尚未沾及我衣，竟然便已受傷。」

她又怎知公孫止老奸巨猾，心中只是念着要將絕情丹儘速送去給李莫愁服食，那有閒心來跟郭芙這般小姑娘爭強鬥勝？他假裝受傷摔跌，脚下似乎站立不定，幾個踉蹌，跌跌撞撞的衝向後堂。他在這片刻之間，已將敵情審察淸楚，正面楊過和黃蓉是厲害人物，還有那長眉老僧雖似神遊入定，但決非易與之輩，正好乘着郭芙似乎得手之際，便此從後堂溜走。

公孫綠萼見他懷了絕情丹要走，忙縱身向前，說道：「爹爹慢走！」便在此時，尖嘯聲起，兩枚棗核釘也已襲向公孫止。裘千尺生怕公孫止一閃避，鐵釘便打中女兒，因此鐵釘噴出時取勢甚高，射向他的後腦。公孫止一低頭，兩枚鐵釘從綠萼鬢上掠過，叮叮兩響，釘入了石壁。公孫止喝道：「讓開！」脚下毫不停留。綠萼道：「你把絕情丹……」話未說完，公孫止左手前伸，扣住她手腕脈門，轉過身來，將女兒擋在胸前，喝道：「惡婦，你眞要拚命，大家同歸於盡罷！」

裘千尺口中兩枚棗核釘已噴到了唇邊，突見變生不測，收勢不及，急忙側頭，將兩枚鐵釘向旁射出。在這千鈞一髮之際，她只管棗核釘不致打在女兒身上，那裏還顧得取甚麼準頭，但聽得「啊、啊」兩聲大叫，兩名綠衣弟子一中腦門，一中前胸，立時斃命。

公孫止知道要奪回絕情谷，除了仗李莫愁爲助之外，必須衆弟子歸心，眼下這事正是激怒衆弟子的良機，叫道：「惡婦，你辣手殺我弟子，決不能跟你干休！」

這時楊過已截住了他的去路，說道：「咱們萬事須得有個了斷，別忙便走！」公孫止將女兒舉起，獰笑道：「你敢攔我？」以左脚爲軸，滴溜溜轉了個圓圈，跟着又以右脚爲軸，再轉一圈，兩個圈子一轉，已向前趨進四尺，離楊過已近。楊過見他又是一個圈子轉上，惟恐傷了綠蕚，忙向旁躍開。

公孫綠蕚身在父親手中，動彈不得，一個圈子轉過來時，斗然見到楊過跳躍相避，讓開了去路，眼光中充滿着關懷之情，不禁芳心大慰：「他爲了我，寧可不要解藥！我死也瞑目了。」她手足雖不能動，頭頸卻能轉動，低聲叫道：「楊郎，楊郎！」額頭撞向公孫止挺起的黑劍。黑劍鋒銳異常，公孫綠蕚登時香消玉殞，死在父親手裏！

楊過大叫一聲：「啊喲！」搶上欲救，那裏還來得及？公孫止也是吃了一驚，心中微微一酸，耳聽得背後怒喝，三枚棗核釘電閃而至，當即將女兒的屍體向身後拋出，三枚鐵釘盡數打在她身上。

衆人見他如此狠毒，綠蕚身死之後尙對她這般蹧蹋，無不大憤，紛紛拔出兵刃湧上。

公孫止叫道：「衆弟子，惡婦勾結外敵，要殺盡我絕情谷中男女老幼。漁網刀陣，一齊圍上了。」衆弟子自來對他奉若神明，那日他被裘千尺打瞎眼睛逃走，衆弟子無所適從，只得遵奉裘千尺的號令，這時聽得他一叫，誰也不及細想，執起帶刀漁網從四角圍了上來。

每張漁網都是兩丈見方，網上明晃晃的綴滿了尖刀利刃。衆人武功雖強，實不知如何應付才是，眼見四周漁網向中間一合，每人身上難免洞穿十來個窟窿。這一包上來，連裘千尺也圍在其內。她大聲呼喝：「衆弟子別聽老賊胡言亂語，大家停步，快停步！」但衆弟子充耳不聞，只聽得公孫止喝着號令：「坤網向前，坎網斜退向左，震網轉右！」衆弟子應聲施爲，一張張帶刀漁網漸漸逼近。

黃蓉從懷中摸出一把鋼針，揚手向西首八名綠衣弟子射去，眼見相距既近，鋼針又多，八名弟子至少也會有五六人受傷，漁網陣打出缺口，便可由此衝出。卻聽得叮叮叮、錚錚錚幾聲響，黃蓉所發鋼針，裘千尺所噴鐵釘，全被漁網上的吸鐵石收了去。黃蓉暗叫：「不好！」喝道：「芙兒，舉劍護住頭臉，強攻破網。」

郭芙聽了母親的呼喝，抖動長劍，向東北角疾衝。四名弟子張開漁網，向她兜去，五六把尖刀碰到她身上軟蝟寶甲，漁網反彈，但持網的弟子跟着分從左右搶前，尖刀雖然傷她不得，漁網卻仍要將她裹住。

楊過站在公孫止身後，本在漁網陣之外，但八張漁網隨着公孫止的號令左兜右轉，已將他圍入陣內。楊過見情勢危急，提起玄鐵重劍，運勁往郭芙身前的漁網上斬去。垮喇喇一聲響，漁網裂成兩片，拉着網角的四名弟子同時摔倒。武三通、耶律齊等更不怠慢，拳掌齊施，摧筋斷骨，將這四名弟子手足打傷，以防他們更携新網，再來圍攻。楊過縱聲長嘯，兩劍揮過，又是兩張漁網散裂破敗。這漁網以金絲和鋼綫絞成，極堅極韌，但玄鐵重劍無堅不摧，三劍斬出，三網立破。衆弟子齊聲驚呼，向後退開。

公孫止喝道：「五網齊上！他一劍難破五網！」楊過心想：「五張漁網一齊捲上，確也難擋。」隨即斜步向左，制敵機先，砰的一聲，又斬破了一張。漁網拉得甚緊，一劍斬落，破網聲如裂金石。

便在此時，忽聽得廳外一人厲聲叱道：「往那裏走？」黃影幌動，一人從廳門中竄了進來，仗劍傲立，正是赤練仙子李莫愁。

她剛立定，廳門中又衝進一人，滿身血汚，散髮披頭，卻是朱子柳。他一雙空手，左指右掌，狠狠向李莫愁撲去。李莫愁手中雖有兵刃，但見朱子柳發瘋般勢同拚命，竟是不敢接招，繞着廳角閃避。兩人都是極高的輕功，頃刻間已在大廳上兜了六七個圈子。楊過大感驚疑：「李莫愁的武功未必不及朱伯伯，何以對他如此懼怕？那天竺僧呢？」

兩人武功各有所長，但輕功顯是李莫愁強多了，幾個圈子一奔，人人都看出朱子柳決計追她不上，而且他身上流下點點鮮血，濺成了一個圓圈，看來受傷竟自不輕。武三通父子三人，分從左右圍上。朱子柳叫道：「師哥，這毒婦害死了師叔。咱們無論如何……」一口氣喘不過來，站立不定，身子不住搖幌。

一燈聽到天竺僧的死訊，饒是他修爲深湛，竟也沉不住氣，立即站起。

楊過頭腦一陣暈眩，轉頭向小龍女望去，小龍女的眼光正也轉過來望着他。兩人四目交投，都是心中一冷，全身如墮冰窖。小龍女緩緩走過去靠在他身上。楊過一聲長嘆，携着她的手，往外便走。

原來天竺僧平時多近毒藥，體內抗毒之力甚強，他以大量情花自刺，預定昏暈三日夜方醒，但兩日兩夜過後不久，便即醒轉。他沉思半晌，便道：「這情花之毒雖甚厲害，卻比我所設想的爲輕，該當有法可解。」朱子柳大喜，當即稟告一燈等已來到絕情谷中，而火浣室的石門也已爲楊過破去。天竺僧道：「事不宜遲，咱們便去設法配藥救人。」

兩人走出火浣室，天竺僧便到情花樹之下低頭尋覓藥草。他知一物剋治一物，毒蛇出沒處必有化解蛇毒的草藥，而配製情花解藥所需的藥草，主要的一味多半也會正生長在情花之下。豈知李莫愁正躲在花樹旁山石之後，眼見天竺僧低頭走近，不問情由便射出一枚冰魄銀針。天竺僧不會武功，銀針透胸而入，登時斃命。

朱子柳聽得嗤的一聲響，師叔便即不動，知道山石後伏有敵人，但不知天竺僧已死，不顧自身安危，搶前救人。李莫愁知他心意，又是一針向天竺僧的屍體射去。朱子柳手中沒有兵刃，忙搶前劈出一掌將銀針擊落，肩背卻就此賣給了敵人。李莫愁長劍乘勢揮出，正中他右肩。朱子柳急忙沉肩卸勁，終究已深入寸許，當下連出數指，點向敵人腰間，招招均搶先着。他肩頭已傷，倘再退縮閃避，固然救不得天竺僧，而敵人連綿進招，實是後患無窮。

兩人劍來指去，拆了數招，朱子柳見天竺僧俯伏地下，毫不動彈，叫道：「師叔，師叔！」天竺僧並無應聲。李莫愁笑道：「你要他答應，倒也容易。只消你也吃我一枚毒針，到陰世去叫他便是。」朱子柳心中悲痛，更增敵愾之念，一招一式，絲毫不亂，出指時勁力反加。星月微光之下，李莫愁見他眼神如電，招招搶攻，竟是同歸於盡的拚命打法，再拆數招，不禁害怕起來，長劍急攻兩招，轉身便走。朱子柳俯身一搭師叔手腕，脈息全無，已然死去多時，一聲悲嘯，提氣向李莫愁疾追。兩人一前一後的奔進了大廳。

公孫止見李莫愁趕到，又驚又喜，叫道：「李道友到這邊來！」說着迎將上去。黃蓉一見公孫止的神氣，已自猜到幾分，叫道：「過兒，隔開這兩個魔頭，別讓他們湊近！」楊過聽得天竺僧的死訊，已然萬念俱灰，絕情丹是公孫止得去也好，不是他得去也好，全沒放在心上，聽到黃蓉的呼喝，只微微苦笑，卻不出手。

耶律齊拾起半張斬裂的帶刀漁網，叫道：「敦儒兄，拉住這邊。」他和武敦儒、完顏萍、耶律燕四人各自抓住漁網一角，攔在公孫止和李莫愁之間。

廳上這麼一亂，衆綠衣弟子錯了步伐。裘千尺乘機噴吐棗核鐵釘，衆弟子忙亂中不及張網收釘，接連有五人中釘斃命，帶刀漁網陣七零八落，登時潰散。

公孫止大聲叫道：「李道友，咱們分路出去，到適才見面之處相會。」兩人齊聲呼哨，分自左右掠過楊過和小龍女身畔，竄出廳去。楊過視而不見，毫不理會。黃蓉叫道：「龍家妹子，截住公孫止，絕情丹在他身上。」小龍女一驚，心想：「天竺僧既死，過兒身上的花毒全仗這半枚絕情丹化解。」當即掙脫楊過的手，飛步向公孫止追去。楊過叫道：「由得他去罷！」小龍女道：「怎能由得他去？」楊過只得在後跟隨。

公孫止和李莫愁一個奔向東北，一個奔向西北而行，衆人也是分頭追趕。小龍女、楊過、程英、陸無雙四人追趕公孫止。武氏父子、朱子柳、完顏萍五人追趕李莫愁。耶律齊兄妹和郭芙留着陪伴一燈和黃蓉，監視裘千尺。

武氏父子一行五人之中，朱子柳肩頭受了劍傷，適才奮戰，流血甚多，奔了一陣，漸感難支。衆人停步爲他裹傷，稍一躭擱，已失了李莫愁的蹤迹。

朱子柳恨恨的道：「今日若教這魔頭逃脫了，咱們怎對得起師叔？」五人在花叢樹木間穿來揷去，始終不見李莫愁的影迹。武三通怒火衝天，奮力拔起一根樹幹，將花木打得東倒西歪。朱子柳道：「那公孫止叫她到適才見面之處相會。咱們雖不知這二人在何處見過面，但只須釘住公孫止，那女魔頭爲求解藥，遲早會去尋他。」武三通道：「師弟此言甚是，咱們這便去找公孫止。」於是五人向西北方尋去。

走不多時，果然聽得前面隱隱傳來呼喝之聲。武三通扶住朱子柳加快脚步，但呼喝之聲忽遠忽近，一霎時竟又寂靜無聲，半點也聽不到甚麼了。五人覓路而行，擾攘了一夜，天色漸明，正行之間，忽聽得前面高處有人縱聲長笑，聲音尖厲，有若梟鳴。衆人停步抬頭，只見對面懸崖上站着一人仰天發笑，卻不是公孫止是誰？那懸崖下臨深谷，上面山峯筆立，峯頂深入雲霧之中，不知盡頭。

朱子柳見他狀若顚狂，心下暗驚：「倘若他一個失足，跌入了下面萬丈深谷，這人死不足惜，那半枚絕情丹卻要隨之而逝了。」當下如飛奔去，轉了個彎，只見楊過、小龍女、程英、陸無雙四人站在山邊，一齊仰頭望着公孫止。

小龍女見朱子柳等到來，低聲道：「朱大叔，你快想個法子，怎生引他下來。」朱子柳一瞧周遭情勢，但見有道寬不逾尺的石樑通向公孫止站立之處，石樑和山崖上都生滿了青苔，便是一人轉折也有所不便，除非他自願出來，否則絕難過去動手。

武三通想起楊過救了二子性命，全了他兄弟之情，今日之事義不容辭，當下捋袖說道：

「我去揪他過來。」剛跨出兩步，身邊人影閃動，程英已搶在他面前，說道：「我去！」她身法好快，一縱身便踏上了石樑。那知她快楊過更快，程英但覺腰間一緊，身子已被楊過的袍袖纏住，給他拉了回來，耳邊聽楊過說道：「我值得甚麼，何苦如此？」程英一張俏臉漲得緋紅，說不出話來。

便在此時，只聽得小龍女道：「借劍一使！」掠過武敦儒和完顏萍身邊，雙手伸出，已將二人手中的長劍奪了過去。這一下手法當眞是捷逾電閃，武敦儒和完顏萍一愕之下，已見小龍女輕飄飄的奔過石樑，到了公孫止身前。

公孫止身處絕地，見小龍女竟敢過來，一驚之下，搶上攔在石樑的盡頭，橫劍護身，獰笑道：「你當眞不要性命了麼？」小龍女心道：「無論如何，我得奪回絕情丹才死。」柔聲說道：「公孫先生，你於我有救命之恩，不料我反而害得你數受折磨，我……我心中好生歉仄。我不是來跟你拚命的。」公孫止道：「那你要幹甚麼？」小龍女道：「我是來求你賜予絕情丹，救我夫郎。此丹於你無用，若肯賜下，小女永感大恩大德。」

楊過在石樑彼端叫道：「龍兒回來，半枚丹藥救不得你我二人之命，要來何用？」

公孫止見小龍女俏立石樑之上，衣襟當風，飄飄然如欲乘風而去，這般丰姿，李莫愁又豈能及得萬一？他張着獨目痴痴而望，說道：「你叫那姓楊的小子作夫郎？」小龍女道：「是啊，我跟他成了親啦。」公孫止道：「你若允我一事，這丹便可給你。」小龍女見他眼珠骨溜溜轉動，已知其意，搖頭道：「我已有夫，豈能嫁你？公孫先生，你對我有情，可是我心另有所屬，只有辜負你一番好意。」公孫止獨眼一翻，喝道：「那你快快退去，若再與我爲敵，莫怪我刀劍無情。」小龍女道：「你定要動手，和我翻臉成仇，咱們豈不枉自相識了一場？」她語音柔和，在她心中，確是記着公孫止以前那番相救之德。

公孫止冷笑道：「我要親自見到楊過這小子毒發呻吟而死，要見他痛得在地下翻來翻去的打滾，要見你這位賢德妻子，終於成爲個披麻帶孝的俏寡婦。」他越說越是惡毒，咬牙切齒，面目猙獰。楊過不住叫道：「龍兒！回來，跟這人多說甚麼？」若不是石樑實在太窄，容不得兩人立足，他早已奔過去拉她回頭了。小龍女淒然一笑，說道：「你聽！他在叫我回去。他只顧惜我，可不在乎自己身上劇毒是否能治。」

公孫止和小龍女相距不過半丈，心想只要跨上一步，便能將她擒住，只是站立處地勢實在太險，她稍一掙扎，勢必兩人同時摔下深谷，但若不擒她爲質而使敵人有所顧忌，自己困於這斷腸崖上又如何脫身？當前敵人之中只楊過一人厲害，但自己奮力衝闖，他未必攔阻得住，最好是緊隨小龍女過了石樑，然後出手擒她，再去和李莫愁會合。他心下如意算盤一打定，刀劍互擊，金鐵交鳴之聲震得山谷響應，喝道：「還不退去！」劍隨聲至，向小龍女刺去。小龍女左劍擋格，右劍還擊。

她自跟周伯通習了分心合擊之術後，武功陡增一倍。雖然臟腑潛毒，內力消減，但雙手同使「玉女素心劍法」，其神妙處又豈是公孫止的金刀黑劍所能敵。他刀劍雖然變幻百端，其實刀仍是刀、劍仍是劍，只不過多了一件兵刃而已。霎時之間，小龍女手中雙劍舞成兩團白影，攻拒擊刺，宛似兩大高手聯手進攻一般，公孫止越鬥越是心驚，暗暗生悔：「早知她忽然學會了這等厲害劍術，便不能跟她動手的了。」總算「玉女素心劍」招數雖然精妙，傷人的威力不強，小龍女也無殺他之意，因此上公孫止還支撐得一時。

他二人在山崖上鬥得正急，不久一燈大師、黃蓉、郭芙、耶律齊、耶律燕也均趕到。各人仰頭觀戰，眼見山崖之險，兩人鬥得如此之兇，無不駭然。

郭芙向耶律齊道：「咱們快上去幫手！」耶律齊搖頭道：「石樑上無第二人可揷足之處。」郭芙和公孫止交過手，知他武功極高，連母親也非敵手，小龍女一人如何鬥得過他？急得只叫：「媽，媽，快想法子幫龍姊姊啊。」

其實不用她呼叫，這邊人人都急盼設法使小龍女得脫險境，可是對面山崖上決不能多容一人立足，但見公孫止金刀黑劍連使殺手，小龍女雙劍縱橫，迴旋之際似乎嬌柔無力，時候稍長，看來終須喪在公孫止手下。只有一燈、楊過、黃蓉、朱子柳四人才瞧出小龍女招數實佔上風，但激鬥之際，足下一個滑溜，立時跌落深谷，每一瞬間都有生死大險。眼見兩團白影裏着一道黃光、一道黑氣，人人屏息凝氣，手心中揑着一把冷汗。

再鬥片刻，黃蓉瞧出小龍女雙劍所使的竟是分心合擊之術，這門武功舉世除周伯通和郭靖外無第三人會得，小龍女自是得了周伯通的傳授，雙劍合璧，本來威力奇大，但她重傷之後加上中毒，內力大損，出劍乏勁，始終無法取勝。黃蓉心念一動，說道：「過兒，你和我同時向公孫止說話，你用言語恐嚇，我卻引他高興，叫他分心。」當下大聲說道：「公孫先生，裘千尺那惡婦已被我殺死了。」公孫止隔着山谷聽見，心中一震，將信將疑。楊過叫道：「公孫止，李莫愁說你不肯拿解藥給她，要來尋你的晦氣。」黃蓉叫道：「不，李莫愁說，只要你治愈了她身上情花之毒，她便委身嫁你。」楊過叫道：「我們大夥兒決不容你心願滿足，拿到你之後，要你身受情花刺膚之慘。」黃蓉叫道：「此事大可善罷，公孫先生，你不用擔心，大家化敵爲友如何？」楊過叫道：「你從前害死的那個使女柔兒，化成厲鬼來捉你啦，喏喏喏，柔兒就在你背後，你快轉身瞧！」

他二人你一言我一語，黃蓉說話之後，公孫止心中一喜，待得楊過說話，他又是一驚。小龍女於每一句話也都聽在耳裏，但一來事不關己，二來分心二用之際，心田一片空明，是以劍勢絲毫不緩。公孫止本來已左支右絀，擋架爲難，這樣一來更是心亂如麻，大聲喝道：「你們胡言亂語叫嚷些甚麼？快閉嘴！」楊過叫道：「喂！公孫止，你背後那個披頭散髮的姑娘是誰，她爲甚麼伸長舌頭，滿面血汚？啊，啊，她手爪好長，來抓你的頭頸了！」突然間提氣喝道：「好，柔兒！抓公孫止的頭頸。」

公孫止明知他是在擾亂自己心神，但斗然間聽他這麼一聲呼喝，禁不住打個冷戰，回頭斜目一瞥。便在此時，小龍女長劍斜出，劍尖顫處，已刺中他左腕。公孫止把揑不定，金刀直飛起來，在初升朝陽的照耀之下，金刀閃爍，掉入了崖下山谷，過了良久，才傳來極輕微的一響，隱隱似有水聲，似乎谷底是個水潭。武三通、朱子柳等相顧駭然，心想那金刀掉下去隔了這麼久聲音才傳上來，這山谷可不知有多深。

公孫止金刀脫手，別說進攻，連守禦也已難能。小龍女左一劍、右一劍，連刺四劍，公孫止身子搖幌，右腕中劍，黑劍又掉下了谷去。小龍女右劍對着他前胸，左劍指住他小腹，說道：「公孫先生，你將絕情丹給我，我不傷你的性命。」公孫止顫聲道：「你雖有善心，旁人呢？」小龍女道：「都不傷你便是。」

人至此地容，公孫止只求自己活命，那裏還去顧念李莫愁？從懷中掏出那個小瓷瓶遞過。

小龍女左手劍仍是指住他小腹，右手接過瓷瓶，心中又是甜蜜，又是酸楚，心想：「我自己雖然難活，但終於奪到了絕情丹，救了過兒。」雙足一點，提氣從石樑上奔回。

武三通、朱子柳等早知小龍女武功了得，可是說甚麼也想不到竟然如此出神入化，兩手同使雙劍，劍法竟能截然不同，分進合擊，實是生平從所未見。他們固曾聽說周伯通和郭靖雙手能分使不同武功，但得之傳聞，也只將信將疑，今日親眼目覩，無不歎服，看到奧妙凶險處，既感驚心動魄，又是心曠神怡。耶律兄妹、武氏兄弟、程英、陸無雙、郭芙等小一輩的更瞧得目爲之眩，見她年紀與自己相若，武功之高卻是無法形容，盡皆死心塌地的欽佩。但見她手持瓷瓶，飄飄若仙的從石樑上過來，衆人齊聲喝采。

楊過搶上前去拉住了她。衆人圍攏來慰問。小龍女拔開瓷瓶的瓶塞，倒出半枚丹藥，笑吟吟的道：「過兒，這藥不假罷？」楊過漫不經心的瞧了一眼，道：「不假。龍兒，你覺得怎樣？爲甚麼臉色這樣白？你運一口氣試試。」小龍女淡淡一笑，她自石樑上奔回之時，已覺丹田氣血逆轉，煩惡欲嘔，試運眞氣強行壓住，竟然氣息不調，自知受毒已深，天幸將半枚絕情丹奪來，此外也顧不得這許多了。

楊過握着她右手，但覺她手掌冰冷，驚問：「你覺得怎樣？」小龍女道：「沒甚麼，你快把丹藥服了。」楊過接過瓷瓶，顫聲說道：「半枚丹藥難救兩人之命，要它何用？難道你死之後，我竟能獨生麼？」說到此處，傷痛欲絕，左手一揚，竟將這世上僅此半枚能解他體內毒質的丹藥，擲入了崖下萬丈深谷之中。

這一下變故人人都是大出意料之外，一呆之下，齊聲驚呼。

小龍女知他決意與自己同生共死，心中又是傷痛，又是感激，惡鬥之後劇毒發作，再也支持不住，身子微微一幌，暈倒在楊過懷中。

郭芙、武氏兄弟、完顏萍、耶律燕等不明其中之理，七張八嘴的詢問議論。

便在此時，武三通大聲喝道：「李莫愁，今日你再也休想逃走了。」吆喝着飛步向左首山崖邊趕去，衆人回過頭來，只見公孫止正沿着山坡小徑向西疾奔，那邊山畔斜坡上站着一個道姑，正是李莫愁。眼見兩人便要會合，武三通和她卻相距尚遠。

忽聽得山後一個蒼老的聲音哈哈大笑，轉出一人，肩頭掮着一隻大木箱，白鬚拂肩，卻是老頑童周伯通。

黃蓉叫道：「老頑童，把那個道姑趕過來。」周伯通叫道：「妙極！大夥兒瞧瞧老頑童的本領。」揭開木箱箱蓋，雙手揮動，一羣蜜蜂飛出，直向李莫愁衝去。原來蒙古大軍焚終南山，全眞教道士全身而退，所携出的都是教中的道藏經籍，周伯通卻掮了一隻木箱，將小龍女養馴的玉蜂裝了不少而來。他孜孜不倦的玩弄多日，領會了指揮蜂羣的若干法門，這時聽得黃蓉一叫，正好大顯身手。

公孫止見到蜂羣，吃了一驚，不敢再向李莫愁走近，往山坳中一縮身，躲了開去。李莫愁見玉蜂嗡嗡飛近，前無去路，只得沿山路向東退來。武氏父子、程英、陸無雙等各執兵刃迎近。耶律齊叫道：「師父，你老人家好本事，快把蜜蜂羣收了罷！」

周伯通大呼小叫，要收回蜂羣，但他驅蜂之術究未十分到家，大出風頭之後，心中萬分得意，呼喝更加不對，蜂羣怎肯聽他的號令？仍嗡嗡振翅，向李莫愁飛去。

楊過抱着小龍女，低聲喚道：「龍兒，龍兒。」小龍女悠悠睜眼，耳畔聽得玉蜂嗡嗡聲響，便似回到了終南故居一般，喜道：「咱們回家了嗎？」定了定神，才想起適才之事，於是低嘯數聲，跟着又呼喝幾下，那羣玉蜂立時繞着李莫愁團團打轉，不再亂飛。

小龍女道：「師姊，你生平行事如此，今日總該後悔了罷？」李莫愁臉如死灰，問道：「絕情丹呢？」小龍女淒然一笑，道：「絕情丹已投入了谷底的深淵之中。你為甚麼要害死天竺僧？他如不死，不但救得楊過和我的性命，也能解你之毒。」李莫愁一顆心如鉛之重，料知小師妹此言不假，萬萬想不到一枚冰魄銀針殺了天竺僧，到頭來竟是害了自己。

這時武氏父子、程英、陸無雙等已四面合圍，周伯通兀自在指手劃脚的呼叫。小龍女道：「周老爺子，是這般呼嘯。」於是撮唇作嘯。周伯通學着呼了幾聲，千百頭玉蜂果然紛紛回入木箱。周伯通大喜，叫道：「龍姑娘，多謝你教導！」

一燈大師微笑道：「伯通兄，多年不見，你仍是清健如昔。」周伯通一怔，登時滿臉通紅，忙合上箱蓋，說道：「你也好，我也好，大家都好。」揹起木箱，頭也不回的去了。

李莫愁眼瞧周遭情勢，單是黃蓉、楊過、小龍女任誰一人，自己便均抵敵不住，何況羣敵合圍？當下把心橫了，說道：「各位枉自稱作俠義中人，嘿嘿，今日竟如此倚多為勝，仗勢欺人！小師妹，我是古墓派弟子，不能死在旁人手下，你上來動手罷！」說着倒轉長劍，將劍尖對準了自己胸膛。小龍女搖頭道：「事已如此，我殺你作甚？」

武三通突然喝道：「李莫愁，我要問你一句話，陸展元和何沅君的屍首，你弄到那裏去了？」李莫愁斗然聽到陸展元和何沅君的名字，全身一顫，臉上肌肉抽動，說道：「都燒成灰啦。一個的骨灰散在華山之顛，一個的骨灰倒入了東海，叫他二人永生永世不得聚首。」衆人聽她如此咬牙切齒的說話，怨毒之深，當眞是刻骨銘心，無不心下暗驚。

陸無雙道：「龍家姊姊心好，不肯殺你。我全家給你殺得鷄犬不留，只剩下我一人，今日我可要報仇了。表姊，咱們上！」武氏兄弟齊聲道：「我媽媽死在你手下，別人饒你，我兄弟倆決計饒你不得。」李莫愁淡然道：「我一生殺人不計其數，倘若人人要來報仇，我有多少性命來賠？便算是千仇萬寃，我終究也不過是一條性命而已。」陸無雙和武修文叫道：「那就便宜了你。」兩人一個持刀，一個挺劍，同時舉步上前。

李莫愁手腕一振，拍的一聲，手中長劍竟自震斷，嘴角邊意存輕蔑，雙手負在背後，不作抵禦，只待刀劍砍到，此生便休。

就在此時，忽見東邊黑烟紅焰衝天而起。黃蓉叫道：「啊喲，莊子起火。」朱子柳道：「暫緩殺她，搶救師叔的遺體要緊。」說着縱身上前，以一陽指手法連點李莫愁身上三處穴道，使她無法再逃。程英道：「還有公孫姑娘的遺體。」衆人都道：「不錯！」飛步奔回。武氏兄弟押着李莫愁。楊過、小龍女、黃蓉、一燈大師四人緩步在後而行。

離莊子尚有半里，已覺熱氣撲面，只聽得呼號喧嘩、樑瓦倒塌聲不絕於耳。武三通道：「公孫止這老兒奸惡如此，龍姑娘該當殺了他才是。」朱子柳道：「這場火多半不是公孫止放的，我猜是那光頭老太婆裘千尺的手筆。」武三通愕然道：「裘千尺？她自己一個好好基業，何必要放火燒了？」朱子柳道：「谷中弟子都不服她，便算咱們殺了公孫止，那老太婆也不能再此處安居，我瞧這婦人心胸狹窄之極……」

說話之間已奔近情花叢畔天竺僧喪生之處。朱子柳抱起天竺僧的遺體，見他面目如生，臉上猶帶笑容。武三通道：「師叔死得極快，倒沒受甚麼苦楚。」朱子柳沉吟道：「師叔那時正在尋找解除情花之毒的草藥……」

這時黃蓉和一燈也已趕到，黃蓉聽了朱子柳的話，在天竺僧身周細看，並未發見有何異狀，伸手到天竺僧的衣袋中去，也尋不到甚麼東西，問朱子柳道：「令師叔沒留下甚麼言語麼？」朱子柳道：「沒有。我和師叔從那磚窰中出來，誰也沒料到竟會有大敵窺伺在側。」黃蓉瞧瞧天竺僧含着笑容的臉色，突然心念一動，俯身翻過天竺僧的手掌，只見他右手拇指和食指之間拿着一株深紫色的小草。黃蓉輕輕扳開他的手指，拿起小草，問道：「這是甚麼草？」朱子柳搖搖頭，並不識得。黃蓉拿近鼻邊一聞，覺得有一股惡臭，中人欲嘔。一燈忙道：「郭夫人小心，這是斷腸草，含有劇毒。」黃蓉一怔，好生失望。

武氏兄弟押着李莫愁到來，武修文聽一燈說這草含有劇毒，說道：「師娘，不如叫這萬惡的女魔頭把草吃了。」一燈道：「善哉！善哉！小小孩兒，不可多起毒心。」武修文急道：「師祖爺爺，難道對這惡魔，你也要心存慈悲麼？」

這時四周樹木着火，畢卜之聲大作，熱氣越來越是難以忍受。黃蓉道：「大夥先退向東北角石山上再說。」各人奔上斜坡，眼見屋宇連綿，已盡數捲入烈火之中。

李莫愁被點中了穴道，雖能行走，武功卻半點施展不出，暗自運氣，想悄悄衝開穴道，乘人不防便突然發難，縱然傷不了敵人，自己便可脫身逃走，那知眞氣一動，胸口小腹之中立時劇痛，忍不住「啊」的一聲叫了出來。她遍身受了情花之刺，先前還仗眞氣護身，花毒一時不致發作，這時穴道受制，眞氣渙散，花毒越發越猛。她胸腹奇痛，遙遙望見楊過和小龍女並肩而來，一個是英俊瀟洒的美少年，一個嬌柔婀娜的俏姑娘，眼睛一花，模模糊糊的竟看到是自己刻骨相思的意中人陸展元，另一個卻是他的妻子何沅君。她衝口而出，叫道：「展元，你好狠心，這時還有臉來見我？」心中一動激情，花毒發作得更厲害了，全身打顫，臉上肌肉抽動。衆人見她模樣可怖已極，都不自禁的退開幾步。

李莫愁一生倨傲，從不向人示弱，但這時心中酸苦，熬不住叫道：「我好痛啊，快救救我。」朱子柳指着天竺僧的遺體道：「我師叔本可救你，然而你殺死了他。」李莫愁咬着牙齒道：「不錯，是我殺了他，世上的好人壞人我都要殺。我要死了，我要死了！你們爲甚麼活着？我要你們一起都死！」她痛得再也忍耐不住，突然間雙臂一振，猛向武敦儒手中所持長劍撞去。武敦儒無日不在想將她一劍刺死，好替亡母報仇，但忽地見她向自己劍尖上撞來，出其不意，吃了一驚，自然而然的縮劍相避。

李莫愁撞了個空，一個觔斗，骨碌碌的便從山坡上滾下，直跌入烈火之中。衆人齊聲驚叫，從山坡上望下去，只見她霎時間衣衫着火，紅燄火舌，飛舞身周，但她站直了身子，竟是動也不動。衆人無不駭然。

小龍女想起師門之情，叫道：「師姊，快出來！」但李莫愁挺立在熊熊大火之中，竟是絕不理會。瞬息之間，火燄已將她全身裹住。突然火中傳出一陣淒厲的歌聲：「問世間，情是何物，直教生死相許？天南地北……」唱到這裏，聲若遊絲，悄然而絕。

小龍女拉着楊過手臂，怔怔的流下淚來。衆人心想李莫愁一生造孽萬端，今日喪命實屬死有餘辜，但她也非天生狠惡，只因誤於情障，以致走入歧途，愈陷愈深，終於不可自拔，思之也是惻然生憫。程英和陸無雙對滿門被害之仇一直念念不忘，然見她下場如此之慘，大仇雖然得報，心中卻無喜悅之情。黃蓉懷中抱着郭襄，想及李莫愁無惡不作，但生平也有一善，於郭襄有月餘養育之恩，於是拿着郭襄的兩隻小手，向火燄中拜了幾拜。

楊過從斷腸崖前趕回之時，本想到大廳去搶出公孫綠蕚的遺體，但火頭從大廳而起，沒行到半路，早已望見廳堂四周烈燄衝天，這時火勢愈大，想起綠蕚和李莫愁一善一惡，同是殉情而死，同是葬身火窟，心下黯然，不禁一聲長嘆。

便在此時，猛聽得東北角山頂上有人縱聲怪笑，有若梟鳴，極是刺耳。楊過衝口而出：「是裘千尺！她怎地到了那邊山頂上去？」小龍女心念一動，道：「咱們再問問她去，是否尚有絕情丹留下？」楊過苦笑道：「龍兒，龍兒，你到這時還想不透麼？」

黃蓉、武三通、朱子柳等聽小龍女如此說，均想：「何不便問問她去？倘若再求得丹藥，定要迫楊過服食，不容他再這般自暴自棄的毀丹尋死了。」人人心念相同，好幾人齊聲說道：「過去瞧瞧。」武氏父子、耶律齊、完顏萍等搶先拔足便奔。楊過嘆了口氣，微微搖頭，心想：「除非你們能求得仙丹靈藥，使我夫妻同時活命。」

程英一直在旁默默的瞧着他，突然說道：「楊大哥，你不可拂逆衆人一片好心。咱們都過去罷！」她自來待楊過甚厚，楊過心中極是感激，雖然他情有獨鍾，不能移愛，但對這位紅顏知己相敬殊深。兩人相識以來，她從沒求過他做甚麼事，這時忽地說出這句話來，教楊過萬難拒卻，只得點頭應道：「好，大夥去瞧瞧這老太婆在山頂搗甚麼鬼。」

一行人依循裘千尺的笑聲奔向山頂。楊過見這山頂草木蕭瑟，正是當日他和公孫綠萼、裘千尺三人從洞中逃出生天之處。今日風物無異，而綠萼固已不在，自己在世上也已爲日無多了。

衆人行到離山頂約有里許之處，已看清楚裘千尺獨自坐在山巔一張太師椅中，仰天狂笑，狀若瘋狂。陸無雙道：「她只怕是失心瘋了。」黃蓉道：「大家別走近了，這人心腸毒辣，須防有甚詭計。我瞧她未必便眞是瘋顚。」衆人怕她棗核釘厲害，遠遠的站住了脚。黃蓉提一口氣，正欲出言，忽見對面山石後轉出一人，藍衫方巾，正是公孫止。

他脫下長袍，拿在右手一揮，勁透衫尾，長袍登時挺得筆直，衆人暗暗喝采。只聽他大聲獰笑，喝道：「惡毒老婦，你一把大火，將我祖先數百年相傳的大好基業燒得乾乾淨淨，今日還饒得過你麼？」說着揮動長衫，向裘千尺奔去。

只聽得颼的一聲響，裘千尺吐出一枚棗核釘，向公孫止激射過去。破空之聲在高山之巔發出，鐵釘射程又遠，響聲更是尖銳威盛。公孫止長袍一抖，已將鐵釘裹住。棗核釘力道極強，但長袍將它勁力拉得偏了，雖然刺破了數層長袍，卻已打不到身上。公孫止初時還料不定手中長袍是否眞能擋得住棗核釘，只是心中惱怒已極，見她獨坐山巔，孤立無援，正是殺她的良機，否則待山下敵人趕到便不能下手了，是以冒險疾衝而上，待見棗核釘傷不得自己，脚下奔跑更速。裘千尺見他奔近，驚叫：「快救人哪！」神色惶恐之極。

郭芙道：「媽，這老頭兒要殺人了！」黃蓉心中不解：「這老婦明明沒瘋，卻何以大聲發笑，將他招來？」只聽得呼呼兩聲，裘千尺接連發出兩枚棗核釘，兩人相距近了，鐵釘去勢更急。公孫止長衫連揮，一一盪開，忽地裏他長聲大叫，身子猛然不見，縮入了地中。裘千尺哈哈大笑。

那笑聲只發出「哈哈……」兩響，地底下忽然飛出一件長袍，裹住裘千尺的坐椅，將她連人帶椅的拖進了地底。裘千尺的笑聲空然變爲尖叫，夾着公孫止驚惶恐怖的呼聲從地底傳上。這聲音好一陣不絕，驀地裏一片寂靜，無聲無息。

衆人在山腰間看得清楚、聽得明白，面面相覷，不明其理，只有楊過懂得其中的緣故，不禁暗嘆：「報應，報應！」衆人加快脚步，奔到山巔，只見四名婢女屍橫就地，旁邊一個大洞，向下望去，黑黝黝的深不見底。

原來裘千尺在地底山洞中受盡了折磨，心中怨毒極深，先是一把火將絕情莊燒成了白地，再命婢女將自己抬到這山巔之上。當日楊過和綠萼從地洞中救她出來，便由這山巔的孔穴中脫身。她命四名婢女攀折樹枝，拔了枯草，將孔穴掩沒，然後擊斃婢女，縱聲發笑，至於她發釘、吃驚，全是假裝，好使公孫止不起疑心。

公孫止不知這荒山之巔有此孔穴，飛步奔來時終於踏上了陷阱。但他垂死尚要掙扎，揮出長袍想拉住裘千尺的坐椅，以便翻身而上，豈知一拉之下，兩人一起摔落。想不到兩人生時切齒爲讎，到頭來卻同刻而死，同穴而葬。這一跌百餘丈，一對生死寃家化成一團肉泥，你身中有我，我身中有你，再也分拆不開。

楊過說出原委，衆人盡皆歎息。程英、耶律齊兄妹等掘了一個大坑，將四名婢女葬了。眼見絕情谷中火勢正烈，已無可安居之處，衆人於一日之間見了不少人死亡，覺得這谷中處處隱伏危機，均盼儘早離去。

朱子柳又道：「楊兄弟受毒後未獲解藥，我們須得及早去尋訪名醫，好爲他醫治。」衆人齊聲稱是。黃蓉卻道：「不，今日還去不得。」朱子柳道：「郭夫人有何高見？」黃蓉皺眉道：「我受了裘千尺棗核釘的震盪，一直內息不調，今晚委屈各位便在谷中露宿一宵，待明日再行如何？」衆人聽得她身子不適，自無異議，當下分頭去尋山洞之類的住宿之地。

小龍女和楊過並肩而行，正要下山，黃蓉道：「龍家妹妹，你過來，我有幾句話跟你說。」說着將郭襄交給郭芙抱着，過去携了小龍女的手，向楊過微微一笑，道：「過兒，你放心，她既已和你成婚，我決不會勸她跟你離異。」楊過一笑不答，心中奇怪：「郭伯母要跟她說些甚麼？」眼見兩人携手走到山下一株大樹下坐了下來，雖然納悶，卻也不便過去，轉念一想：「龍兒甚麼也不會瞞我，待會何愁她不說？」

黃蓉拉着小龍女的手坐下，說道：「龍家妹妹，我那莽撞胡塗的女孩兒對你和過兒多有得罪，我實是萬分的過意不去。」小龍女道：「那沒甚麼。」心中卻道：「她一枚毒針要了我們兩人的性命，你縱然說萬分的過意不去，又有甚麼用了？」

黃蓉見她神色黯然，心中更是歉仄。她當時未入古墓，未悉原委，只道銀針雖毒，亦不難治，當年武三通、楊過等均受其毒，後來一一治愈，那想得到小龍女卻是適當經脈逆轉之際爲郭芙發針射中，實已制了她死命，說道：「有一件事我不明白，要向妹妹請教。你辛辛苦苦的奪得了絕情丹，過兒卻不肯服，竟投入了萬丈深淵之中，那是甚麼緣故？」

小龍女輕輕嘆了口氣，心想：「我性命已在旦夕之間，過兒對我情意深重，焉肯獨活？但事已至此，我又何必多說，徒然多起波瀾？」只道：「他脾氣有點古怪。」

黃蓉道：「過兒是個至性至情之人，想是他見公孫姑娘爲此丹捨身，心中不忍，因此情願不服，以報答這位紅顏知己。妹妹，他這番念頭固然令人起敬，但人死不能復生，他如此堅執，反倒違逆公孫姑娘捨身求丹之意了。」小龍女點了點頭。

黃蓉又道：「過兒只聽你一人的話，你好好勸勸他罷。」小龍女淒然道：「他便肯聽我的話，這世上又那裏再有絕情丹？」黃蓉說道：「絕情丹雖然沒有，他體內情花之毒未必便不能解，所難者是他不肯服藥。」小龍女又驚又喜，站起身來，說道：「那……那是甚麼解藥啊？」黃蓉拉着她手，道：「你坐下。」從懷中取出一株深紫色的小草，說道：「這是斷腸草，那天竺僧臨死之際，手中持着這棵小草。朱子柳大哥言道，天竺僧出去找尋解藥，突然中針而斃。你可見到他人雖斷氣，臉上猶帶笑容？自是因找到此草而喜。我師父洪七公他老人家曾道：凡毒蛇出沒之處，七步內必有解救毒蛇之藥，其他毒物，無不如此，這是天地間萬物生尅的至理。這斷腸草正好生在情花樹下，雖說此草具有劇毒，但我反覆思量，此草以毒攻毒，正是情花的對頭尅星。」

這番話只聽得小龍女連連點頭。黃蓉道：「服這毒草自是干冒大險，但反正已然無藥可救，咱們死裏求生，務當一試。據我細想，十成中倒有九成生效。」小龍女素知黃蓉多智，她既說得如此斷定，諒無乖誤，何況除此之外亦無他法。眼見李莫愁身上情花之毒發作，其疼痛難當之狀令人心悸神飛，萬一斷腸草治不好情花之毒，楊過反而被草藥毒斃，那也勝於因情花之毒發作而死。她低頭沉吟，心意已決，道：「好，我便勸他服食。」

黃蓉又從懷中取出一大把斷腸草來，交給了小龍女，說道：「我一路拔取，這許多總該夠了。你要他先服少量，運氣護住臟腑，瞧功效如何，再行酌量增減。」小龍女收入懷中，向黃蓉盈盈拜倒，低聲道：「過兒他……他一生孤苦，行事任性。郭夫人你要好好照看他些。」黃蓉忙伸手扶起，笑道：「你照看着他，勝我百倍，待襄陽圍解之後，咱們同到桃花島上盤桓些時。」

她雖聰明，卻那想得到小龍女自知命不久長，這幾句話是全心全意的求她照顧楊過。黃蓉抬起頭來，只見楊過遠遠站在對面山之中，凝望着小龍女。

楊過一直便望着小龍女，只是聽不見她和黃蓉的說話，見黃蓉走開，便緩緩過來。小龍女站起身來，說道：「今兒見了許多慘事，可是咱們自己的日子也不多了。過兒，旁人的事兒，咱們一概不提，你陪我走走。」楊過道：「好，我也正是這個意思。」兩人手携着手，順着山腰的幽徑走去。

行不多時，見一男一女並肩在山石旁偶偶細語，卻是武敦儒和耶律燕。楊過微微一笑，加快脚步，走過兩人身畔。忽聽前面樹叢中傳出嬉笑之聲，完顏萍奔了出來，後面一人笑道：

「瞧你逃到那兒去？」完顏萍見到楊過二人，臉上一紅，叫道：「楊大哥、大嫂！」轉身奔入左首林中，跟着武修文從樹叢中出來，追入林去。

楊過低聲吟道：「問世間，情是何物？」頓了一頓，道：「沒多久之前，武氏兄弟爲了郭姑娘要死要活，可是一轉眼間，兩人便移情別向。有的人一生一世只鍾情於一人，但似公孫止、裘千尺這般，卻難說得很了。唉，問世間，情是何物？這一句話也眞該問。」小龍女低頭沉思，默默無言。

兩人緩緩走到山脚下，回頭只見夕陽在山，照得半天雲彩紅中泛紫，藍天薄霧襯着山頂積雪，實是美艷難以言宣，兩人想到在世之時無多，對這麗景更是留戀。

小龍女痴痴的望了一會，忽問：「你說人死之後，眞要去陰世，眞是有個閻羅王麼？」楊過道：「但願如此。陰世便有刀山油鍋諸般苦刑，也還是有陰世的好。否則，渺渺茫茫，咱倆可永不能相見聚會了。」小龍女道：「是啊，但願得眞有個陰世才好。聽說黃泉路上有個孟婆，她讓你喝一碗湯，陽世種種你便盡都忘了。這碗湯啊，我可不喝。過兒，我要永永遠遠記着你的恩情。」她善於自制，雖然心中悲傷，語氣還是平平淡淡。楊過卻實在忍耐不住了，轉過身去，拭了拭眼淚。

小龍女嘆道：「幽冥之事，究屬渺茫，能夠不死，總是不死的好。過兒，你瞧這朶花兒多好看。」楊過順着她的手指，見路邊一朶深紅色的鮮花正自盛放，直有碗口來大，在風中微微顫動，似牡丹不是牡丹，似芍藥不是芍藥，說道：「這花當眞少見，隆冬之際，倘開得這般燦爛。我給他取個名兒，便叫作龍女花罷。」說着走過去摘下，揷在小龍女鬢邊。小龍女笑道：「多謝你啦。給了我一朵好花，給花取了個好名兒。」

兩人又行一陣，在一片草地上坐了下來。小龍女道：「你還記得那日拜我爲師的情景麼？」楊過道：「怎不記得？」小龍女道：「你發過誓，說這一生永遠聽我的話，不管我說甚麼，你總是不會違拗。現下我做了你的妻子，你說該當由我『出嫁從夫』呢，還是由你『不違師命』？」楊過笑道：「你說甚麼，我便做甚麼，師命不敢違，妻命更加不敢違。」小龍女道：「嗯，你可要記得才好。」

兩人偎倚着坐在草地上，遙遙聽見武三通高呼兩人前去用食，楊過和小龍女相視一笑，均想：「何必爲了一餐，捨卻如此美景？」過了一會，天色漸黑，兩人累了一日一夜，身上又各受傷，終於都慢慢合上眼睛睡着了。

睡到中夜，楊過迷迷糊糊道：「龍兒，你冷嗎？」要伸手把她摟在懷裏，那知一摟卻摟了個空。楊過吃了一驚，睜開眼來，身邊空空，小龍女已不知到了何處。他急躍而起，轉身四望，冷月當空，銀光遍地，空山寂寂，花影重重，那裏有小龍女在？楊過急奔上山，大聲呼道：「龍兒，龍兒！」

他在山巓大叫：「龍兒，龍兒！」四下裏山谷鳴響，傳回來「龍兒，龍兒！」的呼聲，但小龍女始終沒有回答。楊過心中驚詫：「她到了那裏去呢？這山中不見得有甚麼猛禽怪獸，便是有，也傷她不得。倘若夜中猝遇強敵，她睡在我身旁，我決不致毫無知覺。」

他這麼大聲呼叫，一燈、黃蓉、朱子柳等盡皆驚醒。衆人聽說小龍女突然不知去向，個個都大感詫異，分頭在絕情谷四周尋找，卻那有她的蹤迹？

楊過急奔疾走，如顚如狂。終於各人重行會聚，楊過也靜了下來，心想：「她必是自行離去，我才一無所知。但爲甚麼要走？此事定與郭夫人日間跟她所說的話有關。當日她悄然遠行，終於到這絕情谷來，也便因郭夫人一番說話而起。」大聲問道：「郭伯母，你日間到底跟她說了些甚麼話？」

黃蓉也想不出小龍女何以會忽地失蹤，見楊過額上青筋爆起，更是擔心，說道：「我要她勸你服那斷腸草，或可解你體內情花之毒。」楊過衝口而出：「她既活不成，我又何必獨自活在世間？」黃蓉安慰道：「你不用心急。龍姑娘一時不知去了那裏，她武功高強，那裏會有不測？怎說得上『活不成』三字？」楊過焦急之下，難以自制，大聲道：「你的寶貝女兒用冰魄銀針打中了她，那時她正當逆轉經脈療傷，劇毒盡數吸入了丹田內臟。她又不是神仙，怎麼還活得成？」

黃蓉怎料得到竟有此事？她雖聽女兒說在古墓中以冰魄銀針誤傷了楊龍二人，但想他夫妻均是古墓派傳人，與李莫愁同出一派，自有本門解藥，只不過一時疼痛，決無後患，這時聽楊過一說，驚得臉都白了。她動念極快，立時想到：「原來過兒不肯服那絕情丹，是爲了妻子性命難保，是以不願獨生。那麼龍姑娘去了那裏呢？」抬頭向公孫止和裘千尺失足墮入深洞的那山峯望了一眼，不禁打了個寒戰。

楊過目不轉瞬的凝視着她，黃蓉望着那山峯發戰，這心意他如何不知？霎時之間又驚又怒，說道：「她既已性命難保，你便勸她自盡，好救我一命，是不是？你自以爲是對我一番善心，我……我……我好恨你……」說到這裏，氣塞胸臆，仰天便倒，竟自暈了過去。

一燈伸手在他背上推拿了一會，楊過悠悠醒轉。黃蓉說道：「我只勸她救你性命，決沒勸她自盡，你若不信，也只由得你。」衆人面面相覷，實不知該當如何。黃蓉道：「咱們上這山峯去瞧瞧。」當下衆人一齊上峯，向深洞中望下去，卻是黑黝黝的甚麼也瞧不見。

程英忽道：「咱們搓樹皮打條長索，讓我到那深洞中去探一探。楊大嫂萬一……萬一不幸失足……」黃蓉點頭道：「咱們總須查個水落石出。」

當下各人舉刀揮劍，割切樹皮搓結繩索，人多力強，到天明時便已結成一條百餘丈的繩索。衆小輩紛紛請纓，自願下洞。楊過道：「我下去瞧。」衆人望着黃蓉，聽她示下。黃蓉知楊過對自己已然起疑，倘若出言阻止，他必不肯聽，但若讓他下去，說不定小龍女當眞跌死在內，他怎肯再會上來？一時躊躇不語。

程英毅然道：「楊大哥，我下去。你信得過我麼？」除小龍女外，楊過最服的便是程英，自己也確是憂心如焚，手足無力，便點了點頭。武氏父子和耶律齊等拉住長索，將程英緩緩縋將下去。長索直放到只餘數丈，程英方始着地。

衆人團團站在洞口周圍，誰都不開口說話，怔怔的望着山洞，只待程英上來傳報消息。各人越是心焦，程英始終遲遲不上。黃蓉和朱子柳對望一眼，兩人是同樣的心思：「倘若小龍女眞的死在下面，楊過定要躍下洞去，須得及時拉住了他。」

楊過向黃蓉和朱子柳望了一眼，心道：「我若要尋死，自會悄悄的自求了斷，難道會在這兒跟你們拉拉扯扯，效那愚夫愚婦所爲麼？」

只見武三通手中執着的繩索突然幌動，郭芙、武氏兄弟等齊聲叫道：「快拉她上來。」各人合力拉繩，將程英吊上。程英未出洞口，已大聲叫道：「沒有，楊大嫂不在。」衆人大喜，不約而同吁了口長氣。片刻間程英鑽出洞來，說道：「楊大哥，我到處都仔細瞧過了，下面只有公孫止夫婦粉身碎骨的遺骸，再無別物。」

朱子柳沉吟道：「咱們四下裏都找遍了，想來龍姑娘此時定已出谷。」陸無雙忽道：「還有一處沒去瞧過，說不定她正在設法撈那顆絕情丹上來……」

楊過心頭一震，沒聽她說完，發足便往斷腸崖奔去。他一面急奔，一面大呼：「龍兒，龍兒！」到得崖前，俯視深谷，但見灰霧茫茫，那有人影？

尋思：「龍兒心思單純，如有甚麼心事，決計不會對我隱瞞。」逐一回想小龍女說過的言語：「她只說過，要我記得永遠聽她吩咐的誓言。我自是永不違拗她的心意，那又何消說得？可是她並沒吩咐過我甚麼啊？」抬起頭來，低聲道：「龍兒，龍兒，你到底去了那裏？要我遵從你甚麼話呢？」眼望着對面的斷腸崖，隱隱約約間便似見一個白衣姑娘鬢佩紅花、身形飄忽，手執雙劍正與公孫止激鬥。他大叫一聲：「龍兒！」一定神，那裏有小龍女在？只見一團團白霧隨風飄盪而已，但那朵紅花卻當眞是在對面山崖之下。

他心中奇怪：「昨日龍兒與公孫止在此相鬥，明明未見有此花在。此處全是山石，草木不生，怎會有花？若說是風吹來，又怎能如此湊巧？」當下提一口氣，從石樑奔到崖上。走到臨近，不禁胸口騰的一震，這正是他昨日摘來插在小龍女鬢邊那一朵，左側兩片花瓣微現憔悴之色，他認得清清楚楚，昨晚臨睡，這朵紅花仍在小龍女鬢邊，花既在此，小龍女昨夜自是到過此處了。

楊過俯身拾起花朵，只見花下有個紙包，忙打開紙包，裏面包着一束深紫色的小草，正是情花樹下的斷腸草。他心中怦怦亂跳，拿着那張包草的白紙翻來覆去細看，上面並無字迹，忽聽得隔崖陸無雙叫道：「楊大哥，你在那邊幹麼啊？」楊過一回頭，猛見崖壁上用劍尖刻着兩行字，一行大的寫道：「十六年後，在此重會，夫妻情深，勿失信約。」另一行較小的字寫道：「小龍女囑夫君楊郎，珍重萬千，務求相聚。」

楊過痴痴的望着那兩行字，一時間心慌意亂，實不明是何用意，心想：「她約我十六年後在此重會，那麼她到那裏去了呢？她身中劇毒，難以痊可，十天半月都未必挨得到，怎能有十六年之約？她明明知道我已將絕情丹摔去，又怎能期我於十六年之後？」他越想心緒越亂，身子搖搖欲墜。

衆人在對崖見他如痴如狂，深怕他一個失足，便此墮入谷底深淵。倘若過去相勸，那崖上只能再容一人，如楊過眞的發起狂來，他武功又高，無人制他得住，勢必被他一同拖墮深淵。黃蓉眉頭微蹙，對程英道：「師妹，他似乎還肯聽你話。」程英點點頭，道：「是！我過去瞧瞧。」說着飛身上了石樑，向楊過走去。

楊過聽得背後脚步聲，大聲喝道：「誰也不許過來！」猛地轉身，眼中射出兇光。程英柔聲道：「楊大哥，是我啊。我只是助你找尋楊大嫂，別無他意。」楊過凝視着程英，過了半晌，眼色漸漸柔和。

程英向前走了一步，道：「這朵紅花，是楊大嫂留下的麼？」楊過道：「是啊。為甚麼要十六年？為甚麼要十六年？」程英緩步走到崖上，順着楊過的目光，向石壁上那兩行字低聲讀了一遍，也是大惑不解，說道：「郭夫人足智多謀，料事如神，誰也比她不上。咱們問她去，必有明解。」楊過道：「不錯。石樑滑溜，你脚下小心。」當下飛身過了對山，將崖壁的兩行字對黃蓉說了。

黃蓉默默沉思了一會，突然兩眼發亮，雙手一拍，笑道：「過兒，大喜，大喜！」楊過驚喜交集，顫聲道：「你說……說是喜訊麼？」黃蓉道：「這個自然。龍家妹子遇到了南海神尼，當眞是曠世奇緣。」楊過臉色迷惘，問道：「南海神尼？那是誰？」

黃蓉道：「南海神尼是佛門中的大聖，佛法與武功上的修為俱是深不可測。只因她足迹罕履中土，是以中原武林人士極少有人知她老人家的大名。我爹爹當年曾見過她一面，承蒙授以一路掌法，一生受用無窮。嗯，那是十六、三十二，不錯，是三十二年之前的事了。」楊過將信將疑，喃喃的道：「三十二年？」

黃蓉道：「是啊，這位神尼只怕已近百歲高齡。我爹爹說，每隔十六年，她老人家便來中土一行，惡人撞到了她那是前世不修。好人遇到了，她老人家必有慈悲。龍家妹子這等美艷如仙的人物，她老人家定是十分歡喜，將她收作徒兒，帶到南海去了。」楊過喃喃的道：「隔十六年，隔十六年。一燈大師，此事當眞麼？」一燈「嗯」的一聲。

黃蓉搶着道：「這位神尼佛法雖深，脾氣卻有點古怪。大師，你見過她老人家麼？」一燈搖頭道：「老衲無緣，未曾得見。」黃蓉嘆道：「她老人家便是有一點不通情理，想人家少年夫妻，如花年華，卻要他們生生的分隔十六年，那不是太殘忍了麼？龍妹妹武功已這麼高，再學十六年，難道眞要把丈夫制得服服貼貼才罷手麼？」說着哈哈一笑。

楊過道：「不，郭伯母，那倒不是的。」黃蓉問道：「怎麼？」楊過道：「龍兒毒入臟腑，性命難保，倘若眞的蒙神尼她老人家垂靑，那麼這十六年之中，定是神尼以大神通驅除她體內劇毒。我總道……總道那是再也治不好的了。」

黃蓉嘆了口氣，說道：「芙兒莽撞傷人，我……我眞是慚愧無地。過兒，你這番猜測似乎更近情理。龍妹妹毒入臟腑，神尼便有仙丹妙藥，也非短時能將劇毒除盡。只盼她早日康復，神尼忽發善心，不用這麼久，便放她和你相會了。」

楊過從未聽說過「南海神尼」的名字，心頭恍恍惚惚，欲待不信，但花草在手，字迹在石，卻是千眞萬確之事，小龍女如眞遇到不測，又怎能有十六年之約？他沉吟半晌，又問：「郭伯母，你怎知是南海神尼收了她去？她又怎地不在壁上書下眞情，也好免我牽掛？」

黃蓉道：「我是從『十六年後』這四字中推想出來的。我只知南海神尼每隔十六年一履中土，除她之外，並無別人有此等奇習。一燈大師，你想得起另有旁人麼？」一燈搖頭道：「沒有。」黃蓉道：「這位神尼連她名字也不准旁人提，怎許龍妹妹在石上書她名號？就可惜這斷腸草不知能否解得你體內之毒，倘若……唉，十六年後龍妹妹欣然歸來，要是見不到你，只怕她也不肯再活了。」

楊過眼眶淚水充盈，望出來模糊一片，依稀若見對面崖上有個白影徘徊，似是十六年後小龍女在此尋覓，卻是失望傷心，尋不到自己。一陣冷風吹來，他機伶伶打個冷戰，毅然道：

「郭伯母，那我便到南海去找她，但不知神尼她老人家駐錫何處？」

黃蓉道：「你千萬莫作此想，南海神尼所住的大智島豈容外人涉足？而男子一登此島，更是立召殺身之禍。我爹爹頗蒙神尼青目，也從未敢赴大智島拜謁。龍妹妹既蒙神尼她老人家收留，相見有日，十六年彈指即過，又何必急在一時？」

楊過瞪着黃蓉，厲聲道：「郭伯母，你這番話到底是真是假？」黃蓉道：「你再去瞧瞧石壁上的字迹，若非龍家妹子所書，我說的自然也未必是眞。」楊過道：「那字迹沒錯。她寫我這『楊』字，右邊那『日』字下總是少寫一畫，這不是別人假冒的。」黃蓉拍手道：「那便好了。不瞞你說，我只覺此事太過湊巧，一直還疑心是朱大哥暗中布置了來讓你寬心的呢。」

楊過低頭沉思半晌，說道：「好，我便服這斷腸草試試，倘若無效，十六年後，請郭伯母告知我那苦命的妻子罷！」轉頭向朱子柳說道：「朱大叔，但不知這草如何服法？」

朱子柳只知這斷腸草劇毒無比，如何用來以毒攻毒卻全無頭緒，向一燈道：「師父，此事須聽你老人家示下。」

一燈伸出右手食指，在楊過的「少海」、「通里」、「神門」、「少沖」四處穴道上緩緩各點一指。這四穴都屬於陽氣初生的「手少陽心經」。楊過但覺一股緩氣自四穴通向胸口，心中悶塞之意立時大減。一燈道：「情花之毒既與心意相通，料想斷腸草解毒之時也必攻心。我點你四穴，護住心脈。你先服一棵試試。」楊過躬身道謝。一燈嘆道：「我師弟若在，他必能配以君臣調和的良藥，也不用咱們這般提心吊膽的暗中摸索了。」

楊過當得悉天竺僧被李莫愁打死之時，料知小龍女無法治愈，死志早決，但此刻想到十六年之約，求生意念復又大旺，於是取出一棵斷腸草來，放入口中慢慢咀嚼，但覺奇臭無比，而其味苦極，遠勝黃蓮。他連草帶汁吞入肚中，此前他不願獨活，這時卻惟恐先死，只怕十六年後小龍女重來斷腸崖時找不到自己，那時她傷心失望，如何能忍？當即盤膝坐下，潛運內力，護住心脈和丹田，過不多時，腹中猛地一動，跟着便大痛起來。

這痛楚就如千萬枚鋼針同時在腹中扎刺，又如肚腸寸寸斷絕，「斷腸」二字，實非虛言。楊過一聲不哼，出力強忍，約莫過了一盞茶時分，疼痛更遍及全身，四肢百骸，盡受荼毒，但一塊心田始終暖和舒暢，足見一燈大師的一陽指神功實是精深卓絕。這番疼痛足足持續了小半個時辰，他才覺痛楚又漸漸回歸肚腹，忽的哇的一聲，吐出一大口血來。這口血殷紅燦爛，比尋常人血鮮艷得多。

程英、陸無雙等見他吐血，都是「啊」的一聲輕呼。一燈大師卻是臉有喜色，低聲道：「師弟，師弟，你雖身死，仍有遺惠於人。」楊過一躍而起，道：「我這條命是天竺神僧、大師和郭伯母三位救的。」

陸無雙喜道：「你身上的毒質都解去了嗎？」楊過道：「那有這麼快？但既知此草有效，每日服他一棵，毒性總能逐步減輕。」陸無雙道：「你怎知毒性何日除淨？如果體內已經無毒，你仍然吃之不已，豈不是肚腸都爛斷了麼？」楊過道：「這個我可自知，如毒性未淨，倘若……倘若心中情欲不淨，胸口便會劇痛。」

郭芙一直在旁怔怔聽着，突然插口道：「楊大哥只想念楊大嫂，她才不會想念你呢。」昨日公孫止以黑劍削來，郭芙得陸無雙提醒，舉臂擋過，當時只道她是好意，倒也頗爲感激，但後來越想越不對，陸無雙既不會好心提醒，更不會知道自己身披軟蝟甲，自然是想爲楊過報斷臂之仇，心中怒氣鬱積已久，這時忍不住出言譏嘲。黃蓉忙喝：「芙兒你瞎說甚麼？」陸無雙卻已滿臉飛紅。郭芙仍不住口，說道：「十六年後楊大嫂便要回來，你不用痴心妄想。」陸無雙再也忍耐不住，刷的一聲拔出了柳葉刀，戟指喝道：「若不是你，楊大哥又何用與楊大嫂分手一十六年？你自己想想，你害得楊大哥可有多慘？」郭芙秀眉一揚，待要反唇相稽。黃蓉厲聲喝道：「芙兒，你再對人無禮，你立時自行回桃花島去。不許你去襄陽。」郭芙不敢再說，只是對陸無雙怒目而視。

楊過長嘆一聲，對陸無雙道：「這件事陰差陽錯，郭姑娘也不是有意害人。無雙妹子，此事今後不用再提了。」陸無雙聽他叫自己爲「無雙妹子」，而叫郭芙爲「郭姑娘」，顯然分了親疏，心中一喜，於是還刀入鞘，向郭芙扮個鬼臉。

一燈道：「楊少俠服斷腸草而身子不損，看來這草確有解毒之效，但爲求萬全，不宜連續服食，等七日之後，再服第二次。那時你仍須自點這四處穴道護住心脈，所服藥草，份量也須酌減。」楊過躬身道：「謹聆大師教誨。」

黃蓉見太陽已到了頭頂，說道：「咱們離襄陽已久，不知軍情如何，我心下甚是牽掛，今日便要回去。過兒，你也一起去襄陽罷，郭伯父想念你得緊呢。」楊過道：「我要在這裏等候我妻子。」郭芙奇道：「你要在此等她十六年？」楊過道：「我不知道，反正我也沒別的地方好去。」黃蓉道：「你在這裏再等十天半月，也是好的。倘若龍家妹子眞無音訊，你便到襄陽來。」楊過怔怔的瞧着對面山崖，並不答應。

當下衆人與楊過作別。郭芙見陸無雙並無去意，忍不住說道：「陸無雙，你在這裏陪伴楊大哥麼？」陸無雙臉上一紅，道：「跟你有甚麼相干？」程英忽道：「楊大哥尙未痊愈，我和表妹留着照料他幾天。」

黃蓉知道這個小師妹外和內剛，要是女兒惹惱了她，說不定後患無窮，忙向郭芙橫了一眼，不許她多說多話，說道：「過兒有小師妹和陸姑娘照料，那是再好也沒有了。待他體內毒性全解之後，三位請結伴到襄陽來，拙夫和小妹掃榻相候。」

楊過、程英、陸無雙三人竚立山邊，眼望一燈、黃蓉等一行人漸行漸遠，終於被林梢遮沒。山林中大火燒了一夜，這時漸已熄滅。

楊過道：「兩位妹妹，我有一個念頭，說出來請勿見怪。」陸無雙道：「誰會見怪你了？」楊過道：「咱三人相識以來，甚是投緣，我並無兄弟姊妹，意欲和兩位義結金蘭，從此兄妹相稱，有如骨肉。兩位意下如何？」程英心中一酸，知他對小龍女之情生死不渝，因有十六年遙遙相待，故要定下兄妹名份，以免日久相處，各自尷尬，但見陸無雙低下了頭，眼中含淚，忙道：「咱兩人有這麼一位大哥，眞是求之不得。」

陸無雙走到一株情花樹下，拔了三棵斷腸草，並排揷好，笑道：「人家結拜時撮土爲香，咱三人別開生面，揷草爲香。」她雖強作歡顏，但說到後來，聲音已有些哽咽，不待楊過回答，先盈盈拜了下去。楊過和程英也在她身旁跪倒，拜了八拜，各自敍禮。

楊過道：「二妹、三妹。天下最可惡之物，莫過於這情花花樹，倘若樹種傳出谷去，流毒無窮。咱們發個願心，把它盡數毀了，你說可好？」程英道：「大哥有此善願，菩薩必保佑你早日和大嫂相聚。」楊過聽了這話，精神爲之一振。

當下三人到場中檢出三件鐵器，折下樹枝裝上把手，將谷中尚未燒毀的情花花樹一株株砍伐下來。谷中花樹爲數不少，又要小心防備花刺，因此直忙到第六日，方始砍伐乾淨。三人惟恐留下一株，禍根不除，終又延生，在谷中到處尋覓，再無情花花樹的蹤迹，這才罷手。經此一役，這爲禍世間的奇樹終於在楊程陸三人手下滅絕，後人不復再覩。

次日清晨，陸無雙取出一棵斷腸草，道：「大哥，今天你又要吃這毒草了。」

楊過有了七日前的經歷，知道斷腸草雖毒，自己卻儘可抵禦得住，於是自點護心的四處穴道，取過一棵斷腸草嚼爛嚥下。這一次他體內毒性已然減輕，疼痛也不若上次那麼厲害，過了小半個時辰，嘔出一口鮮血，疼痛即止。

楊過站直身子，舒展了一回手脚，見程英和陸無雙都是滿臉的喜色，心想：「這兩個義妹如此待我，生平有這樣一個紅顏知己，已可無憾，何況兩個？只是我卻無以爲報。」微一沉吟，心想：「二妹得遇明師，所學大是不凡，只須假以時日，循序漸進，便能達一流高手之境。三妹的遭際卻遠不如她。」說道：「三妹，你的師父和我師父是師姊妹，說起來咱二人還是師兄妹。咱們古墓派最精深的武功，載在玉女心經之中。李莫愁畢生心願，便是想一讀此經，卻到死未能如願。左右無事，我便傳你一些本門的武功如何？」陸無雙大喜，道：「多謝大哥，下次再撞到郭芙，便不怕她無禮了。」

楊過微微一笑，當下將「玉女心經」中的口訣，自淺至深的說給她聽，說道：「你先把口訣記熟，練功之時可請二妹助你。這谷中無外人到來，正是練功的絕妙所在。」

此後數日，陸無雙專心致志的記誦玉女心經，她所學本是古墓派功夫，一脈相通，易於領會。漸漸學到深奧之處，陸無雙不能明曉，楊過教她儘管囫圇吞棗的硬記，日久自通。如此教了將近一月，陸無雙將整部心經從頭至尾的記全了，反覆背誦，再無遺漏。楊過也每隔七日，便服一次斷腸草解毒，服量逐次減少。

一日早晨，陸無雙與程英煮了早餐，等了良久，不見楊過到來，二人到他所歇宿的山洞去看時，只見地下泥沙上劃着幾個大字：「暫且作別，當圖後會。兄妹之情，皎如日月。」

陸無雙一怔，道：「他……他終於去了。」發足奔到山巔，四下遙望，程英隨後跟至。兩人極目遠眺，惟見雲山茫茫，那有楊過的人影？陸無雙心中大痛，哽咽道：「你說他……他到那裏去啦？咱們日後……日後還能再見到他麼？」

程英道：「三妹，你瞧這些白雲聚了又散，散了又聚，人生離合，亦復如斯。你又何必煩惱？」她話雖如此說，卻也忍不住流下淚來。

楊過在斷腸崖前留了月餘，將玉女心經傳了陸無雙，始終沒再得到小龍女半點音訊蹤迹，知道再等也是無用，於是拔了一束斷腸草藏在懷中，沙上留字，飄然離去。他心總不死，盼望小龍女又回到了終南山，當下又去古墓，但見鳳冠在床，嫁衣委地，徒增一番傷心而已。

下得山來，在江湖上東西遊蕩，忽忽數月，這日行近襄陽，見蒙古軍燒成白地的廢墟中已新添了些草舍茅寮，人烟漸聚，顯是近數月中蒙古鐵蹄並未南下。他雖牽記郭靖，但不願見郭芙之面，心想：「與鵰兄睽別已久，何不前去一訪？」當下覓路赴荒谷而來。

行近劍魔獨孤求敗昔年隱居之所，便縱聲長嘯，邊嘯邊走，過不多時，只聽得前面山腰中傳來呱呱鳴聲。抬頭但見神鵰蹲在一株大樹之下，雙爪正按住一頭豺狼。神鵰見到楊過，放開豺狼，大踏步過來。那豺狼死裏逃生，挾着尾巴鑽入了草叢。楊過抱住神鵰，一人一禽，均是十分欣喜，一齊回到石室。他想離此不過數月，卻已自生入死，自死出生，悲歡聚散，經歷了無數變故，只可惜神鵰不會說話，否則大可向牠一吐心懷了。

如此數日，他便在荒谷中與神鵰為伴，這日閒着無事，漫步來到獨孤求敗埋劍的山崖之前。縱躍上崖，看到朽爛木劍下的石刻：「四十歲後，不滯於物，草木竹石，均可為劍。自此精修，漸而進於無劍勝有劍之境。」心想：「我持玄鐵重劍，幾已可無敵於天下，但瞧獨孤前輩遺言，顯是木劍可勝玄鐵重劍，而最後無劍卻又勝於木劍。龍兒既說須十六年後方得相見，這漫漫十餘年中，我就來鑽研這木劍勝鐵劍、無劍勝有劍之法便了。」

於是折攀樹枝，削成一柄木劍，尋思：「玄鐵劍重近七十斤，這柄輕飄飄的木劍要能以輕制重，只有兩途：一是劍法精奧，以快打慢；一是內功充沛，恃強克弱。」

自此而後，他日日夜夜勤修內功，精研劍術，每逢大雨之後，即到山洪之中與水相抗，以增出招之力，不覺夏盡秋來，自秋而冬，楊過用功雖勤，內力劍術卻進展均微。知道自已修為本來已至頗高境界，百尺竿頭再求進步，實甚艱難，倒也並不煩躁。

這一日天下大雪，神鵰歡呼一聲，躍到曠地上，展開雙翅，捲起一股勁風，將雪片吹了開去，楊過心念一動：「冬日並無山洪，雪中練劍也是個絕妙法門。」但見神鵰雙翅捲動之力越來越大，雪花下得雖密，竟沒半片飄落身上。

楊過興起，提起木劍，也到雪中舞了起來，同時右手袖子跟着揮動，每見雪花飄落，或以劍風、或用袖力將雪花盪開，如此玩了半日，木劍和袖子的力道均覺頗有增進。

這雪一連下了三日，楊過每日均在雪中練劍。到第三日下午，雪下得更是大了，楊過正自凝神揮劍擊雪，神鵰突然揮翅向他掃來。楊過沒加防備，險些掃中，當即縱身急躍相避，但額頭上微感冰涼，已有兩片雪花黏了上來，立時想到：「那日在懸崖之上，鵰兄揮翅與我搏擊，令我劍術大進，今日又在和我練劍了。」於是伸出木劍還刺，喀喇一響，木劍與鵰翅相碰，立時折斷。神鵰不再進擊，卻翅而立，啾啾低鳴，神色間竟有責備之意。

楊過心想：「要以木劍和你的驚人神力相抗，只有側避閃躍，乘隙還擊。」當下又削了一柄木劍，在雪地中再與神鵰鬥了起來。這一次卻支持到十餘招，木劍方斷。

如此勤練不休，楊過見神鵰毫無怠意，似乎督責甚嚴，心中又是感激，又是慚愧，暗想：「我若練不成木劍，如何對得住鵰兄一番美意？而這番曠世難逢的奇緣，又怎能任他白白錯過？」因此縱在睡夢之中，也在思索如何避招出招，如何增厚內力。練功既勤，對小龍女的相思倒也不再如數月前那麼的心焦如焚了。這時體內情花之毒早已盡解，內力既增，體格日壯，已非復昔日的憔悴容顏。

眼見天寒地凍，已是與小龍女分手的周年，楊過道：「鵰兄，我欲去絕情谷一行，今日和你暫別。」於是携了木劍，出谷而去。那神鵰跟了出來，行到岔道，楊過向神鵰一揖，踏上向北的大道，不料神鵰咬住他衣衫，拉他向南。楊過道：「鵰兄，我往北有事，咱們就此別過。」但神鵰只是拉他往南。楊過心中奇怪：「鵰兄往日甚是解事，何以此刻如此固執？」苦在言語不通，只得跟着牠向南。神鵰見他跟來，便放開口不再拉他衣衫，但只要楊過轉身向北，便咬住他衫角不放。楊過心想：「鵰兄至爲神異，拉我向南，必有深意，我跟牠前往便是了。」於是消了赴絕情谷之意，跟着神鵰，直往東南方而來。

行了十餘里，楊過驟然間心中一動：「鵰兄壽高通靈，莫非牠引我到南海去和龍兒相會麼？」想到此處，胸口熱血奔騰，難以抑止，當下邁開大步，隨着神鵰疾馳。不一月間，已抵東海之濱。

他站在海邊石上，遠眺茫茫大海，眼見波濤洶湧，心中憂喜交集。過不多時，耳聽得遠潮隆隆，聲如悶雷，連續不斷。他幼時曾在桃花島住過，知道海邊潮汐有信，每日子午兩時各漲一次，這時紅日當空，想來又是漲潮之時。潮聲愈來愈響，轟轟發發，便如千萬隻馬蹄同時敲打地面一般，但見一條白綫向着海岸急衝而來，這一股聲勢，比之雷震電轟更是厲害。楊過見天地間竟有如斯之威，臉上不禁變色。

一轉瞬間，海潮已衝至身前，似欲撲上岩來。楊過縱身後躍，突覺背心一股極大的勁力推到，正是神鵰展翅撲擊。他身在半空，不由自主，撲通一聲，跌入了滔天白浪之中，但覺口中一鹹，喝下了兩口海水。

此時處境甚危，幸好在山洪之中習劍已久，當即打個「千斤墜」，在海底石上牢牢釘住身軀。海面上波濤山立，海底卻較爲平靜。他畧一凝神，已明其理：「原來鵰兄引我到海畔來，是要我在怒濤中練劍。」當下雙足一點，竄出海面，勁風撲臉，迎頭一股小山般的大浪當頭蓋下。他右臂使勁在水中一按，躍過浪頭，急吸一口長氣，重又回入海底。

如此反覆換氣，待狂潮消退，他也已累得臉色蒼白。當晚子時潮水又至，他攜了木劍，躍入白浪之中揮舞，但覺潮水之力四面八方齊至，渾不如山洪般只是自上衝下，每當抵禦不住，便潛入海底暫且躲避。

似此每日習練兩次，未及一月，自覺功力大進，若在旱地上手持木劍擊刺，隱隱似有潮湧之聲。此後神鵰與他撲擊爲戲，便避開木劍正面，不敢以翅相接。

一日楊過殺得興起，揮劍削出，使上了十成力氣。神鵰呱的一聲大叫，向旁閃躍。楊過收勢不及，一劍斬在一株小樹上，木劍破折，小樹的樹幹卻也從中斷截。楊過手執斷劍的劍柄，心想：「這木劍脆薄無力，竟能斷樹，自是憑藉了我手上勁力，將來樹斷而劍不斷，那便可差近獨孤前輩當年的神技了。」

春去秋來，歲月如流，楊過日日在海潮之中練劍，日夕如是，寒暑不間。木劍擊刺之聲越練越響，到後來竟有轟轟之聲，響了數月，劍聲卻漸漸輕了，終於寂然無聲。又練數月，劍聲復又漸響，自此從輕而響，從響轉輕，反覆七次，終於欲輕則輕，欲響則響，練到這地步時，屈指算來在海邊已有六年了。

這時候楊過手仗木劍，在海潮中迎波擊刺，劍上所發勁風已可與撲面巨浪相拒，神鵰縱然力道驚人，也已擋不住他木劍的三招兩式，這時他方體會到劍魔獨孤求敗暮年的心境：「以此劍術，天下復有誰能與抗手？無怪獨孤前輩自傷寂寞，埋劍窮谷。」又想：「若不是鵰兄當年目覩獨孤前輩練劍的法門，我又焉能得此神技？我心中稱牠爲鵰兄，其實牠乃是我的良師。說到年歲，更不知牠已有多大，只怕叫牠鵰公公、鵰爺爺，便也叫得。」

在海畔練劍之時，不斷向海船上的歸客打聽南海島中可有一位神尼。但數年中問過千百個舟師海客，竟無半點音訊，便也漸漸絕了念頭，心想不到十六年的期限，終是難與小龍女相會。

某一日風雨如晦，楊過心有所感，當下腰懸木劍，身披敝袍，一人一鵰，悄然西去，自此足迹所至，踏遍了中原江南之地。

註：「問世間，情是何物，直教生死相許？」一詞，調寄「邁陂塘」，作者是金人元好問，作於金泰和五年，其時楊過之父楊康五歲。

風陵渡的客店中，郭芙、郭襄、郭破虜三姊弟坐在火堆旁烤火，聽衆客人述說神鵰俠的種種豪俠義舉。郭襄悠然神往，只盼能見一見這位神鵰大俠。

第三十三回　風陵夜話

大宋理宗皇帝開慶元年，是爲蒙古大汗蒙哥接位後的第九年，時值二月初春，黃河北岸的風陵渡頭擾擾攘攘一片，驢鳴馬嘶，夾着人聲車聲，這幾日天候乍寒乍暖，黃河先是解了凍，到這日北風一颳，下起雪來，河水重又凝冰。水面既不能渡船，冰上又不能行車，許多要渡河南下的客人都給阻在風陵渡口，無法啓程。風陵渡上雖有幾家客店，但北來行旅源源不絕，不到半天，早已住得滿了，後來的客商也無處可以住宿。

鎭上最大的一家客店叫作「安渡老店」，取的是平安過渡的采頭。這家客店客舍寬大，找不到店的商客便都湧來，因此更是份外擁擠。掌櫃的費盡唇舌，每一間房中都塞了三四個人，餘下的二十來人實在無可安置，只得都在大堂上圍坐。店夥搬開桌椅，在堂中生了一堆大火。門外北風呼嘯，寒風挾雪，從門縫中擠將進來，吹得火堆時旺時暗。衆客人看來明日多半仍不能成行，眉間心頭，均含愁意。

天色漸暗，那雪卻是越下越大了起來，忽聽得馬蹄聲響，三騎馬急奔而至，停在客店門口。堂上一個老客皺眉道：「又有客人來了。」

果然聽得一個女子聲音說道：「掌櫃的，給備兩間寬敞乾淨的上房。」掌櫃的陪笑道：「對不住您老，小店早已住得滿滿的，委實騰不出地方來啦。」那女子說道：「好罷，那麼便一間好了。」那掌櫃道：「當眞對不住，貴客光臨，小店便要請也請不到，可是今兒實在是客人都住滿了。」那女子揮動馬鞭，拍的一聲，在空中虛擊一記，叱道：「廢話！你開客店的，不備店房，又開甚麼店？你叫人家讓讓不成麼？多給你錢便是了。」說着便向堂上闖了進來。

衆人見到這女子，眼前都是斗然一亮，只見她年紀三十有餘，杏臉桃腮，容顏端麗，身穿寶藍色的錦緞皮襖，領口處露出一片貂皮，服飾頗為華貴。這少婦身後跟着一男一女，都是十五六歲年紀，男的濃眉大眼，神情粗豪，女的卻是清雅秀麗。那少年和少女都穿淡綠緞子的皮襖，少女頸中掛着一串明珠，每顆珠子都是一般的小指頭大小，發出淡淡光暈。衆客商為這三人氣勢所懾，本在說話的人都住口不言，呆呆的望着三人。

店伴躬身陪笑道：「奶奶，你瞧，這些位客官們都是找不到店房的。你三位若是不嫌委屈，小的讓大家挪個地方，就在這兒烤烤火，胡亂將就一晚，明兒冰結得實了，說不定就能過河。」那少婦心中好不耐煩，但瞧這情景卻也是實情，蹙起眉頭不語。坐在火堆旁的一個中年婦人說道：「奶奶，你就坐到這兒，烤烤火，趕了寒氣再說。」那美貌少婦道：「好，多謝你啦。」坐在那中年婦人身旁的男客趕緊向旁挪移，讓出老大一片地方來。

三人坐下不久，店夥便送上飯菜。菜餚倒也豐盛，鷄肉俱有，另有一大壺白酒。那美貌少婦酒量甚豪，喝了一碗又是一碗，那少年和那文秀少女也陪着她喝些，聽他三人稱呼，乃是姊弟。那少年年紀似較少女爲大，卻叫她「姊姊」。

衆人圍坐在火堆之旁，聽着門外風聲虎虎，一時都無睡意。

一個山西口音的漢子說道：「這天氣眞是折磨人，一會兒解凍，一會兒結冰，老天爺可眞不給人好日子過。」一個湖北口音的矮個子道：「你別怨天怨地啦，咱們在這兒有個熱火兒烤，有口安穩飯吃，還爭甚麼？你只要在我們襄陽圍城中住過，天下再苦的地方都變成了安樂窩。」

那美貌少婦聽到「襄陽圍城」四字，向弟妹二人望了一眼。

一個廣東口音的客人問道：「請問老兄，那襄陽圍城之中。卻是怎生光景？」那湖北客人說道：「蒙古韃子的殘暴，各位早已知聞，那也不用多說了。那一年蒙古十多萬大軍猛攻襄陽，守軍統制呂大人是個昏庸無能之徒，幸蒙郭大俠夫婦奮力抗敵……」那少婦聽到「郭大俠夫婦」的名字，神色又是一動。聽那湖北客人續道：「襄陽城中數十萬軍民也是人人竭力死城，沒一個畏縮退後的。像小人只是個推車的小商販，也搬土運石，出了一身力氣來幫助守城。我臉上這老大箭疤，便是給蒙古韃子射的。」衆人一齊望他臉上，見他左眼下果然有個茶杯口大小的箭創，不由得都肅然起敬。

那廣東客人道：「我大宋土廣人多，倘若人人都像老兄一樣，蒙古韃子再兇狠十倍，也不能佔我江山。」那湖北人道：「是啊，你瞧蒙古大軍連攻襄陽十餘年，始終打不下，別的地方卻是手到拿來。聽說西域城外幾十個國家都給蒙古兵滅了，我們襄陽始終屹立如山。蒙古四王子忽必烈親臨城下督戰，可也奈何不了我們襄陽人。」說着大有得意之色。

那廣東客人道：「老百姓都是要和韃子拚命的，韃子倘若打到廣東來，瞧我們廣東佬也好好跟他媽的幹一下子。」那湖北人道：「不跟韃子拚命，一般的沒命。蒙古韃子攻不進襄陽，便捉了城外的漢人，綁在城下一個個的斬首，還把四五歲、六七歲的小孩兒用繩子綁了，讓馬匹拉着，拖在城下繞城奔跑，繞不到半個圈子，孩兒早已沒了氣。我們在城頭聽到孩兒們啼哭呼號，眞如刀割心頭一般。韃子只道使出這等殘暴手段，便能嚇得我們投降，可是他越狠毒，我們越守得牢。那一年襄陽城中糧食吃光了，水也沒得喝了，到後來連樹皮污水也吃喝乾淨，韃子卻始終攻不進來。後來韃子沒法子，只有退兵。」那廣東人道：「這十多年來，倘若不是襄陽堅守不屈，大宋半壁江山只怕早已不在了。」

衆人紛紛問起襄陽守城的情形，那湖北人說得有聲有色，把郭靖、黃蓉夫婦誇得便如天神一般，衆人讚聲不絕。

一個四川口音的客人忽然嘆道：「其實守城的好官各地都有，只是朝廷忠奸不分，往往奸臣享盡榮華富貴，忠臣卻含寃而死。前朝的岳爺爺不必說了，比如我們四川，朝廷就屈殺了好幾位守土的大忠臣。」那湖北人道：「那是誰啊？倒要請教。」那四川人道：「蒙古韃子攻打四川十多年，全賴余玠余大帥守禦，全川百姓都當他萬家生佛一般。那知皇上聽信了奸臣丁大全的話，說余大帥甚麼擅權，又是甚麼跋扈，賜下藥酒，逼得他自殺，換了一個懦弱無能的奸黨來做元帥。後來韃子一攻，川北當場便守不住。陣前兵將是余大帥的舊部，大家一樣拚命死戰。但那元帥只會奉承上司，一到打仗，調兵遣將甚麼都不在行，自然抵擋不住了。丁大全、陳大方這夥奸黨庇護那狗屁元帥，反寃枉力戰不屈的王惟忠將軍通敵，竟將他全家逮京，把王將軍斬首了。」他說到這裏，聲音竟有些嗚咽，衆人同聲嘆息。

那廣東客人憤憤的道：「國家大事，便壞在這些奸臣手裏。聽說朝中三犬，這奸臣丁大全便是其中一犬了。」一個白淨面皮的少年一直在旁聽着，默不作聲，這時插口道：「不錯，朝中奸臣以丁大全、陳大方、胡大昌三人居首。臨安人給他們名字中那個『大』字之旁都加上一點，稱之爲丁犬全，陳犬方，胡犬昌。」衆人聽到這裏都笑了起來。

那四川人道：「聽老弟口音，是京都臨安人氏了。」那少年道：「正是。」那四川人道：「然則王惟忠將軍受刑時的情狀，老弟可曾聽人說起過？」那少年道：「小弟還是親眼看見呢。王將軍臨死時臉色兀自不變，威風凜凜，罵丁大全和陳大方禍國殃民，而且還有一件異事。」衆人齊問：「甚麼異事？」

那少年道：「王將軍是陳大方一手謀害的。王將軍被綁赴刑場之時，在長街上高聲大叫，說死後決向玉皇大帝訴寃。王將軍死後第三天，那陳大方果然在家中暴斃，他的首級卻高懸在臨安東門的鐘樓簷角之上，在一根長竿上高高挑着。這地方猿猴也爬不上去，別說是人了，若不是玉皇大帝派的天神天將，卻是誰幹的呢？」衆人嘖嘖稱奇。那少年道：「此事臨安無人不曉，卻非我生安白造的。各位若到臨安去，一問便知。」

那四川人道：「這位老弟的話的確不錯。只不過殺陳大方的，並不是天神天將，卻是一位英雄豪傑。」那少年搖頭道：「想那陳大方是朝中大官，家將親兵，防衞何等周密，常人怎殺得了他？再說，要把這奸臣的首級高高挑在鐘樓的簷角之上，除非是生了翅膀，才有這等本領。」那四川人道：「本領非凡的奇人俠士，世上畢竟還是有的。但小弟若不是親眼目覩，可也眞的難以相信。」那少年奇道：「你親眼見他把陳大方的首級掛上高竿？你怎會親眼看見？」

那四川人微一遲疑，說道：「王惟忠將軍有個兒子，王將軍被逮時他逃走在外。朝中奸臣要斬草除根，派下軍馬追拿。那王將軍之子也是個軍官，雖會武藝，卻是寡不敵衆，眼見要被追去逮住，卻來了一位救星，赤手空拳的將數十名軍馬打得落花流水。小王將軍便將父子衛國力戰、卻被奸臣陷害之情說了。那位大俠連夜趕赴臨安，想要搭救王將軍，但終於遲了兩日，王將軍已經被害。那大俠一怒之下，當晚便去割了陳大方的首級。那鐘樓簷角雖是猿猴所不能攀援，但那位大俠只輕輕一縱，就跳了上去。」

那廣東客人問道：「這位俠客是誰？怎生模樣？」那四川人道：「我不知這位俠客的姓名，只是見他少了一條右臂，相貌……相貌也很奇特，他騎一匹馬，牽一匹馬，另外那匹馬上帶着一頭模樣希奇古怪的大鳥……」他話未說完，一個神情粗豪的漢子大聲說道：「不錯，這便是江湖上赫赫有名的『神鵰俠』！」

那四川人問道：「他叫做『神鵰俠』？」那漢子道：「是啊，這位大俠行俠仗義，好打抱不平，可是從來不肯說自己姓名，江湖上朋友見他和一頭怪鳥形影不離，便送了一個外號，叫作『神鵰大俠』。他說『大俠』兩字決不敢當，旁人只好叫他作『神鵰俠』，其實憑他的所作所爲，稱一聲『大俠』又有甚麼當不起呢？他要是當不起，誰還當得起呢？」

那美貌少婦突然插口道：「你也是大俠，我也是大俠，哼，大俠也未免太多啦。」

那四川人凜然道：「這位奶奶說那裏話來？江湖上的事兒小人雖然不懂，但那位神鵰大俠爲了救王將軍之命，從江西趕到臨安，四日四夜，目不交睫，沒睡上半個時辰。他和王將軍素不相識，只是憐他盡忠報國，卻被奸臣陷害，便這等奮不顧身的干冒大險，爲王將軍伸冤存孤，你說該不該稱他一聲大俠呢？」

那少婦哼了一聲，待要駁斥，她身旁的文秀少女說道：「姊姊，這位英雄如此作爲，那也當得起稱一聲『大俠』了。」她語音清脆，一入耳中，人人都覺說不出的舒服好聽。

那少婦道：「你懂得甚麼？」轉頭向那四川人道：「你怎能知道得這般清楚？還不是道聽塗說？江湖上的傳聞，十成中倒有九成靠不住。」

那四川人沉吟半晌，正色道：「小人姓王，王惟忠王將軍便是先父。小人的性命是神鵰大俠所救。小人身爲欽犯，朝廷頒下海捕文書，要小人頸上的腦袋。但既涉及救命恩人的名聲，小人可不敢貪生怕死，隱瞞不說。」

衆人聽他這麼說，都是一呆。那廣東人大拇指一翹，大聲道：「小王將軍，你是個好漢子，有那個不要臉的膽敢去向官府出首告密，大夥兒給他個白刀子進，紅刀子出。」衆人轟然稱是。那美婦人聽他如此說，也已不能反駁。

那文秀少女望着忽明忽暗的火光，悠然出神，輕輕的道：「神鵰大俠，神鵰大俠……」轉頭向小王將軍道：「王大叔，這位神鵰大俠武功既然這等高強，又怎地會少了一條手臂？」

那美婦人神色大變，嘴唇微動，似要說話，卻又忍住。小王將軍搖頭道：「我連神鵰大俠的姓名也問不到，他老人家的身世是更加不知了。」那美婦人哼了一聲，道：「你自然不知。」

那臨安少年道：「神鵰俠誅殺奸臣，是小王將軍親眼目覩，那麼自然不是天神天將所爲了。但奸臣丁大全一夜之間面皮變青。却必是上天施罰之故。」那廣東人道：「他怎麼一夜之間面皮變青？這可眞奇了。」那臨安少年道：「從前臨安人都叫丁大全爲丁犬全，但現今卻叫作『丁青皮』。他本來白淨臉皮，忽然一夜之間變成了青色，而且從此不褪，憑他多麼高明的大夫也醫治不了。聽說皇上也曾問起，那奸臣奏道：他一心一意爲皇上効力，憂心國事，數晚不睡，以致臉色發青。可是臨安城中個個都說，這奸相禍國殃民，玉皇大帝遣神將把他的臉皮打青了。」那廣東人笑着搖頭，道：「這可愈說愈奇了。」

那神情粗豪的漢子突然哈哈大笑，拍腿叫道：「這件事也是神鵰俠幹的，嘿嘿，痛快痛快。」衆人忙問：「怎麼也是神鵰俠幹的？」那大漢只是大笑，連稱：「痛快，痛快。」那廣東客人欲知詳情，命店小二打來兩斤白乾，請那大漢喝酒。

那大漢喝了一大碗白乾，意興更豪，大聲說道：「這件事不是兄弟吹牛，兄弟也有一點小小功勞。那天晚上神鵰俠突然來到臨安，叫我帶領夥伴，把臨安錢塘縣衙門中的孔目差役一起綁了，剝下他們的衣服，讓衆夥伴喬扮官役。大夥兒又驚又喜，不知神鵰俠何以如此吩咐，但想來必有好戲，自然遵命辦理。到得三更過後，神鵰俠到了錢塘縣衙門，他老人家穿起縣官服色，坐上正堂，驚堂木一拍，喝道：『帶犯官丁大全！』」他說到這裏，口沫橫飛，喝了一大口酒。

那廣東客人道：「老兄那時在臨安作何營生？」那漢子橫了他一眼，大聲道：「作甚麼營生？大碗喝酒，大塊吃肉，大秤分金，做的是沒本錢買賣。」那廣東客人吃了一驚，不敢再問。

那大漢又道：「那時我聽到『丁大全』三字，心中一怔，尋思：『丁大全這狗官是當朝宰相啊，神鵰俠怎地將他拿來了？』只見神鵰俠又是一拍驚堂木，兩名漢子果然把一個身穿大臣服色的傢伙揪了上來。早一年丁大全到佑聖觀燒香，我在道觀外見過他的面目，這時一看，可不是丁大全是誰？他嚇得渾身發抖，想跪又不想跪。一名兄弟在他的膝彎裏踢了一脚，他撲地便跪倒了，哈哈，痛快，痛快！神鵰俠問道：『丁大全，你知罪了麼？』丁大全道：『不知。』神鵰俠喝道：『你營私舞弊，屈殺忠良，殘害百姓，通敵誤國，種種奸惡情事，快快給我招來。』丁大全道：『你到底是甚麼人？刦侮大臣，可不知王法麼？』神鵰俠道：『你還知道王法？左右，打他四十大板再說！』大夥兒素來恨這奸臣，這時候下板子時加倍出力，只打得這奸相暈去數次，連連求饒。神鵰俠問他一句，他便答一句，再也不敢倔強。神鵰俠命取過紙筆，叫他寫供狀。他稍一遲疑，神鵰俠便喝令我們打他屁股，掌他嘴巴。」

那文秀少女噗哧一笑，低聲道：「有趣，有趣！」

那大漢咕嘟喝了一大口酒，笑道：「是啊，原本有趣得很。那丁大全吃打不過，只得親筆招供，可是他拖拖挨挨，寫得極慢，神鵰俠連聲催促，他總是不肯寫快。不久天色將明，衙門外人聲喧嘩，到了大批軍馬，想是風聲洩漏了出去。神鵰俠怒起上來，喝道：『把他腦袋砍了！』跟着向我使個眼色。我知神鵰俠輕易不肯傷人性命，於是拔出鋼刀，在丁大全頸中刷的一刀，這一刀下去時，鋼刀在半空中轉了個圈兒，砍在頭頸中的不是刀鋒，而是刀背。但這一下丁大全可嚇破了膽，只見他臉色突然轉藍，暈了過去。神鵰俠哈哈一笑，說道：『這也夠他受的了，咱們不用殺他，要朝廷將他明正典刑。』叫我們便穿着衙役衣服，從邊門溜走，各自回家。他老人家親自斷後，也沒交鋒打仗，大夥兒平平安安的退走。聽說神鵰俠第二天親入皇宮，把丁大全的供狀交給皇帝老兒。但不知丁大全如何花言巧語，皇帝老兒竟信了他的，還是叫他做宰相做下去。」

小王將軍嘆道：「主上若不昏庸無道，奸臣便不能作惡。去了個秦檜，來個韓侂胄；去了韓侂胄，來個史彌遠；去了史彌遠，又來丁大全。眼見賈似道日漸得勢，這又是個禍國殃民之徒。唉，奸臣一個接着一個，我大宋江山，眼見難保呢。」那大漢道：「除非請神鵰俠做宰相，那才能打退韃子，天下太平。」

那美貌少婦插口道：「哼，他也配做宰相？」那大漢怒道：「他不配難道你配？」那少婦怒氣上衝，喝道：「你是甚麼東西，膽敢對我無禮？」眼見那大漢手中執着根撥火鐵棒，隨手從地下拾起一段木柴，在撥火棒上一敲。那大漢手臂一震，只覺半身酸麻，噹的一聲，火棒脫手落在地下，火堆中火星濺了起來，燒焦了他數十根鬍子。衆人失聲驚叫。那大漢性子雖躁，但領教了她如此武功，吃了虧竟是不敢發作，只是咕咕噥噥的摸着鬍子，連酒也不想喝了。

那文秀少女道：「姊姊，人家說那神鵰俠說得好好地，你幹麼老是不愛聽？」她轉頭向那大漢嫣然微笑，道：「大叔，你別見怪。」那大漢本來滿腔怒氣，但見她這麼甜甜一笑，怒火登時消於無形，裂着大口報以一笑，想說句客氣話，卻不知如何措詞才好。

那少女道：「大叔，那神鵰俠你是怎麼認得他的？」那大漢向少婦望了一眼，遲疑着不說。那少女道：「你說好啦，只要不得罪我姊姊便成。神鵰俠多大年紀啦？他的神鵰好不好看？」不等大漢回答，轉頭向那少婦道：「姊姊，不知他那頭神鵰跟咱們一對白鵰兒比起來又怎樣？」

那少婦道：「跟咱們的雙鵰比？天下那有甚麼鵰兒鷹兒，能比得上咱們的雙鵰。」那少女道：「那也不見得。爹爹常說：學武之人須知天外有天，人上有人，決計不可自滿。人既如此，比咱們的鵰兒更好的禽鳥，想來也是有的。」那少婦道：「你小小年紀，懂得甚麼。咱們出來之時，爹媽叫你聽我的話，你不記得了麼？」那少女笑道：「那也得瞧你說得對不對啊。弟弟，你說我的話對，還是姊姊的話對？」

她身旁那少年雖然生得高大壯實，卻是滿臉稚氣，遲疑了一會，道：「我不知道。爹爹說咱兩個該聽大姊姊的話，叫你別跟大姊姊頂嘴。」那少婦甚是得意，道：「可不是麼？」那少女見弟弟幫着大姊，也不生氣，笑道：「你甚麼也不懂的。」回頭又向那粗豪漢子道：「大叔，你再說神鵰俠的故事罷！」

那大漢道：「好，既然姑娘要聽，我便說說，我姓宋的雖然本事低微，可也是個響噹噹的漢子，生平說一是一，決沒半句虛言。姑娘若是不信，那便不用聽了。」

那少女提起酒壺給他斟了一碗酒，笑道：「我怎會不信？快點兒講罷！」又叫道：「店小二，再打十斤酒，切二十斤牛肉，我姊姊請衆位伯伯叔叔喝酒，驅驅寒氣。」店小二連聲答應，吆喝着吩咐下去。衆人笑逐顏開，齊聲道謝。過不多時，三名店伴將酒肉送了上來。

那美貌少婦沉臉道：「我便是要請客，也不請胡說八道之人。店小二，這酒肉的錢可不能開在我帳上。」店小二一楞，望望少婦，又望望少女，不知如何是好。那少女從頭上拔下一枚金釵，遞給店小二，說道：「這是眞金的釵兒，值得十幾兩銀子罷。你拿去給我換了。再打十斤酒，切二十斤羊羔。」

那少婦怒道：「妹妹，你定要跟我賭氣，是不是？單是釵頭這顆明珠，總值得百多兩銀子，你死賴活賴的跟朱伯伯要來，卻這麼隨隨便便的請人喝酒。瞧你回到襄陽時，媽問起來時怎麼交代？」那少女伸伸舌頭，笑道：「我說在道上掉了，找來找去找不到。」那少婦道：「我才不跟你圓謊呢。」那少女伸筷挾了一塊牛肉，放在口中吃了，說道：「吃也吃過了，難道還能退麼？各位請啊，不用客氣。」

衆人見她姊妹二人鬥氣，都覺有趣，心中均喜那少女天眞瀟洒，便是不能喝酒之人也都端起酒碗喝了幾口，暗中幫那少女。那少婦賭氣閉上眼睛，伸手塞住耳朵。

那少女笑道：「宋大叔，我姊姊睡着了，你大聲說也不妨，吵不醒她的。」那少婦睜開眼來，怒道：「我幾時睡着了？」那少女道：「那更好啦，越發不會吵着你啦。」那少婦大聲道：「襄兒，我跟你說，你再跟我抬槓，明兒我不要你跟我一塊走。」那少女道：「我也不怕，我自和三弟同行便是。」那少婦道：「三弟跟着我。」那少女道：「三弟，你說跟誰一起走？」

那少年左右做人難，幫了大姊，二姊要惱，幫了二姊，大姊又要生氣，囁嚅着道：「媽媽說的，咱們三人一塊兒走，不可失散了。」那少婦向妹子瞪了一眼，恨恨的道：「早知你這般不聽話，你小時候給壞人擄了去，我才不着急要找你回來呢。」

那少女聽她這般說，心腸軟了，摟着少婦的肩膀，央求道：「好姊姊，別生氣啦，算是我錯了。」那少婦氣鼓鼓的不理，那少女道：「你不笑，我可要呵你癢了。」那少婦反而更轉過頭去。那少女突伸右手，向少婦背後襲到她的腋底。那少婦頭也不回，左手向後掠出。那少女出左手拿她手腕，右手繼續向前。那少婦右肘微沉，壓向妹子的臂彎。那少女手掌轉個圓圈，避開了她的一壓，姿式好看之極。頃刻之間，兩人你來我去的拆解了七八招，使的都是巧妙的「小擒拿手法」。那少女固然呵不到姊姊腋底，那少婦也抓不着妹子手腕。

突然屋角有人低低喝了聲：「好俊功夫！」姊妹倆同時住手，向屋角望去，只見一人蜷成一團，腦袋埋在雙膝之間，正自沉沉大睡。姊妹倆在火堆旁坐下之時，即便見他如此睡着，始終沒動過一動，旁人固然瞧不見他臉孔，他也見不到姊妹倆的玩鬧，看來這一聲喝采不是他所發。

那少年道：「大姊、二姊，爹爹叫咱們不要隨便顯露功夫。」那少女微笑道：「小老頭兒，少年老成，算你說得對。」轉頭向那粗豪大漢道：「宋大叔，對不起，咱姊妹倆忙着鬥嘴，忘了聽你講故事，你請快說罷。」

那姓宋的大漢道：「我可不是講故事，那是千眞萬確的經歷。」那少女道：「是啦，你宋大叔說的，自然千眞萬確。」

那大漢喝了口酒，笑道：「吃了姑娘這許多酒肉，要不說也不成的啦。若不是昨晚三粒骰子上輸了個乾乾淨淨，我也眞該請還姑娘才是。你大叔長，大叔短，難道是白叫的麼？說到我怎樣識得神鵰俠，我跟這位小王將軍差不多，也是神鵰俠救了我的性命。不過這一次他倒不是使武功，卻是出錢去買的。」那少女笑道：「咦，這倒奇了，他出錢買你？你值多少銀子一斤啊！」

那大漢呵呵大笑，說道：「我姓宋的這身賤肉，比牛肉豬肉可貴得多了，神鵰俠居然出到二千兩銀子。五年多前，我在山東濟南府打抱不平，殺了一個地痞，殺人償命，判了個斬決，那也沒話好說。那知道過了幾天，歷城縣的縣官審訊一個無惡不作的土豪，又將我提上堂去一頓拷打，說那土豪謀財害命，擄人勒贖、強搶民女、包娼包賭的事都是我做的，當堂將那土豪放了。後來牢頭跟我說，原來那土豪送了一千兩銀子給縣官，縣官便把他的罪名都加在我身上。反正犯一條死罪是殺頭，十條死罪也是殺頭，這叫作兩人作事一人當。我一聽之下寃氣衝天，在獄中大喊大叫，痛罵贓官，可是那又有甚麼用？

「過了幾天，贓官又提堂再審，那土豪又是跟我並排跪着。我破口大罵：『賊贓官，你貪贓枉法，日後不得好死！』那贓官笑嘻嘻的道：『宋五，你不用這般火爆，本官已查得清清楚楚，你是寃枉的。那地痞非你所殺，全是該犯所爲！』說着向那土豪一指，命衙役重重責打，又上夾棍，逼他招認殺那地痞，跟着便將我放了出來。這一下我可摸不着頭腦了，那地痞明明是我所殺，怎地又去算在別人的帳上？」

那少女聽到這裏，格的一聲笑，說道：「這縣官可眞算得是胡塗透頂。」

宋五道：「他才不胡塗呢。我回到家裏，我老娘才跟我說，原來我判了死罪之後，我娘天天在街上痛哭，這天適逢神鵰俠經過，問起原因。神鵰俠再去一打聽，明白了其中道理，他老人家說他有事在身，這當兒沒空去跟這贓官算帳，他給了我娘二千兩銀子，將我買了出來。過了三個月，縣中沸沸揚揚的傳說，說縣官大發脾氣，氣得嘔血，原來有一晚被盜四千兩銀子。我知道定是神鵰俠所爲，不敢再在原籍居住了，便搬去江南臨安府。過了一年多，有人跟我說，海邊有一位斷了臂的相公，帶着一頭大怪鳥，呆呆的望着海潮，一連數天都是如此。我連忙趕去，果然見到他老人家，這才能向他磕頭道謝呢。」

那少婦忽道：「你謝甚麼？他付出二千兩，收進四千兩，還淨賺二千兩銀子呢。這姓楊的豈肯做賠本之事？」那少女道：「姓楊的，神鵰俠姓楊麼？」那少婦說：「我不知道，我又沒說他姓楊。」那少女道：「我明明聽見你說的。」那少婦道：「定是你聽錯了。」

那少女道：「好罷！我不跟你爭，那位神鵰俠就算賺了二千兩銀子，也必是用來救困濟貧，他是個慷慨瀟洒的大俠，難道還會自己貪圖財物？」衆人齊聲喝采，都道：「姑娘說得是！」

那少女問道：「宋大叔，神鵰俠望着大海幹麼？他在等人嗎？」宋五搖頭道：「這個我可不知道了，這種事我們是不敢問的。」

那少女拿起兩根木柴投在火裏，望着火光由暗轉紅，輕輕的道：「那神鵰俠雖然急人之難，解人之困，說不定他自己卻有一件爲難的心事呢？他爲甚麼要呆呆的望着海潮？」

坐在西首角裏的一個中年婦人突然說道：「小婦人有個表妹，有緣見過神鵰俠，她也曾見神鵰俠呆望大海，神色奇怪，因而親口問過他。神鵰俠說道：『我的結髮妻子在大海彼岸，不能相見。』」衆人不約而同的「哦」了一聲。

那文秀少女道：「原來他有妻子的，不知道爲甚麼會在大海彼岸。他本領這樣高強，幹麼不渡海去找她啊？」那中年婦人道：「我表妹也這般問過他。他說道：『大海茫茫，不知到何處方能得見。』」那少女輕輕嘆道：「我料想這樣的人物，必是生具至性至情，果然不錯。」又問：「你表妹生得很俊罷？她心中暗暗的喜歡神鵰俠，是不是？」那美貌少婦喝道：「二妹，你又在異想天開啦！」

那中年婦人道：「我表妹的相貌，原也可算是個美人。神鵰俠救了她母親，殺了他父親。我表妹是不是暗中喜歡神鵰俠，旁人可沒法知道，現下她嫁了一個忠厚老實的莊稼人。神鵰俠給了她一大筆錢，日子過得挺不錯呢。」那少女道：「神鵰俠救了她母親，殺了他父親，這事可眞奇了。」

那美貌少婦道：「這人脾氣古怪得很，好起來救人性命，惡起來揮劍殺人。是啊，他從小便是這樣。」那少女道：「他從小便是這樣？你怎知道？」那少婦道：「我知道的。」

那少女連連追問原因，那少婦總是不說。那少女道：「好，你不說便不說，我才不希罕聽呢！反正你便說了，我也未必就信。」轉頭向那中年婦人道：「大嫂，把你表妹的事說給我聽，好不好？」

那婦人道：「好啊。我表妹和我是姑表姊妹，我二人年紀差了十七歲，她媽媽是我的姑母……」那少女笑道：「她爹爹便是你的姑丈了。」那婦人笑道：「你瞧，我囉裏囉唆的，莫怪姑娘不耐煩了。我姑丈是河南人，那一年蒙古韃子打到內黃，把我姑丈擄去了當奴隸。我姑母帶了我表妹，沿路討飯，從河南尋到山東，又從山東尋到山西，尋訪我姑丈的下落。」小王將軍嘆道：「萬里尋夫，那可是難得之極啊。」那婦人道：「只因我姑母和表妹容貌不錯，在道上奔波加倍的不易。兩人用汚泥塗黑了臉，以免壞人見色起意……」

那少女問道：「甚麼見色起意？」火堆旁圍坐的衆人中倒有一半笑了起來。那美貌少婦惱道：「二妹，你不懂便別瞎說，大姑娘家，這不教人笑話嗎？」那少女咕噥道：「我不懂才問啊，懂了還問甚麼？」

那中年婦人微笑道：「這些難聽話，姑娘不懂才好。哦，我姑母和表妹足足尋了四年，皇天不負苦心人，終於在淮北尋到了姑丈，原來他是在一個蒙古千戶手下爲奴。那千戶兇惡得緊，我姑母見到我姑丈之時，他剛給千戶打折了一條左腿。我姑母自是萬分心痛，求那千戶釋放回家。那千戶那肯答應，說道這奴才是用一百兩銀子買來的，除非有五百兩銀子來贖，否則寧可打死，也不能放。我姑母連五兩銀子也拿不出，那裏有五百兩銀子？左思右想，只得做起那不要臉的勾當，將自己和女兒都賣入了勾欄……」

那少女又不懂了，只是適才一句問話惹起了許多人的哄笑，這時不敢再問，聽那婦人續道：「這樣過了數年，母女倆雖署有積蓄，但要貯足五百兩銀子，那談何容易？幸好客人子弟們知道了她母女這番贖夫救父的苦心，給錢時往往多給了些。母女倆挨盡辛苦屈辱，這年大年晚，終於湊足了五百兩銀子。兩人捧到千戶的府中，交給了千戶的帳房，心想一家人從此可以團聚，歡歡喜喜的過新年了。」

那少女聽到這裏，也代那母女兩人歡喜。卻聽那婦人說道：「那蒙古千戶收了五百兩銀子，便叫姑丈出來，讓他夫妻父女相見。我姑丈一家三口，向那千戶磕頭辭別。怎知道那千戶見了我表妹，忽起歹心，說道：『好，你們來贖這奴才，那是再好不過，五百兩銀子兒上來罷！』我姑母大吃一驚，五百兩銀子早已交給了千戶的帳房收下，怎麼還兌銀子？那千戶臉色一變，喝道：『我是堂堂蒙古的千戶老爺，難道還會混賴奴才們的銀子？』我姑母又是害怕又是傷心，當下在廳堂上放聲大哭起來。那千戶道：『也罷，今日大年夜晚，我便開恩讓你們夫妻團聚，但怕這奴才一去不歸，且把你們的閨女抵押在這裏。』我姑母知他不懷好意，怎肯答應？那千戶呼喝軍健，將我姑丈姑母趕出府去。

「我姑母捨不得女兒，在千戶府前呼天搶地的號哭。衆百姓明知她受了寃屈，但這淮北之地已不是我大宋所有，蒙古官兵殺個漢人便如踐踏螻蟻，有誰敢出來說句公道話？我姑丈卻反而說道：『千戶老爺既然瞧上咱們閨女，那是旁人前生修不到的福份，你哭甚麼？』原來他做奴才做得久了，竟是染上了一身奴才氣。他接着問那五百兩銀子從何而來。我姑母初時不肯說，但被逼得緊了，終於說了出來。我姑丈大怒，說我姑母敗壞名節，不守婦道，竟然自甘墮落，去做這般低賤之事，當卽寫了一紙休書，把我姑母休了。」衆人齊聲嘆息，都說她姑母一生遭際實是不幸到了極處。

那中年婦人道：「我姑母千辛萬苦的熬了七八年，落得這等下場，實在不想活了，便到樹林中解下腰帶上了吊。皇天有眼，那位神鵰俠正好經過，救了她下來，問明原委，只聽得他怒氣沖天。當晚便跳進千戶府中，只見那千戶正在逼迫我表妹，我姑丈居然在旁勸我表妹依從，說道她在勾欄裏這些年，又不是良家閨女，難道還想起甚麼貞節牌坊麼？神鵰俠一拳打死了我姑丈，抓起那千戶投入淮河之中，把我表妹救了出來。他說我姑母賣身救夫，可比一般貞女節婦更加令人起敬。他又說生平最恨的便是負心薄倖之人、奴顏事敵之輩，我姑丈兩者齊犯，他下手可不能容情了。」

那少女聽得悠然神往，隨手端起酒碗，喝了一大口，輕輕說道：「你們許多人都見過神鵰俠，我卻沒福見過。若能見他一面，能聽他說幾句話，我……我又可比甚麼都歡喜。」

那少婦大聲道：「這人武功自然是好的，但跟爹爹相比，可又差得遠啦。你小娃兒不知世事，讓人家加油添醬的一說，便道這人如何如何了不起。其實這人你也見過的，他還抱過你呢。」那少女紅暈雙頰，啐道：「你做姊姊的，說話也這般顛三倒四，有誰信你的？」那少婦道：「你不信也由得你，這個甚麼神鵰俠姓楊名過，小時候在咱們桃花島住過的。他那條手臂，便是……便是……嗯，你生下來沒到一天，他就抱過你了。」

這美貌少婦便是郭芙，那少女是她妹妹郭襄，那少年則是郭襄的孿生兄弟郭破虜。匆匆十餘年，郭芙早已與耶律齊成婚，郭襄和郭破虜也都已長大了。姊弟三人奉父母之命，前赴晉陽邀請全眞教耆宿長春子丘處機至襄陽主持英雄大會。這一日三姊弟從晉陽南歸，卻被冰雪阻於風陵渡口，聽了衆人一番夜話。

郭襄滿臉喜色，低聲自言自語：「我生下來沒到一天，他便已抱過我了。」轉頭對郭芙道：「姊姊，那神鵰俠小時候眞在咱們桃花島住過麼？怎地我沒聽爹媽說起過？」郭芙道：「你知道甚麼？爹媽沒跟你說過的事多着呢。」

原來楊過斷臂、小龍女中毒，全因郭芙行事莽撞而起。每當提及此事，郭靖便要大怒，女兒雖已出嫁，他仍要厲聲呵責，不給女兒女壻留何情面，因此郭家大小對此事絕口不提，郭襄和郭破虜始終沒聽人說起過楊過之事。

郭襄道：「這麼說來，他跟咱們家很有交情啊，怎地一直沒來往？哦，三月十五襄陽城英雄大會，他定是要來與會的了。」郭芙道：「這人行事怪僻，性格兒又高傲得緊，他多半不會來。」郭襄道：「姊姊，咱們怎生想法兒送個請帖給他才好。」轉頭向宋五道：「宋五叔，你能想法子帶個信給神鵰俠麼？」宋五搖頭道：「神鵰俠雲遊天下，行蹤無定。他有事用得着兄弟們，便有話吩咐下來。我們要去找他，卻是一輩子也未必找得着。」

郭襄好生失望，她聽各人說及楊過如何救王惟忠子裔、誅陳大方、審丁大全、贖宋五、殺人父而救人母的種種豪俠義舉，不由得悠然神往，聽姊姊說自己幼時曾得他抱過，更是心中火熱，恨不得能見他一面，待聽說他多半不會來參與英雄大會，忍不住嘆了口氣，說道：「英雄會上的人物不見得都是英雄，眞正的大英雄大豪傑，卻又未必肯去。」

突然間波的一聲響，屋角中一人翻身站起，便是一直蜷縮成團、呼呼大睡那人。衆人耳邊廂但聽得轟轟聲響，原來是那人開口說話：「姑娘要見神鵰俠卻也不難，今晚我領你去見他就是。」衆人聽了那說話之聲先已失驚，再看他形貌時，更是大爲詫異。但見他身長不到四尺，軀體也甚瘦削，但大頭、長臂、大手掌、大脚板，卻又比平常人長大了許多，這副手脚和腦袋，便是安在尋常人身上也已極不相稱，他身子矮小，更是詭奇。

郭襄大喜，說道：「好啊，只是我跟神鵰俠素不相識，貿然求見，未免冒昧，又不知他見是不見。」那矮子轟然道：「你今日若不見他，只怕日後再也見不到了。」郭襄奇道：「爲甚麼？」

郭芙站起身來，向那矮子道：「請問尊駕高姓大名。」那矮子冷笑道：「天下似我這等醜陋之人，豈有第二人？你既不識，回去一問你爹爹媽媽便知。」

就在此時，遠處緩緩傳來一縷遊絲般的聲音，低聲叫道：「西山一窟鬼，十者到其九，大頭鬼，大頭鬼！此時不至，更待何事？」這話聲若斷若續，有氣無力，充滿着森森鬼氣，但一字一句，人人都聽得明明白白。

那大頭矮子一怔，一聲大喝，突然砰的一聲響，火光一暗，那矮子已然不知去向。衆人齊吃一驚，見大門已然撞穿，原來那矮子竟是破門躍出。撞破門板不奇，奇在一撞即穿，此人跟着一撞之勢而出。

郭破虜道：「大姊，這矮子這等厲害！」郭芙跟着父母，武林中人物見過不少，但這矮子卻從未聽父母說過，一時呆呆的說不出話來。郭襄卻道：「爹爹的授藝恩師江南七怪之中，便有一位矮個子的馬王神韓爺爺。三弟，你亂叫人家矮子，爹爹知道了可要不依呢。你該稱他一聲前輩才是。」郭靖對江南七怪的恩德一生念念不忘，推恩移愛，對任何盲人、矮子均是禮敬有加，平素便如此教訓子女。

郭破虜尚未回答，忽聽得呼的一聲響，那大頭矮子又已站在身前，北風夾雪，從破門中直吹進來，火堆中火星亂爆。郭芙怕那矮子出手傷了弟妹，搶上一步，擋在郭襄與郭破虜的身前。

那矮子大頭一擺，從郭芙腰旁探頭過去，對郭襄說道：「小姑娘，你要見神鵰俠，便同我去。」郭襄道：「好！大姊、三弟，咱們一塊去罷。」郭芙道：「神鵰俠有甚麼好見？你也別去。咱們和這位尊駕又是素不相識。」郭襄道：「我去一會兒就回來，你們在這兒等我罷。」宋五突然站起身來，說道：「姑娘，千萬去不得。這人是……是西山一窟鬼中的……中的人物，你去了……去了凶多吉少。」那矮子裂嘴獰笑，說道：「你知道西山一窟鬼？知道我們不是好人？」左掌突然劈出，打在宋五肩頭。砰的一聲，宋五向後飛出，撞在牆上，登時暈了過去。

郭芙大怒，大聲說道：「尊駕請便罷！我妹妹年幼無知，豈能隨着你黑夜裏到處亂闖？」轉頭向妹子厲聲喝道：「別胡鬧。不能去！」

就在此時，那遊絲般的聲音又送了過來：「西山一窟鬼，十者到其九，大頭鬼，大頭鬼，陰魂不至，累人久候！」這聲音一時似乎遠隔數里，一時卻又近在咫尺，忽前忽後，忽東忽西，只聽得人人毛骨竦然。

郭襄心意已決：「今晚縱然撞到妖魔鬼怪，我也要見那神鵰俠一見。」說道：「前輩，請你帶我去！」說着雙足一點，從那矮子撞破的大門中穿了出去。郭芙急叫：「你幹甚麼？」伸手沒抓到妹子手臂，忙飛身躍起，要從大門中追出。

那知她身子將要穿門而出，門洞倏然不見，郭芙忙在半空中身子一沉，硬將這一衝之勢阻住，雙脚落地，脚尖離門已不到一尺，待得看清，險些失聲驚叫，原來那矮子的身軀正擋在門口，自己和他相距不過數寸，他的鼻尖幾乎要碰到自己的胸口，教她如何不驚？當下急忙後躍，一陣寒風裹着雪花吹到身上，大頭矮子已然隱沒。郭芙大叫：「二妹，回來！」躍出門去，只聽得遠處轟轟大笑，那裏有郭襄的影子？

那矮子將郭芙嚇退，轉身躍入雪地，說道：「好，小姑娘有膽子。」抓住郭襄手腕，向前縱躍。他所使的不同於尋常輕身功夫，卻如一隻大青蛙，一躍跟着一躍的向前，身子雖矮，每一下縱躍都是出去了老遠。

郭襄左腕被他拉着，有如被箍在一隻鐵圈之中，徹骨生疼，心中怦怦亂跳，不知這矮子要拉自己到甚麼地方。她自幼得郭靖和黃蓉親傳，武功已頗有些根柢，但初時縱躍還可以跟得上那矮子，到得後來，全仗他一拉一提，方得和他同起同落。

這般躍出里許，山後突然有人說道：「大頭鬼，怎地來得這般遲？哈哈，還帶着個好美貌的女娃兒！」那矮子道：「她是郭靖、黃蓉的女兒，想見見神鵰俠，我便帶了她來。」那人一楞，道：「郭靖、黃蓉的女兒？」山後另一人陰聲陰氣的道：「快三更天啦，趕緊上路！」只聽得蹄聲雜沓，山背後轉出數十匹馬來。

這時大雪兀自下個不停，地下白雪反光之中，郭襄見數十匹馬上高高矮矮的一共騎着九人，倒有大半數的馬匹鞍上無人。那矮子過去牽過兩匹馬來，將一匹馬的韁繩交給了郭襄，自己騎上了一匹，喝道：「走罷！」一聲唿哨，數十匹馬忽喇喇的便向西北方奔馳而去。

郭襄瞧那九人時，其中兩個是女子，一個老態龍鍾，是個老婦，另一個身穿大紅衣裙，全身如火一般紅，在雪地中顯得甚是刺眼。其餘七人的面目瞧不清楚。郭襄尋思：「聽先前那人呼叫，說甚麼西山一窟鬼，十者到其九。眼前正是十個人，想來這羣人便是西山一窟鬼了。宋五叔只說一句我跟他去凶多吉少，那人一掌便將宋五叔擊得昏暈，瞧來確是兇橫得緊。

但他說帶我去見神鵰俠，總不會騙我。他們既和神鵰俠相識，定然不是歹人。」

轉眼之間，已馳出十餘里，當先一人「得兒」一聲叫，數十匹馬一齊停了下來。當先那人縱馬馳上一個小丘，回過馬來。郭襄一見他的形貌，又是一驚，又是好笑，原來這人也是個矮子，坐在馬背上的上身也不過兩尺，鬍子卻有三尺來長，垂過馬腹，滿臉皺紋，雙眉緊鎖，生相愁苦不堪。

只聽他說道：「此去倒馬坪已不到三十里路，江湖上都說那神鵰俠武功實在了得，咱們先行計議一下，可不能折了西山一窟鬼的銳氣。」那老婦道：「便請大哥下令。」那長鬍子道：「咱們跟他車輪大戰呢，還是一擁而上？」郭襄吃了一驚：「聽他口氣，他們是要和神鵰俠為敵。」

那老婦道：「神鵰俠的本領到底怎樣？七弟，你且說說明白。」一個身如鐵塔的大漢說道：「我雖見過他，可也沒怎麼跟他動手，我瞧……我瞧……他很有點兒邪門。」

那紅衣紅裙的少婦說道：「七哥，你到底為何跟神鵰俠結仇，這會兒該當說個清楚了。待會兒動起手來大家也好心中有數。你老是吞吞吐吐的，說半句，瞞三句。」那大漢怒道：「西山一窟鬼同生同死，這人既然找上門來，咱們還有退縮的嗎？」一個身形高瘦的人陰聲陰氣的道：「誰說退縮了？但便是九妹不問，我也要問。咱們又沒得罪他。他為甚麼說要將西山一窟鬼趕出山西？」那大漢怒道：「你們大家瞧瞧，他割了我一對耳朵。這口氣不出，還說甚麼好兄弟、好姊妹？」說着除下頭頂的氈帽，淡淡雪光之下，果見他腦袋兩側光禿禿的少了雙耳。西山一窟鬼其餘九人一齊大怒，有的連聲咒罵，有的咆哮如雷，都說要和神鵰俠決一死戰。

紅衣少婦道：「七哥，他又爲甚麼割你耳朵？你犯着甚麼了？你又在調戲良家婦女了，是不是？」一個滿臉笑容的人怒道：「七哥便是調戲良家婦女，也用不着旁人來硬出頭。」這人生相甚是奇特，雖在發怒，臉上笑容絲毫不減。郭襄凝目看去，原來他嘴角上翹，雙眼瞇攏，多半便是傷心哭泣之時，在旁人看來也是笑逐顏開。

那大漢道：「不是，不是！這一日我的婆娘和四個小妾爲了雞毛蒜皮的事爭吵，大家動起刀子來。偏生這個甚麼神鵰俠經過見到了，這人生來多管閒事，竟出言相勸，我第三個小妾不爭氣，居然向他笑了一笑……」那紅衣少婦道：「哈，我知道啦，七哥便喝起醋來，不許她笑。」那大漢道：「甚麼喝醋？我是不許旁人來管我的家事。我一拳便將我小妾打落了三個門牙，叫那斷了胳臂的雜種快滾。」

郭襄聽到這裏，忍不住說道：「他好意相勸，你何以出言無禮？那便是你的不是了。」衆人一齊轉頭望着她，想不到這個小小姑娘竟敢如此大膽。

那大漢果然怒氣勃發，喝道：「連你這小東西也敢管起老子來！五哥，這娃兒是你的人麼？」那大頭矮子道：「她要見神鵰俠，我便帶她去瞧瞧，別的我甚麼都不管。」那大漢道：「好，那我教訓教訓她。」馬鞭揚起，拍的一響，便往郭襄頭上擊落。

郭襄舉起馬鞭一格，雙鞭相交，兩條馬鞭捲在一起。那大漢迴臂裏奪，郭襄只覺一股大力拉扯過去，再也把握不住，只得放手，手掌心已擦得甚是疼痛。那大漢奪過馬鞭，又要揮鞭擊落，那長鬚老翁喝道：「七弟，時候不早了，快說完了趕路，怎地跟小孩子家一般見識？」

那大漢的馬鞭舉在半空，便不擊下來。

那長鬚老翁冷笑道：「西山一窟鬼都是天不怕地不怕的人物，郭靖和黃蓉的名頭再響，也嚇不到咱們。小女娃娃，你再多說多話，馬上便將你宰了。」他側過頭來，說道：「七弟，大丈夫跌得倒爬得起，我長鬍鬼的長鬍子，當年就曾給敵人剪斷過。你的雙耳到底是怎樣割了的？」

那大漢道：「我叫神鵰俠快滾，他倒笑了笑，轉身便走。都是我第三個小妾不好，她又哭叫起來，說她是被我霸佔強娶的，當時心中便不甘願，現下又給大婦欺侮；還說我娶了她之後，又娶第四個小妾，好沒良心。那神鵰俠回過頭來，臉色大變，問我：『這女人說話可眞？』我道：『眞便怎樣？假便怎樣？老子外號叫作煞神鬼，向來殺人不眨眼，你可知道麼？』他沉着臉道：『你倘若歡喜她，爲何娶了她又娶別個？要是不歡喜她，當初又何必娶她？』我哈哈大笑，說道：『我起初歡喜，玩厭了就不歡喜。男子漢三妻四妾，有何希奇？老子還想再娶四個呢。』他道：『如你這般無情無義之徒世上多生幾個，豈不教天下女子心寒？』突然間欺近身來，拔出我腰間匕首，便將我兩隻耳朵都割了，跟着將匕首對準我的胸口，喝道：『挖出你的心肝瞧瞧，到底是甚麼顏色！』」

郭襄只聽得眉飛色舞，忍不住便要喝采，但見西山一窟鬼個個臉色陰沉、貌相兇惡，終於把唇邊的一個「好」字縮了回去。

那大漢續道：「那時我的婆娘和四個小妾一齊跪下求情，第三、第四小妾還大聲哭了起來，他媽的還說寧可殺了她們，不可殺我，要是我死了，她們要自殺殉夫，他奶奶的，肉麻得不得了。嘿，眞是丟臉，眞是丟臉！我大怒喝罵：「快快下手！你殺了我！西山一窟鬼自會纏你個陰魂不散！」他皺起眉頭，向我五個女人道：『這般無情無義之輩，你們還爲他求情？』我五個女人只是磕頭。他問我第三小妾道：『你說是給他霸佔的，心中很不願意。我給你殺了他豈不是好？』我那小妾道：『當時不願意，後來就願意了。你千萬殺他不得。』我怒道：『你殺好了，殺了我一個，我們還有九個。』他道：『好！今日且不殺你。西山一窟鬼那便怎樣？月盡之夜，我在倒馬坪相候，你去把一窟鬼盡數邀來見我。若是不敢，西山一窟鬼都給我滾出山西，永遠不許回來。』」

衆人聽他說完，都是半晌不語。隔了一陣，那老婦道：『他使甚麼兵刃？武功是那一派的家數？」那大漢道：「他只有一條右臂，空手不使兵刃。武功嘛……我倒瞧不出來。」那老婦道：「大哥，這人一出手便制住了七弟，想是手脚十分靈便，武功也有點邪門。咱們倚多爲勝，你帶頭，我和五弟從旁相助，以三對一，一上去便宰了他，不容他施展功夫。」

那長鬚老翁低頭沉思片刻，抬起頭來，說道：「這神鵰俠名頭甚大，十餘年來栽在他手下的人着實不少，料來必有驚人藝業。今日這一戰實是非同小可。我和二妹正面迎擊，三弟四弟近身搏擊，攻他下盤，五弟六弟從後突擊，七弟八弟以長兵器在外側遊鬥，擾亂他的心神，九妹發射暗器，十弟施放毒霧。西山一窟鬼結拜以來，從沒十人齊上動手，今日是第一次，倘若再宰他不了，敎咱們個個自假鬼變成爲眞鬼！」

那大頭矮子道：「大哥，咱們十人打他一人，勝之不武，倘若傳揚了出去，也敎江湖上好漢笑話。」那老婦道：「咱們把神鵰俠宰了，除了這小娃兒，今晚之事還有誰人知道？」

一言甫畢，手臂微揚。那大頭矮子左袖急揮，擋在郭襄身前，跟着從衣袖上拈起一枚細針說道：「二姊，是我帶了她來的，不能傷她性命。」回頭對郭襄道：「小姑娘，你若要去見神鵰俠，今晚之事不可對任何人說起，否則你快快回去罷。」

郭襄又是驚懼，又是憤怒，心想：「這老太婆出手好生陰毒，若非矮叔叔相救，我已給她這枚無影無蹤、無聲無息的細針刺死。」於是說道：「我不說就是。」跟着又補上一句：「你們有十兄弟，難道他就沒幫手麼？」

那大頭矮子哈哈大笑，說道：「神鵰俠出沒江湖十餘年，倒沒聽說他有甚麼幫手。他便是有一頭不會說話的大鳥相伴。」說着一提馬韁，大聲喝道：「走罷！」衆人奔出一陣，那矮子對郭襄道：「待會動手之時，你莫離開我的身邊。」郭襄點點頭，她知道西山一窟鬼中頗多心狠手辣之輩，這大頭矮子有心照顧，以防同夥中有人對她突下毒手，只是他嗓門極粗，雖然低聲說話，其餘九人卻沒一個不聽見。

郭襄騎在馬上隨着衆人奔馳，眼見這一窟鬼個個身懷絕技，神鵰俠武功再強，如何能以一敵十？心想：「倘若爹爹媽媽在這兒就好了，他們決不能袖手旁觀。」

正行之間，前面黑沉沉的一座大樹林中忽然傳出幾聲虎吼，幾匹馬驚嘶起來，有的站定不動，有的轉頭想逃。那瘦長漢子馬鞭連揮，當先衝進樹林。那老婦罵道：「不中用的畜生，還怕小野貓子吃了你們麼？」馬羣被各人一陣驅趕，都奔入樹林。衆人馳出數十丈，忽聽得前面一人厲聲喝道：「甚麼人膽大妄爲，深夜中擅闖萬獸山莊？」

西山一窟鬼一齊勒馬，只見當路站着一人，身旁各蹲着一頭猛虎。馬羣聽到雙虎嗚嗚發威之聲，又驚擾起來。長鬚老翁在馬上一拱手，說道：「西山一窟鬼道經貴地，沒登門拜訪，乞恕無禮。」對面那人哦了一聲，道：「是西山一窟鬼麼？閣下是長鬚鬼樊爺了？」長鬚老翁道：「正是。我們有事趕赴倒馬坪，回頭再行上門謝罪。」他知萬獸山莊的人物很不好惹，此刻又正要全力對付神鵰俠，不願旁生枝節，因此說話很是謙抑。

對面那人道：「各位少候。」提高聲音叫道：「大哥，是西山一窟鬼去倒馬坪，說回頭上門謝罪。」羣鬼一聽，都是怫然不悅，心想：「我們說回頭上門謝罪，只是一句客氣話。難道西山一窟鬼還眞能對人低頭了？」西山十鬼個個都有驚人的藝業，各人在結義相聚之前便都已闖下不小的萬兒，待得十人聚義，更是聲勢大盛，近年來在晉陝一帶橫衝直撞，武林中人人都對他們忌憚三分。若不是今晚與神鵰俠有約在先，單憑對面那人這一句話，便要出手打個落花流水了。

卻聽得樹林深處有人大剌剌地道：「謝罪是不用了，讓他們繞過林子走路罷。」

羣鬼一聽此言，登時大怒。那高瘦如竹竿之人冷笑道：「西山一窟鬼行路向來不會繞彎兒！」一提馬韁，向站在路中那人迎面衝去。

那人左手一揚，身旁雙虎立卽撲上，瘦子的坐騎受驚，人立起來。那瘦子騎術甚精，身附鞍上，刷的一響，雙手已各持一柄短槍，向兩頭猛虎刺去。左邊的猛虎向旁躍開，右邊的猛虎卻一掌抓破了他坐騎的肚子，那猛虎跟着一聲狂吼，也已中槍受傷。那瘦子縱身下地，喝道：「亮兵刃罷！」左槍高，右槍低，擺個「雙龍伏淵勢」，卻不向前遞出。

對面那人冷冷的道：「你傷我家的守夜貓，便要繞道而過，也由不得你了。」無常鬼，手中雙槍留下了罷！」無常鬼聽他知道自己的外號，說道：「尊駕是誰？萬獸山莊向在西涼，怎地移到了晉南？你要留我手中雙槍，那也容易得緊。」那人道：「萬獸山莊要搬家，可不用稟報西山一窟鬼罷？西涼住得厭了，便到晉南來玩玩。我大哥叫你們繞過林子，已是萬分客氣了。我三哥有病在身，不喜歡外人來騷擾，知不知道？」說到這裏，突然間左手伸出，一把抓住了無常鬼右手槍近槍尖處的桿子。無常鬼萬沒料到他出手如此迅捷，左槍疾刺，右手同時運力裏奪。那人右手一探，又已抓住了無常鬼的左手槍。兩人力道均大，誰也沒能奪得對方兵刃脫手，拍拍兩響，卻將兩條槍桿崩斷了。

這一來，西山一窟鬼羣情聳動，那外號叫作「長鬚鬼」的老翁說道：「尊駕是八手仙猴史爺了？青甲獅王身子不適麼？此刻我們有事在身，明日此時，再在此處相會。」

萬獸山莊主人是兄弟五人，大哥白額山君史伯威、二哥管見子史仲猛、三哥青甲獅王史叔剛、四哥大力神史季強、最小一個便是眼前這八手仙猴史孟捷。五兄弟的祖先世代相傳以馴獸爲生，這五人都生具異稟，不但馴獸的本事出神入化，而且從猛獸縱躍撲擊的行動之中悟得了武功的法門。史氏兄弟自幼和猛獸爲伍，竟然以獸爲師，各自練就了一身本領。史叔剛於二十餘歲之時入山捕獸，得遇奇人，又學會了極精深的內功。他回家後轉授兄弟。五人野獸越養越多，武功也越來越強。萬獸山莊的名頭漸漸揚於江湖，武林中人給他五兄弟取了個總外號，叫作「虎豹獅象猴」。五人之中，又以青甲獅王史叔剛超逸絕倫。這時長鬚鬼聽說史叔剛有病，心中先自寬了，暗想史氏兄弟縱然厲害，我西山一窟鬼也不畏懼，何況去了「虎豹獅象猴」中的獅王，更加不足道哉，於是訂下了明晚決鬥的約會。

八手仙猴史孟捷道：「好，明晚子時，我兄弟在林外相候大駕。」說着雙手一拱，噗噗兩響，兩個折斷的槍尖射入長鬚鬼身旁的樹幹之中。長鬚鬼一怔：「他爲何定是不讓我們穿林而過？史氏兄弟在這林中有何勾當？」當下也拱手說道：「西山十鬼告辭！」雙腿一挾，拍馬向前。史孟捷大聲道：「且慢！我大哥請各位繞道過林，難道各位沒生耳朶麼？」

長鬚鬼一勒馬韁，待要答話，只聽得樹林東北角和西北角同時有人哈哈大笑，跟着濃烟冒起。一個叫道：「你們在樹林中搗甚麼鬼？這可瞞不了一窟鬼。」另一人叫道：「這叫做搗鬼遇上鬼祖宗了。」原來羣鬼中排行第八的喪門鬼和第十的笑臉鬼乘史孟捷和長鬚鬼說話之際，繞到他身後放起火來。

火頭剛竄起，便聽得喪門鬼和笑臉鬼失聲驚叫，狂奔而回，氣急敗壞，神情惶懼已極。長鬚鬼喝問：「甚麼？」喪門鬼叫道：「老虎，老虎！一百頭，兩百頭……」

史孟捷見林中火起，滿臉驚怒，縱身叫道：「大哥，二哥，正事要緊，讓羣鬼走罷！那裏找他們不到？」

突然之間，衆人眼前一花，一隻小狗般的野獸從密林中鑽了出來，瞬眼之間便奔到了林外，這野獸身子不大，四條腿極長，周身雪白，尾巴卻是漆黑，貓不像貓，狗不像狗。史孟捷大叫：「九尾靈狐出來啦！」飛身追出。他這一聲叫喊之中，充滿着惶急驚恐之情。

猛聽得樹林後一聲高呼，似虎嘯而非虎嘯，似獅吼而非獅吼，更如是一人縱聲大叫，郭襄一聽得這呼號，背上隱隱感到一陣寒意。這一聲響過，四下裏百獸齊吼，獅子、老虎、豹子，豺狼、大象、猿猴、猩猩……一時也分辨不清，跟着蹄聲雜沓，千萬頭野獸從林中奔將出來。只聽得一人叫道：「大哥往東北，二哥往西北，四弟趕向西南……」語聲正和適才嘯聲相似。

郭襄但見幾個黑影閃了幾閃，已出了密林。她明知危險，但好奇心起，忙也縱馬追出樹林。那大頭鬼叫道：「郭姑娘，不可亂走！」縱馬追了上來。

郭襄一出樹林，眼前登時出現一片奇景，只見五個人各率一羣野獸，在白雪鋪蓋的平原上分向五方急奔。這些野獸顯是訓練有素，互相並不撕打抓咬，成羣結隊，或東或西，奔跑得毫不雜亂。郭襄又是害怕，又覺好玩。只見五隊野獸漸漸接近，圍成一個大圓圈。

斗然間白影一閃，那條小狗似的野獸從獸羣中鑽了出來，在郭襄面前疾掠而過。身法之快，當眞是有如電閃。郭襄吃了一驚，俯身伸手去捉，那小獸早已奔在她身前數丈之外。牠一站定，忽地回頭望着郭襄，圓圓的眼珠如火般紅，骨溜溜地轉個不停，黑夜之中，宛如兩點火星。

只聽得史氏兄弟叫道：「九尾靈狐，九尾靈狐，在那邊，在那邊！」跟着羣獸便如山崩地裂般衝將過來。

郭襄催馬向旁閃避，但那馬見到這許多猛獸，嚇得全身酥軟，雙腿一彎，跪倒在地。郭襄大驚：「羣獸向我奔來，可要將我踏成肉泥了！」當卽躍馬離鞍，斜刺裏奔出，鼻管中只聞到陣陣腥風，獸羣便如一條大河般從她身邊流過，不多時便已遠去。

這時西山一窟鬼也都已馳馬出林。長鬚鬼道：「史氏兄弟武功再強，咱們也不畏懼，只是這許多畜生卻不易打發。今晚且不撩撥，留下力氣去對付神鵰俠，大夥兒走罷！」那老婦道：「好，今晚殺神鵰俠，明日再來燒獅子、烤老虎！」說着一提馬韁，便欲繞林而行。猛聽得獅吼虎嘯之聲大作，羣獸分道歸來。這一次的吼聲並不猛惡，奔跑也不迅捷。長鬚鬼陡然變色，叫道：「不好，大夥兒快走！」但四面八方都有野獸叫聲，各人顯已陷入獸羣包圍之中。長鬚鬼一聲唿哨，十個人一齊躍下馬來，分站五個方位，各自抽出兵刃，默不作聲的待敵到來。

大頭鬼低聲道：「小姑娘，你快些回去罷，犯不着在這兒涉險。」郭襄道：「神鵰俠呢？你答應帶我去見他的。」大頭鬼皺眉道：「這許多惡獸你沒見到嗎？」郭襄道：「你跟野獸的主人說道理啊，便說你們跟神鵰俠有約，沒功夫多躭擱。」大頭鬼皺眉道：「哼，西山一窟鬼向來不跟人說道理。」

說話之間，史氏兄弟已率領野獸回來。五人都身穿獸皮短袍，離開西山一窟鬼約四五丈站定。仍是五弟史孟捷發話道：「萬獸山莊和西山一窟鬼向來沒樑子，各位何以林中縱火，趕走了九尾靈狐？」

郭襄聽他說話語音中恨惡憤怒之意極深，心想：「那頭小獸固然生得可愛，卻也不見得有甚麼了不起，何必這麼大驚小怪？牠明明只有一條尾巴，又怎地叫作九尾靈狐？」

那穿紅衣裙的女子說道：「今日之事，起因在於史氏昆仲。萬獸山莊素來在甘涼一帶開山立業，突然來到我們山西，黑夜之中，又不許人經過官路大道。似這等橫法，還來責怪別人麼？」

白額山君史伯威喝道：「事已如此，還多說甚麼？西山一窟鬼一個也不能活着。」大聲怒吼，赤手空拳的便向長鬚鬼撲來，雙掌握成虎爪之勢，人未到，風先至，便當眞是一頭猛虎也沒這般威風。

長鬚鬼一個滑步，向左側退開丈許，呼的一聲，一件長兵刃向史伯威橫掃過去。史伯威虎爪伸出，已將長兵刃之端抓在手中，原來是一根鷄蛋粗細的鋼杖。他手掌尚未握緊，猛覺得手臂一熱，急忙撒手，左掌急運功將鋼杖格開，若不是見機得快，胸口已被杖端點中。史伯威心中一驚：「西山一窟鬼近年來聲名極響，果非等閒之輩。」當下不敢托大，嗆啷啷兵刃出手，卻是一對虎頭雙鈎。這對鈎右手重十八斤，左手鈎重十七斤，實是極沉猛的利器，雙鈎化作兩道黃光，和長鬚鬼的鋼杖惡鬥起來。

這時管見子史仲猛手持爛銀點鋼管，以一敵二，和催命鬼的地堂刀、喪門鬼的鏈子槍相鬥。大力神史季強和老婦人吊死鬼手中的一根長索相拚，他力氣雖巨，但吊死鬼的長索軟綿綿地無着力之處，但聽他吼叫連連，空有一身神力，卻是無法施展。八手仙猴史孟捷的對手則是使八角銅鎚的大頭鬼。眼見史孟捷的判官雙筆招數精奇，大頭鬼有些招架不住，紅衣紅裙的俏鬼提刀上前相助。

雪地之中，十個人分成四團廝殺，大雪紛紛而下，一時難分勝敗。

西山一窟鬼中尚有四人未曾出手，對方卻只青甲獅王一人空手掠陣，但見他靠在一頭雄獅身上，病奄奄的有氣無力。這一仗一窟鬼以衆敵寡，顯是佔了勝勢，但史氏兄弟只要縱聲一呼，羣獸咆哮而上，一窟鬼不免立時從上風轉爲下風。

郭襄見到羣獸環伺，心中害怕，又記掛着要見神鵰俠，叫道：「大頭兒叔叔，別打了，你們人多，便勝了也不光采。是你們得罪了人家，還是陪個不是罷！」但衆人那來睬她？

十人激鬥良久。長鬚鬼和史伯威始終旗鼓相當。老婆婆吊死鬼的長索招數變化多端，化成一個個大圈小圈，史季強稍不留神，險些給她繩圈套上了項頸，幸好他力大招猛，吊死鬼也有顧忌。大頭鬼和俏鬼一剛一柔，相輔相成，但史孟捷出招奇快，常言道一快打三慢，三人團團而鬥，史孟捷渾沒落了下風。但聽得大頭鬼雷震般的聲音轟轟而吼，俏鬼卻是陰聲陰氣的說笑，意圖分散敵人心神。史孟捷充耳不聞，凝神接戰。

這一邊催命鬼和喪門鬼卻已抵敵不住史仲猛的銀管。他那銀管較齊眉棍略短而中空，招數甚是古怪，三人鬥到分際，喪門鬼挺槍刺出，史仲猛對準了他槍尖也是挺管刺去，那銀管直通過去，竟將槍桿套入了管子之中。喪門鬼大駭，可又不肯撒手放脫兵刃。討債鬼躍上相助，揮牌砸出，打向史仲猛的銀管。史仲猛抽管而退，喪門鬼這才收回了鏈子槍。討債鬼的兵刃似是一塊鐵牌，其實卻是一本用精鋼鑄成的帳簿，共有五張，每一張可以翻動，薄張之邊鋒銳比於刀劍，實是一件奇門利器。

西山十鬼每人本來各有姓名，但自「西山一窟鬼」的名號在江湖上大響以來，十人索性捨卻眞名，各以一鬼爲號。十人的長相行事原本皆有奇特之處，十兄弟相互說道：「江湖上的好漢叫咱們爲鬼，咱們便居之不疑，且看是人厲害呢，還是鬼猛惡？」那討債鬼本使鑌鐵牌，只因他再細微的怨仇也必報復，從來不肯放過一個小小得罪他之人，武林中送了他一個外號叫作「討債鬼」，他聽了反而欣然，索性將兵刃鑄成帳簿之形，在每張鐵片上用尖刀劃了仇人姓名，務要報仇雪怨之後，帳簿上才一筆勾銷。

爛銀點鋼管是件奇形兵刃，鐵帳簿的形狀卻更加奇特，五張鐵片相互撞擊，噹噹作響。催命、喪門、討債三鬼合鬥史仲猛，情勢才漸見有利。

郭襄站在一旁，眼見一窟鬼和史氏兄弟劇鬥不休，心想神鵰俠的約會早已過時，只怕他等得不耐煩，自行走了，她越想越是焦急，卻又無力阻止各人廝拚。

千百頭猛獸蹲伏在地，圍成一個密密的圈子。西山一窟鬼放眼只見黑暗中到處閃爍着一點點綠油油的眼睛，均知縱然將史氏五兄弟盡數打死，要衝出獸圈卻也艱難之極。那老婦吊死鬼只想用繩索纏住大力神史季強，但教擒住了他，便能逼令史氏兄弟召回羣獸，讓出道來。但史季強的武功本在吊死鬼之上，只因她兵刃奇特，佔了便宜，才勉強打成平手，想要擒他眞是談何容易？笑臉鬼叫道：「三姊，我來助你。」從腰間抽出兵刃，向史季強撲去。

史季強正鬥得焦躁，見笑臉鬼撲上，正合心意，叫一聲：「來得好！」青銅杵猛向他頭頂蓋下。笑臉鬼側過身子，橫過雙鞭一擋，噗的一聲，雙鞭登時折斷。笑臉鬼大駭，一個滾，翻了出去。砰的一響，青銅杵擊在地下。笑臉鬼伸手入懷，抓了一把毒粉，不待站起，已揚手向史季強撒去。史季強斗見眼前出現一股淡紅色的薄霧，心中一怔，脚步搖幌，立時摔倒。吊死鬼長繩捲處，已套住了他的雙腿。

史伯威、史仲猛、史孟捷三人見大力神失手，都是又驚又怒，苦於被羣鬼纏住，無法分身來救。郭襄叫道：「你們幹甚麼？詭計傷人，算甚麼好漢？」她對交鬥雙方誰也不幫，但見笑臉鬼這一招太不光明，忍不住出聲指斥。

便在此時，忽聽得身旁一聲低吼，青甲獅王史叔剛緩緩站起身來，低沉着嗓子喝道：「放下我四弟！」

史季強昏暈不醒。吊死鬼用長索連他手臂也縛上了，忌憚他力氣太大，怕他突然醒轉後崩斷繩索，又點了他脅下的穴道，叫道：「你驅開畜生讓道，我們便放人！」眼見史叔剛雙目凹進，滿臉臘黃，走路也搖搖幌幌，顯然患病不輕，對他毫不在意。

郭襄見史叔剛緩緩走向羣鬼，覺他手足情深，扶病迎敵，實是個硬漢，忙道：「喂，你有病在身，不可動手。」史叔剛向她點了點頭，說道：「多謝！」腳下不停，仍是一步步走向史季強。笑臉鬼向吊死鬼使個眼色，分從左右搶上，要連這癆病鬼一起擒住。

兩人撲到史叔剛身邊，四手探出，猛聽得史叔剛一聲低吼，左手在吊死鬼肩頭一拍，右手在笑臉鬼背上一托，兩人只覺一股巨力突然壓在身上，都是腳步一個踉蹌，險些摔倒，急忙提氣躍開，幸好史叔剛並未追來。兩人相顧駭然，都嚇出了一身冷汗，想不到這個癆病鬼竟如此厲害。

史叔剛俯身解開四弟穴道，輕輕一拉，已將吊死鬼的長索拉得斷爲數截。但史季強中了毒霧，始終不醒。史叔剛皺起眉頭，喝道：「取解藥來！」笑臉鬼道：「你收回衆畜生，我自將解藥給你。」

史叔剛哼了一聲，搖搖幌幌的向笑臉鬼走去。笑臉鬼不敢和他正面爲敵，快步閃開。史叔剛因身上有病，縱躍不得，仍是有氣沒力的向他走去。站在一旁的四鬼同時擁上，笑臉鬼也回身而鬥。史叔剛出掌甚緩，但掌力甚是沉雄，五鬼團團圍住了，你刺一槍，我砍一刀，卻不敢近身。笑臉鬼怕毒倒自己兄弟，也不敢再放毒霧。

郭襄心想：「這大個子中了詭計，甚是可憐！」從地下抓起一團雪，在史季強額頭磨擦，又將一團雪塞在他口裏。毒霧藥力本不能持久，史季強體魄又壯，頭上一冷，悠悠醒轉，見郭襄兀自以雪團替他擦額，說道：「多謝小姑娘！」猛地翻身站起，用手背揉了揉眼睛，見五鬼圍攻史叔剛，大聲叫道：「三哥退開！」伸手便去扭笑臉鬼的頭頸。

史伯威急舞雙鈎和長鬚鬼的鋼杖鬥得正緊，眼見史季強醒轉，心下大喜，縱聲長嘯。蹲伏着的猛獸聽得嘯聲，立時都站了起來，作勢欲撲。史伯威又是一聲大喝，羣獸齊聲怒吼。

西山一窟鬼雖然見過不少大陣大仗，當此情景卻也不禁膽戰心驚。羣獸吼聲未絕，已紛紛向十鬼撲去。

郭襄「啊」的一聲呼叫，嚇得臉色慘白。史叔剛伸手推開一頭撲向郭襄的猛虎，除下自己頭上皮帽，戴在郭襄的頭上。羣獸久經訓練，一見她戴上皮帽，便不向她撲咬，轉頭攻擊十鬼。猛虎、豺狼、豹子、獅子、人猿、黑熊……諸般猛獸對十鬼或抓或咬。西山十鬼奮力殺斃了七八頭惡獸，但一來史氏兄弟從旁牽制，二來猛獸實在太多，片刻之間，十鬼人人受傷，衣衫碎裂，鮮血淋漓，眼見立時便要命喪當地，無一能逃出猛獸的爪牙。

郭襄見三頭雄獅向大頭鬼一人圍攻，他手中的八角銅鎚已掉在地下，右臂被一頭雄獅咬住不放，全仗左手運掌成風，勉強支撐，抵擋着另外兩頭雄獅。郭襄想起他帶自己出來，見他如此狼狽，心中不忍，當下不加思索，除下皮帽，揚手揮出，安在他的頭上，頭大帽小，形相極其好笑，而且搖搖欲墜，戴不安穩。史氏兄弟操練羣獸之時，頭上均戴這種特製的皮帽，畜生無知，那裏分得清友敵，一見大頭鬼戴上了皮帽，登時轉身走開。這邊廂四頭花豹卻已將郭襄圍住。

這時史叔剛正在搶奪長鬚鬼手中的鋼杖，免得他傷獸太多，聽得郭襄呼救，回頭一看，不禁一驚，只因相距甚遠，不及過去解救。但說也奇怪，四頭豹子竟不向郭襄抓咬，繞着她邊嗅邊走，挨挨擦擦，情狀居然十分親熱。郭襄嚇得呆了，見四頭花豹實無惡意，一怔之下，想起母親和姊姊均曾說過，自己幼時吃母豹的乳汁長大，看來這四頭花豹嗅到自己身上體氣有異，因而引爲同類。她又驚又喜，俯身摟住兩頭豹子的頭頸，另外兩頭花豹便伸舌舐她的手背和臉頰。郭襄只覺一陣酸癢，格格的笑了出來。史氏兄弟馴獸以來，從未見過如此奇景，無不又驚又喜。

大頭鬼雖因皮帽而暫得免禍，但見兄弟姊妹九人個個難逃困厄，怎肯一人獨生？他西山一窟鬼並非正人君子，平時所作所爲也是旁門左道的居多，但相互間義氣深重，當下抓起皮帽，向紅衣紅裙的俏鬼擲去，叫道：「九妹，你快逃命罷。」那俏鬼接住了皮帽，立即擲給了長鬚鬼，叫道：「大哥，你先出去，將來設法給我們報仇便是。」長鬚鬼卻將皮帽拋在笑臉鬼頭上，說道：「十弟，君子報仇，十年未晚，你大哥活不到這麼久了。」他十人竟是誰也不肯要這件救命之物。

笑臉鬼給五條惡狼纏住了，騰不出手來擲帽。豺狼又是極貪極狠之物，口中一咬到血，雖見笑臉鬼頭上有了皮帽，卻不肯就此捨卻美食。笑臉鬼大聲咒罵，臉上可仍然帶着笑意。

猛聽得頭頂清嘯冷冷，有人朗聲說道：「西山一窟鬼不守信約，累我空等半晚，卻原來在這裏和羣獸胡鬧！」

郭襄一聽大喜，心道：「神鵰俠到了！」一抬頭，只見一株大樹的橫幹上坐着一人，身旁蹲着一頭碩大無朋卻又醜陋不堪的巨鵰。這人身穿灰布長袍，右袖束在腰帶之中，果是斷了一臂，再看那人相貌時，不由得機伶伶打個冷戰，只見臉色焦黃，木僵枯槁，那裏是個活人？實是一個僵屍。西山一窟鬼中儘有相貌獰惡之人，但決無一人如他這般難看。

郭襄未見他之時，小姑娘的心中將他想像得風流儒雅、英俊瀟洒，此時一見，不禁大失所望，心道：「世上竟有如此相貌奇醜之人！」忍不住再向他望了一眼，卻見他一雙眸子精光四射，英氣逼人。那閃電般的眼光掃過她臉時略一停留，似乎微感奇怪。郭襄心口一陣發熱，不由自主的暈生雙頰，低下頭來，隱隱約約的覺得，這神鵰俠倒也不怎麼醜陋了。

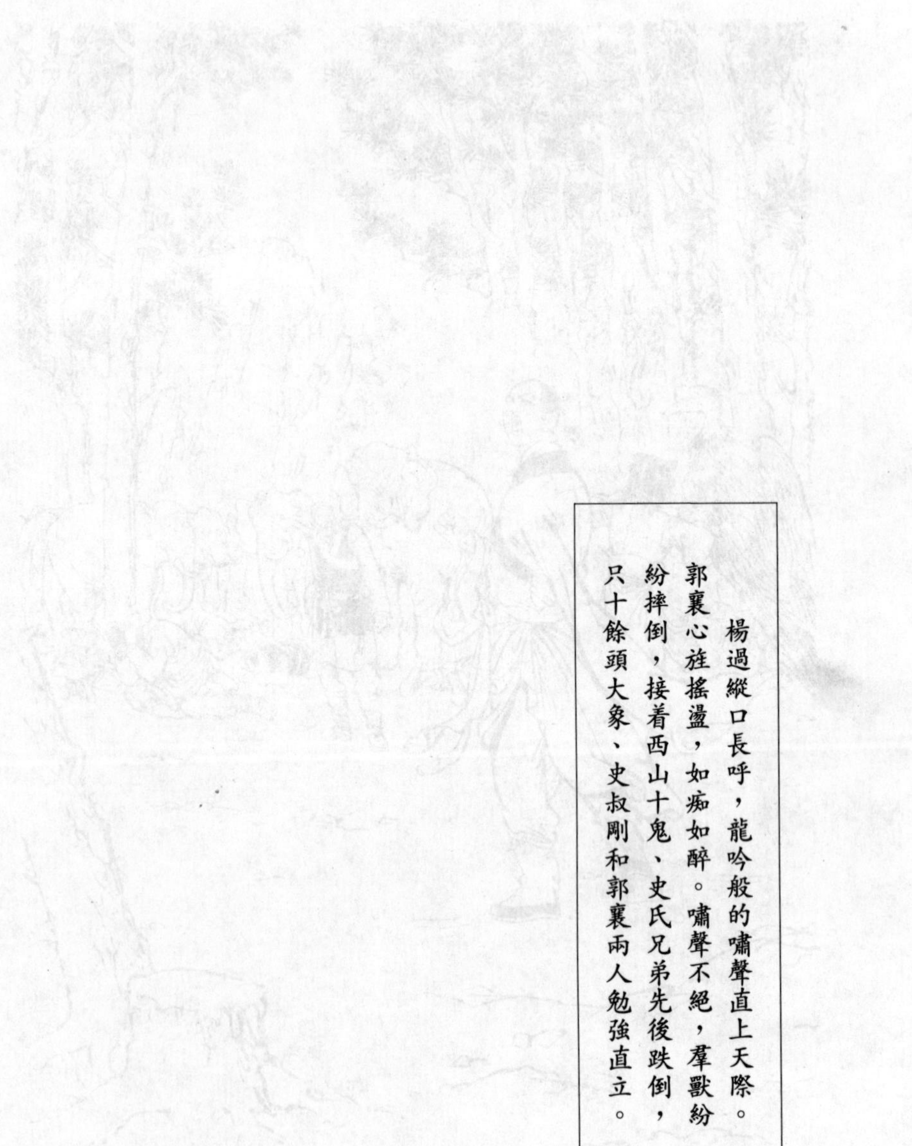

楊過縱口長呼，龍吟般的嘯聲直上天際。郭襄心旌搖盪，如痴如醉。嘯聲不絕，羣獸紛紛摔倒，接着西山十鬼、史氏兄弟先後跌倒，只十餘頭大象、史叔剛和郭襄兩人勉強直立。

第三十四回　排難解紛

眼前之人，正是楊過。十六年來，他苦候與小龍女重會之約，漫遊四方，行俠仗義，因一直和神鵰爲侶，闖下了一個「神鵰俠」的名頭。他自思少年風流孽緣太多，累得公孫綠萼爲己喪命，程英和陸無雙一生傷心，因此經常戴着黃藥師所製的那張人皮面具，不以眞面目示人。這晚與西山一窟鬼約鬥倒馬坪，對方過期不至，便一路尋來。

西山一窟鬼在羣獸圍攻之下，人人性命在呼吸之間，斗然間聽到楊過說話，又多了一個強敵，均想：「罷了，罷了，連最後一絲逃生之望，也已斷絕。」只聽楊過朗聲又道：「這幾位是萬獸山莊的史氏賢昆仲麼？各位住手，聽我一言。」

史伯威道：「我們正是姓史。閣下是誰？」隨卽道：「啊，恕我眼拙，閣下想必是神鵰俠了？」

楊過道：「不敢，正是在下。快喝住這些虎狼獅豹罷，再遲得片刻，假鬼只怕要變眞鬼。」史伯威道：「待假鬼人人成了眞鬼，再與閣下敍話。」楊過皺眉道：「西山一窟鬼和在下有約在先，你叫惡獸將他們咬死了，我跟誰說話去？」

史伯威聽他言語漸漸無禮，嘿嘿一聲冷笑，反而驅羣獸加緊上前攻擊。楊過喝道：「你既知我是神鵰俠，怎地對我的說話不加理睬？」史伯威道：「神鵰俠便怎樣？你有本事，便自行把我的野獸喝住罷！」

楊過說道：「好！鵰兄，咱們下去！」右手袖子一揮，一人一鵰，從樹幹上翩然而下。羣獸不待人鵰落地，已吼叫着紛紛撲上。神鵰雙翅展開，左擊右拂，撥出一股猛烈無比的勁風，豺狼等身軀較小的惡獸被疾風一捲，站不住脚，踉踉蹌蹌的跌開。一獅一虎怒吼撲上，神鵰橫翅掃出，直有千斤巨力，一獅一虎同時被牠掃了個觔斗。牠左翅跟着拍出，正中一頭金錢豹子的腦門，那金錢豹軟癱在地，動彈不得。羣獸見牠如此威猛，誰也不敢上前，都是遠遠蹲着，嗚嗚低吼。

史伯威大怒，縱身向楊過撲去，手成虎爪之形，抓向他的胸口。楊過右肩微幌，袖子從上而下，噗的一聲，擊在他雙腕之上。史伯威但感手腕劇痛，有如刀削，禁不住「啊」的一聲叫了出來。

史叔剛緩步上前，伸掌平平推出。楊過叫道：「好功夫！」左掌伸出相抵，微微一笑，使上了三成掌力。他十餘年來在海濤之中練功，掌力倘若用足了，別說血肉之軀，縱然大樹厚牆，也是一掌而摧。史叔剛曾得異人傳功，內力卻亦不同凡俗，身子一幌，竟不後退。楊過道：「小心了！」掌力催動，又加上了兩成勁道。史叔剛眼前一黑，知道性命不保，忽聽得楊過說道：「啊，你身上有病！」身前一股排山倒海而至的巨力瞬時間消於無影無蹤。史叔剛死裏逃生，呆呆的說不出話來。

伯威、仲猛、季強、猛捷史氏四兄弟見他怔怔的站立不動，只道他已受了重傷，急怒之下，一齊撲向楊過。但見他身子微挫，正好一頭猛虎從側面竄上，楊過伸手抓住猛虎頭頸，將這畜生當作了一件活兵刃，擋開史仲猛的銀管和史季強的銅杵，讓四隻虎爪抓向史伯威和史孟捷的頭臉胸口。楊過十餘年前使那玄鐵重劍之時，兵刃已有七十餘斤，這頭猛虎軀幹雖巨，也不過一百數十斤重，他提在手中，渾若無物。猛虎頭頸被抓，驚怒交集，那裏還認得出主人，張牙舞爪，向史氏兄弟又抓又咬。伯威、孟捷兩人平時雖與猛獸爲伍，這時卻也鬧了個手忙脚亂。

郭襄在旁拍手笑道：「神鵰俠，好功夫，史家兄弟服了罷？」楊過向她瞧一眼，心道：「這個小姑娘是甚麼路道？她既與花豹爲友，卻又出言嘲笑史氏兄弟？」

史叔剛吐納兩下，氣息順暢，知道未受內傷，神鵰俠手下留情，饒了自己性命，心想：「若憑眞實功夫，咱五兄弟齊上也不是他的對手。」眼見二哥和四弟兀自挺着兵刃，俟隙向楊過進擊，忙叫道：「二哥、四哥，趕快住手，咱們可不能不知好歹。」

管見子史仲猛一聽，立即撤回遞出去的銀管。那大力神史季強卻是個莽撞之徒，心想：「甚麼叫做不知好歹？先吃我一杵再說。」雙手執杵，呼的一聲，往楊過頭頂壓擊下去，這一招他叫作「巨象開山」，學的是巨象用長鼻擊物的姿勢。他那銅杵鑄成象鼻之形，前細後粗，微微彎曲，陽剛之中也帶陰柔之力，這一擊下來，勢道威猛之極。

楊過更不閃避，擲開猛虎，左掌翻處，已將象鼻杵前端抓住，笑道：「咱們較量較量，是誰力大？」史季強用力下壓，但象鼻杵停在楊過頭頂，竟連分毫也壓不下去。史叔剛叫道：「四弟不得無禮！」史季強向裏硬奪，待要收回銅杵，但杵端被楊過抓住了，竟如被生鐵鑄住了一般。史季強連運三次勁，始終奪不回來。楊過發覺他回奪之力大得異常，心想：「我不顯神功，這個一身蠻力的莽夫終是不服。」突然左手往上急拗。這一拗之力集於銅杵中部，運勁既巧且猛，按理史季強非脫手不可，那知他仍是牢牢抓住，只是那條和象鼻般粗大的銅杵卻彎成了曲尺之形。楊過喝道：「好！」轉勁向下拗落，銅杵從另一邊彎將下來，拍的一聲，斷成兩截。史季強被震得雙手虎口都破裂寸許，鮮血長流。但這大漢竟有一股狠勁，仍是死命抓住杵柄不放。

楊過哈哈一笑，順手揮出，半截銅杵筆直插下，沒入雪地之中，剎時不見了影蹤。地下積雪不到二尺，那斷杵卻有三尺來長，卻給一插滅迹，神功實是驚人。他遊目四顧，見史叔剛、史孟捷等正在喝止虎豹，只是羣獸野性發作，又見了人血，實不易立時喝止。

楊過向郭襄打個手勢，叫她用手指塞住雙耳。郭襄不明其意，但依言按耳，只見他縱口長呼，龍吟般的嘯聲直上天際。郭襄雖已塞住了耳朵，仍然震得她心旌搖盪，如痴如醉，脚步站立不穩。幸好她自幼便修習父親的玄門正宗內功，因此武功雖然尚淺，內功的根基卻紮得甚爲堅實，遠勝於一般武林中的好手，聽了楊過這麼一嘯，總算沒有摔倒。

嘯聲悠悠不絕，只聽得人人變色，羣獸紛紛摔倒，接着西山十鬼、史氏兄弟先後跌倒，只有十餘頭大象、史叔剛和郭襄兩人勉強直立。那神鵰昂首環顧，甚有傲色。楊過心想這病夫內力不淺，我若再催嘯聲，硬生生將他摔倒，只怕他要受劇烈內傷，當下長袖一揮，住口停嘯。過了片刻，衆人和羣獸才慢慢站起。豺狼等小獸竟有被他嘯聲震暈不醒的，雪地中遍地都是羣獸嚇出來的屎尿。羣獸不等史氏兄弟呼喝，紛紛夾着尾巴逃入了樹林深處，連回頭瞧一眼也都不敢。

史氏兄弟和西山一窟鬼平生那裏見過這等威勢？呆呆站着，竟不知說甚麼好。

楊過道：「史氏昆仲請恕無禮，只因在下和西山一窟鬼有約，迫得阻住雙方動手。待在下這回事了結之後，你們再分高下，在下誰也不幫，袖手觀鬥。」轉頭向煞神鬼道：「怎麼樣？你們要一個個的跟我車輪戰呢，還是十個兒一齊上？」

煞神鬼給他嘯聲震盪之下，雖然翻身站起，但心魂未定，一時答不出話來。長鬚鬼一揖至地，恭恭敬敬的道：「神鵰大俠，你老人家的武功跟我們天差地遠，西山一窟鬼如何敢跟你動手？我們性命都是你老人家救的，你此後有何差遣，我們水裏水裏去，火裏火裏去，無不遵從。你要叫我們兄弟退出山西，我們立時便走，決不敢有片刻停留。」

楊過見了他的神情，心中早在懷疑，這時聽了他說話，問道：「尊駕可是姓樊，大號叫作一翁麼？」

這長鬚鬼正是絕情谷中公孫止的首徒樊一翁，他自蒙楊過饒了性命，僻地隱居，數年來重入江湖，仗着一身卓絕武功，成爲西山一窟鬼之首。他和楊過相見之時，楊過尚未斷臂，這時戴上了人皮面具，自更認他不出，當即躬身答道：「小人正是樊一翁，聽從神鵰大俠吩咐。」

楊過微微一笑，舉手道：「不敢！各位既願聽從在下之言，那也不用退出山西境界。煞神鬼老兄，你放你那四個妾侍回家去罷！」煞神鬼道：「是！」頓了一頓，說道：「四個賤人倘若不肯走，小人用大棍子轟她們出去。」

楊過一怔，想起當日煞神鬼五個妻妾跪地為他求情的神色，倒似對他眞有情義，倘若她們情願跟他，而他反而硬轟四妾出門，只怕反而傷了她們之心，於是笑道：「那也不用。她們倘若願走，你不得強留，如果願意跟你，唉，那有甚麼法子？你說還要娶四個妾侍，這話當眞？」煞神鬼道：「小人不要臉，家裏大老婆小老婆打打鬧鬧，累得神鵰大俠費心，又險些害了各位兄弟姊妹的性命，如何再敢胡作非為？小人便有這膽子，我大哥也決不容許。」眾人一聽，都笑了起來。

楊過道：「好啦，我的事已經了結，你們雙方動手便是。」說着和神鵰退在一旁，負手背後，只待史氏兄弟和西山十鬼再鬥。

樊一翁叉手上前，向史伯威道：「西山十鬼擅闖寶莊，落得個個遍體鱗傷，今日暫且別過，但不知寶莊要在山西安業呢？還是回涼州去？我們好上門拜訪啊。」

史伯威聽他言語之中，意思是要登門尋仇，昂然道：「我們兄弟在涼州恭候大駕。倘若我三弟竟然……竟然因此不治，這深仇大恨豈能罷休？不用各位駕臨涼州，我們四兄弟自會上門。」

樊一翁一怔，說道：「史三哥本就有病，這事跟我們有何干係，倒要請教。」史伯威怒氣上衝，滿臉通紅，喝道：「我三弟……」史叔剛一聲長嘆，說道：「大哥，這事不用再提了。西山一窟鬼也是無心之失，小弟命該如此，不必多結無謂的寃家。」

史伯威強忍怒氣，道：「好！」向樊一翁一抱拳，道：「青山不改，綠水長流，咱們後會有期。」轉頭向楊過道：「神鵰大俠，我兄弟再練三十年武功，也不是你的對手，只好服輸，這是輸得口服心服。此後也不敢再見你面，你到那裏，我們先行退避便是。」楊過笑道：「史大哥言重了。」

史伯威道：「走罷！」走到史叔剛身邊，伸手扶住他的胳臂，轉身便行。

樊一翁聽他言語中有許多不解之處，忙道：「史大哥請留步。史三哥說我們是無心之失，除了我們十兄弟擅闖寶莊之外，是否此外尚有冒犯之處？倘若眞是我們的不是，西山一窟鬼殺頭尚且不懼，何懼向賢昆仲磕頭陪禮？」

史伯威適才見他們在羣獸圍攻之下互擲皮帽，個個確是不怕死的硬漢，倒也是非分明，淒然道：「你們驚走了九尾靈狐，使我三弟的內傷無法醫治，縱然磕一千個頭、一萬個頭，又有何用？」樊一翁吃了一驚，想起史氏兄弟率領羣獸大舉追逐那隻小狐狸，想不到這隻小畜生竟有這等重大干係？

煞神鬼道：「這隻小狐狸有甚麼用？嗯，既與史三哥貴體有關，大夥兒合力追捕便是，諒那小小一隻狐狸，何足道哉？」史季強大聲道：「甚麼何足道哉？你只要捉得住這隻九尾靈狐，我史老四給你磕一百個響頭，啊哈！便是磕一千個頭，我也心甘情願。」說到這裏，語音竟有些嗚咽。

樊一翁心想：「史氏兄弟善於馴獸，當今之世，再無勝得過他們的了。他們既說得如此艱難，旁人還有甚麼指望？」想到這裏，不自禁的向楊過瞧了一眼。

郭襄忍不住揷口道：「你們說來說去，怎地不求求神鵰俠？」管見子史仲猛心中一動，尋思：「這位神鵰俠武功深不可測，說不定他有法子。」當下說道：「小姑娘你知道甚麼？除非是大羅金仙下凡，否則還有誰能捕得那頭九尾靈狐？」楊過微微一笑，明知他是出言相激，卻不接口。郭襄道：「這九尾靈狐到底有甚麼希奇，請史二叔說來聽聽。」

史仲猛嘆了口氣，道：「前年歲尾，我三弟在涼州打抱不平，和人動手，對方突然使用詭計，我三弟一個不愼，身受重傷……」

郭襄奇道：「這位史三哥武功好得很啊，是誰這等厲害？竟能傷得了他？」史叔剛道：「姑娘謬讚。在下這點點微末本領，實如螢火之光。姑娘這般說，豈不讓神鵰大俠笑掉了牙齒？」郭襄向神鵰一瞥，說道：「他！他自然不同。我說是旁人啊。」

史仲猛道：「打傷我三弟的，是個蒙古王子，名叫霍都，聽說是蒙古第一護國大師金輪法王的弟子。」楊過微微頷首，心道：「原來是他，怪不得有此功夫。」

郭襄向楊過道：「神鵰俠，請你去把這蒙古王子痛打一頓，爲史三叔報了這個仇罷！」史仲猛道：「這個卻不敢勞動神鵰俠的大駕，只須我三弟內傷痊愈，再去尋他，正大光明的打上一架，卻也未必再輸。只是我兄弟所練的內功另成一派，受了這內傷之後歷久不愈，須飲九尾靈狐之血方能治得。」

郭襄和西山一窟鬼齊道：「啊，原來如此。」

史仲猛道：「那九尾靈狐是百獸中極罕見、極靈異之物，我五兄弟足足尋了一年有餘，才在晉南發見了靈狐的蹤迹。這頭靈狐藏身之處也眞奇怪，是在此西北三十餘里的一個大泥沼中……」煞神鬼奇道：「大泥沼？是黑龍潭麼？」史仲猛道：「正是。各位久在晉南，自然知道，這黑龍潭方圓數里之內全是汚泥，人獸無法容身。我們費了好大力氣，才將牠引到這樹林之中。」煞神鬼恍然大悟，道：「啊！怪不得賢昆仲不許我們進入林中。」

史仲猛道：「是啊。想我們姓史的到晉南來是客，便再無禮，也不能霸佔晉南之地，此事當眞是迫不得已。那九尾靈狐奔跑迅捷無倫，各位適才都是親眼得見的。我們率領獸羣，在林中圍得密不通風，眼見靈狐便可成擒，不意各位在林中放起火來。野獸受驚亂竄，給靈狐逸了出去。說來慚愧，我們雖盡全力，終於追捕不得。那靈狐這一逃回巢穴，再要誘牠出來可就千難萬難了。我三弟的內傷日重一日，勢難拖延，我兄弟憂心如焚，以致行事莽撞，言語中缺了禮數，還請各位擔代則個。」說着抱拳唱喏，眼光卻望着楊過。

樊一翁道：「此事須讓我們西山十鬼告罪才是。但不知賢昆仲先前如何誘那靈狐出來？此時何以不能重施故法？」史仲猛道：「狐性多疑，極難令牠上當，這靈狐尤其狡獪無比。我們用了一千多隻雄鷄，每隔數丈烤燻一隻，將烤鷄的香味送入黑龍潭中，再讓牠今天吃一隻，明天吃一隻，一直食了兩個月有餘，防備之心漸減，這才慢慢引到這森林之中。這一回牠受了大驚嚇，便是再隔十年，也不會再上當了。」樊一翁點頭道：「確是如此。但若我們直入黑龍潭捕捉，那又如何？」

史仲猛道：「這黑龍潭數里內全是十餘丈深的汚泥，輕功再高，也是難以立足，不論船隻、皮筏、還是木排，都是不能駛入。那九尾靈狐身小體輕，脚掌旣厚，奔跑又速，因此能在汚泥上面滑過。」

郭襄突然想起自己家中豢養的雙鵰，她姊弟三人常自騎鵰凌空為戲，這神鵰的軀體比之她家的雙鵰大逾一倍，只怕兩個人也載得起，於是說道：「神鵰俠，只要你肯賜予援手，便有法子。」楊過微笑道：「史氏昆仲是降獅伏虎的大行家，他們尙自束手，區區縱願盡力，復有何用？」

史仲猛聽他口氣，竟是肯出手相助，這是他兄弟生死的關頭，再也顧不得旁的，雙膝一曲，便在雪地中跪下，向着楊過拜了下去，說道：「神鵰大俠，舍弟命在旦夕，還望大俠垂憐。」史伯威、史季強、史猛捷三人也都跪了下去。

楊過急忙扶起，連稱：「不敢。」閃電般的眼光在郭襄臉上一轉，說道：「你說我有法子，倒要聽聽小妹妹的高見。」郭襄道：「你騎在大鵰身上，不就能飛入黑龍潭了？」

楊過哈哈大笑，道：「我這位鵰兄和尋常飛禽不同，牠身子太重，不會飛的。牠的鐵翅一掃能斃虎豹，便是不能飛翔。」轉頭向史氏兄弟說道：「說不得，小弟姑且去出力一試，若是不成，諸位莫怪。」

史氏兄弟大喜，心想這位大俠名滿天下，自是一諾千金，倘若他亦無法，那也是命該如此了。史伯威又拜了幾拜，道：「如此便請大俠和山西諸位大哥同到敝處休憩，從長計議。」

樊一翁道：「這禍端因我兄弟而起，自當聽由差遣。」史伯威道：「不敢。大夥兒不打不成相識，各位若不嫌棄，便請交了我兄弟這幾個朋友。」西山一窟鬼和史氏兄弟適才過招動手，均知對方了得，雙方本無仇怨，只不過一時言語失和，當下各自客氣了幾句，相互結納起來。

楊過卻道：「兄弟這便上黑龍潭去一趟，不論成與不成，再來寶莊拜候。」西山一窟鬼和史氏兄弟聽他沒叫旁人同去，素聞他行事獨來獨往，雖有出力之心，卻是不敢自薦。楊過向衆人一抱拳，轉身向北便行。

郭襄心想：「我此來是要見神鵰俠，現下已經見到了。他雖容貌醜陋，但武功驚人，扶危濟困，急人之急，果然當得起『大俠』兩字，我此行可算不虛。」但想他不知如何去捕捉九尾靈狐，好奇心油然而生，不知不覺的緩步跟在楊過後面。

大頭鬼待要叫她，轉念一想：「她一意要見神鵰俠，必是有何言語要跟他說。」史氏兄弟不知郭襄的來歷，更是不便多說甚麼。

郭襄隨在楊過之後，相隔數丈，一心要瞧他如何去捉靈狐，只見楊過漸行漸快，神鵰和他並肩而行，邁開大步，竟是疾如奔馬。頃刻之間，郭襄已落在楊過之後十來丈，遙遙望見他大袖飄飄，似在雪地中徐行緩步，可是和他相距卻越來越遠。郭襄展開家傳輕功，出力追趕，但不到一盞茶時分，楊過和神鵰的背影已縮成兩個黑點。郭襄急起來，叫道：「喂，你等我一等啊！」就這麼內息一岔，脚下踉蹌，一交摔在雪地之中。她又羞又急，不禁哭了出來。

忽聽得一個溫和的聲音在耳邊響起：「爲甚麼哭？是誰欺侮你了？」郭襄抬頭看，竟是楊過，不知他如何能這般迅速的回來。她既驚且喜，立時又覺不好意思，低下頭來，掏手帕拭抹眼淚。那知適才奔得急了，手帕竟是掉了。

楊過從袖中取出一塊手帕，掂在拇指和食指之間，笑道：「你是找這個麼？」郭襄一看，正是自己那塊角上繡着一朵小花的手帕，突然說道：「是了，便是你欺侮我啊。」楊過奇道：「我怎地欺侮你了？」郭襄道：「你搶了我的手帕去，不是欺侮我麼？」楊過笑道：「你自己掉在地上，我好心給你拾了起來，怎說是搶你？」郭襄笑道：「我跟在你後面，我的手帕便是掉了，你又怎能拾到？明明是你搶我的。」其實郭襄跟隨身後，楊過早就知曉，故意加快脚步，試試她的輕功，覺得這個小姑娘年紀雖幼，武功卻出自名家所授，一發覺她在雪地摔倒，生怕她跌傷，急忙趕回，見她身後數丈之處掉了一塊手帕，當卽給她拾起，只是他行動奇速，倏去倏回，雖然在前卻能拾到她的手帕。

楊過微笑道：「你姓甚麼？叫甚麼名字？尊師是誰？爲甚麼跟着我？」郭襄道：「你尊姓大名？你先跟我說，我才跟你說。」楊過這十餘年來連眞面目也不肯示人，自是不願對一個陌生姑娘說出自己姓名，道：「你這姑娘好生奇怪，既不肯說，那也罷了。手帕奉還。」說着輕輕一揚，手帕四角展開，平鋪空中，穩穩的飛到郭襄身前。郭襄大感有趣，伸手接住，說道：「神鵰俠，這是甚麼功夫？你教給我好不好？」

楊過見她天眞爛漫，對自己猙獰可怖之極的面目竟是毫無懼意，心想：「我且嚇她一嚇。」突然厲聲道：「你好大膽，爲甚麼不怕我？我要害你了。」說着走上一步，舉手欲擊。郭襄一驚，但隨卽格的一笑，道：「我才不怕呢。你如眞的要害我，還會先說出來麼？神鵰大俠義薄雲天，豈能害我一個小小女子？」

縱是恬退清高之人、山林隱逸之士，聽到有人眞誠讚揚，也決無不喜之理，楊過雖然不貪受旁人諂諛，但聽郭襄說得懇摯，確是衷心欽佩自己，不禁微笑道：「你素不識我，怎知我不會害你？」郭襄道：「我雖不識你，昨晚在風陵渡卻聽到許多人說你的事蹟。我心中說：『這樣一位英雄人物，定要見見。』因此便跟着大頭鬼來見你了。」

楊過搖頭道：「我算是甚麼英雄？你見了之後，定然覺得見面不如聞名。」郭襄忙道：「不，不！你若不算英雄，有誰還能算是英雄？」她這話一出口，隨即覺得這話大有語病，可把自己父親也說得不如他了，又道：「當然，除了你之外，世上也還有幾位大英雄大豪傑，但你也是其中之一。」

楊過心想：「你這樣一個十幾歲的小娃兒，能知道幾個當世的人物？」微笑道：「你說那幾位大英雄大豪傑？」郭襄聽他言語中似有輕視自己之意，說道：「我說出來，倘若說得對，你便帶我去捉那九尾靈狐好不好？」楊過道：「好，你倒說幾位聽聽。」

郭襄道：「我說啦。有一位英雄，鎮守襄陽，奮不顧身，力抗蒙古，保境安民。這算不算是大英雄？」楊過大拇指一翹，道：「對！郭靖郭大俠，算得是大英雄。」郭襄道：「還有一位女英雄，輔佐夫君，抗敵守城，智計無雙，料事如神。這算不算是大英雄？」楊過道：「你說的是郭夫人黃幫主？嗯，也可算是一位英雄。」郭襄道：「還有一位老英雄，五行奇術，鬼神莫測，彈指神通，罕有其匹。這算不算是大英雄？」楊過道：「這是桃花島主黃藥師，那是武林前輩，我素來敬仰的。」

郭襄說了三人，見他都欣然認可，心下甚是得意，說道：「又有一位，率領丐幫，鋤奸殺敵，爲國爲民，辛苦勞碌，他算不算是大英雄？」楊過道：「你說的是魯有脚魯幫主？此人武功並不怎麼，也說不上有甚麼大作爲，但瞧在『鋤奸殺敵，爲國爲民』八個字上，算他是一號人物。」郭襄心想：「你自己這樣的了不起，眼界自是極高，我再說下去，只怕你要說不對了。何況，除了爸爸、媽媽、外公、魯老伯，我想不出還有誰了。」

楊過見她臉現躊躇之色，心想：「郭伯伯、郭夫人、黃島主、魯幫主這四人都是名揚天下的豪傑，這小姑娘說得出他們名頭，原也不足爲奇。」於是說道：「你只要再說一個，說得對，我便帶你同去黑龍潭捕捉九尾靈狐。」

郭襄待要說姊夫耶律齊，覺得他武功雖高，終還夠不上「大英雄」三字，要說武敦儒、武修文兩位師兄罷，那更加談不上，正自爲難，突然靈機一動，說道：「好，又有一位：解困濟急，鋤強扶弱，衆口稱揚，神鵰大俠！這位倘若不算是大英雄，那你便是撒賴。」楊過笑道：「小姑娘說話有趣得緊。」郭襄道：「那你便帶我去黑龍潭麼？」楊過笑道：「你旣說我是大英雄，大英雄豈能失信於小姑娘？咱們走罷。」

郭襄很是高興，伸出右手便牽住了他的左手。她自幼和襄陽城中的豪傑爲伴，衆人都當她是小姪女看待，互相脫畧形迹，絕無男女之嫌，這時她心中一喜，竟也沒將楊過當作外人。

楊過左手被她握住，但覺她的小手柔軟嬌嫩，不禁微微發窘，若要掙脫，似乎顯得無禮，側目向她望了一眼，見她跳跳蹦蹦，滿臉喜容，實無半分他念，於是微微一笑，手指北方，說道：「黑龍潭便在那邊，過去已不在遠。」借着這麼一指，將手從郭襄手掌中抽出了來。

楊過少年時風流倜儻，言笑無忌，但自小龍女離去之後，他鬱鬱寡歡，深自收斂，十餘年來行走江湖，遇到年輕女子，他竟比道學先生還更守禮自持，雖見郭襄純潔無邪，但十多年來拘謹慣了，連她的手掌也不敢多碰一下。

郭襄絲毫不覺，和他並肩而行，走了幾步，見那神鵰形貌雖醜，軀體卻極雄偉，伸手拍了拍牠的背脊。她從小和一對白鵰玩慣了，常自拍打為戲，那知這神鵰翅膀微展，刷的一下，將她手臂推開。郭襄吃了一驚，「啊」的一聲叫了出來。

楊過笑道：「鵰兄勿惱！何必和人家小姑娘一般見識？」郭襄伸了伸舌頭，走到楊過右側，不敢再和神鵰靠近。她那裏知道，她家中的雙鵰乃是家畜，這神鵰於楊過卻是半師半友，以年歲而論更屬前輩，身分大不相同。

兩人一鵰向着黑龍潭而去。那所在極易辨認，方圓七八里內草木不生。黑龍潭本是一座大湖，後因水源乾枯，逐年淤塞，成為一片汚泥堆積的大沼澤。只一頓飯功夫，楊過和郭襄已來到潭邊。縱目眺望，眼前一片死氣沉沉，只潭心堆着不少枯柴茅草，展延甚廣，那九尾靈狐的藏身所在，想必便在其中。

楊過折了一根樹枝擲入潭中。樹枝初時橫在積雪之上，過不多時便漸漸陷落，下沉之勢雖甚緩慢，卻絕不停留，眼見兩旁積雪掩上，樹枝終於沒得全無半點蹤迹。郭襄不禁駭然：「樹枝份量甚輕，尙自如此，這淤泥上怎能立足？」怔怔望着楊過，不知他有何妙策。

楊過折下兩根樹枝，每根長約六尺，拉去小枝，縛在脚底，道：「我且試試，不知成與不成？」身子向前一挺，飛也似的在積雪上滑了開去。但見他東滑西閃，左轉右折，實無瞬息之間停留，在潭泥上轉個圈子，回到原地。

郭襄拍手笑道：「好本事，好功夫！」楊過見她眼光中充滿艷羨之意，知她極盼隨己入潭捉狐，但自量又無這等輕身本領，笑道：「我答應過要帶你到黑龍潭捕捉九尾靈狐，你有沒膽子？」郭襄輕輕嘆了口氣，說道：「我沒你這般本領，縱有膽子，也是枉然。」楊過微笑不語，又折下兩根五尺來長的樹幹，遞給郭襄，說道：「縛在自己脚底下罷！」

郭襄又驚又喜，將樹枝牢牢縛在脚底。楊過道：「你身子前傾，脚下不可絲毫使力。」伸左手握住了她右手，輕喝：「別怕！」一提一拉，郭襄身不由主的跟着他滑入了潭中。初時心中驚慌，但滑出數丈後，只覺身子輕飄飄的有如御風而行，脚上全不着力，連叫：「當眞好玩！」

兩人滑了一陣，楊過忽然奇道：「咦！」郭襄道：「怎麼？」她微一凝神，足下稍重，左脚一沉，汚泥沒上了足背，她驚叫一聲：「啊喲！」楊過一提將她拉起，說道：「記着，時刻移動，不得有瞬息之間在原地停留。」郭襄道：「是了！你瞧見了甚麼？是九尾靈狐嗎？」楊過道：「不是！那潭中好似有人居住。」郭襄大奇：「這地方怎住得人？」楊過道：「我也是不懂了。但這些柴草布置有異，並非天然之物。」

這時兩人離那些枯柴茅草更加近了，郭襄仔細瞧去，說道：「不錯，乙木在東，丙火在南，戊土居中，北方卻不是癸水，而是庚金之象。」

她自幼聽母親談論陰陽五行之變，也學了兩三成。她與姊姊郭芙性格頗有差異，雖然豪爽，卻不魯莽，可比姊姊聰明得多。黃蓉常說：「你外公倘若見了你，定是喜歡到了心坎兒中去。」黃藥師頗務醫卜星相、琴棋書畫、以及兵法縱橫諸般雜學，郭襄小小年紀，竟隱然有外祖之風，只是分心旁騖，武功進境便慢，同時異想天開，我行我素，行事往往出人意表，令郭靖、黃蓉頭痛之極。她在家中有個外號，叫作「小東邪」。比如這次金釵換酒饗客，跟隨一個素不相識的大頭鬼去瞧神鵰俠，又跟一個素不相識的神鵰俠去捕捉靈狐，其大膽任性之處，與當年的黃蓉、郭芙均自不同。

楊過聽她道出柴草布置的方位，頗感詫異，問道：「你怎知道？是誰教你的？」郭襄笑道：「我是在書上瞧來的，也不知道說得對不對。但我瞧這潭中的布置也平平無奇，不見得是甚麼了不起的高人。」

楊過點頭道：「嗯，但那人在汚泥潭居住，竟不陷沒，這可奇了。」於是朗聲說道：「黑龍潭中的朋友，有客人來啦。」過了一會，潭中寂靜無聲。楊過再叫一遍，仍然無人應答。楊過道：「看來雖然有人堆柴布陣，卻不住在此地，咱們過去瞧瞧。」向前滑出二十餘丈，到了堆積柴草之處。

郭襄忽覺腳下一實，似是踏到了硬地。楊過更早已察覺，笑道：「說來平平無奇，原來潭中有個小島。」一句話剛完，突然眼前白影閃動，茅草中鑽出兩隻小狐，卻是一對九尾靈狐，一向東北，一向西南，疾奔而遠。

楊過叫道：「你站在這裏別動！」腰間一挺，對着奔向東北的那頭靈狐追了下去。這時他不用照顧郭襄，在雪泥之上展開輕功滑動，當眞是疾如飛鳥。可是那靈狐奔得也眞迅捷，一溜烟般折了回來，掠過郭襄的身前。突然風聲微響，楊過急閃而至，衣袖揮出，堪堪要捲到靈狐，那靈狐猛地躍起，在空中翻了個觔斗，這麼一來，楊過的衣袖便差了尺許，沒有捲到。郭襄連叫：「可惜！」

但見一人一狐在茫茫白雪上猶如風馳電掣般追逐，只把郭襄瞧得驚喜交集，不住口的叫嚷爲楊過助威：「神鵰俠，再快一點兒！小靈狐，你終於逃不了，不如投降了罷！」另一頭靈狐東一鑽，西一縱，時時奔近楊過身邊。楊過知牠故意來擾亂自己心神，只作不見，始終追逐第一頭靈狐，要叫牠跑得筋疲力竭。那知這靈狐雖小，力道卻長，自知今日面臨大難，奮力狂奔，全無衰竭之象。

楊過奔得興發，脚下越來越快，見另一頭靈狐爲救同侶又奔過來打岔，笑罵：「小畜生，難道我便奈何你不得。」俯身抓起一團白雪，隨手一揑，已然堅如石塊，呼的一聲擲出，正中那靈狐腦袋，當卽翻身栽倒。楊過不欲傷牠性命，是以出手甚輕，那靈狐在地下打了個滾，復又站定，奔入島上的茅草叢中，再也不敢出來了。

楊過若是如法炮製，立時便可將那頭亡命而奔的靈狐擊倒擒住，但他存心和牠一賽脚力，說道：「小狐狸，我若用雪團打你，你死了也不心服。大丈夫光明正大，我若追你不上，那便饒你性命。」一口氣提到胸間，身子向前，凌空飛撲，借着滑溜之勢，竟已趕到靈狐之前，迴身返手來撈。小靈狐大驚，向右飛竄。楊過早已有備，衣袖揮處，將靈狐捲入袖中，左手拿住牠頭頸提了起來，得意之下，不禁哈哈大笑。

但笑聲忽然中歇，只見那靈狐直挺挺的一動也不動，竟已死了。楊過心想：「糟糕，我袖子一捲之力使得太大，這小東西原來如此脆弱，但不知死狐狸的血是否能夠治得史老三的內傷？」他提着死狐，滑到郭襄身邊，說道：「這隻狐狸死了，只怕不中用，咱們再捉那頭活的。」說着將死狐往地下一擲。他生怕狐狸裝死，雖將牠擲出，衣袖後甩，只待牠一動，立時揮出將之捲回，但那靈狐動也不動，顯是死得透了。

郭襄道：「這小狐狸生得倒也可愛，想是奔得累死了的。」提起一根枯柴，說道：「我去趕那頭小狐出來，你在這裏候着。」說着走前數步，將枯柴往草叢中打了下去。

一下打落，待要提起再打第二下，說也奇怪，竟然提不起來，似乎被草叢中甚麼野獸牢牢咬住了。郭襄「咦」的一聲驚叫，用力一奪，柴枝反而脫手落入了草叢。

跟着瑟的一響，草叢中鑽出一個人來，一頭白髮，衣衫襤褸，卻是個年老婆婆，惡狠狠的望着郭襄，舉起柴枝，作勢欲打。郭襄大驚，忙向後躍，退到楊過身旁。

便在此時，地下那頭死狐狸翻身躍起，竄入了那老婦的懷抱之中，一對小眼骨溜溜望着楊過，原來牠畢竟是裝死。

楊過見這情景，又是好氣，又是好笑，心想：「今日居然輸給了一隻小畜生，看來這對小狐狸還是這老婆婆養的。這人不知是誰，江湖上可沒聽人說起有這麼一號人物。若是要那小狐，只怕尚有周折。」於是垂手唱喏，說道：「晚輩冒昧進謁，請前輩恕罪。」

那老婦瞧了瞧兩人脚下的樹枝，臉上微有驚異之色，但這驚奇的神情一現即逝，揮手說道：「老婦人隱居僻地，不見外客，你們去罷！」話聲陰惻惻的又尖又細，眉梢眼角之間隱隱有股戾氣。

楊過見這老婦容顏令人生怖，但眉目清秀，年輕時顯是個美人，實在想起不這是何人，當下又施一禮，說道：「在下有一位朋友受了內傷，須九尾靈狐之血方能醫治，伏望老前輩開恩賜予，救人一命，在下和敝友同感大德。」

那老婦仰天大笑：「哈哈，哈哈，嘿嘿！」良久不絕，但笑聲中卻充滿着悽慘狠毒之意，笑了一陣，這才說道：「受了內傷，須得救他性命。好啊，爲甚麼我的孩兒受了內傷，旁人卻死也不肯救他性命？」楊過悚然而驚，說道：「不知前輩的令郎受了甚麼內傷？這時施救，還來得及麼？」那老婦又是哈哈大笑，說道：「還來得及麼？還來得及麼？他死了幾十年啦，屍骨都已化作了塵土，你說還來得及麼？」

楊過知她憶及往事，心情異常，不便多說甚麼，只得說道：「我們昧然來此求這靈狐，原是不該，常言道無功不受祿，老前輩若有所命，只教在下力之所及，自當遵辦。」

那白髮老婦眼珠骨溜溜一轉，說道：「老婦人孤居泥塘，無親無友，全仗這對靈狐爲伴。你要拿去，那也可以，你便把這小姑娘留下，陪伴老婦人十年。」

楊過眉頭一皺，尚未回答，只聽郭襄笑道：「這地方都是爛泥枯柴，有甚麼好玩？我才不愛在這兒呢。你若嫌寂寞無聊，便請到我家去，住十年也好，二十年也好，我爹爹媽媽定對老前輩欵以上賓之禮，豈不是好？」那老婦臉一沉，怒道：「你爹媽是甚麼東西，便請得到我？」郭襄性子豁達大量，別人縱然莽撞失禮，她總是一笑便罷，極少生氣。那老婦這句話重重得罪了郭靖、黃蓉，若是給郭芙聽到了，立時便起風波，郭襄卻只微笑着向楊過伸了伸舌頭，不以爲意。

楊過覺得這小姑娘隨和可親，絲毫沒替他招惹麻煩，向她點一點頭，意示嘉許，轉頭向那老婦道：「前輩對這小妹妹賜垂青目，原是她難求的機緣，但她未得父母允可，自己未便作主……」

那老婦厲聲道：「她父母是誰？你是她甚麼人？」楊過微一躊躇，對這兩句話均感難以回答。郭襄已接口道：「我爹爹媽媽是鄉下人，說來老前輩也不會知道。他……他麼？他是我的……大哥哥！」說了眼望楊過。

這時楊過雙目也正瞧着她，兩人眼光一觸。楊過臉上戴着人皮面具，死板板、陰沉沉的不現喜怒之色，但眼光中卻流露出親近迴護的暖意。郭襄心中一動，不禁想道：「倘若我眞有這麼一位大哥哥，他定會處處照顧我、幫着我，決不像姊姊那樣，成日價便是囉唆罵人，這個不對，那個不許的。」想到此處，臉上充滿着溫柔敬服的神色。楊過道：「是啊。我這個小妹子年幼不懂事，我便帶她出來閱歷閱歷……」郭襄本來擔心楊過出言否認，聽他如此說，不由得滿臉喜色，又聽他道：「她見這九尾靈狐如此神異，知道必是一位了不起的前輩高人所養，是以隨晚輩同來拜見。得覩尊範，實是有幸。」

那老婦冷笑道：「說話亂拍馬屁，又有何用？你們如此追逐擊打我的靈狐，是尊重前輩之道麼？快快給我滾了出去，永遠休得再來滋擾！」說着雙掌一揮，一掌推向楊過，一掌推向郭襄。三人相隔一丈有餘，那老婦凌空出掌，原來擊不到楊郭二人身上，但郭襄見她手掌拍出，一股寒風便襲了過來。楊過衣袖微擺，將她推向郭襄的掌風化解於無形，對推向自己的掌風卻不理睬。

那老婦原本不想傷害二人，只求將他們逐出黑龍潭去，因此掌上只使了五成力，但見眼前二人竟是渾若無事，不由得又驚又怒，氣凝丹田，手掌上加了一倍力量，仍是兩掌推出，這時已顧不得對方的死活了。郭襄一覺掌風襲到，胸口立感悶塞，但楊過衣袖一揮，寒氣登消，心知兩人正自比拚內功，眼見那老婦劍拔弩張，容色可怖，楊過卻意定神閒，自是佔了上風。

那老婦身形疾閃，倏地竄前，這一下快得出奇，只聽蓬的一聲響，雙掌已結結實實的擊在楊過胸前。她一擊即退，不讓楊過還手，已退出在兩丈之外。郭襄大驚，拉着楊過的手問道：「你……你可有受傷麼？」那老婦厲聲道：「你中了我『寒陰箭』掌力，已活不到明天此刻，這可是自作自受，須怪不得旁人。」

當十五年之前，楊過的武功已遠非這老婦所能及，這時他內外兼修，漸臻入神坐照的化境，那老婦的「寒陰箭」掌力雖然狠毒凌厲，卻如何傷得了他？只不過他與這老婦無怨無仇，又是爲求她心愛之物而來，貿然捕捉靈狐，終究自己理虧，因此便任她拍擊三掌，竟不還手。

那老婦二十餘年來苦練「寒陰箭」掌力，已能一掌連碎十七塊青磚，而每塊青磚的磚屑決不四散飛揚，實是陰狠強勁，兼而有之。她見楊過中了自己雙掌，定已內臟震裂，但仍是笑吟吟的渾若無事，心道：「這小子臨死還在硬挺。」說道：「乘着還未倒斃，快快帶了小娃兒出去罷，莫要死在我黑龍潭中。」

楊過抬起頭來，朗聲說道：「老前輩僻處荒地，或不知世間武學多端，諸家修爲，各有所長。」說罷縱聲長笑，笑聲雄渾豪壯，直有裂石破雲之勢，顯是中氣沛然，內力深湛。

那老婦一聽，知他竟然絲毫未受損傷，不由得臉如死灰，身子搖幌，這時才知他讓了自己三掌，自己可絕非他的對手，當下不等他笑完，提起懷中靈狐，撮唇一吹，另一頭靈狐也從草叢中鑽出，躍入老婦懷中。那老婦厲聲說道：「尊駕武學驚人，令人好生佩服，並若要恃強搶奪老婆子這對靈狐，卻是休想。你只要走上一步，老婆子先捏死了靈狐，教你空手而來，空手而歸。」

楊過見她說得斬釘截鐵，知道這老婦性子極硬，寧死不屈，不由得大費躊躇，倘若搶着出手點她穴道，再奪靈狐，瞧來她竟會一怒自戕。這樣史叔剛縱然救活，豈不是另傷了一條無辜性命？

便在此時，身後忽然傳來一聲佛號：「阿彌陀佛！」接着有人說道：「老僧一燈求見，盼瑛姑賜予一面。」

郭襄四顧無人，心中大奇，聽這聲音並不響亮，明明是從近處發出，但四下裏絕無藏身之處，這說話之人卻在那裏？她曾聽母親說起過，知道一燈大師是前輩高人，曾救過母親之命，又是武氏兄弟之父武三通伯伯的師父，只是她從未見過，這時忽然聽到有人自稱「一燈」，自是又驚又喜。

楊過聽到一燈的聲音，也是十分喜歡，他知一燈所使的是上乘內功「千里傳音」之法。這功夫雖然號稱「千里傳音」，自然不能當眞聲聞千里，但只要中間並無大山之類阻隔，功夫高深之人可以音送數里，而且聽來如同人在身側，越是內功深湛，傳音越是柔和。楊過只聽了他這兩句話，心下便大爲欽服，自嘆這位高僧功力渾厚，自己頗有不及，又想：「這老婦原來叫作瑛姑。不知一燈大師要見她何事？有他出面調處，靈狐或能到手。」

黑龍潭中這個老婦正是瑛姑。當年一燈大師在大理國爲君之時，瑛姑是他宮中貴妃，老頑童周伯通與她私通，生下一子。後來裘千仞以鐵掌功將孩兒震傷，段皇爺以妒不救，孩兒因之死亡，段皇爺悔而出家，是爲一燈。瑛姑在華山絕頂殺裘千仞不得、追周伯通未獲，其後漫遊江湖，終於在黑龍潭定居。這時一燈到黑龍潭外已有七日，每天均於此時傳聲求見，但瑛姑記着數十年前他狠心不救孩兒的恨事，心中怨毒難解，始終不願和他相見。

楊過見瑛姑退了幾步，坐在一堆枯柴之上，目光中流露出惡狠狠的神色。過了一會，聽得一燈又道：「老僧一燈千里來此，但求瑛姑賜予一面。」瑛姑提着一對靈狐，毫不理會。楊過心想：「一燈大師武功高出她甚多，若要過來相見，非她能拒，何必如此苦苦相求？」只聽得一燈又說一遍，隨卽聲音寂然，不再說了。

郭襄道：「大哥哥，這位一燈大師是個了不起的人物，咱們去見見他可好？」楊過道：「好！我正要去見他。」並見瑛姑緩緩站起，目露兇光，見着這副神情心中極不舒服，於是握着郭襄的手，說道：「走罷！」兩人身形一起，從雪地上滑了出去。

郭襄被楊過拉着滑出數十丈，問道：「大哥哥，那一燈大師是在那裏啊？我聽他說話，好似便在身旁一般。」楊過被她連叫兩聲「大哥哥」，聽她語聲溫柔親切，心中一凜，暗想：「決不能再惹人墮入情障。這小姑娘年幼無知，天眞爛漫，還是及早和她分手，免得多生是非。」但在這汚泥之中瞬息之間也停留不得，更不能鬆開她手。郭襄道：「我問你啊，你沒聽見麼？」

楊過道：「一燈大師在東北角上，離這裏尚有數里，他說話似近實遠，使的是『千里傳音』之術。」郭襄喜道：「你也會這法兒？教教我好不好？日後咱們相隔千里，我便用這法兒跟你說話，豈不有趣？」楊過笑道：「說是千里傳音，其實能夠聲聞里許，已經是了不起的功夫了。要練到一燈大師這等功力，便如你這般聰明，也得等頭髮白了才成呢。」郭襄聽他稱讚自己聰明，很是高興，說道：「我聰明甚麼啊？我能及得上我媽十分中的一分，就心滿意足了。」

楊過心中一動，見她眉目之間隱隱和黃蓉有三分相似，尋思：「生平所見人物，不論男女，說到聰明機變，再無一人及得上郭伯母，難道她竟是郭伯母的女兒麼？」但隨即啞然失笑：「世上那有這等巧事？倘若她眞是郭伯母的女兒，郭伯伯決不能任她在外面亂闖。」問道：「令堂是誰？」

郭襄先前說過父親和母親是大英雄，這時便不好意思說自己是郭靖、黃蓉的女兒，笑道：「我的媽媽，便是我的媽媽，說出來你又不認得。大哥哥，你的本事大呢，還是一燈大師的大？」

楊過這時人近中年，又經歷了與小龍女分手的慘苦磨練，雖是豪氣不減，少年時飛揚跳脫的性情卻已收斂了大半，說道：「一燈大師望重武林，數十年之前便已和桃花島主齊名，是當年五大高人中的南帝，我如何能及得上他老人家？」郭襄道：「要是你早生幾十年，當世便有六大高手了。那是東邪、西毒、南帝、北丐、中神通，神鵰俠。啊，還有郭大俠和郭夫人。那是八大高手。」楊過忍不住問道：「你見過郭大俠和郭夫人麼？」郭襄道：「我自然見過的，他們喜歡我得很呢。你識得他們麼？待萬獸山莊這事一了，我同你一起去瞧瞧他們好不好？」

楊過對郭芙砍斷自己手臂的怨氣，經過這許多年後已漸淡忘，但小龍女身中劇毒以致迫得分隔十六年，此事卻不能不使他恨極郭芙，當下淡淡的道：「到得明年，或者我會去拜見郭大俠夫婦，但須得等我見到我妻子之後，那時我夫妻倆同去。」他一說到小龍女，忍不住心頭大是興奮。

郭襄也覺得他手掌心突然潮熱，問道：「你夫人一定極美，武功又好。」楊過嘆道：「世上再沒一人能有她這麼美了，嗯，說到武功，此時一定也已勝過我許多。」郭襄大起敬慕之心，道：「大哥哥，你定要帶我見見你的夫人，你答應我，肯不肯？」楊過笑道：「爲甚麼不肯？內人一定也會歡喜你的，那時候你才眞的叫我大哥哥罷。」郭襄一怔，問道：「爲甚麼現下叫不得？」

便這麼一停，她右足陷入了汚泥。楊過拉着她一躍，向前急滑十餘丈，遠遠望見雪地上有一人站着，白鬚垂胸，身披灰布僧袍，正是一燈大師，當下朗聲說道：「弟子楊過，叩見大師。」帶着郭襄，提氣奔到他的身前。

一燈所站處已在黑龍潭的汚泥之外，他乍聞「弟子楊過」四字，心頭一喜，見他拜倒在地，忙伸手扶起，笑道：「楊賢姪別來無恙，神功進境若斯，可喜可賀。」

楊過站起身來，只見一燈身後地下橫臥着一人，臉色臘黃，雙目緊閉，似乎是具死屍，不禁一呆，凝目看時，卻是慈恩，驚道：「慈恩大師怎麼了？」一燈嘆道：「他爲人掌力所傷，老衲雖已竭盡全力，卻也回天乏術。」

楊過俯身按慈恩脈搏，只覺跳動既緩且弱，相隔良久，方始輕輕一動，若非他內功深厚，早已死去多時，問道：「慈恩大師這等武功，不知如何竟會遭人毒手？」

一燈道：「我和他在南湖隱居，近日來風聲頻傳，說道蒙古大軍久攻襄陽不下，發兵繞道南攻大理，以便回軍迂迴，還拔襄陽。慈恩見老衲心念故國，出去打探消息，途中和一人相遇，二人激鬥一日一夜，慈恩終於傷在他的手下。」楊過頓足道：「唉，原來金輪法王這老賊又來到中原！」

郭襄奇道：「你怎知是金輪法王，一燈大師又沒說是他？」楊過道：「大師說他連鬥一日一夜，那麼慈恩大師自不是中了旁人的奸計暗算。當今之世，能用掌力傷得了慈恩大師的，屈指算來不過三數人而已，而這數人之中，又只金輪法王一人才是奸惡之輩。」郭襄道：「你找這奸徒算帳去，好不好？也好替這位大和尚報了這一掌之仇。」

慈恩橫臥地下，雙目緊閉，氣息奄奄，這時突然睜開眼來，望着郭襄搖了搖頭。郭襄道：「怎麼？你不要報仇麼？啊，你是說那金輪法王很厲害，生怕我大哥哥不是他的敵手。」

一燈道：「小姑娘猜錯了。我這徒兒生平造孽甚多，這十餘年中力求補過，惡業已消去大半，但有一件事使他耿耿於懷，臨死之際不得瞑目。這決不是盼望有人代他報仇，將仇人打死，而是但願能獲得一人饒恕，便可安心而逝。」郭襄道：「他是來求這爛泥塘中的老太婆麼？這個人心腸硬得很，你如得罪了她，她是決不肯輕易饒人的。」一燈嘆了口氣，道：「正是如此！我們已在此求懇了七日七夜，她連相見一面也都不肯。」

楊過心中一凜，突然想起那老婦人所說孩兒受傷、別人不肯醫治那一番話，說道：「那是爲了她的孩兒受傷不治之事了？」一燈身子微微顫動，點了點頭，道：「原來你都已知道了。」楊過道：「弟子不知此中情由。只是曾聽泥潭中那位前輩提起過兩句。」於是將爲追九尾靈狐而與那老婦相遇的經過簡畧說了。

一燈輕輕的道：「她叫瑛姑，從前是我的妻子，她……她的性子向來是十分剛強的。唉，再拖下去，慈恩可要支持不住了。」郭襄心中立時生出許多疑團，但一時也不敢多問。

楊過慨然道：「人孰無過，既知自悔，前事便當一筆勾銷。這位瑛姑，胸襟也未免太放不開了。」他見慈恩去死不遠，不由得大起俠義之心，說道：「大師，弟子放肆，要硬逼她出來，當面說個明白。」

一燈沉吟半晌，心想：「我和慈恩二人此來是爲求瑛姑寬恕，自是萬萬不能用強。但苦苦哀求多日，她始終不肯見面，瞧來再求下去也是枉然。楊過若有別法，試一試也好，就算無效，也不過不見面而已。」說道：「賢姪能勸得她出來，那是再好不過，但千萬不能傷了和氣，反而更增我們的罪孽。」

楊過點頭答應，取出一塊手帕，撕成四片，將兩片塞在慈恩耳中，另兩片遞給郭襄，做個手勢。郭襄會意，塞在耳內。楊過對一燈道：「弟子班門弄斧，要教大師見笑了。」一燈合十道：「賢姪妙悟神功，世所罕見，老衲正要領教。」楊過又謙了幾句，氣凝丹田，左手撫腰，仰首縱聲長嘯。

這嘯聲初時清亮明澈，漸漸的越嘯越響，有如雷聲隱隱，突然間忽喇喇、轟隆隆一聲急響，正如半空中猛起個焦雷霹靂。郭襄耳中雖已塞了布片，仍然給這響聲震得心魂不定，花容失色。心頭說不出的惶恐驚懼，只盼楊過的嘯聲趕快止歇，但焦雷陣陣，儘響個不停，突然間雷聲中又夾着狂風之聲。

郭襄喚道：「別叫了，我受不住了啦！」但她的喊聲全被楊過的呼嘯掩沒，連自己也聽不到半點，只覺得魂飛魄散，似乎全身骨骼都要被嘯聲震鬆。

便在此時，一燈伸手過來，握住她的手掌。郭襄定了定神，覺得有一股暖氣從一燈的手掌中傳了過來，知他是以內力助己鎭定，於是閉目垂首，暗自運功，耳邊嘯聲雖然仍如千軍萬馬般奔騰洶湧，却已不如適才那般令人心驚肉跳。

楊過縱聲長嘯，過了一頓飯時分，非但沒絲毫衰竭之象，反而氣勢愈來愈壯。一燈聽得也不禁暗自佩服，雖覺他嘯聲過於霸道，使的不是純陽正氣，但自己當日盛年之時，却也無這等充沛的內力，此時年老力衰，自更不如；心想這位楊賢姪內力之剛猛強韌，實非當世任何高手所能及，不知他如何練來。楊過隨着神鵰在海潮狂濤之中練功，一燈並不知情。

再過半柱香時分，迎面一個黑影從黑龍潭中冉冉而來。楊過衣袖一拂，嘯聲登止。郭襄噓了一口長氣，兀自感到一陣陣頭暈腦脹。

只從那人影尖聲說道：「段皇爺，你這麼強兇霸道，定要逼我出來相見，到底爲了何事？」

一燈道：「是這位楊賢姪作嘯相邀。」

說話之際，那人影已奔到身前，正是瑛姑。她聽了一燈之言，驚疑不定，尋思：「世間除了段皇爺之外，竟然尙有人內功這等高深。此人雖然面目難辨，但頭髮烏黑，最多也不過三十餘歲年紀，怎能有如此之功力？先前他受我三掌不傷，已令人驚奇，這嘯聲卻直是可怖可畏。」適才楊過的嘯聲震得她心魂不定，知道若不出潭相見，對方內心一催，自己勢非神智昏亂、大受內傷不可，受了對方挾制，不得不出，臉色自然十分勉強。

她定了定神，向楊過冷然道：「靈狐便給你，老婆子算是服了你，快快給我走罷。」說着抓住靈狐頭頸，便要向楊過擲來。楊過道：「且慢，靈狐乃是小事，一燈大師有事相求，且請聽他一言。」瑛姑冷冷的望着一燈，道：「便聽皇爺下旨罷！」

一燈喟然道：「前塵如夢，昔日的稱謂，還提它作甚？瑛姑，你可認得他麼？」說着伸手指向橫臥在地的慈恩。這時的慈恩已改作僧裝，比之三十餘年前華山絕頂上相會之時，面目亦已大不相同。瑛姑瞧了他一眼，道：「我怎認得這和尚？」

一燈道：「當日用重手法傷你孩兒的是誰？」瑛姑全身一震，臉色由白轉紅，立時又從紅轉白，顫聲道：「裘千仞那惡賊，他便是屍骨化灰，我也認得出他。」一燈嘆道：「事隔數十年，你還是如此怨毒難忘。這人便是裘千仞！你連相貌也不認得了，可是還牢牢記着舊恨。」

瑛姑大叫一聲，縮身上前，十指如鉤，作勢便要往慈恩胸口插落，細瞧他的臉色，果然依稀有幾分像裘千仞的模樣，但凝目瞪視一陣，又似不像，只見他雙頰深陷，躺在地下一動不動，人已死去了大半，厲聲道：「這人當眞是裘千仞？他來見我作甚？」

一燈道：「他確是裘千仞。他自知罪孽甚深，已皈依我佛，投在我門下出家爲僧，法名慈恩。」瑛姑哼了一聲道：「作下罪孽，出家便可化解，怪不得天下和尚道士這般衆多。」

一燈道：「罪孽終是罪孽，豈是出家便解？慈恩身受重傷，命在旦夕之間，念着昔年傷了你孩兒，深自不安，死不瞑目，因此強忍一口氣不死，千里跋涉，來到此處，求你寬恕他的罪過。」

瑛姑雙目瞪視慈恩，良久良久，竟是一瞬也不瞬，臉上充滿着憎恨怨怒，便似畢生的痛苦不幸，都要在這頃刻間發洩出來。

郭襄見她神色如此可怖，不禁暗自生懼，只見她雙手提起，運勁便欲下擊。郭襄雖然害怕，但忍不住喝道：「且慢！他已傷成這個樣子，你再打他，是何道理？」

瑛姑冷笑道：「他殺我兒子，我苦候了數十年，今日才得親手取他性命，爲時已經太遲。你還問我是何道理！」

郭襄道：「他既已知道悔悟，舊事何必斤斤計較？」瑛姑仰天大笑，說道：「小娃兒，你說得好輕描淡寫！倘若他殺的是你兒子，你便如何？」郭襄道：「我……我……我那裏來的兒子？」瑛姑哼了一聲，道：「倘若他殺的是你丈夫，是你情人，那又怎樣？」郭襄臉上一紅，道：「你胡說八道，我那裏來的丈夫、情人？」

瑛姑惱怒愈增，那願更與她東扯西纏，凝目望着慈恩，雙掌便要拍落，突見慈恩嘆了一口氣，嘴角邊浮過一絲笑意，低聲道：「多謝瑛姑成全。」

瑛姑一楞，手掌便不拍落，喝道：「甚麼成全？」轉念間已明白了他的心意，原來他自知必死，卻盼自己加上一掌，以便死在自己手下，一掌還一掌，以了寃孽。她冷笑數聲，說道：「那有這樣的便宜事？我不來殺你，可是我也不饒你！」這三句話說得陰氣森森，令人不自禁的感到一陣寒意。

楊過知道一燈決不會跟她用強，郭襄是小孩兒家，說出話來瑛姑也不重視，自己再不干預，此事終無了局，於是冷然道：「瑛姑前輩，你們相互間的恩恩怨怨，我亦不大了然。只是前輩說話行事未免太絕，楊過不才，此事卻要管上一管。」

瑛姑愕然回顧，她擊過楊過三掌，又聽過他的嘯聲，知道此人武功之高，自己實難望其項背，想不到在這當口，他又出來恃強相逼，思前想後，不由得悲從中來，往地下一坐，放聲大哭起來。

這一哭不但楊過和郭襄莫名其妙，連一燈也是大出意外。只聽她哭道：「你們要和我相見，軟求不成，便出之硬逼。可是那人不肯見我，你們便不理會了。」

郭襄忙道：「老前輩，是誰不肯見你啊？我們也幫你這個忙。」瑛姑道：「你們只能來欺侮我女流之輩，遇到眞正厲害的人物，你們豈敢輕易惹他？」郭襄道：「我這小丫頭自是無用，但眼前有一燈大師和我大哥在此，卻又怕誰來？」

瑛姑微一沉吟，霍地站起，說：「你們只要去找了他來見我，跟我好好說一會子話，那麼要靈狐也好，要我跟裘千仞和解也好，我全依得。」郭襄道：「前輩要見的是誰，卻是如此難見？」瑛姑指着一燈，低聲道：「你問他好了。」

郭襄見她臉上似乎隱隱浮過一層紅暈，心中大奇：「這麼老了，居然還會害羞？」

一燈見楊過和郭襄一齊望着自己，緩緩道：「他說的是老頑童周伯通周師兄。」

楊過喜道：「是老頑童麼？他和我也很說得來，我去找他來見你便是。」

瑛姑道：「我的名字叫作瑛姑，你須得先跟他說明白了，再來見我。否則他一見到我便走，那可再也找他不着。只要他肯來，一切唯君所命。」

楊過見一燈緩緩搖頭，心知周伯通和瑛姑必有重大過節，因而無論如何不肯見面，但想周伯通童心甚盛，說不定能用個甚麼古怪計策將他騙來，說道：「那老頑童在甚麼地方？晚輩盡力設法邀他前來便是。」

瑛姑道：「此去向北百餘里，有個山谷，叫作百花谷，他便隱居其間，養蜂爲樂。」

楊過聽到「養蜂爲樂」四字，立時便想起小龍女，又記起周伯通當年自小龍女處習得指引玉蜂之法，不由得眼眶一紅，說道：「好！晚輩這便去見他，請各位在此稍候。」說着向瑛姑問明了百花谷的所在，轉身便行。郭襄跟隨在後。

楊過俯首低聲道：「那位一燈大師武學深湛，人又慈和，你留在此處，向他討教一些功夫，只要他稍加指點，你便終身受用不盡。」郭襄道：「不，我要跟你去見那個老頑童。」楊過皺眉道：「這是十分難逢的良機，你怎地白白錯過了。」郭襄道：「找到老頑童後，你要走了，我也得回家去，還是讓我和你同去罷！」這幾句話中，大有相處之時無幾、多得一刻便好一刻之意。

楊過見她對自已頗爲依戀，心想：「我若眞有這麼一個小妹妹爲伴，浪蕩江湖，卻也減少幾分寂寞。」微微一笑，說道：「你一晚沒睡，難道不倦嗎？」郭襄道：「倦是有些倦的，不過我要同你去。」楊過道：「好罷！」拉着她的手掌，展開輕功飛奔。

郭襄給他這麼一拉，身子登時輕了大半，步履間毫不費力，笑道：「若是你不拉着，我也能跑得這麼快，那才好呢。」楊過道：「你的輕功根柢已很不錯，再練下去，終有一天會這樣。」突然仰起頭來，一聲唿哨。郭襄嚇了一跳，伸左手按住耳朵。楊過卻非作嘯，只見神鵰從右側樹叢中大踏步出來。楊過道：「鵰兄，我們北去有事，你也去罷。」神鵰昂首啼鳴數聲，也不知牠懂不懂，便與楊過、郭襄並肩而行。

行出里許，神鵰越奔越快，郭襄雖有楊過提携，仍是漸漸追趕不上。神鵰不耐煩了，雙膝一彎，矮了身子。楊過笑道：「鵰兄願意負你一陣，你謝謝牠罷！」郭襄不敢對神鵰無禮，先向牠斂衽施禮，這才坐到牠的背上。

神鵰跨開大步，郭襄但覺風生耳際，兩旁樹木不住的倒退，雖然未如家中雙鵰飛行之速，卻也有如快馬。楊過大袖飄飄，足不點地般隨在神鵰之旁，間或和郭襄指點江山，議論風物，說幾句笑話。郭襄大樂，但覺生平際遇之奇，從未有如今日，只盼神鵰行得慢些，那百花谷愈是遲到愈好。

日未過午，一人一鵰已奔出百餘里，楊過依着瑛姑所指的路逕，轉過兩個山坳，突然間眼前一亮，但見青青翠谷，滿點綴着或紅或紫、或黃或白的鮮花。兩人一路行來，遍地不是積雪，便是泥濘，此處竟是換了一個世界。

郭襄拍手大喜，叫道：「老頑童好會享福，竟選了如此奇妙的所在。大哥哥，你說此處怎麼會這生好法？」楊過道：「此處山谷向南，高山阻住了北風，想來地下又有硫磺、煤炭等類礦藏，地氣特暖，因之陽春早臨，百花先放。」郭襄道：「鵰伯伯，多謝你了！」從神鵰背上躍下，與楊過並肩而行。

兩人走進山谷，又轉了幾個彎，迎面兩邊山壁夾峙，三株大松樹衝天而起，擋在山壁之間，成爲兩道天然的門戶。耳聽得嗡嗡之聲不絕，無數玉蜂在松樹間穿進穿出。

楊過知道周伯通便在其內，朗聲說道：「老頑童，小兄弟楊過，携同小朋友來找你玩兒啦！」他其實與周伯通輩份相差三輩，叫他祖師爺也還不夠，但知周伯通年紀雖老，卻胡鬧貪玩，越跟他不分尊卑，他越喜歡。

果然叫聲甫歇，松樹中鑽出一個人來，楊過一見，不由得嚇了一跳。十餘年前與周伯通初見之時，周伯通已鬚眉如銀，那知此時面貌絲毫無改，而頭髮、鬍子、眉毛，反而半黑半白，竟然比前顯得更年輕了。只聽他哈哈大笑，說道：「楊兄弟，怎地到今日才來找我？啊哈，你戴這鬼臉嚇誰啊？」說着伸手便來抓楊過臉上的人皮面具。

周伯通這一抓是向左方抓去，楊過右肩睘縮，腦袋反而向左稍偏，周伯通登時一抓落空。他五指箕張，停在楊過頸側，微微一怔，不禁仰天大笑，說道：「楊兄弟，好功夫，好功夫！只怕已經勝過老頑童當年年輕之時。」

原來兩人這麼一抓一讓，各已顯示了極深湛的武功。按說周伯通這麼一抓，手指的勁力籠罩了丈許方圓之內，楊過別說偏頭相讓，便是縱身急躍，也決避不過他這麼一抓，除非是伸手抵格，硬碰硬的對掌，方得拆解。但楊過右肩睘縮，後着便是要以鐵袖功襲向周伯通前胸。老頑童凝神待架。左側的勁力登弱，楊過將頭輕輕一側，對方硬抓的剛勁盡數卸去。

郭襄絲毫不知其中道理，只是聽周伯通稱讚楊過，心中得意，說道：「周老爺子，你現下的功夫強呢，還是年輕時強？」周伯通道：「我年輕時白頭髮，現下黑頭髮，自然是今勝於昔。」郭襄道：「現下你都勝不過我大哥哥，從前自然更加不及他了。」

周伯通並不生氣，呵呵笑道：「小姑娘胡說八道！」突然伸出雙手，抓住她背脊和後腰，高舉半空，打了三個圈子，輕輕向上一拋，又接住了輕輕放在地下。

神鵰與郭襄同來，突見周伯通將她戲弄，心中生氣，刷的一下，展翅向周伯通掃去。周伯通心想：「我倒試試你這隻扁毛畜生有多大能耐！」雙掌運力，還擊出去。只聽得蓬的一響，雙方相交。周伯通凝立不動，鵰翅的掃力從他身旁掠了過去。神鵰待要追擊，楊過喝道：「鵰兄請勿無禮！眼前這位乃是前輩高人！」神鵰收翅昂立，神色極是倨傲。周伯通心中佩服，笑道：「好畜生！力氣倒眞不小，怪不得擺這麼大架子。」

楊過道：「這位鵰兄不知已有幾百歲，牠年紀可比你老得多呢！喂，老頑童，你怎地返老還童，雪白的頭髮反而變黑了？」周伯通笑道：「這頭髮鬍子，不由人作主，從前它愛由黑變白，只得讓它變，現下又由白變黑，我也拿它沒法子。」郭襄道：「將來你越變越幼小，人人見了你，都拍拍你頭，叫你一聲小弟弟，那才教好玩呢。」

周伯通一聽，不由得當眞有些擔憂，呆呆出神，不再言語。其實世間豈眞有返老還童之事，只因他生性樸實，一生無憂無慮，內功又深，兼之在山中採食首烏、伏苓、玉蜂蜜漿等大補之物，鬚髮竟至轉色。卽是不諳內功之人，老齒落後重生，節骨愈老愈健之事，亦在所多有。周伯通雖非道士，但深得道家沖虛養生的要旨，因此年近百齡，仍是精神矍鑠，這一大半可說是天性使然。

楊過見他聽了郭襄一言，驀地裏擔了無謂的心事，不禁暗自好笑，說道：「周兄，只要你去見了一人。我保你不會越變越小。」周伯通道：「去見誰啊？」楊過道：「我說出此人的名字來，你可不許拂袖便走。」

周伯通只是直性子，人卻不傻，否則又如何能練到這般深湛的武功？他聽了楊過這兩句話，隱隱已猜到他的來意，說道：「世間我有兩個人不見。一位是段皇爺，一是他的貴妃瑛姑。除這二人之外，誰都見得。」楊過心想：「看來只有使個激將之計。」說道：「原來你曾輸在他們手裏，武功不及，因此見了他們害怕。」周伯通搖搖頭道：「不是，不是！老頑童行事卑鄙下流，對不起他二人，因此沒臉和他們相見。」

楊過一呆，萬萬想不到周伯通不肯和瑛姑見面竟是爲此，他轉念極快，說道：「難道他二人大禍臨頭，命在旦夕，你也不肯伸手相救麼？」

周伯通一楞，他對一燈和瑛姑負疚極深，兩人若是有難，便捨了自己性命相救，也無半分躊躇，然見郭襄笑吟吟的絕無絲毫擔憂的神色，大笑道：「你想騙我嗎？段皇爺武功出神入化，怎會有大禍臨頭？倘若眞有厲害的對頭，他打不過，我也打不過。」

楊過道：「老實跟你說了罷！瑛姑思念你得緊，無論如何要你去跟她一會。」周伯通倏然變色，雙手亂搖，厲聲道：「楊兄弟，你只要再提一句，就請立即出我百花谷去，休怪我老頑童翻臉不認人。」

楊過大袖一揮，說道：「周老兄，你想逐我出這百花谷，卻也不那麼容易。」周伯通笑道：「嘿嘿，難道你想跟我動手不成？」楊過道：「正要領教！若我輸了，立時便出百花谷去，永世不再上門。若你輸了，可得隨我去見瑛姑。」周伯通道：「不對，不對！第一，我怎會輸給你這小娃娃？第二，就算我輸了，我也決不去見劉貴妃。」楊過怒道：「你贏了固然不去見她，輸了仍然不見，那麼咱們賭賽甚麼？」周伯通道：「不見便是不見，有甚麼好說的。快快動手罷！」楊過心想軟騙不成，只有用強，當眞動手比武，可也實無勝算，說不得，只有走到那裏是那裏了。

周伯通生性好武，雖在百花谷隱居，每日仍是練功不輟，但以他如此功力，普天下那裏找對手去？這時見楊過願意比武，自是心癢難搔，躍躍欲試，心想若再多言，只怕他忽而又不願動手了，豈不是錯過良機？當下左掌一提，喝道：「看拳！」右手一拳打了出去，使的是七十二路的「空明拳法」。

楊過左手還了一掌，猛覺得對方拳力若有若無，自己掌力使實了固然不對，使虛了也是極其危險，不禁暗暗吃驚，當下展開十餘年來在狂濤怒潮中所苦練的掌法還擊出去。他呼呼呼連劈三掌，再劈三掌時，掌力激盪，身周花樹上花瓣紛紛下墮，紅黃紫白，便如下了一陣花雨，好看煞人；再劈三掌時，四下裏喀喇、喀喇之聲不絕，竟是枝幹斷折。楊過初時擔心周伯通年老力衰，受不住自己剛猛無儔的掌力，出掌時均是一發即收，但六招一過，立知對方內力固厚，拳法巧妙更遠在自己之上，只要稍一不愼，登時便會敗在老頭兒的拳下，這才鼓勁出招，再不留半分餘力。

周伯通打得高興，大叫道：「好功夫，好掌法！這一架打得可眞過癮。」

兩人拳掌所及的圈子漸漸擴大，郭襄一步步的向後退開。酣鬥良久，老頑童那七十二路空明拳堪堪打完，他雖在招數上佔了便宜，但以勁力而論，卻總不及楊過在海潮中練出來的洶湧奔騰、無窮無盡之勢。

郭襄站在一旁，但見羣花飛舞之中，楊過與周伯通拳來足往，激鬥不休。她明知兩人誰也沒傷害對方之意，但高手比武，打到如此興發，只要稍有失閃，立時便有性命之憂，不禁暗自爲楊過擔心，兩隻手掌中都是揑了一把冷汗。

周伯通見自己練了數十年的「空明拳」始終奈何不了楊過，心中暗讚：「好小子，了不起！」突然招式一變，左拳右掌，雙手同時進搏，使的正是他獨創一格的雙手兩用之術。這麼一來，有如是老頑童搖身一變，化身爲二，左右夾擊。

楊過以單掌對他雙手，本就吃虧，這時更感支絀。當年小龍女受周伯通之教，學會了雙手同使「玉女素心劍法」，因而大敗金輪法王，其後楊龍二人會面，楊過右臂已失，小龍女怕他難過，只約畧一提，並沒細說如何雙手分使兩種不同招數。這時周伯通乍然使了出來，楊過暗暗心驚，只得左掌加勁，右側衣袖也接了對方一小半的攻勢。

郭襄雖然無法領會兩人招數中精微奧妙之處，但兩人自旗鼓相當而轉爲楊過處於劣勢，卻也瞧得出來。她越看越驚，猛地想起父親教自己練武之時，雙手曾以兩種不同武功同時與自己及兄弟破虜拆招，看來周伯通此時所使的正是父親這門功夫。她不知父親這本事便是周伯通所授，還道這老兒不知如何從父親那裏偷學了武功去，忍不住叫道：「老頑童住手，不公平，不公平！大哥哥，不用跟他打了。」

周伯通一怔，跳開兩步，喝道：「甚麼不公平？」郭襄道：「你這怪招，是從我爹爹那裏偷去的，用來跟我大哥哥打架，不害羞麼？」周伯通聽她口口聲聲叫楊過爲「大哥哥」，只道她眞是楊過的妹子，一時想不起楊過的父親是誰，笑道：「小姑娘又來胡說，這功夫是我自己在山洞中想出來的，怎說偷自你的爹爹？」

郭襄道：「好罷！便算你不是偷的，你有兩隻手，我大哥哥只一條臂膀，打了這麼久，還比甚麼？倘若我大哥哥跟你一樣也有兩隻手，你早輸了！」周伯通一呆，道：「這句話卻有點道理，可是他便有兩隻手，卻不能雙手同使兩般拳招啊！」說着哈哈大笑，甚是得意。

郭襄道：「你明欺我大哥哥斷臂不能復生，便來說這風涼話。你倘若眞是英雄好漢，比武過招時便不能佔人便宜，大家公公平平的打一架，那才分得出誰強誰弱。」周伯通道：「好！我雙手同使一門拳招即是。」郭襄小嘴一扁，道：「嘿嘿，虧你不害羞，這還算公平呢！」周伯通道：「難道我學他一樣，也去教女人砍一條臂膀下來？」

郭襄一怔，向楊過望了一眼，尋思：「原來他這手臂是給女人砍斷的。不知那惡女人是誰？怎地如此狠心？」隨卽說道：「那倒不用。你只須將一隻手縛在腰帶之中，大家獨臂對獨臂，不就公平了？」

周伯通覺得這樣比武倒是好玩，又自恃單手使用一門武功本就習練有素，未必便不及雙手，於是右臂往腰帶中一插，向楊過道：「這要教你敗而無怨。」

當郭襄和周伯通說話之際，楊過在旁聽着，始終不插一言。他自斷臂以後，雖不忌諱旁人說及「獨臂」兩字，但一直自負己雖獨臂，決不輸於天下任何肢體完好之人，待見周伯通自縛右臂，顯是對自己有輕視之意，凜然說道：「老頑童，你這麼做作，豈不是小看了楊過？

我的獨臂倘若打不過你的雙手，我便自……自……」他本要說「自刎於這百花谷」，但突然想起與小龍女相會之期已在不遠，豈可自輕？一時語塞，竟然說不下去。

郭襄大悔，她當初原是以小兒女的心情極力迴護楊過，這時想到他是當代大俠，名滿天下，決不能與自縛手臂之人相鬥，忙道：「大哥哥，都是我不好……」奔到周伯通身前，將他右臂從腰帶中拉了出來，說道：「我大哥哥便是一隻手，也敵得過你雙手齊使，不信你便試試。」

楊過不待周伯通再說甚麼，身形微斜，單掌便劈了過去，周伯通左手還了一拳，自忖不能佔他便宜，右臂垂在腰側，竟不舉起出招。

周伯通雖以單臂應戰，然招數神妙無方，楊過仍感應付不易。瞬息間二十餘招過去，楊過暗想我雖只一臂，但方當盛年，與這年近百歲的老翁拆到一百餘招仍是勝他不得，我這十多年來的功夫練到那裏去了？但覺周伯通發來的拳掌之力中剛陽之氣漸盛，與「空明拳」的一味陰柔頗不相同，心念一動，猛地裏想起了終南山古墓石壁之上所見的「九陰眞經」，此刻周伯通所使招數，正是眞經中所載的一路「大伏魔拳法」，拳力籠罩之下，實是威不可當。楊過大喝一聲：「大伏魔拳法何足道哉？你雙手齊使，接一下我的『黯然銷魂掌』！」

周伯通聽他叫出自己所使拳法的名稱，已然一怔，又聽他說要用甚麼「黯然銷魂掌」，更是奇怪。他自幼好武，於天下各門各派的武功見聞廣博之極，但「黯然銷魂掌」這名目今日卻是第一次聽到。只見楊過單臂負後，凝目遠眺，脚下虛浮，胸前門戶洞開，全身姿式與武學中各項大忌無不吻合。他踏進一步，左手成掌，虛按一招，意存試探。楊過渾如不覺，理也不理。周伯通說道：「小心了！」發拳往他小腹擊去。

他生怕傷了對方，這一拳只用了三成力，那知拳頭剛要觸到楊過身上，突覺他小腹肌肉顫動，同時胸口向內一吸，倏地彈出。周伯通吃了一驚，忙向左躍開，心想內家高手吸胸凹腹以避敵招，原屬尋常，但這等以胸肌傷人，卻是見所未見，聞所未聞，當下好奇之心大起，喝道：「你這是甚麼武功？」楊過道：「這是『黯然銷魂掌』中的第十三招，叫作『心驚肉跳』！」周伯通喃喃的道：「沒聽見過，沒聽見過！」楊過道：「這是我自創的一十七路掌法，你自然沒聽見過。」

楊過自和小龍女在絕情谷斷腸崖前分手，不久便由神鵰帶着在海潮之中練功，數年之後，除了內功循序漸進之外，別的無可再練，心中整日價思念小龍女，漸漸的形銷骨立，了無生趣。一日在海濱悄立良久，百無聊賴之中隨意拳打脚踢，其時他內功火候已到，一出手竟具極大威力，輕輕一掌，將海灘上一隻大海龜的背殼打得粉碎。他由此深思，創出了一套完整的掌法，出手與尋常武功大異，厲害之處，全在內力，一共是一十七招。

他生平受過不少武學名家的指點，自全眞教學得玄門正宗內功的口訣，自小龍女學得玉女心經，在古墓中見到九陰眞經，歐陽鋒授以蛤蟆功和逆轉經脈，洪七公與黃蓉授以打狗棒法，黃藥師授以彈指神通和玉簫劍法，除了一陽指之外，東邪、西毒、北丐、中神通的武學無所不窺，而古墓派的武學又於五大高人之外別創蹊徑，此時融會貫通，已是卓然成家。只因他單臢一臂，是以不在招數變化取勝，反而故意與武學道理相反。他將這套掌法定名為「黯然銷魂掌」，取的是江淹「別賦」中那一句「黯然銷魂者，唯別而已矣」之意。自掌法練成以來，直至此時，方遇到周伯通這等眞正的強敵。

周伯通聽說這是他自創的武功，興致更高，說道：「正要見識見識！」揮手而上，仍是只用左臂。楊過抬頭向天，渾若不見，呼的一掌向自己頭頂空空拍出，手掌斜下，掌力化成弧形，四散落下。

周伯通知道這一掌力似穹廬，圓轉廣被，實是無可躲閃，當下舉掌相迎，拍的一下，雙掌相交，不由得身子一幌，都只爲他過於托大，殊不知他武功雖然決不弱於對方，但一掌對一掌，卻遠不及楊過掌力的厚實雄渾。

周伯通吐出胸中一口濁氣，喝采道：「好！這是甚麼名目？」楊過道：「這叫做『杞人憂天』！小心了，下一招乃是『無中生有』！」

周伯通嘻嘻一笑，心想『無中生有』這拳招之名，眞是又古怪又有趣，虧這小子想得出來，於是猱身又上。楊過手臂下垂，絕無半點防禦姿式，待得周伯通拳招攻到近肉寸許，突然間手足齊動，左掌右袖、雙足頭鎚、連得胸背腰腹盡皆有招式發出，無一不足以傷敵。

周伯通雖然早防到他必有絕招，卻萬萬料想不到他竟會全身齊攻，瞬息之間，十餘招數同時攻到，說來「無中生有」只是一招，中間實蘊十餘招變式後着，饒是周伯通武學深湛，也鬧了個手忙脚亂。他右臂本來下垂不用，這時不得不舉起招架，竭盡全力，才抵擋了這一路掌法，說到還招，竟是不能的了。總算一一擋過，急忙躍後丈許，以防楊過更有古怪後着。

郭襄叫道：「周老爺子，你兩隻手齊用也不夠，最好是多生一隻手。」周伯通也不以爲忤，笑道：「小女娃子，你叫我三隻手麼？」

楊過見他將自己突起而攻的招式盡數化解，無一不是妙到巔毫，不禁暗暗嘆服，叫道：「下一招叫做『拖泥帶水』！」周伯通和郭襄齊聲發笑，喝采道：「好名目！」楊過道：「且慢叫好！看招！」右手雲袖飄動，宛若流水，左掌卻重滯之極，便似帶着幾千斤泥沙一般。

周伯通當年曾聽師兄王重陽說起黃藥師所擅的一路五行拳法，拳力之中暗合五行，此時楊過右袖是北方癸水之象，左拳是中央戊土之象，輕靈沉猛，兼而有之，當下不敢怠慢，左手使「空明拳」中的一招，右手使一招「大伏魔拳」，以輕靈對輕靈，以渾厚對渾厚，兩下衝擊，兩人同聲呼喝，各自退出數步。

這四招一過，一老一少都暗自佩服對方。楊過心想：「自練成這黯然銷魂掌以來，所遇強敵當以此翁為最，若要勝他，委實不易。倘欲眞分勝負，非以內力比拚不可，那時若不是一死一傷，便如洪七公與我義父比武那般，鬧個同歸於盡，卻又何苦？」不由得收起狂傲之氣，一躬到地，說道：「周老前輩，佩服佩服，晚輩甘拜下風。」轉頭向郭襄道：「小妹子，周老前輩是請不動的了，咱們走罷！」

周伯通忙道：「且慢，且慢！你說這套甚麼銷魂掌共有一十七路，尚有十三路未施啊？怎地便走了？」楊過道：「咱們無怨無仇，何必性命相拚？你向來待我很好，又待我妻子很好，我一直心下感激。你武功高強，晚輩認輸便是。」

周伯通連連搖手道：「不對，不對！你沒輸，我也沒贏，你要出這百花谷，除非把一十七路掌法使全了。」他自聽到楊過叫出四路掌法，甚麼「心驚肉跳」、「杞人憂天」、「無中生有」、「拖泥帶水」，名目既趣，掌法更怪，便是常人也欲一窮究竟，何況周伯通一來好武，二來好奇，非得盡見全豹不可。

楊過道：「咦，這可好笑了。我既然請不動你，那便拍手便走，難道連請客的也得留下嗎？」周伯通央求道：「好兄弟，你餘下那一十三招拳法，我怎猜想得到？請你大發善心，做做好事，說給我聽了。你要學甚麼功夫，我都教你便是。」

楊過心念一動，說道：「你要學我這掌法，絲毫不難。我也不用你教武功，只是你學了之後，須得隨我走一遭，去見一見那位瑛姑。」周伯通愁眉苦臉，說道：「你便是殺我的頭，我也不見她。」楊過道：「既然如此，晚輩告辭。」

周伯通雙掌一錯，縱身攔住去路，跟着呼的一拳打出，陪笑道：「好兄弟，你便施展下一招罷！」楊過舉掌格開，使的卻是全眞派武功。周伯通連變拳法，楊過始終以全眞派掌法和九陰眞經中所載武功抵敵。

楊過要將周伯通擊敗，原非易事，但只求自保，老頑童也奈何他不得。不論周伯通如何故露破綻，如何假意示弱，楊過終不上當，那「黯然銷魂掌」中新的招式再不顯示，偶而卻將「心驚肉跳」、「杞人憂天」、「無中生有」、「拖泥帶水」這四招畧加變化的使將出來，更令周伯通心癢難搔。

兩人激鬥將近半個時辰，周伯通畢竟年老，氣血已衰，漸漸內力不如初鬥之時，他知再難誘楊過使出黯然銷魂掌來，雙掌一吐，借力向後躍出，說道：「罷了，罷了！我向你磕八個響頭，拜你為師，你總肯教我了罷！楊過師父，弟子周伯通磕頭！」說着便跪將下來。

楊過暗暗好笑，心想世間竟有如此好武成癖之人，忙搶上扶起，說道：「這個那裏敢當？

那黯然銷魂掌餘下一十三招的名目，我可說與你知。」周伯通大喜，連叫：「好兄弟！好兄弟！」

郭襄道：「大哥哥，他不肯跟咱們去，你別教他。」楊過卻知老頑童是個「武癖」，他聽了一十三招的名目之後，更加無可抗拒，勢須磨着自己演式，微微一笑，說道：「聽個名目並不打緊。」周伯通忙道：「是啊，聽聽名目有甚麼要緊，小姑娘忒也小器。」

楊過坐在大樹下的一塊石上，說道：「周兄你請聽了，那黯然銷魂掌餘下的一十三招是：徘徊空谷，力不從心，行屍走肉，倒行逆施……」說到這裏，郭襄已笑彎了腰，周伯通卻一本正經的喃喃記誦，只聽楊過續道：「廢寢忘食，孤形隻影，飲恨吞聲，六神不安，窮途末路，面無人色，想入非非，呆若木鷄。」郭襄心下悽惻，再也笑不出來了。

這一十三招名稱說將出來，只把老頑童聽得如痴如狂，隔了良久，才道：「想那『面無人色』這一招，如何用以克敵制勝？」楊過道：「這雖是一招，其實中間變化多端，臉上喜怒哀樂，怪狀百出，敵人一見，登時心神難以自制，我喜敵喜，我憂敵憂，終至聽命於我。此乃無聲無影的勝敵之法，比之長嘯鎮懾敵人又高出一籌。」周伯通道：「這是從九陰眞經的懾心大法中變化出來的麼？」楊過道：「正是！」

周伯通眉花眼笑，問道：「那麼『倒行逆施』呢？」楊過突然頭下脚上，倒過身子，拍出一掌，說道：「這是『倒行逆施』的三十七般變化之一。」周伯通點頭道：「那是源自西毒歐陽鋒的武功了。」楊過站直身子，道：「不錯，不過我這掌法逆中有正，正反相沖，自相矛盾，不能自圓其說。」

周伯通想了片刻，不明其理，搔頭問道：「那是甚麼？」楊過道：「此中詳情，可不足爲人道了。」周伯通「嗯」了一聲，不再說話，心知再問下去，楊過是決計不肯再說的了。

郭襄在一旁瞧着，見他搔頭摸腮，神情惶急，不由得生了憐憫之心，走到他的身邊，低聲道：「周老爺子，到底你爲甚麼定然不肯去見瑛姑？咱們一齊想個法兒，求大哥哥把這套掌法教你，好不好？」

周伯通嘆了口氣，說道：「這是我少年時的胡塗事，說出來實在難以爲情。」郭襄道：「怕甚麼啊？你說了出來，比藏在心中還舒服些。我跟你說，我做了錯事，爹爹媽媽問起，我從不隱瞞，給爹媽責罵一場，也就完了。否則撒個謊兒騙了過去，自己後來反覺得難過。這一次我悄悄出來，爹媽知道了定要生氣，可是已經出來了，我也不會瞞着不說。」

周伯通見她一派天眞無邪的神色，又望了望郭襄，說道：「好，我把少年時的胡塗事跟你說了，你可不許笑話。」郭襄說道：「誰笑話你了？」拉着他的手，親親熱熱的挨在他身旁，道：「你就當作說旁人的事，要不然就當是說個故事。待會兒，我也說一件事我做過的壞事給你聽。」

周伯通瞧着她文秀的小臉，笑道：「你也做過壞事麼？」郭襄道：「自然，你以爲我不會做？」周伯通道：「好，那你先說一件給我聽聽。」郭襄道：「豈止一件，連十件八件也有。嗯，有一個軍士在城頭守夜睡着了，爹爹叫人綁了，說要斬首示衆。我見他可憐，半夜裏悄悄將他放了，叫他快快逃走。爹爹很是生氣，我招了出來，爹爹將我打了一頓。又有一次，一個窮家女孩子羨慕我媽媽腕上的金釧兒好看，我就偷了送給她，媽媽找來找去找不着，我肚裏暗暗好笑，可沒說出來。因爲說了出來之後，媽媽不在乎，姊姊卻會向那女孩子要回來。」

周伯通嘆了口氣，道：「這些事情比起我那件事，可都算不了甚麼。」於是將他如何隨師兄王重陽赴大理拜會段皇爺，如何劉貴妃隨他學習武藝，如何兩人做下了胡塗之事，如何劉貴妃向他痴纏，他又如何迴避不見，段皇爺如何一怒而捨棄皇位、出家爲僧，諸般情事，一五一十的都向郭襄和楊過說了。

郭襄怔怔的聽着，直到周伯通說完，眼見他滿臉愧容，便問：「那段皇爺除了劉貴妃外，還有幾位妃子？」周伯通道：「他雖不如大宋天子那麼後宮三千，但三宮六院，數十位后妃總是有的。」郭襄道：「照啊！他有數十位后妃，你連一位夫人也沒有，他顧全朋友之義，該將劉貴妃送給了你才是啊。」

楊過向她點了點頭，心想：「這小姑娘不拘於世俗禮法之見，出言深獲我心。」

周伯通道：「他當時雖然也有此言，但劉貴妃是他極心愛之人，他爲此連皇帝也不做而去做和尙，可見我實是對不起他之極了。」

楊過突然插口道：「一燈大師所以出家，是爲了對你不起，不是你對他不起，難道你不知道麼？」周伯通奇道：「他有甚麼對我不起？」楊過道：「只爲旁人害你兒子，他忍心見死不救。」

周伯通數十年來始終不知瑛姑曾和他生有一子，聽了楊過之言不由得大奇，忙問：「甚麼我的兒子？」楊過道：「我所知亦不詳盡，只是聽一燈大師這般說。」於是轉述了一燈在黑龍潭畔所說的言語。

周伯通猛然聽說自己生過一個兒子，宛似五雷轟頂，驚得呆了，半晌做聲不得，心中一時悲，一時喜，想起瑛姑數十年來的含辛茹苦，更大起憐惜歉仄之情。

楊過見他如此，心想：「這位老前輩是性情中人，正是我輩，我又何惜那一十七招黯然銷魂掌？」說道：「周老前輩，我將全套掌法一一演與你瞧罷，不到之處，尙請指點。」當下口講手比，將那一十七路掌法從頭至尾演了出來，只是「面無人色」那一招，因他臉上戴了人皮面具，未予顯示，但他說了其中變化，周伯通熟知九陰眞經，卽能心領神會，反是於「行屍走肉」、「窮途末路」各招，卻悟不到其中要旨。

楊過反覆講了幾遍，周伯通總是不懂。楊過嘆道：「周老前輩，十五年前，內子和我分手，晚輩相思良苦，心有所感，方有這套掌法之創。老前輩無牽無掛，快樂逍遙，自是無法領悟其中憂心如焚的滋味。」周伯通道：「啊，你夫人爲何和你分手？她人又美，心地又好，你鍾情相思，原也怪你不得。」

楊過不願再提小龍女被郭芙毒針誤傷之事，只簡畧說她中毒難愈，爲南海神尼救去，須隔十六年方得相見，自己日夜苦思，虔誠禱祝她平安歸來，最後說道：「我只盼望能再見她一面，便是要我身受千刀萬剮之苦，也是心甘情願。」

郭襄從不知相思之深，竟有若斯苦法，不由得怔怔的流下兩行淸淚，握着楊過的手，柔聲道：「老天爺保祐，你終能再和她相見。」

楊過自和小龍女分別以來，今日第一次聽到別人這般眞心誠意的安慰，心中大是感激，一言之恩，自此終身不忘。」當下嘆了口氣，站起身來，向周伯通行了一禮，說道：「周兄，告辭了！」和郭襄並肩自來路出去。

郭襄行出數步，回頭向周伯通道：「周老前輩，我大哥哥這般思念他的夫人，你的瑛姑自亦這般思念於你。你始終不肯和她相見，於心何忍？」周伯通一驚，臉色大變。楊過低聲道：「小妹子，別再說了。人各有志，多言無益。」兩人一鵰，自來路緩緩而回。

郭襄道：「大哥哥，我若問起你夫人的事，你不會傷心罷？」楊過道：「不會的，反正沒過幾個月，我便可以和她相見了。」話是這般說，心下卻大是惴惴：「再過幾個月，我眞能和龍兒相會嗎？」

郭襄道：「你怎麼跟她識得的？」楊過於是將自己幼時怎樣孤苦伶仃，怎樣在重陽宮學藝、受師父及同門的欺侮，怎樣逃入古墓、爲小龍女收容，怎樣日久情生，怎樣歷盡艱辛方得結成夫婦等情，擇要說了，只是郭靖、黃蓉、李莫愁等人的名字卻都畧過不提。

郭襄默默聽着，對楊過用情之深大有所感，終於又說了一句：「但願老天爺保祐，你終能和她相會，從此不再分離。」楊過道：「多謝你，小妹子，我永遠記得你這番好心。日後見了我妻子，我也會告訴她。」說到這裏，語音已然哽咽。

郭襄道：「我每年生日，媽媽和我燒香拜天，媽媽總是叫我暗中說三個心願，我常常想了半天，也想不出來。到今年生日時，我可就早想好了，我會盼望大哥哥和他夫人早早團聚。」楊過道：「還有兩個心願呢？」郭襄微笑道：「我可不能跟你說。」

便在此時，忽聽得有人大呼：「楊兄弟，等我一等！」聽聲音正是周伯通。楊過大喜，回過身來，只見周伯通如飛趕至，叫道：「楊兄弟，我想過啦，你快帶我去見瑛姑。」郭襄喜道：「那才是呢，你不知人家想得你多苦。」周伯通道：「你們走後，我想着楊兄弟的話，越想越是牽肚掛腸。倘若不去見她，以後的日子別想再睡得着，這句話非要親口問她個清楚不可。」楊過和郭襄見此行不虛，都十分歡喜。

依着周伯通的性子，立時便要去和瑛姑相見，但其時天色已晚，郭襄星眼困餳，大見倦色，於是三人一鵰在林中倚樹而睡。次日清晨再行，未過巳時，已來到黑龍潭邊。

瑛姑和一燈見楊過果眞將周伯通請來，當眞喜出望外。瑛姑一顆心撲通撲通亂跳，一個字也說不出來。

周伯通走到瑛姑身前，大聲道：「瑛姑，咱們所生的孩兒，頭頂心是一個旋兒呢，還是兩個旋兒？」瑛姑一呆，萬沒想到少年時和他分手，暮年重會，他開口便問這樣不相干的一句話，於是答道：「是兩個旋兒。」周伯通拍手大喜，叫道：「好，那像我，眞是個聰明娃兒。」跟着嘆了口氣，搖頭道：「可惜死了！」

瑛姑悲喜交集，再也忍耐不住，放聲哭了出來。周伯通拍她背脊，大聲安慰：「別哭，別哭！」又向一燈道：「段皇爺，我偷去了你妻子，你不肯救我兒子，大家扯個直，前事不究，都不用提了。」

一燈指着躺在地下的慈恩道：「這是殺你兒子的兇手，你一掌打死他罷！」

周伯通道：「瑛姑，你來下手！」

瑛姑向慈恩望了一眼，低聲道：「倘若不是他，我此生再也不能和你相見，何況人死不能復生，且盡今日之歡，昔年怨苦，都忘了他罷！」

周伯通道：「這話也說得是，咱們便饒了他啦！」

慈恩傷勢極重，全仗一口眞氣維繫，此時聽周伯通和瑛姑都說恕他殺子之仇，心中大慰，再無掛懷之事，低聲道：「多謝兩位。」向一燈道：「多謝師父成全！」又向楊過道：「多謝施主辛苦。」雙目一閉，就此逝去。

一燈大師口誦佛號，合十躬身，說道：「慈恩，慈恩，你我名雖師徒，實乃良友，相交二十餘年，攻過切磋，無日或離，今日你往生極樂，老衲旣喜且悲。」當下與楊過、郭襄一齊動手，將慈恩就地葬了。

周伯通和瑛姑四目對視，眞不知從何說起。

楊過瞧着慈恩的新墳，想起那日在雪谷木屋之中，他與小龍女燕爾新婚、見到慈恩發瘋的種種情景，這一位以鐵掌輕功馳名江湖的一代武學大師，終於默默歸於黃土，心中不勝感慨。

瑛姑從懷中提出兩隻靈狐，說道：「楊公子，大德深重，老婦人愧無以報，這兩隻畜生便請持去罷。」楊過接過一隻，謝道：「蒙賜一頭，已領盛情。」

一燈道：「楊賢姪，你兩隻靈狐都取了去，但不必傷牠們性命，只須割開靈狐腿上血脈，每日取血一小杯，兩狐輪流割血，每日服上一杯，令友縱有多大的內傷也能痊愈。」

楊過和瑛姑一齊大喜，說道：「能保得靈狐性命，那是再好不過。」當下楊過提了靈狐，向一燈、周伯通、瑛姑拜別。瑛姑道：「你取完狐血之後，就地放了，兩隻小畜生自能歸來。」

周伯通突然插口道：「段皇爺，瑛姑，你們一齊到我百花谷去，我指揮蜜蜂給你們瞧瞧，我又新學了一套掌法，嘿嘿，了不起，了不起。楊兄弟，你治好了你的朋友之後，和你小妹子也都來玩玩。」

楊過笑道：「其時若無俗事牽絆，自當來向三位前輩請聆教益。」說着躬身施禮而別。

兩頭靈狐眼珠骨溜溜的望着瑛姑，啾啾而鳴，哀求乞憐。瑛姑喝道：「楊公子會饒了你們性命，吵甚麼？」郭襄伸手撫摸狐頭，微笑安慰。

郭襄道：「連你眞面目也沒見過，怎能算是識你？這可不是小事。」楊過道：「好。」左手一起，揭下了臉上的面具。郭襄眼前登時出現一張清癯俊秀的臉孔。

第三十五回　三枚金針

楊過請得周伯通來和瑛姑團聚，令慈恩安心而死，又取得靈狐，一番辛勞，連做三件好事，自是十分高興，和郭襄、神鵰一齊回到萬獸山莊。

史氏兄弟見楊過連得兩頭靈狐，喜感無已，當即割狐腿取血。史叔剛服後，自行運功療傷。

是晚萬獸山莊大排筵席，公推楊過上座，席上所陳，盡是猩唇、狼腿、熊掌、鹿胎等諸般珍異獸肉，旁人一生從未嘗得一味的，這一晚筵席中卻有數十味之多。席旁放了一隻大盤，盛滿山珍，供神鵰享用。

史氏兄弟和西山一窟鬼對楊過也不再說甚麼感恩載德之言，各人心中明白，自己性命乃楊過所賜，日後不論他有甚麼差遣，萬死不辭。席上各人高談闊論，說的都是江湖上的奇聞軼事。

郭襄自和楊過相見以來，一直興高采烈，但這時卻默默無言，靜聽各人的說話。楊過偶爾向她望了一眼，但見她臉上微帶困色，只道小姑娘連日奔波勞碌，不免疲倦，也不以爲意，那想到郭襄因和他分手在即，良會無多，因而悄悄發愁。

喝了幾巡酒，突然間外面樹林中一隻猿猴高聲啼了起來，跟着此應彼和，數十隻猿猴齊聲啼鳴。史氏兄弟微微變色。史孟捷道：「楊大哥和西山諸兄且請安坐，小弟出去瞧瞧。」說着匆匆出廳。

各人均知林中來了外敵，但眼前有這許多好手聚集，再強的敵人也不足懼。煞神鬼道：「最好是那霍都王子到來，大夥兒跟他鬥鬥，也好讓史三哥出了這口惡氣……」

話猶未了，只聽得史孟捷在廳外喝道：「是那一位夜臨敝莊？且請止步！」跟着一個女子聲音說道：「有沒有一個大頭矮子在這屋裏？我要問他，把我妹子帶到那裏去了？」

郭襄聽得姊姊尋了前來，又驚又喜，一瞥眼，只見楊過雙眼精光閃爍，神情特異，心中暗暗奇怪，喉嚨頭那一聲「姊姊」，到了嘴邊卻沒呼叫出來。

只聽史孟捷怒道：「你這女子好生無禮，怎地不答我的問話，擅自亂闖？」又聽郭芙喝道：「讓開！」接着噹噹兩響，兵刃相交，顯是郭芙硬要闖進，史宋孟捷卻在外攔住，兩人動手起來。

楊過自在絕情谷和郭芙別過，十餘年未見，這時驀地裏聽到她的聲音，不由得百感交集，但聽得廳外兵刃相交之聲漸漸遠去，史孟捷已將郭芙引開。

大頭鬼道：「她是衝着我而來，我去會會。」說着奔出廳去。史季強和樊一翁也跟了出去。

郭襄站起身來，說道：「大哥哥，我姊姊找我來啦，我得走了。」楊過一驚，道：「那是……那是你姊姊麼？」郭襄道：「是啊，我想見見神鵰大俠，那位大頭叔叔便帶我來見你。我……很喜歡……」她話沒說完，頭一低便奔了出去。

楊過見她一滴淚水落在酒杯之中，尋思：「原來她便是那個小嬰兒，卻長得這麼大了。她深夜前來尋我，必有要事，怎地一句不說便去了？瞧她滿懷心事，我可不能不管。」當下飄身離廳，追了出去。只見郭襄背影正沒入林中，幾個起伏，已趕到她身後，說道：「小妹子，你有甚麼爲難之事，但說不妨。」

郭襄微笑道：「沒有啊，我沒爲難之事。」淡淡的月光正照在她雪白秀美的臉上，楊過看得清楚，她眼中兀自含着一泓清淚，於是柔聲道：「原來你是郭大俠和郭夫人的姑娘，是你姊姊欺侮你嗎？」他想郭靖、黃蓉名滿天下，威震當世，他們的女兒決無辦不了的難事，多半是郭芙強橫霸道，欺侮了小妹妹。

郭襄強笑道：「我姊姊便是欺侮我，我也不怕。她罵我，我便跟她鬥嘴，反正她也不敢打我。」楊過道：「那你前來找我，爲了何事？你跟我說罷！」郭襄道：「我在風陵渡口聽人說起你的俠義事蹟，心下好生欽佩，很想見你一面，除此別無他意。今晚飲宴之時，我想起『天下沒不散的筵席』這句話，心下鬱鬱，那知道筵席未散，我……卻不得不走了。」說到這裏，語音中已帶哽咽。

楊過心頭一震，想起她生下當日，自己便曾懷抱過她，後來和金輪法王、李莫愁等數番爭奪，又曾捕縛母豹，餵她乳吃，其後携入古墓，養育多時，想不到此時重見，竟然已是如此一個亭亭玉立的少女。回思往事，不由得痴痴怔住。

過了片刻，郭襄道：「大哥哥，我得走啦！我託你一件事。」楊過道：「你說罷。」郭襄道：「你夫人和你在甚麼時候相會啊。」楊過道：「是在今年冬天。」郭襄道：「你會到你夫人後，叫人帶個訊到襄陽給我，也好讓我代你歡喜。」

楊過大是感激，心想這小姑娘和郭芙雖是一母所生，性情卻是大不相同，問道：「你爸爸媽媽安好罷？」郭襄道：「爸爸媽媽都好。」心頭突然湧起一念，說道：「大哥哥，待你和夫人相會後，到襄陽我家來作客，好不好？我爹媽和你夫婦都是豪傑之士，自必意氣投合，相見恨晚。」

楊過道：「到那時再說罷！小妹子，你我相會之事，最好別跟你姊姊說……唔，最好也別跟你爹爹媽媽說起。」郭襄奇道：「爲甚麼？」忽地想起風陵渡口衆人談論神鵰俠之時姊姊對他頗有微詞，說不定他們曾結有樑子，當即又道：「我不說便是。」

楊過目不轉瞬的瞧着她，腦海中卻出現了十五年多以前懷中所抱那個嬰孩的小臉。郭襄被他瞧得微微有點害羞，低下頭去。楊過胸中湧起了一股要保護她、照顧她的心情，便似對待十多年前那個稚弱無助的嬰兒一般，說道：「小妹子，你爹爹媽媽是當代大俠，人人都十分敬重，你有甚麼事，自也不用我來効勞。但世事多變，禍福難言。你若有不願跟爹媽說的緩急之情，要甚麼幫手，儘管帶個訊來，我自會給你辦得妥妥貼貼。」

郭襄嫣然一笑，道：「你待我眞好。姊姊常對人自稱是郭大俠、郭夫人的女兒，我有時聽着眞爲她害羞。爹爹媽媽雖然名望大，咱們可也不能一天到晚掛在嘴角上啊。我若對人家說，神鵰大俠是我的大哥哥，我姊姊便學不來。」

楊過微笑道：「令姊又怎瞧得起我這般人了？」他頓了一頓，屈指數着，說道：「你今年十六歲啦，唔，到九月、十月……十月廿二、廿三、廿四……你生日是十月廿四，是不是？」郭襄大是奇怪，大聲的叫了一下：「咦！」說道：「是啊，你怎知道？」楊過微笑不答，又道：「你生在襄陽，因此單名一個『襄』字，是不是？」郭襄道：「你甚麼都知道了，卻裝着不識得我。我生下來的第一天，你便抱過我了，是不是？」

楊過悠然神往，不答她的問話，仰起頭說道：「十六年前，十月廿四，在襄陽大戰金輪法王，龍兒抱着那孩兒……」

郭襄不懂他說些甚麼，隱隱聽得樹林中傳來兵刃相交之聲，有些焦急，生怕姊姊爲史孟捷等所傷，說道：「大哥哥，我眞的要走啦。」

楊過喃喃的道：「十月廿四，十月廿四，眞快，快十六年了。」忽然驚覺，道：「啊，你要走了……唔，到今年十月廿四，你要燒香禱祝，向上天求三個心願。」他記起她曾說過，燒香求願之時，將求上天保佑他和小龍女相會。

郭襄道：「大哥哥，將來若是我向你也求三件事，你肯不肯答應？」楊過慨然道：「但教力之所及，無不從命。」從懷中取出一隻小盒，打開盒蓋，拈了三枚小龍女平素所用的金針暗器，遞給郭襄，說道：「我見此金針，如見你面。你如不能親自會我，託人持針傳命，我也必給你辦到。」

郭襄道：「多謝你啦！」接過金針，說道：「我先說第一個心願。」當即以第一枚金針還給了楊過，道：「我要你取下面具，讓我瞧瞧你的容貌。」楊過笑道：「這件事未免太過輕而易舉，我因不願多見舊人，是以戴上面具。你這麼隨隨便便的使了一枚金針，豈不可惜？」心想：「我既已親口許諾，再無翻悔，你持了金針，便要我去幹天大的難事，我也義無反顧。怎地竟來叫我做這樣一件不相干的小事？」郭襄道：「連你眞面目也沒見過，怎能算是識你？這可不是小事。」楊過道：「好！」左手一起，揭下了臉上的面具。

郭襄眼前登時現出一張淸癯俊秀的臉孔，劍眉入鬢，鳳眼生威，只是臉色蒼白，頗形憔悴。楊過見她怔怔的瞧着自己，神色間頗爲異樣，微笑道：「怎麼？」郭襄俏臉一紅，低聲道：「沒甚麼。」心中卻說：「想不到你生得這般俊。」

她定一定神，又將第二枚金針遞給楊過，說道：「我要說第二個心願啦。」楊過微笑道：「你再過幾年說也還不遲，小姑娘家，儘說些孩子氣的心願。」卻不伸手接針。郭襄將金針塞在他手裏，說道：「我這第二個心願是，今年十月廿四我生日那天，你到襄陽來見一見我，跟我說一會子話。」這雖比第一個心願費事些，可仍然孩子氣極重。楊過笑道：「我答應了。這又有甚麼大不了？不過我只見你一人，你爹媽姊姊他們，我卻不見。」郭襄笑道：「這自然由得你。」

她白嫩的纖手拈着第三枚金針，在月光下閃閃生輝，說道：「這第三個心願嘛……」楊過微微搖頭，心想：「我楊過豈是輕易許人的？小姑娘不知輕重，將我的許諾視作玩意。」只見她臉上突然一陣暈紅，笑道：「這第三個心願，我現下想不出，日後再跟你說。」說着轉身竄入林中，叫道：「姊姊，姊姊！」

郭襄循着兵刃撞擊之聲趕去，只見郭芙和史孟捷、大頭鬼兩人鬥得正酣，樊一翁和史季強按着兵器，在旁觀戰。郭襄叫道：「姊姊，我來啦，這幾位都是好朋友。」

郭芙在父母指點之下修習武功，丈夫耶律齊又是當代高手，日常切磋，比之十餘年前自已大有進境，只是她心浮氣躁，淺嘗即止，不肯痛下苦功鑽研，因此父母丈夫都是武學名家，她自己卻始終徘徊於二三流之間，這時在史孟捷和大頭鬼夾擊下已漸漸支持不住，正焦躁間，忽聽得妹子呼叫，喝道：「妹妹快來！」

史孟捷親耳聽得郭襄叫楊過爲「大哥哥」，此刻郭芙又叫她爲「妹妹」，不禁一驚，心道：「難道這女子是神鵰大俠的夫人還是姊妹？」硬生生將遞出去的一招縮了回來，急向後躍。

郭芙明知對方容讓，但她打得心中恚怒，長劍猛地刺出，噗地一聲，史孟捷胸口中劍。大頭鬼嚇了一跳，叫道：「喂，怎麼……」郭芙長劍圈轉，寒光閃處，大頭鬼臂上又給劃了一條長長的口子。她心中得意，喝道：「要你知道姑奶奶的厲害！」

郭襄大叫：「姊姊，我說這幾位都是朋友。」郭芙怒道：「快跟我回去！誰識得你這些豬朋狗友？」史孟捷胸口所中這一劍竟自不輕，他身子幌了幾下，向前一撲而倒。郭襄縱身而上，彎腰將他扶起，問道：「史五叔，史五叔，你傷得怎樣？」史孟捷傷口中鮮血噴將出來，濺得她衣上點點斑斑。郭襄忙撕下衣襟，給他裹紮。

郭芙提劍站在一旁，連連催促：「快走，快走！回家告訴爹爹媽媽，不結結實實打你一頓，我才不信呢！」郭襄怒道：「你胡亂出手傷人，我也告訴爹爹媽媽去！」史孟捷見她小臉兒脹得通紅，珠淚欲滴，強笑道：「姑娘不用擔心，我的傷死不了人！」史季強提着象鼻杆，猛喘大氣，一時打不定主意，不知要和郭芙拚命呢，還是先救五弟之傷。

突然之間，郭芙「啊」的一聲驚叫，迎面只見兩頭猛虎悄沒聲息的逼來，她轉身欲避，卻見左側蹲着兩頭雄獅，瞧右邊時，更有四頭豹子，原來在這頃刻間，史仲孟已率領羣獸將她團團圍住了。郭芙臉色慘白，幾欲暈倒。忽聽得樹林中一人說道：「五弟，你的傷怎樣？」史孟捷道：「還好！」那人道：「唔，神鵰俠傳令，讓這兩位姑娘走罷！」史季強幾聲呼哨，羣獸轉過身子，隱入了長草之中。

郭襄道：「史五叔，我代姊姊跟你賠個不是罷。」史孟捷創口劇痛難當，苦笑道：「衝着神鵰俠的金面，令姊便是殺了我，那也沒甚麼。」郭襄急道：「你的傷……可眞的不打緊嗎？」郭芙一把拉住她手，喝道：「你還不回去？」用力一扯，牽着她奔出樹林而去。

史氏昆仲和西山一窟鬼都隱伏在側，見她姊妹二人離去，一齊奔出，來瞧史孟捷和大頭鬼之傷。各人七張八嘴，都說郭芙不該，只是不知她和楊過到底有何干係，言語之中倒是不敢無禮。史季強憤憤的道：「那小姑娘人這麼好，她姊姊便這麼強橫。我五弟明明容讓，她又不是不知道，居然還下毒手，這一劍要是再刺下去兩寸，五弟還活得成麼？」大頭鬼道：「咱們問神鵰俠去，這女子到底是甚麼來頭。在風陵渡口，她曾連說神鵰俠的不是，我瞧神鵰俠也未必會迴護她。」

大樹後一人緩步而出，說道：「徼天之幸，史五哥的傷勢還不甚重。這女子行事向來莽撞，我這條右臂，便是給她一劍斬去的。」說話的正是楊過。

衆人聽了，無不愕然，怔怔的望着他說不出話來。人人均有滿腹疑竇，卻誰也不敢發問。

郭芙携同郭襄回到風陵渡頭，其時黃河已經解凍，姊弟三人過了河，迤邐逕歸襄陽。一路上郭芙嘮嘮叨叨，不住口的責備郭襄，說她不該隨着不相干之人到處亂闖惹事。郭襄便裝耳聾，給她個不瞅不睬，至於見到楊過之事，更是絕口不提。

到得襄陽，郭芙見了父母，遞上長春眞人丘處機的書信，說他年老有病，不能起床，但全眞教教主李志常率同教中好手前來赴會。回畢正事，第一句話便道：「爹，媽，妹妹在道上不聽我話，闖下好大的亂子。」郭靖吃了一驚，忙問端的。郭芙當下將郭襄在風陵渡隨一個不相識的江湖豪客出外、兩日夜不歸之事，加油添醬的說了。

郭靖這些日來正爲軍務緊急，憂心國事，甚是焦慮，聽大女兒這麼一說，怒氣暗生，問道：「襄兒，姊姊的話沒錯罷？」郭襄嘻嘻一笑，說道：「姊姊大驚小怪，我跟一個朋友去瞧瞧熱鬧，又有甚麼大不了啦！」郭靖皺眉道：「甚麼朋友？叫甚麼名字？」郭襄伸伸舌頭，道：「啊喲，我可沒問他名字，只知道他外號叫作『大頭鬼』。」郭芙道：「似乎是甚麼『西山一窟鬼』中的人物。」郭靖也聽到過「西山一窟鬼」的名頭，這一批人雖說不上惡行素著，卻也不是正人君子，聽得小女兒竟和這干人廝混，更加惱怒。但他素來沉穩，只是「嘿」的一聲，便不再問。黃蓉卻將郭襄好好數說了一場。

當晚郭靖夫婦排設家宴，替郭芙、郭破虜接風洗塵，卻不設郭襄的座位。耶律齊出言相勸岳父和岳母。郭靖道：「女孩兒家若不嚴加管教，日後只有害了她自己。襄兒從小便古古怪怪，令人莫測高深。你做姊夫的，也得代我多操一番心才是呢。」耶律齊唯唯答應，不敢再說。

郭靖夫婦懲於以往對郭芙太過溺愛，以致闖出許多禍來，對郭襄和郭破虜便反其道而行之，自幼即管束得極是嚴厲。郭破虜沉靜莊重，大有父風，那也罷了。郭襄卻是口中答應，心裏一百二十個的不願意。這晚聽丫鬟言道，老爺太太排設家宴，故意不請二小姐。郭襄一怒，索性便不吃飯，一直餓了兩天。到第三天上，黃蓉心疼不過，瞞着郭靖，親自下厨煮了六色精緻小菜，又哄又說，才把小女兒調弄得破涕爲笑。黃蓉的烹調本事天下無雙，她久已不動，這時一顯身手，自教郭襄吃得眉花眼笑。但這麼一來，夫婦倆教訓女兒的一片心血、一番功夫，卻又付諸流水了。

其時蒙古大軍已攻下大理，還軍北上，另一路兵馬自北而南，兩路大軍預擬會師襄樊，一舉而滅大宋。這一次蒙古事先籌劃數年，志在必得，北上的大軍由皇弟忽必烈統率，南下大軍由蒙古皇帝蒙哥御駕親統，精兵猛將，盡皆從龍而來，聲勢之大，實是前所未有。是時秋高氣爽，草長馬肥，正利於蒙古鐵騎馳驟。

蒙古大軍尚未逼近，襄陽城中已一夕數驚。豈知臨安大宋朝廷由奸臣丁大全當國，主昏臣奸，對此竟然不當作一回事。襄陽告急的文書雖是雪片價飛來，但朝廷中君臣相互言道：「蒙古韃子攻襄陽數十年不下，這一次也必鎩羽而歸，襄陽城是韃子的剋星。慣例如此，豈有他哉？吾輩儘可高枕無憂，何必庸人自擾？」

當蒙古南路大軍進逼大理之時，郭靖知道此番局勢緊急，實是非同小可，於是撒下英雄帖，遍請天下英雄齊集襄陽，會商抗敵禦侮大計。蒙古軍行神速，沒多久便滅了大理。其時大理國國主是段興智，是一燈大師的曾孫，號稱「定天賢王」，年方稚幼，立後未及兩年而亡，國亡時由武三通、朱子柳、泗水漁隱等救出。

當各路英豪會集襄陽之時，蒙古北路大軍也已漸漸逼近。英雄大宴會期定於十月十五，預定連開十日。這一日正是十三，距會期已不過兩天，東南西北各路好漢，猶如百川匯海，紛紛來到襄陽。郭靖、黃蓉夫婦全神部署軍務，將接待賓客之事交給了魯有脚和耶律齊處理。武敦儒、耶律燕夫婦和武修文、完顏萍夫婦從旁襄助。

這一日朱子柳到了，泗水漁隱到了，武三通到了，全眞教掌教李志常率領本教十六名師兄弟到了，丐幫諸長老和幫中七袋、八袋諸幫首到了，陸冠英、程瑤迦夫婦到了……一時襄陽城中高手如雲，羣賢聚會。許多前輩英俠平時絕少在江湖上露面，因知這一次襄陽英雄宴關連天下氣運，實非尋常，又仰慕郭靖夫婦仁義，凡是收到英雄帖的十之八九都趕來赴會。比之當年大勝關英雄大會，盛況尤有過之。

十月十三日晚間，郭靖夫婦在私邸設下便宴，邀請朱子柳、武三通等十多位知交一敍契闊。酒過三巡，丐幫幫主魯有脚始終未至，衆人只道他幫務紛繁，不暇分身，也不以爲意。衆人歡呼暢飲，縱論十餘年來武林間軼事異聞。耶律齊、郭芙夫婦伴着武氏兄弟等一班小友另開一桌，席上猜枚賭飮，更是喧聲盈耳。

正熱鬧間，突然一名丐幫的八袋弟子匆匆進來，在黃蓉耳邊低聲說了幾句。黃蓉臉色大變，霍地站起，顫聲道：「有這等事？」衆人吃了一驚，一齊轉頭瞧着她。只聽黃蓉說道：「這裏並無外人，你儘管說。此事經過如何？」衆人見她說話之時目眶含淚，料知出了不幸之事，只聽那八袋弟子說道：「今日午後，魯幫主帶同兩名七袋弟子循例往城南巡營，那知直到申牌過後，仍未回轉。弟子等放心不下，分批出去探視，竟在峴山脚下的羊太傅廟中，見到了魯幫主的遺體……」衆人聽到「遺體」兩字，都不自禁「啊」的一聲叫了出來。

那弟子說到這裏聲音已是嗚咽，要知魯有脚武功雖不甚高，但仁信惠愛，甚得幫衆的推戴。那弟子接着道：「那兩名七袋弟子也躺在幫主身畔，一人已然斃命，另一個身受重傷，尚未氣絕。他說他三人在廟外遇到蒙古的霍都王子，幫主首先遭了暗算。兩名七袋弟子和他拚命，也都傷在他的掌下。」

郭靖氣得臉色慘白，只道：「嘿嘿，霍都，霍都！」心想若是早知有今日之事，當日在重陽宮中對他就不該手下留情。

黃蓉道：「那霍都留下了甚麼語言沒有？」那弟子道：「弟子不敢說。」黃蓉道：「有甚麼不敢說？他說教郭靖、黃蓉快快投降蒙古，否則便和這魯有脚一般，是不是？」那弟子道：「幫主明見。霍都那惡賊正是如此妄說。」丐幫中習俗，黃蓉雖然早就不任幫主，但幫衆不論當面背後仍是稱她為「幫主」。黃蓉皺眉道：「魯幫主的打狗棒，自然也給那霍都搶去了？」那弟子道：「正是。」

當下衆人紛紛離席，去瞧魯有脚的遺體，只見他背心上中了一根精鋼扇骨，胸口肋骨折斷，顯是霍都先以暗器在後偷襲得手，再運掌力將他打死。衆人見後，盡皆悲憤。

這時襄陽城中所聚丐幫弟子無慮千數，魯有脚為奸人所害的消息傳將出去，城中處處皆有哀聲。

郭襄平日和魯有脚極爲交好，常常拉着他到郊外荒僻處喝酒，一老一少，舉杯對酌，郭襄磨着他說些江湖上的奇事趣談，一耗便是大半日，兩人都引爲樂事。羊太傅廟離襄陽城不遠，也是郭襄和魯有脚常到之處。她聽說這位老朋友竟是在那廟中被害，心中悲痛，當即打了一葫蘆酒，提了一隻菜籃，便和平時一樣，來到廟中。

其時將近子夜，郭襄放下兩副杯筷，斟滿了酒，說道：「魯老伯，半個月之前，我還曾和你在這裏對酌談心，那想到英雄慘遭橫禍，魂而有知，還請來此享一杯濁酒。」說着將對面的一杯酒潑在地下，自己舉杯一飲而盡，想到這位忘年之交從此永逝，不禁悲從中來，垂淚說道：「魯老伯，我再跟你乾一杯！」說着一杯酹地，自己又喝了一杯。

她酒量其實甚淺，只是生性豁達，喜和江湖豪士爲伍，也就跟着他們飲酒大言，這時兩大杯酒一乾，朱顏陀暈，已覺微微潮熱。

黑暗中忽見門外似有人影一閃，心想魯有脚的鬼魂當眞到了，叫道：「是魯老伯麼？你英靈不昧，請來一會。」她一顆心雖然怦怦亂跳，卻也甚想見見魯有脚的鬼魂。卻聽一個女子聲音說道：「你三更半夜在這裏搗甚麼鬼？媽媽叫你快些回去。」一人從廟外閃了進來，正是郭芙。

郭襄好生失望，說道：「我正在招魯老伯鬼魂相見，你這麼一衝，他怎麼還肯前來？姊姊，你先回去，我隨後即回。」郭芙道：「又來瞎說八道了，你這個小腦袋中，裝的儘是胡思亂想。魯有脚的鬼魂爲甚麼要來見你？」郭襄道：「他平日和我最好，何況我還答應跟他說一件心事，說好是在我生日那天告訴他的。豈料他竟然等不到。」說到這裏，不由得黯然神傷。

郭芙道：「媽媽一轉眼不見了你的人影，捏指一算，料得到你定是到了這裏。你這小猴兒雖然調皮，可怎翻得出媽媽的手掌心？媽媽罵你越來越大膽了，說不定那霍都還躲在左近，你一個小娃兒，深夜孤身來到這裏，豈不危險？」郭襄嘆了口氣，道：「我記掛着魯老伯，也就沒想到危險了。好姊姊，你陪我在這裏坐一會兒，說不定魯老伯的鬼魂眞會來和我見面。不過你別開口，嚇走了他。」

郭芙平時不大瞧得起魯有脚，總覺得他所以能做丐幫幫主，全仗母親扶持提拔，心想他的鬼魂當眞便來，我也不怕。她又知這個小妹妹的脾氣，她既要在此等待，除非爹娘親來喝阻，自己是無論如何勸她不回的，於是坐了下來，嘆道：「二妹，你年紀越大，倒似越不懂事了。你今年十六歲啦，再過得兩三年，便要找婆家了，難道到了婆婆家裏，也是這般瘋瘋顚顚的不成？」

郭襄道：「那又有甚麼不同？你跟姊夫成了親，還不是和從前做閨女那般自由自在？」郭芙道：「嘿！你怎能拿旁人跟你姊夫相比？他是當今豪傑，識見處處高人一等，自不會拘束我。他這等文才武畧，小一輩中，又有誰及得上他？你將來的丈夫能有他一半好，爹爹媽媽便已心滿意足了。」

郭襄聽她說得傲慢，小嘴一扁，道：「姊夫自然了得，但我不信世上就沒及得上他的人。」郭芙道：「你不信，那便走着瞧罷！」言下甚有傲意。郭襄道：「我便識得一人，比姊夫好上十倍。」郭芙大怒，道：「是誰？你倒說來聽聽。」郭襄道：「我爲甚麼要說？我自己心中知道，那便是了。」郭芙冷笑道：「是朱三弟麼？是王劍民麼？」她說的幾個都是少年英俠。郭襄不住搖頭，道：「他們連姊夫也還及不上，怎說得上好過他十倍。」郭芙道：「除非你是說咱們的外公啦、爹娘啦、朱大叔啦這些前輩英雄。」

郭襄道：「不！我說的那人，年紀比姊夫還小，模樣兒長得比姊夫俊，武功可比姊夫強得多啦，簡直是天差地遠，比也不能比……」她一面說，郭芙便「呸，呸，呸！」的「呸」個不停。

郭襄卻不理會，續道：「你不肯相信，那也由得你。這個人爲人又好，旁人有甚麼急難，不管他識與不識，總是盡力替人排解。」她說到後來，一張俏臉微微抬起，悠然神往。

郭芙怒道：「你淨在自己小腦袋瓜兒裏瞎想。魯有脚死了之後，丐幫沒了幫主。媽剛才說，乘着英雄大宴，羣豪聚會，便在會中推舉，大夥兒比武決勝，舉一位武功最強之人出任幫主，以免幫中汚衣派、淨衣派兩派又起紛爭。你所說之人既然這麼厲害，叫他來跟你姊夫比一比啊，瞧是誰奪得幫主之位。」

郭襄「嘻」的一笑，道：「他不見得希罕做丐幫幫主。」郭芙怒道：「你怎敢瞧不起幫主的職位？從前洪老公公做過，媽也做過，難道你連洪老公公和媽也敢瞧不起麼？」郭襄道：「我幾時說過瞧不起了？你知道我和魯老伯是最要好的。」

郭芙道：「好罷！你就叫你那個大英雄來跟你姊夫比一比啊。眼下當世好漢都聚會在襄陽，誰是英雄，誰是狗熊，只要一出手就分得明明白白。」郭襄道：「大姊，你說話就最愛纏夾不清，我幾時說過姊夫是狗熊來着？如果他是狗熊，你不也成了畜生？你我一母所生，我也沒甚麼光采。」

郭芙聽得笑又不是，氣又不是，站起身來，道：「我沒功夫跟你胡鬧。你再不回去，別連我也一起挨罵。」郭襄伶牙俐齒，最愛和大姊姊鬥口，說道：「啊喲，你是嫁出去的姑奶奶，爹爹媽媽素來最疼你的。你又是下一任的幫主夫人，誰有天大的膽子，敢來罵你？」郭芙聽妹子稱自己為「下一任的幫主夫人」，心中一樂，說道：「這許多英雄好漢，瞧出去眼也花了，你姊夫也未準成，可別把話先說得滿了，教人家聽見了笑話。」

郭襄出神半晌，只見一輪銀盤斜懸天邊，將滿未滿，僅差一抹，嘆道：「看來魯老伯的鬼魂是不會來了。大姊，何必就這麼快便推新幫主，讓大夥兒心中多想念一下魯老伯不好麼？」郭芙道：「你這又是孩子話啦？丐幫是江湖上第一大幫，羣龍無首，那怎麼成？」郭襄道：「媽說那一天推選幫主？」郭芙道：「十五是英雄大宴的正日，最要緊的自是商議如何聯絡四海豪傑，共抗蒙古。這番商議少則五六天，多則八九天，待得推舉丐幫幫主，總得到廿三、廿四罷。」郭襄「啊」的一聲。

郭芙問道：「怎麼？」郭襄道：「沒甚麼，廿四恰好是我的生日。你們推舉幫主，這麼一亂，媽媽再也沒心思給我做生日了。」郭芙哈哈大笑，道：「你這小娃兒做生日，又打甚麼緊了？怎麼能拿來和推舉幫主這等大事相比？說出來也不怕笑掉了人家牙齒。你啊，這世上恐怕也只有你一個兒，才記得這件鷄毛蒜皮的小事。」

郭襄脹紅了小臉，道：「爹爹便不記得，媽媽一定記得的。你說是小事，我卻說不是小事。我滿十六歲了，你知不知道？」郭芙更加好笑，譏諷道：「到那一天啊，襄陽城中幾千位英雄好漢，都來給我們郭二小姐祝壽，每個人都送你一份厚禮。因爲咱們的郭二小姐滿十六歲啦，不再是小娃兒，是大姑娘啦！哈哈，哈哈！」

郭襄偏過了頭，道：「旁人自然不理會，可是至少有一位大英雄記得我的生日，他答應過，要來跟我見面的。」她說這幾句話時，心中頗爲自傲。

郭芙道：「是甚麼大英雄？啊，是那位比你姊夫還要了得的少年英雄。我跟你說，第一，世上就沒這麼一號子人物，壓根兒是你小腦袋在胡思亂想。第二，就算眞的有，他有多少大事要幹，怎能趕來跟你這小娃兒祝壽？除非他是爲赴英雄大宴，這才到襄陽城來。」郭襄給姊姊激得幾乎要哭了出來，頓足叫道：「他答應過記得的，他答應過記得的。他不來赴英雄宴，他也不來爭幫主。」郭芙道：「他不是英雄，爹爹自不會送英雄帖給他。他便是要來赴英雄宴，也還大大的不夠格呢。」

郭襄摸出手帕來抹了抹眼淚，道：「旣是這樣，你們的英雄大宴我也不到，你們推舉幫主也好，新幫主榮任也好，恁他多熱鬧的事，我一眼也不瞧。」

郭芙冷笑道：「啊唷，郭二小姐不到，英雄大宴還成甚麼局面啊？做丐幫的新幫主還有甚麼風光啊？那怎少得了你呢？」

郭襄伸手塞住雙耳，便向廟門奔出。

突見黑影一閃，廟門口靜靜站着一個人，阻住了出路，郭襄一驚，急忙後躍，才不致和他撞了個滿懷。月光下只見這人身材極高，面目黝黑，上身卻是奇短，凝神看時，原來這人兩足折斷，脅下撐着一對六尺來長的拐杖，一雙褲脚管縫得甚長，幌幌蕩蕩的拖在地下，侏儒踮高蹺，成了巨人。郭芙驚道：「你是尼摩星？」

那人正是尼摩星。此次蒙古皇帝御駕親征，所有蒙古西域的勇士武人盡皆扈駕南下，人人都盼在這役中一顯身手，以博功名榮寵。尼摩星雙腿雖斷，手上武功未失，經過十餘年來苦練，一雙鐵杖上的造詣只有更勝斷腿之前。蒙古大軍攻略而來，距襄陽尚有數百里之遙，但尼摩星等一干武士諜探，卻已先抵襄陽城外四周。這一晚他原擬在羊太傅廟中歇宿，卻在廟外聽得了郭芙姊妹的對答，不由得大喜若狂，心想郭靖雖非襄陽城守主帥，但襄陽的得失實繫於此人，若將他兩個愛女俘獲了去，縱不能逼他降服，卻也可擾亂他的心神，實是大大的一件奇功。他聽郭芙認出了自己，說道：「郭大姑娘眼力好的，多年不見，你長得更加好看的。大家免傷和氣，這就乖乖隨我去的！」

郭芙又驚又怒，心知此人武功厲害，自己姊妹齊上，也決不是他的敵手，忍不住向郭襄怒視一眼，心道：「都是你闖出來的亂子，眼前的禍事可不知如何收拾？」

郭襄卻問尼摩星道：「你的兩條腿怎地如此奇怪？從前沒斷之時，也是這般長麼？」

尼摩星「哼」了一聲，不去理她，對郭芙道：「你姊妹倆在前邊走的，可不用打逃跑的主意的！」言語之中，便已將她姊妹視作了俘虜。郭襄笑道：「你這人說話倒是奇怪，半夜三更的，你叫我姊妹到那裏去啊？」尼摩星怒道：「小娃兒不許多言的，快跟我走的。」他也怕襄陽城中有能人出來接應，不免功敗垂成。

郭芙低聲道：「二妹，這黑矮子是蒙古的武士，功夫十分了得，我攻他左側，你攻他右側。」說着刷的一聲，長劍出鞘，向尼摩星腰間刺去。

郭襄出城時沒携兵刃，同時心想這人沒了兩腿，全憑雙拐撐住，姊姊用劍刺他，教他如何抵敵？反而叫道：「姊姊，這人可憐，別傷着了他！」

她叫聲未歇，尼摩星左杖支地，右杖橫掃，噹的一下，擊在郭芙劍上，黑暗中火花飛濺，郭芙長劍險些脫手飛出，只感手臂酸麻，胸口隱隱作疼，當下左手揑個劍訣，劍隨身走，展開「越女劍法」，擊刺攻拒，和尼摩星鬥了起來。這「越女劍法」乃當年江南七怪中的韓小瑩傳與郭靖，其後韓小瑩不幸慘死，郭靖感念師恩，珍而重之的傳了給兩個女兒。這劍法源遠流長，變化精微，原是劍學中的一個大宗，若由郭靖使將出來，自是雷霆生威，勢不可當，但郭芙限於功力，劍法雖精，在尼摩星的雙鐵杖下不由得相形見絀。

郭襄見尼摩星雙杖交互使用，左杖出擊則右杖支地，右杖出擊則左杖支地，趨退敏捷，與身有雙腿無異，加之鐵杖甚長，他居高臨下，揮杖俯擊，更增威勢，姊姊顯然不敵，這時才駭急起來。郭芙只覺敵人杖上壓力越來越重，一股沉滯的黏力拖着她手中長劍，劍尖刺出去時歪歪斜斜。郭襄護姊心切，雙掌一錯，赤手空拳的便向尼摩星撲了過去。

只聽得尼摩星喝一聲：「着！」左杖在地下一點，身子躍在半空，雙杖齊出，迅捷無比，右杖點中了郭襄左肩，左杖點中了郭芙胸口。郭襄身子搖幌，連退數步。郭芙所中那一杖竟自不輕，支持不住，騰的一聲，坐倒在地。

尼摩星起落飄忽，猶似鬼魅，既快且陰，鐵杖微點，便已欺近郭芙身前，冷笑道：「我叫你乖乖的跟我走……」郭芙一躍而起，叫道：「二妹快向廟後退走！」尼摩星大吃一驚，鐵杖明明點中了郭芙的「神藏穴」，怎地她竟能仍然行動自若？他那知郭芙身上穿着軟蝟甲，還道她郭家家傳的閉穴絕技，居然能不怕打穴，其實郭芙雖然穴道未閉，但鐵杖撞擊之下，亦已疼痛徹骨，再也不能靈動運劍。郭襄展開「落英掌法」，護住姊姊身後，叫道：「姊姊，你先走！」

尼摩星左手鐵杖擊出，在郭襄身前直砸下去，離她鼻尖不逾三寸，疾風只颳得她嫩臉生疼，喝道：「誰也不許動的！」郭襄怒道：「我先前還說你可憐，原來你這麼橫蠻可惡！」尼摩星哈哈大笑，說道：「小娃兒不吃點苦頭，不知爺爺的厲害的。」鐵杖點地，篤篤篤而響，面露獰笑，一步步走近。郭襄一生之中從未受過這等驚嚇，眼見他一張黑臉猙獰醜陋，雙目圓睜，露出白森森的獠牙，便似要撲上來咬人一般，禁不住失聲尖叫。

忽然間身後一人柔聲說道：「別怕！用暗器打他。」當此危急之際，郭襄也不及辨別說話的是誰，在身邊一摸，急道：「我沒暗器。」一眼見尼摩星又逼近了一步，不知如何是好，只得雙掌使招「散花勢」，護在身前。她手掌剛向前伸出，身後突有一股微風吹到，只感手臂輕輕一振，腕上的一對金絲芙蓉鐲忽地離手飛出，叮叮兩響，撞在尼摩星的鐵杖之上。

這兩下碰撞聲音甚輕，但尼摩星雙杖竟然就此拿揑不住，兩條黑沉沉的鐵杖猛向後擲，砰砰兩聲巨響，撞在牆壁之上，震得屋樑上泥灰亂落。尼摩星雙杖脫手，身子隨即跌倒。但他一個觔斗翻過，背脊在地下一靠，借勢躍起，哇哇哇的怒聲怒叫，黑漆漆的十根手指伸出，在半空中和身便向郭襄撲到。

郭襄大駭，不暇細想，順手在頭髮裏拔下一枚青玉簪，揚手便往尼摩星打去，只見身後微風又起，托着玉簪向前。尼摩星左手在前，右手在後，突見玉簪來勢怪異，急忙雙手齊格，接着輕叫一聲：「古怪的！」坐倒在地，便此一動也不動了。

郭襄生怕他使甚詭計，躍到郭芙身邊，顫聲道：「姊姊，快走！」兩姊妹站在羊太傅的神像之旁，只見尼摩星始終不動，郭芙道：「莫非他突然中風死了！」提聲喝道：「尼摩星，你搗甚麼鬼？」心想他鐵杖脫手，行動不便，此時已不用懼他，挺着長劍上前幾步，只見尼摩星雙目圓睜，滿臉駭怖之色，嘴巴張得大大的，竟已死去。

郭芙驚喜交集，幌火摺點亮神壇上的蠟燭，正要上前察看，忽聽廟門外有人叫道：「芙妹，二妹，你們在廟裏麼？」正是耶律齊到了。郭芙喜道：「齊哥快來，奇怪……奇怪之極啦！」

郭芙來尋妹子，良久不歸，耶律齊想起魯有脚遭人暗算，此時襄陽城外敵人出沒，放心不下，出來迎接她兩姊妹回城。他帶着兩名丐幫的六袋弟子，奔進殿來，眼見尼摩星死在當地，吃了一驚。他知這天竺矮子武功甚強，自己也敵他不住，竟能被妻子所殺，實是大出意外，從郭芙手中接過燭台，湊近看時，更是詫異無比。

但見尼摩星雙掌掌心都穿過一孔，一枚青玉簪釘在他腦門正中的「神庭穴」上。這青玉簪稍加碰撞，即能折斷，卻能穿過這武學名家的雙掌，再將他釘死，發簪者本領之高實是不可思議。他轉頭向郭芙道：「外公他老人家到了麼？快引我拜見。」

郭芙奇道：「誰說外公來了？」耶律齊道：「不是外公麼？」雙眉一揚，喜道：「原來是恩師到了。」一轉身四顧，卻不見周伯通的蹤迹，他知師父性喜玩鬧，多半是躲起來要嚇自己一跳，當即奔出廟外，躍上屋頂察看，四下裏卻無人影。郭芙叫道：「喂！你傻裏傻氣的說甚麼外公啦，師父啦？」

耶律齊回進大殿，問起她姊妹倆如何和尼摩星相遇、此人如何斃命。郭芙說了，但見妹子的青玉簪竟能將此人釘死，也是說不出半點道理。耶律齊道：「二妹身後定有高人暗中相助。我想當世有這功夫的，除了岳父之外，只有咱們外公、我恩師、一燈大師以及金輪法王他們五人。法王是蒙古國師，自不會和尼摩星爲敵，一燈大師輕易不開殺戒，因此我猜不是外公，便是恩師了。二妹，你說助你的是誰？」

郭襄自青玉簪打出、尼摩星倒斃之後，立即回頭，但背後卻寂無人影，她心中一直在默誦「別怕，用暗器打他」這句話，只覺話聲好熟，難道竟是楊過？但一想到楊過，心中便說：「決不是他！只因我盼望是他，將別人的聲音也聽作了他的。」耶律齊相詢之時，她兀自出神，竟沒聽見。

郭芙見妹子雙頰紅暈，眼波流動，神情有些特異，生怕她適才吃了驚嚇，拉住她手道：「二妹，你怎麼了？」郭襄身子一顫，滿臉羞得通紅，說道：「沒甚麼？」郭芙慍道：「姊夫問你剛才是誰出手救你，你沒聽見麼？」郭襄道：「啊，是誰幫我打死這惡人麼？自然是他！除了他還有誰能有這樣的本領？」郭芙道：「他？他是誰？是你說的那個大英雄麼？」郭襄心中怦怦亂跳，忙道：「不，不！我說是魯老伯的鬼魂。」郭芙呸的一聲，摔脫她手。郭襄道：「剛才人影不見，定是魯老伯在暗中呵護我了。你知道，他生前跟我是最好的。」

郭芙將信將疑，心想鬼神無憑，難道魯有脚眞會陰魂不散，但若不是鬼魂，怎地舉手殺人，自己明明在側，卻瞧不見半點影蹤？

耶律齊手持尼摩星的兩根鐵杖，嘆道：「這等功力，委實令人欽服。」郭芙、郭襄凝神看時，但見每根鐵杖正中嵌着一枚金絲芙蓉鐲，宛似匠人鑲配的一般。這金絲細鐲乃用黃金絲、白金絲打成芙蓉花葉之形，手藝甚是工巧，但被人罡氣內力一激，竟能將尼摩星一對粗重的鐵杖撞得脫手飛出，無怪耶律齊爲之心悅誠服。

郭芙道：「咱們拿去給媽媽瞧瞧，到底是誰，媽一猜便知。」

當下兩名丐幫弟子一負屍體，一持雙杖，隨着耶律齊和郭氏姊妹回入城中。郭靖和黃蓉聽郭芙述說經過，回想適才的險事，不由得暗暗心驚。

郭襄只道自己這番胡鬧，又要挨爹娘一番重責，但郭靖心喜女兒厚道重義，反而安慰了她幾句。黃蓉見丈夫不怒，更將小女兒摟在懷裏疼她，看到尼摩星的屍身和雙杖之時，沉吟半晌，向郭靖道：「靖哥哥，你說是誰？」郭靖搖頭道：「這股內力純以剛猛爲主，以我所知，自來只有兩人。」黃蓉微微頷首，道：「可是恩師七公早已逝世，又不是你自己。」她細問羊太傅廟中動手的經過，始終猜想不透。

待郭芙、郭襄姊妹分別回房休息，黃蓉道：「靖哥哥，咱們二小姐心中有事瞞着咱們，你知道麼？」郭靖奇道：「瞞甚麼？」黃蓉道：「自從她北上送英雄帖回來，常常獨個兒呆呆出神，今晚說話的神氣更是古怪。」郭靖道：「她受了驚嚇，自會心神不定。」

黃蓉道：「不是的。她一會子羞澀靦覥，一會子又口角含笑，那決不是驚嚇，她心中實是說不出的歡喜。」郭靖道：「小孩兒家忽得高人援手，自會乍驚乍喜，那也不足為奇。」

黃蓉微微一笑，心道：「這種女孩兒家的情懷，你年輕時尚且不懂，到得老來，更知道些甚麼？」當下夫妻倆轉過話題，商量了一番布陣禦敵的方略，以及次日英雄大宴中如何迎接賓客，如何安排席次，這才各自安寢。

黃蓉躺在床中，念着郭襄的神情，總是難以入睡，尋思：「這女孩兒生下來的當日便遭刦難，我總擔心她一生中難免會有折磨，差幸十六年來平安而過，難道到此刻卻有變故降到她身上麼？」再想到強敵壓境，來日大難，合城百姓都面臨災禍，若能及早知道些端倪，也可有所提防，而這女孩兒偏生性兒古怪，她不願說的事，從小便決不肯說，不論父母如何誘導責罵，她總是小臉兒脹得通紅，絕不會吐露半句，令得父母又是好氣，又是好笑。

黃蓉越想越是放心不下，悄悄起身，來到城邊，令看守城門的軍士開城，逕往城南的羊太傅廟來。

時當四鼓，斗轉星沉，明月為烏雲所掩。黃蓉手持一根白蠟短桿，展開輕功，奔上峴山，離羊太傅廟尚有數十丈，忽聽得「墮淚碑」畔有說話之聲。黃蓉伏低身子，悄悄移近，離碑數丈，躲在一株大樹之後，不再近前。

只聽一人說道：「孫三哥，恩公叫咱們在墮淚碑相候，這碑為甚麼起這麼一個別扭名字？可挺不吉利的。」那姓孫的道：「恩公生平似乎有件甚麼大不稱心之事，因此見到甚麼斷腸、憂愁、墮淚的名稱，便容易掛在心上。」先一人道：「以恩公這等本領，天下本該再也沒甚麼難事了，可是我見到他的眼神，聽他說話的語氣，似乎心中老是有甚麼事不開心。這『墮淚碑』三字，恐怕是他自己取的名兒。」

那姓孫的道：「那倒不是。我曾聽說鼓兒書的先生說道：三國時襄陽屬於魏晉，守將羊祜功勞很大，官封太傅，保境安民，恩澤很厚。他平日喜到這峴山遊玩，去世之後，百姓記着他的惠愛，在這峴山上起了這座羊太傅廟，立碑紀德。衆百姓見到此碑，想起他生平的好處，往往失聲痛哭，因此這碑稱爲『墮淚碑』。陳六弟，一個人做到羊太傅這般，那當眞是大丈夫了。」那姓陳的道：「恩公行俠仗義，五湖四海之間，不知有多少人受過他的好處。要是他在襄陽做官，說不定比羊太傅還要好。」姓孫的微微一笑，說道：「襄陽郭大俠既保境安民，又行俠仗義，那是身兼羊太傅和咱們恩公兩人的長處了。」

黃蓉聽他們稱讚自己丈夫，不禁暗自得意，又想：「不知他們說的恩公是誰？難道便是暗中相助襄兒的那人麼？」

只聽那姓孫的又道：「咱哥兒倆從前和恩公作對，後來反蒙他救了性命，恩公這待敵如友的心腸，倒可比得上羊祜羊太傅。說『三國』故事的那先生還道：羊祜守襄陽之時，和他對抗的東吳大將是陸遜的兒子陸抗。羊祜派兵到東吳境內打仗，割了百姓的稻穀作軍糧，一定賠錢給東吳百姓。陸抗生病，羊祜送藥給他，陸抗毫不疑心的便服食了。部將勸他小心，他說：『豈有酖人羊叔子哉？』服藥後果然病便好了。羊叔子就是羊祜。因他人品高尚，敵人也敬重他。羊祜死時，連東吳守邊的將士都大哭數天。這般以德服人，那才叫英雄呢。」

姓陳的摸着碑石，連聲嘆息，悠然神往，過了半晌，說道：「恩公叫咱們到此相會，想來也是爲了仰慕羊太傅的爲人了？」那姓孫的道：「我曾聽恩公說，羊祜生平有一句話，最是說到了他心坎兒中。」姓陳的忙問：「甚麼話啊？你慢慢說，我得用心記一記。連恩公也佩服，這句話定是非同小可。」

那姓孫的道：「當年陸抗死後，吳主無道，羊祜上表請伐東吳，既可救了東吳百姓，又乘此統一天下，卻為朝中奸臣所阻，因此羊祜嘆道：『天下不如意事，十常居七八』，恩公所稱賞的便是這句話了。」那姓陳的沒料到竟是這麼一句話，頗有點失望，咕噥了幾句，突然大聲道：「孫三哥，羊祜，羊祜，這名字跟恩公不是音同……」那姓孫的喝道：「禁聲！有人來了。」

黃蓉微微一驚，果聽得山腰間有人奔跑之聲，她心想：「與『羊祜』音同字不同，難道竟是『楊過』？不，決計不會，過兒的武功便有進境，也決計不致到此出神入化的地步。這人想說的不會是『音同字不同』。」

過不多時，只聽上山那人輕拍三下手掌，那姓孫的也擊掌三聲為應。那人走到墮淚碑前，說道：「孫陳兩位老弟，恩公叫你們不必等他了，這裏有兩張恩公的名帖，請兩位立即送去。孫三弟這張送去河南信陽府趙老爵爺處，陳六弟這張交湖南常德府烏鴉山聾啞頭陀，便說請他們兩位務須於十天之內趕到此處聚會。」孫陳兩人恭恭敬敬的答應了，接過名帖，藏入懷內。

這幾句話一入黃蓉耳內，更令她大為驚詫，信陽府趙老爵爺乃宋朝宗室後裔，太祖三十二勢長拳和十八路齊眉棒是家傳絕技，他是襲爵的清貴，向不與江湖武人混迹。烏鴉山聾啞頭陀則是三湘武林名宿，武功甚強，只因又聾又啞，卻也從來不與外人交往。這次襄陽英雄大宴，郭靖與黃蓉明知這二人束身隱居，決計不會出山，但敬重他們的名望，仍是送了英雄帖去，果然兩人回了書信，婉言辭謝，難道這甚麼「恩公」眞有這般天大的面子，單憑一紙名帖，便能呼召這兩位山林隱逸高士於十天之內趕到？

黃蓉心念一轉，深有所憂：「英雄大宴明日便開，這人召聚江湖高手來到襄陽，有何圖謀？莫非是相助蒙古，不利於我麼？」但想趙老爵爺和聾啞頭陀雖然性子孤僻，卻決非奸邪之徒，那「恩公」倘若便是暗助襄兒殺斃尼摩星的，正是我輩中人。

她正自沉吟，只聽那三人又低聲說了幾句，因隔得遠了，聽不明白，但聽得那姓陳的道：「……恩公從不差遣咱們幹甚麼事，這一回務必……大大的風光熱鬧……掙個面子……咱們的禮物……」其餘的話便聽不見了。那姓孫的大聲道：「好，咱們這便動身，你放心，決計誤不了恩公的事。」說着三人便快步下山。

黃蓉於那「恩公」是甚麼來歷實是想不到絲毫頭緒，卻又不願打草驚蛇，擒住那三人來逼問。待三人去遠，走進廟內，前後察看了一遍，不見有何異狀，料來因敵軍逼近，廟內的火工廟祝均已逃入城中，是以闃無一人。出廟回城時，天色已然微明了。

將近西門外的岔路，迎面忽見兩騎快馬急衝而來，黃蓉閃身讓在路邊，只見馬上乘的是兩個精壯漢子。兩乘馬奔到岔路處，一個馬頭轉向西北，另一個馬頭轉向西南，便要分道而行。只聽一個漢子道：「你記得跟張大胯子說，漢口吹打的，唱戲的，做傀儡戲的，全叫他自己帶來，別忘了帶掛燈結綵的巧匠。」另一個笑道：「你別儘叮囑我，你叫的川菜大師傅若是遲了一天，就算恩公饒了你，大夥兒全得跟你過不去。」那人笑道：「嘿，那還差得了？

遲到一天，割下我的腦袋來切豬頭肉。」兩人說着一抱拳，分道縱馬而去。

黃蓉緩緩入城，心下更是嘀咕：「早聽說張大胯子是漢口一霸，交結官府，手段豪闊，附近山寨豪客都賣他的面子，怎地這『恩公』一句話便能叫得他來？他們大張旗鼓，到底要幹甚麼？」突然間心頭一凜，叫道：「是了，是了！必是如此。」

她回進府中，問郭靖道：「靖哥哥，咱們可是漏送了一張帖子？」郭靖奇道：「怎地漏送了帖子，咱們反覆查了幾遍，不會有遺漏的啊。」黃蓉道：「我也這麼想。咱們生恐得罪了那一位好漢，便是沒多大名望的脚色，以及明知決不會來的數十位洗手退隱的名宿，也都早送了英雄帖去。可是今日所見，明明是一位大有來頭的人物心中不憤，也要在襄陽城中來辦個英雄大宴，跟咱們鬥上一鬥。」

郭靖喜道：「這位英雄跟咱們志趣相同，當眞再好也沒有了。咱們便推他作盟主，由他率領羣雄，共抗蒙古，咱們夫妻一齊聽他號令便是。」黃蓉秀眉微蹙，說道：「但瞧此人的作爲，又不似爲抗敵禦侮而來。他發了名帖去邀信陽趙老爵爺、烏鴉山聾啞頭陀、漢口張大胯子等一干人前來。」郭靖又驚又喜，拍案而起，說道：「此人如能將趙老爵爺、聾啞頭陀等高人邀到，襄陽城中聲勢大壯。蓉兒，這樣的人物，咱們定當好好交上一交。」

黃蓉沉吟未言，知賓的弟子報道江南太湖衆寨主到來。郭靖、黃蓉迎了出去。當日各路豪傑紛紛趕到，黃蓉應對接客，忙得不亦樂乎，對昨晚所見所聞，一時不暇細想。

翌日便是英雄大宴，羣英聚會，共開了四百來桌，襄陽統率三軍的安撫呂文德、守城大將王堅等向各路英雄敬酒。筵席間衆人說起蒙古殘暴，殺我百姓，奪我大宋江山，無不扼腕憤慨，決意與之一拚。當晚便推舉郭靖爲會盟的盟主，人人歃血爲盟，誓死抗敵。

郭襄那日在羊太傅廟中與姊姊鬧了別扭，說過不去參加英雄大宴，果然賭氣不出，獨個兒在房中自斟自飲，對服侍她的丫鬟道：「大姊去赴英雄大宴，我一個人舒舒服服的吃酒，未必便不及她快活。」郭靖、黃蓉關懷禦敵大計，這時那裏還顧得到這女孩兒在使小性兒？郭靖壓根兒便沒知悉。黃蓉畧加查問，知她性情古怪，也只一笑而已。

衆英雄十之八九都是好酒量，待得酒酣，有人興致好，便在席間顯示武功，引爲笑樂。黃蓉終是掛念小女兒，對郭芙道：「你去叫妹子來瞧瞧熱鬧啊，這樣子的大場面，一生未必能見得上一次。」郭芙道：「我才不去呢。二小姐正沒好氣，要找我拌嘴，沒的自己去找釘子碰。」郭破虜道：「我去拖二姊來。」匆匆離席，走向內室。

過不多時，郭破虜一人回來，尙未開口，郭芙便道：「我說過她不會來的，你瞧不是嗎？」黃蓉見兒子臉上全是詫異之色，問道：「二姊說甚麼了？」郭破虜道：「媽，眞是奇怪！」黃蓉道：「怎麼啦？」郭破虜道：「二姊說，她在房中擺英雄小宴，不來赴這英雄大宴啦。」黃蓉微微一笑，道：「你二姊便想得出這些匪夷所思的門道，且由得她。」郭破虜道：「二姊眞的有客人哪。五個男的，兩個女的，坐在二姊房裏喝酒。」

黃蓉眉頭一皺，心想這女孩兒可越來越加無法無天了，怎能邀了大男人到姑娘家的香閨中縱飮？「小東邪」的名頭可一點兒也不錯，但今日嘉賓雲集，決不能爲這事責罰女兒，掃了衆英雄的豪興，對郭芙道：「你兄弟年輕臉嫩，不會應付生客，還是你去。請妹子的朋友們齊來大廳喝酒，大夥兒一同高興高興。」

郭芙好奇心起，要瞧瞧妹子房中到了甚麼客人，她素知妹子不避男女之嫌，甚麼市井酒徒、兵卒廝役都愛結交，心想今日所邀的多半是些不三不四之輩，聽得母親吩咐，當即起身，走向郭襄的閨房。

離房門丈許，便聽得郭襄道：「小棒頭，叫厨房再送兩大罈子酒來。」「小棒頭」是個丫鬟，郭襄給自己丫鬟取的名字也是大大的與衆不同。那丫鬟答應了。只聽得郭襄又道：「吩咐厨房再煮兩隻羊腿，切廿斤熟牛肉來。」小棒頭應聲出房。只聽得房中一個破鑼般聲音說道：「郭二小姐當眞豪爽得緊，可惜我人厨子以前不知，否則早就跟你交個朋友了。」郭襄笑道：「現下再交朋友也還不遲啊。」

郭芙皺起眉頭，往窗縫中張去，只見妹子繡房中放着一張矮桌，席上杯盤狼藉。八個人席地而坐，傳杯送盞，逸興橫飛。迎面一人肥頭肥腦，敞開胸膛，露出一排長長的黑毛。那人左首是個文士，三綹長鬚，衣冠修潔，手中摺扇輕搖，顯得頗爲風雅，扇面上卻畫着個伸長舌頭的無常鬼。文士左首坐着個四十來歲的女子，五官倒生得清秀，但臉上刀創劍疤，少說也有十來處。側面坐着個身材高瘦的帶髮頭陀，頭上金冠閃閃發光，口中咬着半隻肥鷄，吃得津津有味。其餘三人背向窗子，瞧不見面目，看來兩個是白髮老翁，另一個是黑衣的尼姑。郭襄坐在這一干人中間，俏臉上帶着三分紅暈，眉間眼角微有酒意，談笑風生，十分得意。郭芙心想，瞧他們這般高興，便是邀他們到大廳去，看了也是不去的。

只見一個白髮老翁站起來，說道：「今日酒飯都有八成了，待姑娘生辰正日，咱們再來大醉一場。小老兒有一點薄禮，倒教姑娘見笑了。」說着從懷中取出一個錦盒，放在桌上。另一個老翁道：「百草仙，你送的是甚麼啊，讓我瞧瞧。」說着打開錦盒，不禁低呼了一聲，道：「啊，這枝千年雪參，你卻從何處覓來？」說着拈在手上。

郭芙從窗縫中望進去，見他拿着一枝尺來長的雪白人參，宛然是個成形的小兒模樣，頭身手足，無不具備，肌膚上隱隱泛着血色，眞是希世之珍。

衆人嘖嘖稱讚，那百草仙甚是得意，說道：「這枝千年雪參療絕症，解百毒，說得上有起死續命之功，姑娘無災無難到百歲，原也用它不着。但到百歲壽誕之日，取來服了，再延壽一紀，卻也無傷大雅。」衆人鼓掌大笑，齊讚他善頌善禱。

那肥頭肥腦的人厨子從懷中掏出一隻鐵盒，笑道：「有一個小玩意，倒也可博姑娘一笑。」揭開鐵盒，取出兩個鐵鑄的胖和尚，長約七寸，旋緊了機括，兩個鐵娃娃便你一拳、我一脚的對打起來。各人看得縱聲大笑。但見那對鐵娃娃拳腿之中居然頗有法度，顯然是一套「少林羅漢拳」，連拆了十餘招，鐵娃娃中機括使盡，倏然而止，兩個娃娃凝然對立，竟是武林高手的風範。

衆人瞧到這裏，不再發笑，臉上竟似都有憂色。那臉有疤痕的婦人道：「人厨子，你別爲爭面子，卻給郭二姑娘惹麻煩！這是嵩山少林寺的鐵羅漢，你怎地去偷來的？」人厨子笑道：「嘿嘿，我人厨子便有天大的膽子，也不敢去少林寺偷鷄摸狗。這是少林寺羅漢堂首座無色禪師命我送來的。他老人家說，到姑娘生辰正日，決能趕到襄陽來跟姑娘祝壽。哪，這才是我人厨子的薄禮呢！」掀開鐵盒的夾層，露出一隻黑色的玉鐲來。

這黑玉鐲烏沉沉的，看來也沒甚麼奇處。人厨子從腰間拔出一柄厚背薄刃的鬼頭刀，對準玉鐲一刀砍了下去，噹的一聲，鬼頭刀反彈起來，黑玉鐲竟是絲毫不損。衆人齊聲喝采。接着文士、尼姑、頭陀、婦人等均有禮物送給郭襄，無一不是爭奇鬥勝，生平罕見的珍物。郭襄笑吟吟的謝着收下。

郭芙越瞧越奇，轉身奔回大廳，一五一十的都跟母親說了。

黃蓉一聽，心中驚訝只有比郭芙更甚，當下向朱子柳招招手，三人退到了內堂。黃蓉命女兒將適才所見再說一遍。朱子柳也是詫異萬分，道：「人厨子、百草仙竟會到襄陽來？那黑衣尼姑多半便是殺人不眨眼的絕戶手聖因師太，那文士的摺扇上畫着一個無常鬼，唔，難道竟是轉輪王張一氓？」他一面說，黃蓉一面點頭。朱子柳卻連連搖頭，說道：「此事決計不會，想郭二姑娘能有多大年紀，除了最近一次，素來足不出襄陽方圓數十里之地，怎能結識這些三山五嶽的怪人？再說，嵩山少林寺的無色禪師，聽說他近年來面壁修爲，武林中的高人專誠上山，想見他一面都不可得，怎能到襄陽來給小女孩祝壽？唔，定是小姑娘串通了一些好事之徒，故意虛張聲勢，來跟姊姊鬧着玩的。」

黃蓉沉吟道：「但聖因師太、張一氓這些人的名頭，我們平時絕少提及，襄兒未必會知道，要揑造也造不來。」朱子柳道：「這麼說來，那是眞的了。咱們過去見見，以禮相會。他們既是二姑娘的朋友，到襄陽來絕無惡意。」黃蓉道：「我也這麼想。只是聖因師太、轉輪王張一氓這些人行事忽邪忽正，喜怒不測。咱們雖然不懼，可是纏上了也夠人頭痛的，眼前大敵壓境，實在不能再分心去對付這些怪人……」

突然窗外一人哈哈大笑，說道：「郭夫人請了。一干怪人前來襄陽，只爲祝壽，別無歹意，何必頭痛？」說到那「別無歹意，何必頭痛」八個字，聲音已在數丈之外。黃蓉、朱子柳、郭芙一齊搶到窗邊，但見牆頭上黑影一閃，身法快捷無倫，倏忽隱沒。郭芙縱身欲追，黃蓉一把拉住，道：「別輕舉妄動，追不上啦！」一抬頭，只見天井中公孫樹樹幹上揷着一把張開了的白紙扇。

那紙扇離地四丈有餘，郭芙自忖不能一躍而上，叫道：「媽！」黃蓉點了點頭，輕輕縱起，左手在樹幹上畧按，借勢上翻，右手又在一根橫枝上一按，身子已在四丈高處，拔出紙扇，落下地來。

三人回到內堂，就燈下看時，見紙扇一面畫着個伸出舌頭的白無常，笑容可掬，雙手抱拳作行禮之狀，旁邊寫着十四個大字：「恭祝郭二姑娘長命百歲芳齡永繼」。黃蓉翻過扇子，見另一面寫着道：「黑衣尼聖因、百草仙、人廚子、九死生、狗肉頭陀、韓無垢、張一氓拜上郭大俠、郭夫人，專賀令愛芳辰，冒昧不敢過訪，恕罪恕罪。」這幾行字墨澤濬乾，寫得遒勁峭拔。

朱子柳是書法名家，讚道：「好字，好字！」黃蓉沉吟道：「咱們瞧瞧襄兒去。」

朱子柳年紀已長，也不用跟小女孩避甚麼嫌疑，當下一齊來至郭襄房中。只見小棒頭和另一名丫鬟正在收拾杯盤殘菜。郭襄道：「朱伯伯，媽，姊姊，你們瞧，這是客人送給我的生日禮物。」黃蓉和朱子柳看了千年雪參、雙鐵羅漢、黑玉鐲，以及絕戶手聖因師太、轉輪王張一氓等所贈珍異禮物，都是暗暗稱奇。郭襄開動機括，讓一對鐵羅漢對打，大是得意。

黃蓉待那十餘招「羅漢拳」打完，柔聲道：「襄兒，到底是怎麼回事，跟媽說了罷。」

郭襄笑道：「幾個新朋友知道我快過生日啦，送了些好玩的禮物給我。」黃蓉問道：「這些人你怎生識得的？」

郭襄道：「我是今日第一天才識得的啊。我獨個兒在房裏喝酒，那個韓無垢姊姊在窗外說道：『小妹子，咱們來跟你一起喝酒，好不好？』我說：『再好也沒有了，請進來，請進來！』他們便從窗子裏跳了進來，還說到廿四那天，都要來給我祝壽呢。不知他們怎地知道我的生日？媽，這幾位都識得你和爹爹，是不是？不然怎能送我這許多好東西？」

黃蓉道：「你爹和我都不識得他們。是你甚麼古怪朋友代你約的，是不是？」郭襄笑道：「我沒甚麼古怪朋友啊，除非是姊夫。」郭芙怒道：「胡說！你姊夫怎地古怪了？」郭襄伸了伸舌頭，笑道：「他娶了你，不古怪也古怪了。」郭芙伸手便打。郭襄格格一笑，躲了開去。

黃蓉道：「兩姊妹別鬧！襄兒，我問你，轉輪王、百草仙他們，可說到咱們的英雄大宴沒有？」郭襄道：「沒有啊。但那個老頭兒九死生和百草仙，都說很佩服爹爹。」黃蓉再問幾句，見郭襄確沒隱瞞甚麼，說道：「好啦！快去睡罷。」與朱子柳、郭芙轉身出房。

郭襄追到門口，說道：「媽，這枝千年雪參只怕當眞很有點好處，你吃一半，爹爹吃一半。」黃蓉道：「那是百草仙送給你的生日禮啊。」郭襄道：「我生下來便生了，甚麼功勞都沒有，你可辛苦了。」黃蓉心想倒不可負了女兒這份孝心，於是接了雪參，回思郭襄誕生之日的驚險苦難，不禁喟然。

當日英雄大宴盡歡而散。郭靖回到房中，與妻子說起會上羣英齊心協力、敵愾同仇，言語中甚是興奮。黃蓉隨即說起聖因師太、百草仙等七人與郭襄夜宴等情。郭靖一怔，道：「竟有這般事？」看那千年雪參，果是一件生平僅見的珍物。黃蓉笑道：「咱們這位寶貝小姑娘的面子，倒似比爹娘還大呢。」郭靖不語，低頭想着聖因師太、轉輪王、韓無垢等一干人的生平行事。

黃蓉道：「靖哥哥，丐幫推選幫主之事，不如提早幾日辦妥，否則遲到襄兒生日，倘若百草仙等人眞的到來，襄陽城中龍蛇混雜，或有他變。」郭靖道：「我卻另有一個主意，咱們索性在十月廿四推選幫主，大大的熱鬧一場。要是無色禪師、聾啞頭陀等人駕臨，咱們曉以大義，請這夥朋友同抗外敵，豈不是好？」

黃蓉皺眉道：「我只怕他們只是借祝壽爲名，卻是存心來搗亂一場。你想他們能和襄兒這小孩子有甚麼交情，怎會當眞巴巴的趕來祝壽？自來樹大招風，人怕出名，只怕天下武學之士，倒有一半不願你做這武林盟主呢。」

郭靖站起身來，哈哈一笑，說道：「蓉兒，咱們行事但求無愧於天、無愧於心。爲抗蒙古，幫手越多越好。這武林盟主嘛，是誰當都一樣。再說，邪不能勝正，這干人若是眞有歹意，咱們便跟他們周旋一場，你的打狗棒法和我的降龍十八掌倒有十多年沒動了呢，也未必就不管事了。」

黃蓉見他意興勃發，豪氣不減當年，笑道：「好，咱們便照主帥之意。你把這枝雪參服了罷，我瞧總能抵得上三五年的功力。」郭靖道：「不！你連生了三個孩子，內力不免受損，正該滋補一下才是。」

他倆夫妻恩愛，當眞數十年如一日，推讓了半日，最後郭靖說道：「來日龍爭虎鬥，定有好朋友受到損傷，這雪參乃救命之物，咱們還是留着。」

恭祝郭二姑娘多福多壽

西山一窟鬼各放一個煙花，組起來是「恭祝郭二姑娘多福多壽」十個大字。十字顏色各不相同，華麗繁富，妙麗無方，高懸半空，良久方散。羣豪歡呼喝采。

第三十六回　獻禮祝壽

次日英雄大宴續開。郭襄房中竟然又擺設英雄小宴。黃蓉早便吩咐廚房精心備了菜肴，讓女兒招待客人。郭芙這幾日儘在盤算丈夫是否能奪得丐幫幫主之位，對妹子的怪客毫沒放在心上。

如是數日，英雄大宴中對如何聯絡各路豪傑、如何擾亂蒙古後軍、如何協助城守，均已商議妥善。羣豪磨拳擦掌，只待敵軍到來廝殺。郭靖見羣豪齊心，雖然喜慰，但他久在蒙古軍中，知道蒙古大軍兵勢之強，決非數千名江湖漢子所能抵禦，心上總是不能無憂。

這日十月廿四，大會已畢，排定午後推選丐幫的幫主。羣豪用過午膳，紛紛趕往城西大校場去，只見校場正中巍巍搭着一座高台，台南排列着千餘張椅子板凳。

這時台下已聚了二千餘名丐幫幫衆，盡是丐幫中資歷長久、武藝超羣的人物，品級最低的也是四袋弟子。這二千餘名幫衆分歸四大長老統率。丐幫原來魯簡梁彭四大長老中，魯有脚升任幫主後新近遇害，彭長老叛幫，爲慈恩所殺，簡長老年邁病死，現下只剩下一位梁長老，成爲首席長老，其餘三位長老均係由八袋弟子遞升。幫衆按着路軍州縣，於東南西北四方圍着高台坐地。丐幫祖傳規矩，不論大會小集，人人席地而坐，不失乞丐本色。

丐幫職司迎賓的幫衆肅請羣豪分別入座觀禮。耶律齊、郭芙夫婦，武敦儒、耶律燕夫婦，武修文、完顏萍夫婦等因係小輩，又是一半主人身分，坐在最後一排。各人十餘年來苦練，均自覺武功大有進境，暗自盤算，如何在數千英雄之前一顯身手。

郭破虜坐在大姊身旁，眼見羣英濟濟，聲勢非凡，心中說不出的歡喜，說道：「二姊眞奇怪，竟不愛瞧熱鬧。」郭芙嘴一扁，說道：「這小東邪的小心眼兒，誰也猜她不透。」

只見東邊羣丐之中一名八袋弟子站起來，伸手將一個大海螺放在嘴邊，嗚嗚嗚的吹了一陣。黃蓉躍上台去，向台下羣雄行禮，朗聲說道：「敝幫今日大會，承天下各路前輩英雄、少年豪傑與會觀禮，敝幫上下均是至感榮寵，小妹這裏先謝過了。」說着又行一禮。台下羣雄一齊站起還禮。

黃蓉又道：「敝幫魯故幫主仁厚仗義，一生爲國爲民，辛勤勞苦，不幸日前在峴山羊太傅廟中爲奸人霍都所害。此仇未復，實爲敝幫奇恥大辱……」說到這裏，丐幫諸弟子想到魯有脚一生公平正直、寬厚待下，有的不禁嗚咽、有的出聲哭了出來，有的更咬牙切齒，大罵奸賊霍都。

黃蓉續道：「但蒙古大軍侵犯襄陽，指日便至，我們不能爲了敝幫一己的私事，誤了國家大計，是以本幫報仇之事，暫且擱下，且待退了強敵再說。」台下羣英轟然叫好，都說先公後私，這才是英雄豪傑的胸懷。

黃蓉續道：「只是敝幫弟子十數萬人，遍布天下，須得及早推舉一位新幫主。乘着今日之便，咱們要推一位德才兼備、文武雙全的英雄，以作丐幫之主。至於如何推舉，小妹並無成見，請梁長老上台說話。」

梁長老躍上高台，衆人見他白髮如銀，但腰板挺直，精神矍鑠，這一躍起落輕捷，更見功夫，人人都喝起采來。這大校場上聚集着四五千人，沒一個不是中氣充沛的，這一齊聲喝采，直似轟轟雷鳴一般。

梁長老抱拳答謝，待衆人喝采聲止歇，大聲說道：「黃前幫主神機妙算，說甚麼便是甚麼，決不能錯。但她老人家客氣，定要我們四個長老和八個八袋弟子商量決定。我們十二個臭皮匠商量了半天，想出了這麼個法兒。」一時台下鴉雀無聲，靜聽他宣布，只聽梁長老道：「我們想，丐幫弟子遍布天下，雖然都沒甚麼本事，不能有甚麼大作爲，人數倒也是不少的。要統率這十數萬人馬，正如黃前幫主所說，非得德才兼備、文武雙全不可。我們丐幫雖不能說人才凋零，但要像洪老幫主、黃前幫主那樣百年難見的人物，那是再也遇不上的了，甚至像魯故幫主那樣德能服衆的人品，也是尋不出的了。我們想來想去，只有請黃前幫主勉爲其難，再來統率這十數萬弟子。」他說到這裏，台下又是采聲雷動，比先前更加響了。衆人均想：「別說丐幫之中沒黃蓉這樣的人才，只怕普天下也找不出第二個人來。」

梁長老待衆人靜了下來，又道：「黃前幫主倘若不答應，我們只有苦求到底，可是眼前卻有一件大大的爲難處。蒙古韃子這一次南北大軍合攻襄陽，情勢實在緊迫。黃前幫主全神貫注，輔佐郭大俠籌思保境退敵的大計，這一件大事非同小可，我們若是不斷拿一羣叫化兒夥裏的小事去麻煩她老人家，天下的老百姓不把我們臭叫化罵死才怪？因此上我們思前想後，只有另行推選一位幫主才是。」這番話只聽得台下衆人個個點頭，均想：「丐幫行事處處先公後私，無怪數百年來始終是江湖第一大幫。」

只聽他又道：「本幫之內既無傑出的人才，黃前幫主又不能分心，眼前只有一條明路，那便是請一位幫外英雄來參與本幫，統率這十數萬子弟。想當年本幫君山大會，推舉幫主，終於舉出了黃前幫主，那時她老人家可也不是丐幫的弟子啊。不瞞各位說，當時兄弟很不服氣，還跟她老人家動手過招，結果怎麼呢？哈哈，那也不用多說，總之給打得五體投地，心悅誠服。她老人家當了幫主之後，敝幫好生興旺，說得上風生水起。君山那一會，黃前幫主還只是個十多歲的小姑娘，她一條竹棒打得丐幫四長老心悅誠服，可當眞英雄了得。」衆人聽得悠然神往，一齊望着黃蓉。丐幫弟子之中，年長的當時大都均曾親與其會，回思昔日情境，胸間豪氣陡生。

梁長老又道：「今日座間，個個都是江湖上聞名的好漢，任那一位願來做敝幫的頭腦，我們都歡喜得緊。只不過英雄好漢太多，可就難以抉擇。我們十二個臭皮匠便想了個笨法兒，只有請各位英雄到台上一顯身手，誰強誰弱，大夥兒有目共覩。」他說到這裏，台下采聲四起。

梁長老又道：「不過兄弟有一句話說明在先，今日比武，務請點到爲止，倘若有甚人命損傷，敝幫可罪過太深。各位相互之間如有甚麼樑子，決不能在這台上了斷，否則是跟敝幫上下有意過不去了，那時卻莫怪得罪。」他說這幾句話時，目光從左至右的向衆人橫掃一遍，神色凜然。要知比武決勝，各逞絕技，倘然下手不容情，動不動便有死傷，這時正當聚義以抗外敵，如何可以自相殘殺？因此梁長老鄭重告誡，意思說若有人乘機報仇，大家便要羣起而攻之。

羣雄早知今日丐幫大會中大有熱鬧，聽得梁長老如此說，各自暗暗盤算。長一輩的人物本身早有名位，或爲那一家那一派的掌門，或爲那一幫那一寨的首領，自不能再出來爭作丐幫的幫主，身無所屬的高手名宿爲數固亦不少，然均想武林中得名不易，自己武功雖然不輸於旁人，但說要壓倒場中數千位英雄好漢，那可決無把握，設若給人打下台來，鬧得灰頭土臉，沒吃着羊肉卻惹上一身羊臊，自是顧慮良多。四十歲以下的壯年青年，卻有不少怦然心動，躍躍欲試，但都明白如此比武，自然是車輪戰，上台越早，越是吃虧。因此梁長老說完之後，卻無一人上台。

梁長老大聲道：「除了幾位前輩耆宿、出世高人之外，天下英雄，盡在此間，只要瞧得起敝幫的，便請上台賜教。本幫子弟中若是自信才藝出衆，也可上台，縱然是個四袋子弟，說不定他向來深藏不露，無人知他英雄了得啊。」他說了幾遍，只聽台下一人暴雷似的喝道：「俺來也！」騰的一聲，躍到了台上。

衆人看時，都吃了一驚，但見此人高大肥胖，足足有三百來斤，這一上台，那搭得極是堅實的高台竟也微微搖幌。那人走到台口，也不抱拳行禮，雙手在腰間一叉，說道：「俺叫千斤鼎童大海，丐幫幫主是當不來的。那一位要跟俺動手，便上來罷。」台下衆人一聽，都是一樂，聽這人說話，準是個渾人。

梁長老笑道：「童大哥，咱們今日不是擺擂台。倘若童大哥不願做敝幫幫主，便請下台去罷。」童大海腦袋一擺，說道：「這明明是個擂台，誰說不是擂台？你不許俺出手，怎地又叫人上台？」梁長老還待要說，童大海道：「好，你要跟我動手也好！」呼的一拳，迎面向梁長老擊去。梁長老後躍避開，笑道：「我這幾根老骨頭，怎受得起童大哥一拳？」童大海笑道：「我原說你不成，乘早站開些……」他話未說完，台口人影一閃，已站着一名衣衫襤褸的化子。

這化子三十來歲年紀，背負六隻布袋，是梁長老嫡傳的徒孫，性子暴躁，平素對師祖又敬若神明，眼見千斤鼎童大海對師祖無禮，當下便按捺不住，躍上台來，冷冷的道：「我師祖不能跟後輩動手。童大哥，還是我接你三拳罷！」

童大海喝道：「再好也沒有！」也不問他姓名，提起醋鉢大的拳頭，叫道：「看招！」便往他胸口錘了過去。那化子轉身踏上一步，波的一聲悶響，這拳打中了他背上的布袋。童大海只感到着拳之處軟膩滑溜，心下奇怪，喝道：「你袋中放着甚麼玩意？」那化子冷冷的道：「叫化子捉甚麼？」童大海吃了一驚，失聲道：「蛇……蛇……」那化子道：「不錯，是蛇！」童大海想起適才這一拳，不禁有些噁心，第二拳打出去時抬手直擊面門，豈知這化子縱身一躍，在空中轉了半個圈子，又將背心向着他。

童大海生怕拳頭被袋中大蛇咬着，又或是一拳打中了大蛇的毒牙，硬生生將拳頭收轉，舉掌在胸口一擋，右腿踢向對方下盤。那化子見他發毛，暗暗好笑，側身在台上一滾，背負的布袋也靠上他的小腿。這袋中的大蛇其實甚是馴善，毒牙早已拔去，但童大海那裏知道，連聲大叫，雙足亂跳。那化子右臂長處，已抓住他胸口，順勢運勁，喝道：「伍子胥高舉千斤鼎！」將他身子舉在半空。

童大海慌亂中被對方抓住了胸口「紫宮穴」，登時全身酸軟，無法動彈，空自怒氣衝天，卻發不得威。台下羣雄想起他的外號叫做「千斤鼎」，再見了他這副狼狽情狀，登時全場哄笑。梁長老忍笑向那化子喝道：「快放下，休得無禮！」那化子道：「是！」將童大海放在台上，一縱下台，鑽入了人叢。

童大海滿臉脹成了紫醬色，指着台下罵道：「賊化子，再來跟童大爺眞刀眞槍的打過啊，這般鬼鬼祟祟，算是甚麼好漢？臭叫化，瘟叫化！」他不住口的只罵化子，台下數千丐幫弟子卻人人只感有趣，無人理會於他。

突然間一條人影輕飄飄的縱上高台，左足在台緣一立，搖搖幌幌的似欲摔跌下來。童大海心地卻好，叫道：「小心！」上前伸手欲扶。他那知這人有意在羣英之前顯一手上乘武功，手掌剛搭上那人左臂，那人一勾一帶，拖出了大擒拿手中一招「倒跌金剛」。童大海身不由主的向台外直飛出去，砰的一聲，結結實實的摔在地下。衆人瞧那人時，但見他衣飾修潔，長眉俊目，原來是郭靖的弟子武修文。

郭靖坐在台左第一排椅上，見他這招大擒拿手雖然巧妙洒脫，但行逕輕狂，大違忠厚之道，心下不悅，臉色便沉了下來。果然台下有多人不服，台東台西同時響起了三個聲音，叫道：「好俊功夫，兄弟來領教幾招！」「這算甚麼？」「人家好意扶你，你卻施暗算！」發話聲中，三個人同時躍上台來。

武修文學兼郭靖、黃蓉兩家，又是家學淵源，得父親與師叔授了一陽指神技，這時在後輩英雄中實已是第一流的人才，見三人齊至，心下暗暗歡喜，尋思：「我同時敗此三人，方顯得功夫。」反而怕這三人分別來鬥，當下更不說話，身形幌動，剎時之間向上台的三人每人發了一招。那三人尚未站穩，敵招卻倏忽已至，急忙舉手招架。武修文不待對方緩過手來，雙掌翻飛，竟然以一圍三，將三個對方包圍在垓心，自己佔了外勢。那三人互相擠撞，拳腳越加難以施展。台下羣雄相顧失色，均想：「郭大俠名震當世，果然名不虛傳，連教出來的徒兒也這般厲害？」

那三個人互相不識，不知旁人的武功拳路，被武修文一圍住，無法呼應照顧，反而各自牽制。三人連衝數次，始終搶不出武修文以綿密掌法構成的包圍圈子。

完顏萍在台下見丈夫已穩佔上風，心中自是歡喜。郭芙卻道：「這三個人膿包，當然不是小武哥哥的敵手。其實他何必這時候便逞英雄，耗費了力氣？待會有眞正高手上台，豈不難以抵敵？」完顏萍微笑不語。

耶律燕平時極愛和郭芙鬥口，嫡親姑嫂，互不相讓，這時早猜中了嫂子的心意，說道：「小叔叔先上去收拾一批，待他不成了，敦儒又上去收拾一批。他又不成了，我哥哥這才上台，獨敗羣雄，讓你安安穩穩的做個幫主夫人，何等不美？」郭芙臉上一紅，說道：「這許多英雄豪傑，誰不想當幫主？怎說得上『安安穩穩』四字？」

耶律燕道：「其實呢，也不用我哥哥上台。」郭芙奇道：「怎麼？」耶律燕道：「剛才梁長老不是說的麼？當年丐幫大會君山，師母還不過十多歲，便以一條竹棒打得羣雄束手歸服，當上了幫主。常言道：有其母必有其女。嫂子啊！還是你上台去，比我哥哥更成。」郭芙嗔道：「好！小油嘴的，你取笑我。」伸手便到她腋下呵癢。耶律燕往耶律齊背後一躲，笑道：「幫主救命，幫主救命，幫主夫人這要謀財害命啦。」

這時郭芙、武氏兄弟等都已三十餘歲，但自來玩鬧慣了的，耶律燕、完顏萍雖均已生兒育女，一見面仍是嘻嘻哈哈，興致不減當年。

黃蓉早已在大校場四周分布丐幫弟子，吩咐見有異狀立即來報。她坐在郭靖身旁，時時放眼四顧，察看是否有面生之人混入場來。她一直擔心聖因師太、韓無垢、張一氓等這一干人前來搗亂，但時屆未末申初，四下裏無一動靜，尋思：「那一干人來襄陽到底爲的甚麼？若說有甚麼圖謀，怎的仍不見有絲毫端倪？如說眞的來爲襄兒祝壽，世間決無是理。」轉頭看台上時，只見武修文已將兩人擊下台來，剩下一人苦苦撐持，料得五招之內也須落敗，心想：「今日天下羣雄以武會友，爲爭丐幫幫主，最後卻不知是誰奪得魁首，獨佔鰲頭？」

其時台下數千英雄心中，個個存的都是這個念頭，但在郭府後花園中，卻有一人始終沒想到這件大事。小郭襄一直在想：「今日是我十六歲生日。那天我拿了一枚金針給他，要他今兒來見我一面，他當時親口答應了，怎地到這時還不來？」

她坐在芍藥亭中，臂倚欄干，眼見紅日漸漸西斜，心想：「今日已過去了大半天，他就算立刻到來，最多也只有半天相聚。」一眼望着地下的芍藥花影，兩枚手指拈着剩下的一枚金針，輕輕說道：「我還能求他一件事……但說不定他壓根兒就已把我忘了，連今天要來看我都沒記得，這第三件事還說甚麼？」轉念又想：「不會的，決計不會。他是當世大俠，最重然諾，怎能說過的話不算？再過一會兒，唔，只再過一會兒，他一定便會前來瞧我。」想到不久便能和他見面，不由得暈生雙頰，拈着金針的手指微微發顫。

她輕輕嘆了口氣，一個念頭終是排遣不去：「他雖重然諾，可是我終究是個小姑娘啊。他答應的話倘是對爹爹說的，無論怎麼也定會信守。但是我呢，我這個小東邪郭襄，在他眼中算得是甚麼？只不過是個異想天開小女孩兒罷啦。這時他便算記得我的話，也不過是哈哈一笑，搖頭說道：『胡鬧，胡鬧！』」

芍藥亭畔，小郭襄細數花影，情思困困。大校場中，黃蓉兀自在反覆推想：「羊太傅中芙兒、襄兒遇險，得逢高人暗中解救。靖哥哥說，當世只二人有此剛猛內力，但洪七公恩師已故，靖哥哥更加不是。難道邀集這些旁門左道之士來給襄兒祝壽的，並非那個殺死尼摩星的高手？然則此人是誰？老頑童周伯通雖愛玩鬧，行事無此細密；一燈大師端嚴方正，決無如此閒情逸致；西毒歐陽鋒、慈恩和尚裘千仞都已亡故，竟難道是爹爹？」

她與父親已十餘年不見。黃藥師便如閒雲野鶴，漫遊江湖，誰也不知他的行蹤。說到這件事的古怪難測，倒與他的生性頗有幾分相似。黃藥師名震江湖數十年，乃是出名的「黃老邪」，這些邪魔外道多半和他臭味相投，倘若他出面招集，那些人非賣他的老面子不可。她想到這裏，一呆之下，不自禁的又驚又喜。按理說黃藥師決不會來跟女兒和外孫女如此胡鬧，但他一生行事從來不可以常理推斷，當眞如天外神龍，矯夭變幻，黃蓉雖是他的親生女兒，卻也往往莫測高深。他大舉邀人來給外孫女兒祝壽，說不定自有深意呢？

她想到這裏，向郭芙招了招手，命她過來，低聲問道：「你妹子在風陵渡出去了一日兩夜，她回來後，有沒說起外公甚麼事？」郭芙一怔，道：「外公？沒有啊！妹子連外公的面也沒見過。」黃蓉道：「你仔細想想，她在風陵渡和西山一窟鬼一齊出去，到底還講到誰沒有？」

郭芙道：「沒有啊，沒說到誰。」她自知妹子當日為的是要去瞧瞧楊過，但她在父母面前，最怕的便是提及「楊過」兩字。母親倒還罷了，父親只要一聽見，往往臉色一沉，便有一兩天不跟她說話。因此妹子既然沒說，她也就樂得不提，何況此事早已過去，並無下文，又何必提起此人，自討沒趣？

黃蓉見她臉色微微有異，料到她心中還隱瞞着甚麼，說道：「眼前之事可不是鬧着玩的，你聽到見到過甚麼，全說給我知道。」郭芙見母親臉色鄭重，不敢再瞞，只得道：「只是聽幾個閒人講起甚麼神鵰大俠，那便是楊……楊……楊過了。妹子便說要去瞧瞧他。」黃蓉心中一凜，道：「見到了他沒有？」郭芙道：「一定沒見到。倘若見到了，妹子還不咭咭呱呱的說個不停麼？」

黃蓉心中暗叫：「是過兒，是過兒！當眞是他麼？」問道：「在羊太傅廟中出手殺死尼摩星的，你想會不會是他？」郭芙道：「怎麼會啊？楊……楊大哥怎會有這等好功夫？」黃蓉道：「你跟妹子在羊太傅廟中說了些甚麼，從頭至尾跟我說，一句也不能漏了。」

郭芙道：「也沒甚麼大不了的，妹子就是愛跟我頂嘴。」於是將妹子如何說不赴英雄大宴、不瞧丐幫推舉幫主，如何說在她生日那天將有一位少年英俊的英雄來見她等言語一一說了，最後笑道：「她朋友倒果然來了不少，但不是和尙尼姑，便是老頭兒老太婆，那有甚麼少年英俊的英雄？」

聽到這裏，黃蓉更無懷疑，料定郭襄所說之人，必是楊過無疑，想來郭襄與楊過約定在羊太傅廟中相會，卻給姊姊闖去撞散了，楊過不忿郭芙譏刺，爲了給郭襄爭一口氣，竟然遍邀江湖高手，來給她送禮祝壽。「但是，他，他爲甚麼要給襄兒花這麼大的力氣？」想到小女兒日來心神不定，眼光朦朧，恍恍惚惚，想到她時常突然間紅暈雙頰，黃蓉不由得倒抽一口涼氣：「竟難道襄兒在風陵渡一日兩夜不歸，已和他做出事來？」跟着便想：「楊過恨我害死他的父親，恨芙兒斷他手臂，更恨芙兒用毒針打傷小龍女。啊喲，小龍女和他相約十六年後重會，今年正是第十六年了。楊過是報仇來啦！」

一想到「楊過是報仇來啦」這七個字，驀地裏背上感到一陣涼意。她知楊過自小便行事十分厲害，對小龍女又是用情既專且深，倘若苦候小龍女十六年終於不得相見，推尋禍根，自會深恨郭家滿門。這一十六年的怨毒積了下來，以他性情，決不會將郭芙一劍殺了便能罷休，定當設下狠毒陰損的計謀，大舉報復，「難道他竟要誘騙襄兒上手，使她傾心相從，然後折磨得她求生不能，求死不得？不錯，不錯，依着楊過的性兒，他正會如此。」一想到此點，連日積在心頭的疑竇盡數而解：楊過所以要殺尼摩星救郭襄，所以遍請當世高手來給她祝壽，全是爲了要贏得她的心。

心下又默默計算：「可是有一點不對了！今日是襄兒生日。十六年前，襄兒出世之後，又過數月，楊過才在絕情谷中與小龍女分手。按理推想，他便是要報仇，也得等足十六年，過了與小龍女約會之期再說。這十六年之約雖然渺茫，但那留言明明是她親手所書，誰又能知道他夫妻倆終究不得相會？難道我爹爹……難道南海神尼……」她眉尖深鎖，越想越是不安，心想：「不管怎樣，襄兒若再和他相見，實是凶險無比。襄兒天眞爛漫，怎懂得人心的鬼蜮狠毒？」

只聽得「啊喲」一聲叫，跟着騰的一響，黃蓉抬起頭來，見武修文又將一個上台比武的胖大和尚用掌力震下台來。她走到郭靖身邊，低聲道：「你在這裏照料，我去瞧瞧襄兒。」郭靖道：「襄兒沒來麼？」黃蓉道：「我去叫她，這小丫頭實在古怪。」郭靖微微一笑，想到與妻子初識之時，她穿了男裝，打扮成一個小乞兒模樣，何嘗又不古怪了？

黃蓉見丈夫笑得溫馨，也報以一笑，當下匆匆趕回府中。一路上雖感焦慮，但想到丈夫那副笑容，想到他那寬厚堅實的雙肩，似乎天塌下來也能擔當一般，心頭又寬慰了許多。

她逕到郭襄房中，女兒並不在房，一問小棒頭，說是二小姐在後花園中，不許去打擾她。黃蓉微微一驚：「襄兒連大校場上的比武也不要看，定是和楊過暗中約上了。」於是先回自己房中，身邊暗藏金針暗器，腰間插了柄短劍，再拿了短棒，然後往後花園來。她知楊過此時武功大非昔比，實是個可畏可怖的強敵，因此絲毫不敢怠忽。她不走鵝卵石子鋪成的花徑，卻從假山石後的小路繞了過去，將近芍藥亭邊，但聽得郭襄幽幽的歎了口長氣。

黃蓉伏低身子，躲在假山石後，聽得女兒輕輕說道：「怎麼到這個時候，還是不來，可眞叫人心焦死了。」黃蓉大慰：「原來他還沒到，正可先行攔阻。」只聽郭襄又道：「每年生日，媽總是叫我說三個心願，這時左右無人，我便跟老天爺說了罷。」黃蓉本要出去跟女兒說話，聽了她這幾句話，本已跨出一步的左脚又縮回來，尋思：「我雖是她母親，平時也不易猜得中她心思，這時正好聽她說三個甚麼心願。」

過了片刻，只聽郭襄道：「老天爺，我第一個心願，盼望爹爹媽媽率領人馬，會同衆位英雄好漢，把來犯的蒙古兵盡數殺退，襄陽城百姓得保太平。」黃蓉暗暗舒了口氣，心道：「這小丫頭雖然古怪，可不是不識大體之人。」

又聽她道：「我第二個心願，盼望爹爹媽媽身子安泰，百年長壽，盼望爹娘事事如意稱心。」黃蓉誕育郭襄之時，夫婦倆都遭逢生死大險，事後思及，不免心驚，因此自然而然的對她不如對大女兒那般憐愛，這時聽了她這幾句至性流露的祝願，不自禁的眼眶微濕，疼愛之情，油然而增。

郭襄的第三個心願一時卻說不出，隔了片刻，才道：「我第三個心願，盼望神鵰大俠楊過……」黃蓉早料到女兒第三個心願定與楊過有關，但聽到她親口說出「楊過」兩字，心頭終於還是一震，聽得她續道：「……和他夫人小龍女早日團聚，平安喜樂。」

這一句話卻是黃蓉萬萬料想不及，她只道楊過既要誘騙女兒，定然花言巧語，說上許多假話，豈知女兒已知道小龍女之事，也明白楊過一心一意等待和小龍女相會，因此暗中爲他禱祝。但轉念一想，卻又擔上了心：「啊喲，不妙！楊過這廝用心更加深了一層，她越是跟襄兒說不忘舊情，襄兒越會覺得他是個深情可敬之人，對他更爲傾心。不錯，不錯，當年靖哥哥倘若見了我之後便將華箏公主拋諸腦後，半點也不念昔日恩義，我反要怪他薄倖了。」

只因黃蓉將這件事四面八方的想得十分周至，自來又對楊過存着幾分忌憚防範之意，再加上對女兒關懷過切，不由得思潮起伏，暗暗心驚。便在此時，忽聽得擦的一聲輕響，牆頭上躍下一人，但見他大頭矮身，形相甚是古怪。

郭襄一見那人，便跳起身來，喜道：「大頭鬼，大頭鬼叔叔，他……他也來了麼？」大頭鬼走進芍藥亭中，躬身施了一禮，神態竟然異常恭謹。郭襄笑道：「啊喲，大頭鬼叔叔，你怎地跟我這般客氣啊？」大頭鬼道：「你別叫我大頭鬼叔叔，只叫『大頭鬼』三字便成了。神鵰大俠命我來跟郭姑娘說……」

郭襄一聽，好生失望，登時眼眶便紅了，道：「大哥哥說有事不能來看我麼？可是他答應過的……」大頭鬼不住搖幌他那顆大頭，說道：「不是，不是……」郭襄急道：「怎麼不是？他明明答應過的。」心中一急，竟要流下淚來。大頭鬼道：「我不是說他沒答應你，我是說，他不是不來看你啊！」郭襄破涕爲笑，嬌嗔道：「你瞧你，說話不明不白的，不是這個，又不是那個。」

大頭鬼微笑道：「神鵰大俠說，他要親自給姑娘預備三件生日禮物，是以今日要到得遲了些。」郭襄心花怒放，道：「這許多人已給我送了這麼多好東西，我甚麼都也有啦，請你跟大哥哥說，不用費心再預備禮物了。」大頭鬼搖頭道：「這三件禮物嘛，第一件已預備好啦，第二件神鵰大俠帶領了兄弟們正在辦，這時候多半已經齊備。」郭襄嘆道：「我倒寧可他早些來，別費事跟我辦禮物了。」

大頭鬼道：「那第三件禮物，神鵰大俠說須得在大校場丐幫大會之中親手交給姑娘，因此請你就到大校場去，算來時候也差不多啦。」郭襄嘆口氣道：「我本來跟姊姊嘔氣，說過不去丐幫大會的，大哥哥既這麼說，那是非去不可的了。好罷，你同我一塊兒去。」大頭鬼點了點頭，噓溜溜吹了聲口哨，牆外黑黝黝的撲進一件龐然大物來，卻是那頭神鵰。

郭襄一見神鵰，撲過去要攬他項頸，便如見到久別重逢的好友一般。神鵰卻退開兩步，傲然昂立，側首斜睨。郭襄笑道：「你可眞神氣得緊，不睬我嗎？我偏偏要你睬我。」說着縱身而上，一把抱住了神鵰的頭頸。這一次神鵰沒再閃避，但斜過腦袋，便似莊嚴的父親遇到了又頑皮又可愛的女兒，終於無可奈何。郭襄道：「鵰大哥，咱們一起去罷。我請你吃好東西，你喝酒不喝？」大頭鬼笑道：「你請神鵰喝酒，那牠再喜歡也沒有了。」

當下二人一鵰奔往大校場。走進大會場子，羣雄見到神鵰軀體雄偉、形相醜怪，無不嘖嘖稱奇。郭襄引着大頭鬼和神鵰來到台邊，揀一處空地坐下。負責知賓的丐幫弟子見大頭鬼是生客，當下過來招呼，請問姓名。大頭鬼冷然道：「我沒名字，甚麼也不懂得的，郭二姑娘帶我來，我便來了。」

不久黃蓉也即來到，只想：「楊過公然要到大校場來，事先又作了周密布置，待會定要大鬧一場。」

這時武敦儒、修文兄弟已給人打下台來，朱子柳的姪兒、泗水漁隱的三個弟子、丐幫中的四名八袋弟子、六名七袋弟子，均已先後失手。台上耶律齊已連敗三名好手，正施展周伯通所授的七十二路空明拳，和一個四十餘歲的壯漢交手。

這壯漢名叫藍天和，是貴州的一個苗人，幼時隨人至四川青城山採藥，失足墮入山崖，得遇奇人，學得了一身剛猛險狠兼而有之的外門武功。他掌力中隱隱有風雷之聲，轟轟發發，的是威風了得。耶律齊的拳法卻是拳出無聲，脚去無影，飄飄忽忽，令對方難以捉摸，兩人一剛一柔，在台上打了個旗鼓相當。這番功夫顯露出來，台下數百名本來想上台一較的好漢無不自愧不如，均想：「幸虧我沒貿然上台，否則豈不是自獻其醜？人家這般的內力外功，我便是再練十年，也未必是他二人的對手。」

藍天和的掌力雖猛，但狂風不終朝，驟雨不終夕，畢竟難以持久，雖聽他一掌掌發出去時呼呼之聲越來越大，其實中間所蘊潛力卻已大不如前。耶律齊的拳招既不比前快，亦不比前慢，始終全神貫注的見招拆招。他知今日之鬥不是擊敗幾個對手便算了局，上台來的敵手多半愈來愈強，因此必得留下後勁。

藍天和久戰不勝，心下焦躁起來，自思在西南各路二十餘年，從未遇到過一個能擋得住自己三十招的勁敵，想不到今日在天下英雄之前，偏偏奈何不了一個後輩，當下催動內勁，不住增加掌力。兩人迴旋反覆的又拆了二十餘招，藍天和陡見對方拳法中露出破綻，大喝一聲：「着！」一掌「九鬼摘星」，往耶律齊胸口打去。耶律齊右掌揮出，雙掌相交，登時黏着不動，變成了各以內力相拚的局面。

過了片刻，藍天和忽然臉上變色，踉踉蹌蹌的退了兩步，拱手說道：「佩服，佩服！」他走到台口，朗聲說道：「耶律大爺手下留情，沒要了兄弟的性命，果然是英雄仁義，兄弟心悅誠服。」說着深深吸了一口氣，搖了搖頭，躍下台去。耶律齊拱手道：「承藍兄相讓。」

原來藍天和一掌打出，與耶律齊右掌相交，急忙催動內力，猛覺着手之處突然間變得虛虛盪盪，便如伸手入水，似空非空，似實非實，另有一股黏稠之力纏在掌上。這股似虛非虛的知覺，瞬息間便從對方掌心傳到自己手臂，再自手臂通到胸口，直降丹田，小腹中登時便如積蓄了十多碗沸水，擠逼着要向外爆炸。他這一驚之下，自是魂飛天外，急忙運勁後奪，但手掌竟如給極韌的膠水黏住了一般，雖向後拉了半尺，卻離不開對方掌心。當年師父授他武藝之時，曾說他這一路風雷掌法，以之行走江湖已可說綽綽有餘，但若遇上了內家高手，千萬要小心在意，只要給對方內力侵入丹田，縱不是當場斃命，這一身功夫可也廢了。這念頭在腦海中一閃，雙目一閉，只待就死，陡然間掌上黏力忽失，跟着丹田中鬱熱之氣也緩緩消失，他微一運勁，竟覺全身功夫絲毫未損，那自是對方手下容情，因此上感愧之餘，站到台口向羣雄交代了幾句。

適才二人這一場龍爭虎鬥，藍天和掌力威猛凌厲，台下人人有目共覩，但耶律齊居然將他敗於無形，凡是稍有見識之人，再也不敢上台挑戰。耶律齊是郭靖、黃蓉的女壻，與丐幫大有淵源，四大長老和衆八袋弟子都願他當上幫主。他又是全眞派耆宿周伯通的弟子，全眞教弟子算來都是他晚輩。凡是與郭靖夫婦、全眞教有交情的好手，都不再與爭。只有幾個不自量力的莽撞之徒才上台領教，但都是接不上數招，便即落敗。

郭芙見丈夫藝壓當場，心中的歡喜自是難以言宣，一瞥眼間，忽見一隻奇醜的巨鵰、和那個在風陵渡見過的大頭矮子坐在妹子兩側，不禁一怔。當郭襄和大頭鬼、神鵰來到大校場時，耶律齊和藍天和激鬥正酣，郭芙全神貫注在丈夫身上，神鵰雖然形貌驚人，她卻是視而不見。這時勁敵已去，她才想到何以妹子說過不來卻又來了？一轉念間，暗道：「不好！楊過自稱『神鵰大俠』，這隻窮兇惡極的大鳥，必定便是甚麼神鵰了。神鵰既來，楊過也必就在左近，他倘若來搶幫主……他倘若來搶幫主……」一剎那間，心中自喜變憂，當日楊過拂袖將她長劍擊彎的情景歷歷如在目前，「齊哥武功雖強，能不能敵得過這個獨臂怪人呢？唉，這人自幼便是我命中的魔星，今日當此要緊關頭，他遲不遲，早不早，卻又來了！」但遊目四顧，並不見楊過的蹤迹。

這時天色將黑，耶律齊又連敗七人，待了良久，再也無人上台較藝。

梁長老走到台口，朗聲道：「耶律大爺文武雙全，我幫上下向來欽仰，若能爲我幫之主，自是人人悅服擁戴……」他說到這裏，台下丐幫的幫衆一齊站起，大聲歡呼。

梁長老又道：「不知有那一位英雄好漢，還欲上來一顯身手？」他連問三遍，台下寂靜無聲。

郭芙大喜，心想：「楊過此刻不至，時機已失！待齊哥一接任幫主，他便再要來搗亂，也已來不及了。」便在此時，忽聽得蹄聲緊迫，兩騎馬向大校場疾馳而來，聽那馬蹄之聲，馬上乘客顯是身有急事。郭芙一驚：「終於來了！」

但見兩騎馬如飛般馳進校場，乘者身穿灰衣，卻是郭靖派出去打探軍情的探子。郭靖雖然瞧着台上比武，心中可無時無刻不念着軍情，一見這兩個探子如此縱馬狂奔，心道：「終於來了！」郭靖、郭芙父女心中說的都是「終於來了」四字，但女兒指的是楊過，父親心中所指卻是「蒙古大軍」。

兩名探子馳到離高台數丈處翻身下馬，奔上前來向郭靖行禮。郭靖與黃蓉不等二人開口，先瞧臉色，蓋軍情好惡，臉上必有流露，但見二人滿臉又是迷惘又是喜歡之色，似乎見到了甚麼意外的喜事。

只聽一名探子報道：「稟報郭大俠：蒙古大軍左翼前鋒的一個千人隊，已到了新野。」郭靖心中一驚，暗道：「來得好快！」又聽另一名探子道：「稟報：蒙古右翼前鋒的一個千人隊，已抵鄧州。」郭靖「嗯」了一聲，心想：「北路敵軍又分兩路，軍行神速，鋒勢銳利之極。」新野與鄧州離襄陽均不過二百餘里，由兩地南下而至襄陽對岸的樊城，一路平野，並無山川隔阻之險，蒙古鐵騎馳驟而來，只須一日便能攻到。

卻聽第二個探子喜孜孜的說道：「可是有件奇事，鄧州城郊的蒙古千人隊一個個都死在就地，軍官士卒，無一得生。」郭靖奇道：「有這等事？」第一個探子道：「小人所見也是如此，新野的蒙古前鋒一千人全變了野鬼，只見遍地都是屍首。最奇怪的是，這些蒙古兵屍首上的左耳都給人割了去。」第二個探子道：「鄧州的蒙古兵也是這般，人人沒了左耳。」

郭靖和黃蓉對瞧一眼，均是驚喜交集，尋思：「蒙古兩路先鋒都是全軍覆沒，那是大大的折了銳氣。雖說來攻敵軍至少有十餘萬之衆，損折二千人無關大局，但訊息傳去，蒙古三軍爲之奪氣，於我大吉大利。卻不知是誰奇兵突出，將這兩路蒙古兵盡數殲滅？」郭靖問道：「新野和鄧州的守軍怎樣了？」兩名探子齊聲道：「兩城守軍閉城不出，蒙古軍死在郊外，守城的將軍只怕此刻尚未得知。』」黃蓉道：「你們快去稟報呂大帥，他這一高興，定然重重有賞。」兩探子磕過了頭，歡天喜地的去了。

蒙古先鋒隊尚未與襄陽守軍交戰，即已兩路齊殲，黃蓉站到台上宣布這個喜訊，登時全場歡聲雷動。黃蓉道：「丐幫新立幫主，固是喜事，可怎及得上這件聚殲敵軍的大事？梁長老，快命人擺設酒筵，咱們須得好好慶祝一番。」

這酒筵倒是早就預備下了的，丐幫今晚本來要大宴羣雄，祝賀新立幫主，這時傳到大捷之訊，錦上添花，人人均是興高采烈。武敦儒等較藝落敗，雖然不無怏怏，但滿場喜氣洋溢，早把少數人的心中鬱悶沖得乾乾淨淨。丐幫宴客不設桌椅，羣雄東一團、西一堆的在大校場上席地而坐，便此杯觥交錯，吃喝起來。筵席模樣雖陋，酒肉菜餚卻極是豐盛。

羣雄都道是郭靖、黃蓉安排下的奇計，流水價過來敬酒祝捷。郭靖不住口的說絕非自己之功。但他向來謙抑，羣雄那裏肯信？黃蓉道：「靖哥哥，這事好生奇怪，此時實在琢磨不透。咱們別忙分辯，且候確息。」原來黃蓉一得探子之報，知道其中甚有蹊蹺，當即派遣八名精明強幹的丐幫弟子，騎了快馬，分赴新野、鄧州再探。

郭襄和大頭鬼、神鵰坐在一起，旁人見了神鵰這等威猛模樣，誰也不敢坐近。郭襄只問：「大哥怎地還不來？」大頭鬼道：「他說過要來，總會來的。」一言甫畢，忽道：「你聽，那是甚麼聲音？」郭襄側耳靜聽，只聽得遠處傳來一陣陣獅吼虎嘯、猿啼象奔之聲，她心中一喜，叫道：「史家兄弟來啦！」

過不多時，羣獸吼叫之聲越來越近。校場上羣雄先是愕然變色，跟着紛紛拔出兵刃，站了起來，場中登時亂成一片：「那裏來的這許多猛獸？」「是獅子，還有大蟲！」「大家小心！」「提防惡狼，提防豹子！」

郭靖對武修文道：「去傳我號令，調二千弓弩手來。」武修文應道：「是！」剛欲轉身，忽聽得遠處有人長聲叫道：「萬獸山莊史家兄弟奉神鵰大俠之命，來向郭二姑娘祝壽，恭獻壽禮。」一聲音非一人所發，乃史氏五兄弟齊聲高呼。他五人內功另成一家，雖非一等一的高手，但縱聲長嘯，竟同具宮、商、角、徵、羽五音之聲，鏗鏘豪邁，震人耳鼓。黃蓉向武修文一揮手，命他卽去傳令，心想史氏兄弟雖如此說，但人心難測，未必便無他意，寧可調集弓弩手有備而不發，勝於無備而受制於人。武修文躍上馬背，馳去調兵。

不多時第一隊弓弩手已到，布在大校場之側，郭靖在蒙古習得騎射之術，以此教練士卒，是故襄陽兵精，甲於天下，遂能以一城之衆，獨抗蒙古數十年。襄陽弓弩手人人能挽強弓，發硬箭，射術實不遜於蒙古武士。

弓弩手剛布好陣勢，只見一條大漢身披虎皮，領着一百頭猛虎來到大校場外，正是白額山君史伯威。那一百頭猛虎排得整整齊齊，蹲伏在地。接着管見子史仲猛率領一百頭金錢豹子、金甲獅王史叔剛率領一百頭雄獅、大力神史季強率領一百頭大象、八手仙猿史孟捷率領一百頭巨猿，各列隊伍，排在校場四周。羣獸猛惡猙獰，不斷發出低吼，然行列整齊，竟是絲毫不亂。校場上羣雄個個見多識廣，但斗然間見到這許多猛獸，亦不免心中惴惴。

史氏五兄弟手中各提一隻皮袋，走到郭襄身前，躬身說道：「恭祝姑娘長命百歲，平安如意。」郭襄忙起立還禮，道：「多謝五位史家叔叔。史三叔，你身子可大好了？史五叔，你胸口的傷也好了？」史叔剛、史孟捷齊道：「多謝姑娘關懷，都好了。」

史伯威指着五隻皮袋道：「這是神鵰大俠送給姑娘的第一件生辰禮物。」郭襄笑道：「眞是生受不起。那是甚麼啊？嗯，我猜你的皮袋裏裝着一隻小老虎，他的裝着一隻小豹子，是不是？那倒好玩得緊。」

史伯威搖頭道：「不是，這件禮物，是神鵰大俠率領了七百多位江湖好手去辦來的，費的氣力可眞不少。」說着打開手中的皮袋。郭襄探頭往袋口一張，大吃一驚，叫道：「是耳朵！」史伯威道：「正是！五隻皮袋之中，共是兩千隻蒙古兵將的耳朵。」郭襄尙未會意，驚道：「這許多人的耳朵，我……我要來幹麼？」

郭靖、黃蓉卻聽得分明，一齊離座，走到史伯威身前，就皮袋中一看，再想起適才探子之言，不由得驚喜交集。黃蓉道：「史大哥，原來新野和鄧州城郊的蒙古兵，是神……神鵰俠率人所殺？」

史氏五兄弟向郭靖、黃蓉拜倒。郭靖夫婦拜倒還禮。史伯威才答道：「神鵰俠言道：郭二姑娘身在襄陽，今日是她十六歲生辰，蒙古蠻兵竟敢無禮前來進犯，豈不是要驚嚇了郭二姑娘？實是非殺不可。只恨番兵勢大，不能盡誅，因此帶領豪傑，殺了他作先鋒的兩個千人隊。」

郭靖道：「神鵰大俠現在何處？小可當親自拜見，爲襄陽合城百姓致謝。」這十多年來，郭靖專心練兵守城，極少理會江湖遊俠之事，而楊過隱姓埋名，所交多是介乎邪正之間的人物，因此郭靖竟不知「神鵰俠」便是楊過。史伯威道：「神鵰俠連日忙於爲令愛採備生日禮物，未克前來拜見郭大俠和郭夫人，請予恕罪。」

忽聽得遠處嘯聲又起，一個聲音叫道：「西山一窟鬼奉神鵰俠之令，來向郭二姑娘祝壽，恭獻壽禮。」聲音尖細，若繼若續，但人人聽得十分清楚。

郭靖見第一件壽禮實在太大，忙提聲叫道：「郭靖謹候台駕。」他話聲渾厚和平，遠遠傳送出去，跟着走到大校場入口處相迎。

黃蓉和他並肩而立，低聲道：「你猜這神鵰俠是誰？」郭靖道：「我猜不出。」黃蓉道：「便是楊過！」郭靖一呆，隨即滿心歡暢，說道：「了不起，了不起！他立下如此奇功，當眞是大宋之福。」黃蓉道：「你猜他第二件壽禮是甚麼？」郭靖微笑道：「過兒才智卓絕，只有你方勝得了他，也只有你，才猜得中他的心思。」黃蓉搖頭道：「這一次我可猜不中了。」心想：「楊過爲襄陽立此大功，但口口聲聲說是爲了襄兒。他對我夫婦與芙兒的怨恨可絲毫未消。」

過不多時，長鬚鬼樊一翁領着八鬼來到校場，向郭靖夫婦見了禮，逕自走到郭襄身前，說道：「恭祝姑娘康寧安樂，福澤無盡！神鵰俠命我們來送第二件生辰禮物。」

郭襄道：「多謝，多謝。」眼見西山一窟鬼手中各自拿着一隻木盒，生怕他們又送甚麼人鼻子、人耳朵來，忙道：「若是難看的物事，就別打開來。」大頭鬼笑道：「這次是挺好看的。」

樊一翁打開盒子，取出一個極大的流星火炮，幌火摺點着了。那火炮沖天而起，在半空中一聲爆炸，散了開來，但見滿天花雨，組成一個「恭」字。郭襄拍手笑道：「好玩，好玩得很！」吊死鬼接着也放了一個烟花，卻是一個「祝」字。西山一窟鬼各放一個，組起來是「恭祝郭二姑娘多福多壽」十個大字。十字顏色各不相同，高懸半空，良久方散。羣雄歡呼喝采。這烟花乃漢口鎮天下馳名的巧手匠人黃一炮所作，華美繁富，妙麗無方，端的是當世一絕。

郭靖微微一笑，心想：「小女孩兒家原是喜歡這個，也虧過兒覓得這妙製烟花的巧手匠人。」

半空中十個大字剛放，北邊天空突然升起一個流星，相距大校場約有數里，跟着極北遠處，又有一個流星升起。

黃蓉心想：「這流星傳訊，取法於烽火報警，頃刻之間，便可一個接一個的傳出數百里之遙，只不知楊過安排下了甚麼。他這第二件禮物，決不只是放幾個烟花博我襄兒一粲便算。」當下吩咐丐幫弟子安排筵席，宴請史氏兄弟和西山一窟鬼。

斟酒未定，忽聽得北方遠遠傳來猶如悶雷般的聲音，一響跟着一響，轟轟不絕，只是隔得遠了，響聲卻是極輕。

史氏兄弟和西山一窟鬼聽了這聲音，突然間一齊躍起身來，高聲歡呼，大叫：「成功了，成功了！」羣雄愕然不解。大頭鬼搖頭幌腦，手指北方，大叫：「妙極，妙極！」這時天已全黑，北面天際卻發出隱隱紅光。

黃蓉又驚又喜，叫道：「南陽大火！」郭靖拍腿大叫：「不錯，正是南陽！」黃蓉向樊一翁道：「願聞其詳。」

樊一翁道：「這是神鵰俠送給郭二姑娘的第二件薄禮，燒了蒙古二十萬大軍的糧草。」黃蓉心中已猜到三分，聽他如此說，不禁與郭靖相顧大喜。

原來蒙古大軍南攻襄陽，以南陽爲聚糧之地，數年之前，即在南陽大建糧食草場，跟着四處徵發，成千成萬斛米麥、成千成萬擔草料，流水般匯向南陽。常言道：「大軍未發，糧草先行」，米麥是士卒的食物，乾草是馬匹的秣料，實是軍中的命脈所在。蒙古自來以騎兵爲主，這草料更是一日不可或少。郭靖曾數次遣兵襲擊南陽，但蒙古官兵守得牢固，始終無功，想不到楊過竟在一夕之間放火將它燒了。

郭靖眼見北方紅光越沖越高，擔心起來，向樊一翁道：「出手的諸位豪傑都能全身而退麼？可須咱們前去接應？」樊一翁心道：「郭大俠不問戰果，先問將士安危，果然仁義過人。」說道：「多謝郭大俠掛懷，神鵰俠早有安排。在南陽城中縱火的，是聖因師太、人厨子、張一氓、百草仙這些高手，共有三百餘人，想來尋常蒙古武士也傷他們不得。」郭靖恍然大悟，向黃蓉道：「你聽！過兒邀集羣豪，原來是爲立此奇功。若非這許多高人同時下手，原也不易使兩千蒙古兵全軍覆沒。」

樊一翁又道：「我們探得蒙古番兵要以火炮轟打襄陽，南陽城的地窖之中藏了數十萬斤火藥。因此我們的祝壽烟花一放起，流星傳訊，埋伏在南陽城內的一千好手便同時動手，先燒火藥，再燒糧草。蒙古大軍的士卒馬匹，這番可要餓肚子了。」

郭靖和黃蓉對視一眼，均是暗自心驚。他夫婦倆當年隨成吉思汗西征，曾親眼見到蒙古軍以火炮轟城，當眞有崩山裂石之威。只是火藥和鐵炮殊不易得，因此蒙古數攻襄陽，都未用炮。這次皇帝蒙哥御駕親征，自是携有當世最厲害的攻城利器了。若不是楊過這一把火，襄陽合城軍民難免盡遭大刦。兩人又想：「殲滅敵軍兩個千人隊，固然大殺其威，但毀了蒙古軍在南陽積貯數年的火藥和大軍糧草，只要他糧運不繼，那就逼得非退兵不可。這場功勞可更加大了。」夫婦倆向史氏兄弟、西山一窟鬼連聲稱謝。史伯威和樊一翁都道：「小人等只是奉了神鵰俠之命辦事，小小奔走之勞，兩位何足掛齒？」

這時遠處火藥爆炸聲仍不斷隱隱傳來，只是隔得遠了，聽來模糊鬱悶。斗然之間，幾下聲音畧響，接着地面也微微震動。樊一翁喜道：「那個最大的火藥庫也炸了。」

郭靖叫過武氏兄弟，說道：「你二人各帶二千弓弩手掩襲南陽。敵軍倘若部隊齊整，那就不要下手，要是驚慌混亂，可乘勢發箭殺傷。」二人接令而去。

兩件事接踵而來，校場上歡呼大叫，把盞敬酒之聲，響成一片，人人都稱頌神鵰俠功德無量。

郭芙眼見丈夫藝冠羣雄，將丐幫幫主之位拿到了手，於當世豪傑之前大大露臉，那知驀地裏生出這些事來。楊過人尙未到，卻已將丈夫的威風壓得絲毫不賸，雖說殲滅蒙古先鋒、火燒南陽糧草火藥，實是兩件大大的好事，但她總不免愀然不樂；又聽史氏兄弟和西山一窟鬼說道，這是楊過送給妹子的兩件生日禮物，那十個烟火大字高懸天空，惟恐羣雄不知此舉全是爲了妹子，相形之下，自己更加沒了光采。她轉念一想：「好哇！楊過這廝恨我斬他的手臂，故意削我面子來着！」想到此處，更是勃然而怒。

梁長老和耶律齊、郭芙同席，眼見人人興高采烈，郭芙卻是臉色不豫，微一沉吟，已知其理，笑道：「老頭子可眞的老胡塗啦，這一歡喜，竟把眼前的大事抛到了腦後。」當即躍上高台，朗聲說道：「各位英雄請了，蒙古番兵連遭兩大挫折，咱們自是不勝之喜。可還有一件喜上加喜之事，適才耶律大爺顯示了精湛武功，人人欽服。我們丐幫便奉耶律大爺爲本幫之主。天下英雄，可有不服的麼？本幫弟子，可有異言的麼？」

他連問三聲，台下無人出聲。梁長老道：「如此便請耶律大爺上台。」耶律齊躍上高台，抱拳向台下團團行禮，正要說幾句「無德無能」的謙抑之言，忽聽得台下有人叫道：「且慢，小人有一句話，斗膽要請教耶律大爺。」耶律齊一怔，眼見這句話是從丐幫弟子的人叢中發出，拱手道：「不敢！請說便是。」

只見丐幫中站起一人，大聲道：「耶律大爺的令尊在蒙古貴爲宰相，令兄也曾居高官，雖然都已去世，但咱們丐幫和蒙古爲敵。耶律大爺負此重嫌，豈能爲本幫之主？」

耶律齊恨恨的道：「先君楚材公被蒙古皇后下毒害死，先兄耶律晉爲當今蒙古皇帝所殺，小可與蒙古暴君，實有不共戴天之仇。」那乞丐道：「話雖是如此說，但令尊之死，甚爲曖昧，下毒云云，只是風傳，未聞有何確證。令兄犯法獲罪，死有應得，此仇不報也罷，倒是本幫大仇未復……」郭芙聽得他出言譏刺丈夫，再也按捺不住，喝道：「你是誰？膽敢在此胡言亂語？有膽子的，站到台上去說。」

那乞丐仰天大笑，說道：「好，好，好！幫主還未做成，幫主夫人先顯威風。」也不見他移步抬脚，身子微幌，已站在台口。羣雄見他露了這手輕功，心頭都是一驚：「這人武功強得很啊，那是誰？」台下數千對眼光，齊都集在他身上。

只見他身披一件寬大破爛的黑衣，手持一根酒杯口粗細的鐵杖，滿頭亂髮，一張臉焦黃腫腫，凹凹凸凸的滿是疤痕，背上負着五隻布袋，原來是一名五袋弟子。丐幫中本乏相貌俊雅之人，但這人更是奇醜無倫。丐幫幫衆識得他名叫何師我，向來沉默寡言，隨衆碌碌，只因十餘年來爲幫務勤勉出力，才逐步升到五袋弟子，但武藝低微，才識卑下，誰都沒對他絲毫重視，均想他升到五袋弟子，已是極限，那料到這樣一個庸人竟會突然向耶律齊當衆提出質問，而武功之強更是大出幫衆意料之外，都想：「這何師我從那裏偷偷學了這一身功夫來啦？」

何師我爲人雖然平庸，但相貌之醜卻令人一見難忘，因此耶律齊倒也識得他，當下抱拳道：「不知何兄有何高見，要請指教。」何師我冷笑道：「指教兩字，如何克當？只是小人有兩件事不明白，因此上台來問問。」耶律齊道：「那兩件事？」何師我道：「第一件，我幫新舊幫主前後交替，歷來都以打狗棒爲信物。耶律大爺今日要做幫主，不知這根本幫至寶的打狗棒卻在何處？小人想要見識見識。」此言一出，丐幫幫衆心中都道：「這一句話問得厲害。」只聽耶律齊道：「魯幫主命喪奸人之手，這打狗棒也給奸人奪了去。此乃本幫的奇恥大辱，凡本幫弟子，人人有責，務須將打狗棒奪回。」

何師我道：「小人第二件不明白之事，是要請問：魯幫主的大仇到底報是不報？」耶律齊道：「魯幫主爲霍都所害，衆所共知，當世豪傑，無不悲憤。只是連日追尋，未知霍都這奸賊的下落，這是本幫的要務，咱們便是找遍了天涯海角，也要尋到霍都這奸賊，爲魯幫主報仇。」

何師我冷笑道：「第一，打狗棒尙未奪回。第二，殺害前幫主的兇手還沒找到。這兩件大事未辦，便想做幫主啦，未免太性急了些罷？」這幾句話理正詞嚴，咄咄逼人，只說得耶律齊無言以對。

梁長老道：「何老弟的話自也言之成理。但本幫弟子十數萬人，遍布天下，不能無人爲首，而尋棒鋤奸，更不是說辦便辦，也須得有人主持，方能成此兩件大事。咱們急於立一位新幫主，正是爲此。」何師我搖頭道：「梁長老這幾句話，錯之極矣，可說是反因爲果，本末倒置。」

梁長老是丐幫中四大長老之首，幫主死後便以他爲尊，這五袋弟子竟敢當衆搶白，可說大膽已極。梁長老怒道：「我這話如何錯了？」何師我道：「依弟子之見，誰人能奪回打狗棒，誰人能殺了霍都爲魯幫主報仇，咱們便擁他爲本幫之主。但如今這般，誰的武功最強，誰便來作本幫幫主，假如霍都忽然到此，武功又勝過耶律大爺，難道咱們便奉他爲幫主不成？」這幾句話只說得羣雄面面相覷，都覺得實是頗爲有理。

郭芙卻在台下叫了起來：「胡說八道，霍都的武功又怎勝得過他？」何師我冷笑道：「耶律大爺武功雖強，卻也不見得就天下無敵。小人只是丐幫的一個五袋弟子，也未必便輸於他了。」郭芙正惱他言語無禮，聽他自願動手，那是再好也沒有，叫道：「齊哥，你便教訓教訓這大膽狂徒。」

何師我冷冷的道：「本幫事務，向來只是幫主管得，四大長老管得，幫主夫人卻管不得。別說耶律大爺還沒做幫主，就算當上了，耶律夫人也不能這般當衆斥責幫中弟子，是不是？」郭芙滿臉通紅，只道：「你……你這廝……」

何師我不再理她，轉頭道：「梁長老，弟子倘若勝了耶律大爺，這幫主便由弟子來當，是不是？還是等到有人獲棒殺仇，再來奉他爲主？」梁長老見他越來越狂，胸中怒氣上升，說道：「不論是誰，他若不能戰勝羣雄，那就當不上幫主，日後若不能獲棒殺仇，終也是愧居此位。耶律大爺若是當了本幫之主，那兩件大事他不能不辦。但如勝不過何兄弟，他又焉能得任此位？」何師我大聲道：「梁長老此言有理，小人便先領教耶律大爺的手段，再去尋棒鋤奸。」言下之意，竟是十拿九穩能勝得耶律齊一般。

耶律齊行事自來穩健持重，但聽了何師我這些話，心頭也不禁生氣，說道：「小弟才疏學淺，原不敢擔當幫主的重任。何兄肯予賜教，那好得很。」何師我冷冷的道：「好說，好說。」將鐵杖在台上一插，呼的一掌，便向耶律齊擊去。這一掌力道似乎並不甚強，但掌力分布所及，幾有一丈方圓。梁長老尚未退開，竟被他掌力在臉頰上一帶，熱辣辣的頗爲疼痛，忙躍上台側。

耶律齊不敢怠慢，左手一撥，右拳還了一招「深藏若虛」，用的仍是七十二路空明拳中的招數。兩人拳來脚往，在高台上鬥了起來。這時將近戌時，月沉星淡，高台四周插着十多枝大火把，兩人相鬥的情狀台下羣雄都瞧得清清楚楚。

黃蓉看了十餘招，見耶律齊絲毫未佔上風，細看何師我的武功，竟辨不出何家數，所出拳脚，招式甚是駁雜，全無奇處，但功力卻極深厚，少說也已有四十年以上的勤修苦練，心想：「最近十一二年來，才偶爾在丐幫名册之中，見到何師我因積勞而逐步上升，從沒聽人稱道過他的武功。但瞧他身手，決非最近得逢奇遇這才功力猛進。他在幫中一直隱晦不露，難道爲的便是今天麼？」

待鬥到五十招以上，耶律齊漸漸心驚，不論自己如何變招，對方始終從容化解，實是生平罕見的強敵，但他卻又不乘勢搶攻，似乎旨在消耗自己內力，然後大舉出擊。

耶律齊這一日已連鬥數人，但對手除了藍天和外，餘子碌碌，均不足道，並沒耗去他多少力氣，眼見何師我若往若還，身法飄忽不定，當下雙拳一挫，斗然間變拳爲掌，逕行搶攻。周伯通那雙手互搏之術並非人人可學，耶律齊雖是他的入室高弟，卻也沒學到他這路奇功，但全眞教玄門的正宗武功，耶律齊卻已學到了十之八九，這時施展出來，但見台邊十多根火把的火頭齊向外飄，只此一節，足見掌力之強。火把照映之下，高台上兩人拳掌飛舞，形影迴旋，當眞好看煞人。

黃蓉問郭靖道：「你說這人是何家數？」郭靖道：「迄此爲止，他尚未露出一招本門武功，顯是在竭力隱藏自身來歷，再拆七八十招，齊兒可漸佔勝勢，那時他若不認輸，便得露出眞相。」

這時兩人越鬥越快，一轉瞬間便或攻或守的交換四五招，因之沒多時便拆了七八十招，果如郭靖所云，耶律齊的掌風已將對手全身罩住。郭靖和黃蓉凝目注視着何師我，知他處此境地，若再不使出看家本領，仍用旁門雜派的武功抵擋，非吃大虧不可。耶律齊也已瞧出此點，掌力漸漸加重，但毫不盲進，只是穩持先手。

眼見何師我非變招不可，驀地裏他雙手抱袖齊拂，一股疾風向外疾吐，跟着縮了回去，台邊十餘枝火把的火燄同時暴長，一陣光亮，隨即盡皆熄滅。羣雄眼前一黑，只聽得耶律齊和何師我齊聲大叫，騰的一聲，有人跌下台來。何師我卻在台上哈哈大笑。衆人驚訝之下，誰都沒有作聲，靜寂中只聽得何師我得意的笑聲。

梁長老叫道：「點燃火把！」十多名丐幫弟子上來將火把點亮，只見耶律齊站在台下，左臉上鮮血淋漓，破了個酒杯大的傷口。何師我伸出左掌，冷笑道：「好鐵甲，好鐵甲。」手掌中抓着一把鮮血。

郭靖和黃蓉對望一眼，知道郭芙愛惜夫壻，將軟蝟甲給他穿在身上，因之何師我擊了他一掌，手掌反被甲上的尖刺刺破，但耶律齊臉上如何受傷，如何跌下台來，黑暗中卻未瞧見。原來何師我於激鬥正酣之際，突然使出「大風袖」功夫，將高台四周的火把盡數吹滅。耶律齊一怔之下，急忙拍出一掌，以護自身，猛覺得指尖上一涼，觸到甚麼鐵器，立時醒覺，知道對方久戰不勝，忽施奸計，在黑暗之中取出兵刃突襲。他雖赤手空拳，也不懼敵人手有兵刃，當下施出「大擒拿手」，意欲奪下對方兵器，將他奸謀暴於天下英雄之前，一招「巧手八打」，欺到了何師我身前兩尺之處，右腕翻處，已抓住了敵人兵刃之柄。他左掌跟着拍出，直擊敵人面門，這一來，何師我兵刃非撤手不可。

黑暗之中，何師我果然側頭閃避，鬆了手指，耶律齊挾手將兵刃奪過。便在此時，他左頰上猛地一陣刺痛，已然受傷，跟着拍的一下，胸口中掌，站立不穩，登時被震下台。他那料到對手的兵刃甚爲特異，中裝機括，分爲兩截，上半截給他奪去，餘下的半截斗然飛出，擊中了他的面頰。這一下深入半寸，創口見骨，但所中尙非要害，何師我的殺手本在那一掌之中，幸好郭芙硬要他在長袍內暗披軟蝟甲，這一掌他非但未受損傷，何師我的掌心反而被刺得鮮血淋漓。

郭芙見丈夫跌下台來，驚怒交迸，忙搶上去護持。梁長老等明知何師我暗中行詐，然無法拿到他的證據，同時兩人一齊受傷帶血，也不能單責那一個違反了「點到爲止」的約言，看來兩人都只稍受輕傷，但耶律齊被擊下台，這番交手顯是輸了。

郭芙大不服氣，叫道：「這人暗使奸計，齊哥，上台去跟他再決勝敗。」耶律齊搖頭道：「他便是以智取勝，也是勝了。何況縱然各拚武功，我也未必能贏。」

黃蓉向耶律齊招招手，命他近前，瞧他奪來的那半截兵刃時，卻是一根五寸來長的鋼條，一時也想不起武林之中有何人以此作爲武器。

何師我昻起一張黃腫的醜臉，說道：「在下雖勝了耶律大爺，卻未敢便居幫主之位。須得尋到打狗棒，殺了霍都，那時再聽憑各位公決。」衆人心想，這幾句話倒說得公道，眼見他雖然勝得曖昧，但武功究屬十分高強，聽了這幾句話後，丐幫中便有人喝起采來。

何師我站到台口，抱拳向衆人行禮，說道：「那一位英雄願再賜教，便請上台。」

他那「台」字剛出口，猛聽得史伯威「啊」的一聲大叫，圍在大校場四周的五百頭猛獸忽地站起，齊聲吼叫。單是一頭雄獅或猛虎縱聲而吼，已有難當之威，何況五百頭猛獸合聲長嘯？這聲音當眞如山崩地裂一般，但見大校場上沙塵翻騰，黃霧沖天，羣雄身前的酒杯菜碗被這巨聲震得互相碰撞，叮叮不絕。

羣獸吼叫聲中，西山一窟鬼和史氏兄弟十五人同時躍到台邊，抽出兵刃，團團將高台四面圍住。

忽見校場入口處火光明亮，八個人高舉火炬，朗聲說道：「神鵰俠祝賀郭二姑娘芳辰，奉上第三件禮物。」八人說畢，便即足不點地般進場而來，轉眼間到郭襄身前，人人露了一手上乘輕功。中間四人各伸一手，合抓着一隻大布袋，看來那第三件禮物便是在這布袋之中了。

八人躬身向郭襄行禮，自報姓名，羣雄一聽，無不駭然，原來當先一個老和尙，竟是五台山佛光寺方丈曇華大師，素與少林寺方丈天鳴禪師齊名，其餘趙老爵爺、聾啞頭陀、崑崙派掌門青靈子等，無一不是武林中久享盛名的前輩名宿。

郭襄卻不知這些人有多大名頭，起身還禮，笑靨如花，說道：「有勞各位伯伯叔叔了。那是甚麼好玩的物事？」提着布袋的四人手臂同時向後拉扯，喀喇一聲響，布袋裂成四塊，袋中滾出一個光頭和尙來。

兩邊旗斗之中各自躍下一人，斜斜下墮，正是黃藥師和楊過。兩人落到離台數丈之處已然靠近，黃藥師伸右手拉住了楊過的左手，在半空中攜手而下。

第三十七回　三世恩怨

那和尚肩頭在地下一靠，立即縱起，身手竟是十分矯捷，但見他怒容滿臉，嘰哩咕嚕的大聲說話，卻是誰也不懂。郭靖與黃蓉識得這和尚是金輪法王的二弟子達爾巴，不知他怎生給曇華大師、趙老爵爺等擒住。

郭襄本來猜想袋中裝的定是甚麼好玩的物事，卻見是個形貌粗魯的藏僧，微感失望，說道：「大哥哥送這和尚給我，我可不喜歡。他自己在那裏，怎麼還不來？」

來送第三件禮物的八人之中，青靈子久居藏邊，會說藏語，他在達爾巴耳邊低聲說了幾句話。達爾巴臉色一變，大吃一驚，目不轉睛望着台上的何師我。青靈子又用藏語大聲說了兩句話，將背上負着的一根黃金杵交給了達爾巴。那本是達爾巴的兵刃，他受八大高手圍攻而被擒，這兵刃也給奪了去。

達爾巴倒提金杵，大叫一聲，縱身躍到台上。

青靈子向郭襄笑道：「郭二姑娘，這和尚會變戲法，神鵰俠叫他上台變戲法給你看。」

郭襄大喜，拍手道：「原來如此。我正奇怪，大哥哥費了這麼大的勁兒，找了這和尚來有甚麼用呢。」

達爾巴對何師我嘰哩咕嚕的大聲說話。何師我喝道：「兀那和尚，你說些甚麼，我一句不懂。」達爾巴猛地踏步上前，呼的一聲，揮金杵往他頭頂砸了下去。何師我側身避過。達爾巴舞動金杵，着着進逼。何師我赤手空拳，在這沉重的兵刃猛攻之下只有不住倒退。

丐幫幫衆見藏僧如此兇猛，都起了敵愾同仇之心，紛紛鼓噪起來。梁長老喝道：「大和尚休得莽撞，這一位是本幫未來的幫主。」但達爾巴那裏理睬，將金杵舞成一片黃光，風聲呼呼，越來越響。

丐幫中早有六七名弟子忍耐不住，躍到台邊，欲待上台應援。但青靈子等八大高手、史氏五兄弟、西山一窟鬼，一共二十三人團團圍在台邊，阻住旁人上台。丐幫雖然人衆，一時卻搶不上去。正紛亂間，青靈子幌身上了高台，拔起何師我插在台邊的鐵棒。何師我大驚，縱身來搶，但給達爾巴的金杵逼住了，竟無法上前一步。

郭靖和黃蓉不明其中之理，猜不透楊過派這些人前來搗亂，到底是何用意，但想他送給郭襄的第一件和第二件禮物於襄陽大大有利，這第三件禮物不該反有敵意，因此夫婦倆袖手不動，靜觀其變。

耶律齊雖給何師我使詐擊下高台，但他已立志承繼岳母的大業，決爲丐幫出力，眼見何師我給達爾巴逼得手忙脚亂，大聲喝道：「何兄勿慌，我來助你！」縱身竄向台邊。猛聽得左首一人叫道：「誰都不得上台。」橫臂阻住了他的去路。耶律齊伸手一撥，那人反抓擒拿，招數精妙，而內力雄渾，更是別具一功。耶律齊吃了一驚，看那人時，正是史氏兄弟中的老三史叔剛。耶律齊連變數招，始終不能將他擊退，心下暗暗駭異：「這人只是神雕俠手下的一名走卒，已然如此了得。那神雕俠叱咤號令，驅使得動這許多高手，他自己更不知是何等人物？」

青靈子高舉鐵棒，大聲道：「各位英雄請了，請瞧瞧這是甚麼物事。」突伸右掌，向鐵棒攔腰一劈，喀的一響，鐵棒登時碎裂，這棒原來中空，並非實心。青靈子拉開兩截斷了的鐵棒，露出一條晶瑩碧綠的竹棒來。

丐幫幫衆一見，剎那間寂靜無聲，跟着齊聲呼叫：「幫主的打狗棒！」正和史氏兄弟、西山一窟鬼等動手的幫衆紛紛退開，人人都大為奇怪：「打狗棒怎麼會藏在這鐵棒之內？如何會落入何師我手中？他又幹麼隱瞞不說？」

衆人靜待青靈子解釋這許多疑團，青靈子卻不再說話，躍下台來，雙手橫持打狗棒，恭恭敬敬的交給郭襄。郭襄覩物思人，想起魯有脚的聲音笑貌，不禁心下黯然，接過棒來，遞給了母親。

這時達爾巴的金杵招數更緊，何師我全仗小巧身法東閃西避，險象環生。丐幫幫衆見了打狗棒後，都知青靈子等擒了達爾巴來對付何師我，中間必有重大緣故，當下不再有人意圖上台應援。

眼見不出十招，何師我便要喪身在金杵之下，黃蓉猛地想起一事：「何師我用兵刃打傷齊兒，他袖中明明藏有兵刃，何以到此危急關頭，仍不取出禦敵？」只見達爾巴的金杵掠地掃去，何師我躍起閃避。達爾巴金杵倒翻，自下砸上。何師我雙脚離地，身在半空，這一招無論如何沒法閃躲，忽聽得錚的一響，兵刃相交，何師我借勢躍開，手中已多了一件短短的兵器，達爾巴怒容滿面，大聲咒罵，黃金杵舞得更加急了。但何師我兵刃在手，劣勢登時扭轉，但見他點、戳、刺、打，兵刃雖短，招數卻極奧妙，與達爾巴打了個旗鼓相當。

朱子柳看了片刻，忽地省悟，叫道：「郭夫人，我知道他是誰了。只是還有一件事不明白。」黃蓉微微一笑，道：「那是用膠水、蜂蜜，調了麵粉、石膏之類塗上去的。」

耶律齊和郭芙、郭襄姊妹這時都站在黃蓉身邊，聽了他二人的對答，都摸不着頭腦。郭芙問道：「朱伯伯，你說誰是誰了？」朱子柳道：「我說的是打傷你丈夫這個何師我。」郭芙道：「怎麼？他不是何師我麼？那麼又是誰了？」朱子柳道：「你仔細瞧瞧，他使的是甚麼兵刃？」郭芙凝神瞧了一會，道：「這短兵刃長不過尺，卻又不是蛾眉刺、判官筆，也不是點穴橛。」

黃蓉道：「你得用心思想想啊。他何以一直不用兵刃，寧可干冒大險，東躲西閃，直到給那和尚逼得性命交關，才不得不取兵刃出來？他用兵刃打傷齊兒，何以要先滅燭火？」郭芙皺眉道：「這人奸詐狡猾，那又有甚麼道理了？」郭襄道：「想是他怕場中有人認得他的兵刃身法，因此不願顯示眞相。」朱子柳讚道：「照啊，郭二小姐聰明得緊。」

郭芙聽他稱讚妹子，心中不服，道：「甚麼不願顯示眞相？他不是淸淸楚楚的站在台上嗎？誰都瞧得見。」郭襄想起母親適才的話，說道：「啊，他臉上這些凹凹凸凸的瘡疤，原來都是用膠水麵粉假扮的。這張臉啊，眞是嚇人，我只瞧了一眼，就不想再瞧第二眼。」黃蓉道：「他越裝得可怖，便越不易露出破綻，因爲人人覺得醜惡，不敢多看，那麼他喬裝的假臉上日久如有甚麼變形，別人便不會發覺。唉！喬裝這麼多年，可眞不容易呢。」朱子柳道：「臉型可以假裝，武功和身法卻假裝不來，練了數十年的功夫，那裏變得了？」

郭芙道：「你們說這何師我是假的，那麼他是誰啊？妹子，你聰明得緊，你倒說說看。」郭襄搖頭道：「我一點也不聰明，因此我一點也不知道。」朱子柳微笑道：「大小姐是見過他的，那時候二小姐可還沒出世。十七年前，大勝關英雄大會上，有一人曾和我鬥了數百合，那是誰啊？」郭芙道：「是霍都？不，不會是他。嗯，他用的是一把摺扇，和這兵刃倒有點兒相像，是了，他現下手中這把扇子只餘扇骨，沒有扇面。」朱子柳道：「我跟他這場激鬥，是我生平的大險事之一，他的身法招數我怎能不記得？這人若不是霍都，朱子柳是瞎了眼啦。」

郭芙再瞧台上那何師我時，見他步武輕捷，出手狠辣，果然依稀便是當年英雄大會上那個霍都，但心中仍有許多不明之處，又問：「倘若他眞是霍都，這西藏和尙是他師兄啊，難道便認他不出，卻跟他這般狠打？」黃蓉道：「只因達爾巴認得出他是師弟，才跟他拚命。那年終南山重陽宮大戰，楊過以一柄玄鐵劍壓住了達爾巴、霍都二人，霍都眼見性命危殆，突使奸計，叛師脫逃。這事全眞教上下人人得見，你總也聽人說過的罷？」郭芙道：「嗯，原來達爾巴因此才這般恨他。」

郭襄聽母親說「楊過以一柄玄鐵劍壓住了達爾巴、霍都二人」這句話，想像楊過當年的雄姿英風，不禁神往。

郭芙又問：「怎地他又變成了乞丐？咱們的打狗棒怎地又在他的手中？」黃蓉道：「那

還不容易推想嗎？霍都叛師背門，自然怕師父和師兄找他，於是化裝易容，混入了丐幫，渾渾噩噩，不露半點鋒芒，十餘年中按部就班的升爲五袋弟子，丐幫中固然無人疑心，金輪法王更是尋他不着。可是這等奸惡自負之徒決不肯就此埋沒一生，時機一到，他便要大幹一場了。那日魯幫主出城巡查，他暗伏在側，忽施毒手，下手時卻露出自己本來面目，並留下活口，讓那弟子帶回話來，說殺魯有脚的乃是霍都。他奪得打狗棒後，暗藏在這鐵棒之中。待得本幫大會推舉幫主，他便可提出『尋還打狗棒』這件大事來。這是本幫世代相傳的幫規，又有誰能駁他呢？唉，霍都這奸賊，如此工於心計，也可算得是個人傑。」

朱子柳笑道：「但有你郭夫人在，他縱能作僞一時，終究瞞不過你。」黃蓉微笑不答，心道：「霍都混在丐幫之中，始終不露頭角，便能瞞過了我，但想作丐幫之主，卻把黃蓉忒也瞧得小了。」

朱子柳道：「楊過這孩子也眞了得，他居然能洞悉霍都的奸謀，既將打狗棒奪回，又揭穿了霍都的眞面目，送給郭二小姐的這件禮物，可不算小啊。」郭芙道：「哼，不過他碰巧得知罷了，也沒甚麼了不起。」

郭襄心想：「那日大哥哥在羊太傅廟外，見到我祭奠魯老伯，知道我跟魯老伯是好朋友，因此千方百計去爲我報仇，嗯，這件禮物可當眞不小，他這番心意……」忽然想起一事，說道：「霍都雖在丐幫中扮成一個醜叫化子，可是有時卻又以本來面目在外惹事生非。史氏兄弟中的史三叔曾給打傷過，想是史三叔一意找他報仇，終於尋到了他的蹤迹。」

黃蓉點點頭道：「不錯，江湖上時時有霍都的行迹，旁人更不會想到丐幫中的何師我和他同是一人，何師我，何師我，你瞧他這假名，便是以自己爲師之意。一個人太自以爲了不起，終有敗事的一日。」

郭芙道：「媽，怎地這何師我又說要去殺死霍都？那不是傻麼？」黃蓉道：「這是一句掩飾之言，只是令旁人更加不起疑心而已。」

郭芙道：「楊……楊大哥既然早知何師我便是霍都，應當早就說了出來，不該讓這何師我來打傷齊哥。」黃蓉微笑道：「楊過又不是神仙，怎知齊兒會中此人暗算？」郭襄道：「大姊卻是神仙，因此把軟蝟甲先給姊夫穿上了。」郭芙瞪了她一眼，心中不自禁的得意。

說話之間，台上達爾巴和霍都鬥得更加狠了。兩人一師所傳，互知對方武功家數，達爾巴勝在力大招沉，霍都長於矯捷輕靈，堪堪又鬥數百招，兀自不分勝敗。突然之間，達爾巴大喝一聲，金杵脫手，疾向霍都擲去，這杵重達五十餘斤，一擲之下勢道凌厲之極。霍都吃了一驚，他生平從未見師兄使過這般招數，心道：「他久鬥不勝，發起蠻來了？」急忙側身閃避。達爾巴搶上前去，手掌在金杵上一推，金杵轉過方向，又向霍都追擊過去。霍都大駭，才知十餘年中師兄追隨師父左右，師父又傳了他深湛武功，這飛擲金杵之技正是從師父五輪飛砸的功夫中變化出來，眼見金杵撞來的力道太猛，決不能以鐵扇招架，只得滑步斜身躲過，金杵從他頭頂橫掠而過，相差不逾兩寸。

達爾巴金杵越擲越快，高台四周插着的火把被疾風所激，隨着忽明忽暗。霍都在杵影中跳盪閃避，往往間不容髮。台下羣雄屏息以觀，瞧着這般險惡的情勢，無不駭然。達爾巴擲到第十八下，猛喝一聲，雙掌推杵，金杵如飛箭般平射而出。霍都再也無法閃避，砰的一聲，金杵撞正胸口。他身子軟軟垂下。橫臥台下，一動也不動了。

達爾巴收起金杵，大哭三聲，盤膝坐在師弟身前，唸起「往生咒」來，唸咒已過，縱下高台，走到青靈子身前，高舉金杵交還。青靈子卻不接他兵刃，說道：「恭賀你清洗師門敗類。神鵰俠饒了你，叫你回去西藏，從此不可再到中原。」達爾巴道：「多謝神鵰大俠，小僧謹如所命。」一合十行禮，飄然而去。

郭芙見霍都死在台上，一張臉臃腫可怖，總不信這臉竟是假的，拔出長劍，躍上台去，說道：「咱們瞧瞧這奸人的本來面目，究是如何。」說着用劍尖去削他的鼻子。

驀地裏霍都一聲大喝，縱身高躍，雙掌在半空中直劈下來。原來他給金杵一撞，身受致命重傷，卻未立卽斃命。他故意一動不動，只待達爾巴上前察看，便施展臨死一擊，與其同歸於盡。豈知達爾巴淒然念咒，祝其往生極樂，隨卽下台而去。郭芙卻上來用劍削他面目。霍都這一擊之中，將身上力道半分不餘的使了出來。郭芙乍見死屍復活，大驚之下，竟忘了揮劍抵禦。她身上的軟蝟甲又已借給了丈夫，眼見性命要喪在霍都雙掌之下。郭靖、黃蓉、耶律齊等同時躍起，均欲上台相救，其勢卻已不及。

只聽得嗤嗤兩聲急響，半空中飛下兩枚暗器，分從左右打到，同時擊中霍都胸口。這兩枚暗器形體甚小，似乎只是兩枚小石子，力道卻大得異乎尋常。霍都身子一仰，向後直摔，噴出一口鮮血，這才眞的死去。

衆人驚愕之下，仰首瞧那暗器射來之處，但見雲淡星稀，鈎月斜掛，此外空蕩蕩的並無別物，暗器似乎分從台前兩根旗桿的旗斗中發出。

黃蓉聽了這暗器的破空之聲，知道當世除了父親的「彈指神通」之外，再無旁人有此等功力，只是兩根旗桿都高達數丈，相互隔開十餘丈，何以兩邊同時有暗器發出？驚喜之下不暇細想，縱聲叫道：「是爹爹駕臨麼？」

只聽得左邊旗斗中一個蒼老的聲音哈哈大笑，說道：「楊過小友，咱們一起下去罷！」右邊旗斗中一人應聲：「是！」兩邊旗斗之中各自躍下一人。

星月光下，兩個人衣衫飄飄，同時向高台躍落，一人白鬚青袍，一人獨臂藍衫，正是黃藥師和楊過。兩人都是斜斜下墮，落到離台數丈之處已然靠近，黃藥師伸右手拉住了楊過的左手，在半空中携手而下。衆人若不是先已聽到了兩人說話之聲，眞如斗然見到飛將軍從天而降一般。

郭靖、黃蓉忙躍上台去向黃藥師行禮。楊過跟着向郭靖夫婦拜倒，說道：「姪兒楊過，向郭伯伯、郭伯母磕頭。」郭靖忙伸手扶起，笑道：「過兒，你這三件厚禮，唉，眞是……眞是……」他心中感激，不知道要說「眞是」甚麼才好。

郭芙生怕父親要自己相謝楊過救命之恩，搶着向黃藥師道：「外公，幸好你老人家的彈指神通功夫，免得我受那奸人雙掌的一擊。」

楊過躍下高台，走到郭襄身前，笑道：「小妹子，我來得遲了。」

郭襄一顆心怦怦亂跳，臉頰飛紅，低聲道：「你費神給我備了三件大禮，當眞……當眞辛苦你啦。」楊過笑道：「只是乘着小妹子的生日，大夥兒圖個熱鬧，那算得甚麼？」說着左手一揮。

大頭鬼縱聲怪叫：「都拿上來啊。」大校場口有人跟着喝道：「都拿上來啊！」遠處又有人喝道：「都拿上來啊。」一聲跟着一聲，傳令出去。

過不多時，校場口湧進一羣人來，有人拿着燈籠火把，有的挑擔提籃，有的扛抬木材木板，分布在校場四周，當卽豎木打樁，敲敲打打，東搭一個木台，西掛一個燈色，進來的人源源不絕，可是秩序井然，竟無一人說話，個個只是忙碌異常的工作。

羣雄見楊過適才送了那三件厚禮，都對他佩服得五體投地，暗想他召集這一大批人來，定又大有作爲。那知過不多時，西南角上一座木台首先搭成，有人打起鑼鼓，做起傀儡戲來，做的是「八仙賀壽」。接着西北角上有人粉墨登場，唱一齣「滿床笏」，那是郭子儀生日，七子八壻祝壽的故事。片刻之間，這邊放花炮，那邊玩把戲，滿場上鬧哄哄的全是喜慶之聲。每一台戲都是三湘湖廣、河南四川的名班所演，當眞是人人賣力，各展絕藝。羣雄各依所喜，分站各處台前觀賞，喝采之聲，此伏彼起。

這時史氏兄弟已帶領猛獸離場，西山一窟鬼和神鵰、靑靈子等高手也都悄然退去。

郭襄見楊過給自己想到這般周到，雙目含着歡喜之淚，一時無話可說。

郭芙想起妹子在羊太傅廟中的言語，說有一位少年大俠要來給她祝壽，現下果如所言，不禁暗暗恚怒，拉着黃藥師的手問長問短，對身周的熱鬧只作不見。

郭靖雖覺楊過爲小女兒如此鋪張揚厲未免小題大作，但想他自來行事異想天開，今天一日之中爲襄陽城和丐幫幹下如此三件大事，此刻要任性胡鬧一番，自也由得他，當下只是撚鬟搖頭，微笑不語。

黃蓉問父親道：「爹爹，你和過兒約好了躲在這旗斗中麼？」黃藥師笑道：「非也！那日我在洞庭湖上賞月，忽聽得有人中夜傳呼，來訪烟波釣叟，說有個甚麼神鵰俠，邀他赴襄陽一會。那個烟波釣叟武功不弱，性兒卻有點古怪，我老頭子擔起心來，生怕他暗中要對我的好女兒、好女壻不利，於是悄悄跟了來。原來這神鵰俠竟是小友楊過，早知如此，老頭子又何必操這份心？」黃蓉知道父親雖在江湖上到處雲遊，心中卻時時掛念着自己，笑道：「爹，這一次你可也別走啦，咱們得好好聚一聚。」

黃藥師不答，向郭襄招了招手，笑道：「孩子過來，讓外公瞧瞧你。」郭襄從未見過外公，忙近前行禮。黃藥師拉着她手，細細瞧她臉龐，黯然道：「眞像，眞像。」黃蓉知他又想起了亡妻，說郭襄生得像她外婆年輕之時，怕勾起他的心事，並不接口。郭芙笑道：「那還有不像的麼！你叫老東邪，她叫小東邪……」郭靖喝道：「芙兒，對外公沒規沒矩！」黃藥師大喜，道：「襄兒，你的外號叫『小東邪』麼？」郭襄臉上微微一紅，道：「起初是姊姊這麼叫我，後來人人都這麼叫了。」

這時丐幫的四大長老圍在楊過身邊，不住口的稱謝，均想：「他爲襄陽城立此大功，又奪回打狗棒，揭破霍都的奸謀，魯幫主大仇得報，若肯爲本幫之主，眞是再好也沒有了。」梁長老道：「楊大俠，敝幫老幫主不幸逝世……」楊過早猜中他的心思，不待他說下去，搶着道：「耶律大爺文武雙全，英明仁義，是我昔年的知交好友，由他出任貴幫幫主，定能繼承洪、黃、魯三位幫主的大業。」

黃藥師問了幾句郭襄的武功，轉過頭去，要招呼楊過近前說話，一回頭，只見他身影微幌，已走出校場口外，說道：「楊過小友，我也走啦！」長袖擺動，一瞬眼間已追到了楊過身邊，一老一少，携手沒入黑暗之中。

黃蓉心頭有一句要緊話要對父親說，只是身旁人多，不便開言，那知他說走便走，竟無片刻停留，吃了一驚，急忙追出。

但黃藥師和楊過走得好快，待黃蓉追出，已在十餘丈外。黃蓉叫道：「爹爹，過兒，且相聚幾日再去！」遠遠聽得黃藥師笑道：「咱兩個都是野性兒，最怕拘束，你便讓咱們自由自在的去罷。」最後那幾個字音已是從數十丈外傳來。黃蓉暗暗叫苦，眼見追趕不及，只得回轉。大校場上鑼鼓喧天，兀自熱鬧。

丐幫四大長老聚頭商議。一來若無霍都打擾，已立耶律齊作了幫主，二來楊過於丐幫有大恩，他既也推薦耶律齊，此事可說順理成章。當下四人稟明黃蓉，上台宣布，立耶律齊為丐幫幫主。

幫衆依着歷來慣例，依次向耶律齊身上唾吐。幫外羣雄紛紛上前道賀。

郭襄見楊過此次到來，只與自己說得一句話，微笑相對片刻，隨卽分手，心中說不出的惆悵，眼見姊姊興高采烈的站在姊夫身畔，與道賀的羣雄應酬，但覺心中傷痛再難忍受，當卽轉身，要回自己家去。只走得幾步，黃蓉已追到她身邊，携住了她手，柔聲道：「襄兒，怎麼啦？今天不快活麼？」郭襄道：「不，我快活得很。」說了這句話，隨卽低頭，滿眶淚水，險些便掉了下來，黃蓉如何不明白女兒的心事，卻只說些戲文中的有趣故事，要引她破涕爲笑。

兩人慢慢回府。黃蓉陪女兒到她自己房裏，問道：「襄兒，你累不累？」郭襄道：「還好，媽，你一夜沒睡，該休息了。」黃蓉拉着她，並肩坐在床邊，伸手給她攏了攏頭髮，說道：「襄兒，楊過大哥的事，我從來沒跟你說過。這回事說來話長，你若是不累，我便跟你說說。」郭襄精神一振，道：「媽，你說罷。」

黃蓉道：「這事須得打從他祖父說起。」於是將如何郭嘯天與楊鐵心當年在臨安牛家村結義、郭楊兩家指腹爲婚，如何楊康認賊作父、賣國求榮、終至死於非命，如何楊過幼時寄居桃花島，如何郭芙斬斷他的手臂，如何他和小龍女在絕情谷分手等情，一一說了。

郭襄只聽得驚心動魄，緊緊抓住了母親的手，小手掌心中全是汗水。她怎料想得到這個自己心中藏之、何日忘之的「大哥哥」，與自己家裏竟有這深的淵源，更料不到他那隻手臂竟是爲姊姊斬斷，而他妻子小龍女所以離去，也是因中了姊姊誤發的毒針所起。她只道楊過只是她邂逅相逢的一位少年俠士，只因他倜儻英俊、神采飛揚，這才使她芳心可可，難以自遣，卻原來這中間恩恩怨怨，竟然牽纏及於三代。待得母親說完，她已是如醉如痴，心中一片混亂。

黃蓉幽幽嘆了口氣，說道：「初時我還會錯了意，還道他和你結識，實蓄歹念。唉，說到誠信知人，我實是遠遠不及你爹。你楊大哥今晚幹這三件大事，別說他絕無邪念，縱是不安好心，咱們受惠非淺，也是感激不盡。」郭襄奇道：「媽，楊大哥怎會不安好心？他有甚麼邪念？」黃蓉道：「我起初想錯了，只道他深恨咱們郭家，因此要在你身上復仇。」郭襄搖頭道：「那怎麼會？他若要殺我出氣，那眞是易如反掌，風陵渡邊，他只須出一根手指便戳死了我，費甚麼事？」黃蓉道：「你是小孩子，不懂的。他如要叫你受苦，要咱們傷心煩惱，自有比殺人更惡毒十倍的法兒。唉，那不必說了，我此刻也知道他不會。可是我心中掛着一件事，好生不安。」

郭襄道：「媽，你擔心甚麼？我瞧楊大哥對從前的事也已不放在心上。他不久便要和楊大嫂相會，那時心裏一快活，甚麼事都一筆勾銷了。」黃蓉嘆道：「我擔心不安的，便是怕他見不着小龍女。」

郭襄瞿然而驚，道：「甚麼？那怎麼會？楊大哥親口跟我說，楊大嫂因爲身受重傷，得蒙南海神尼救去醫治，約好了十六年後相會，他夫妻倆情深愛重，互相等了這麼久，怎能見不着？」黃蓉眉頭深皺，「嗯」了一聲。郭襄又道：「楊大哥說，楊大嫂在斷腸崖下以劍刻字，說道：『十六年後，在此重會，夫妻情深，勿失信約。』又說『珍重千萬，務求相聚』，難道刻的字是假的麼？」黃蓉道：「這刻字是千眞萬確，半點不假，可是我便擔心小龍女對楊過相愛太深，因而楊過終於再也見她不着。」

郭襄不明母親言中之意，怔怔的望着她。黃蓉道：「十六年前，你楊大哥夫妻都受了重傷，你楊大哥尚有藥可治，小龍女卻毒入膏肓。你楊大哥眼見愛妻難愈，他也不想活了，縱有仙丹妙藥，他也不肯服食。」她說到這裏，聲音更轉柔和，嘆道：「唉，有些事情，你年紀還小，這時候是不會懂的。」

郭襄怔怔的出神，過了片刻，抬頭道：「媽，倘若我是楊大嫂，我便假裝身子好了，讓他服食丹藥治病。」

黃蓉一呆，沒料到女兒雖然幼小，竟也能這般爲人着想，說道：「不錯，我只擔心小龍女當時便是如此，才離楊過而去。她諄諄叮囑，說夫妻情深，勿失信約，又說珍重千萬，務求相聚。當時我瞧着『珍重千萬』四個字，便猜想小龍女突然影蹤不見，是爲了要你楊大哥安安靜靜的等她十六年。唉，她想這長長的十六年過去，你楊大哥對舊情也該淡了，縱然心裏難過，也會愛惜自己身體，不會再圖自盡了。」

郭襄道：「那麼，那南海神尼呢？」黃蓉道：「那南海神尼，卻是我的杜撰了。世上壓根兒就沒這一個人。」郭襄大吃一驚，顫聲道：「沒……沒有南海神尼？」

黃蓉嘆道：「那日在絕情谷中，斷腸崖前，我見了楊過這般凄苦模樣，心有不忍，只得揑造了一個南海神尼來安慰他，好教他平平安安的等過這一十六年。我說南海神尼住在大智島，實則世上就沒這一個島。我又說南海神尼教過你外公的掌法，好令他更加堅信不疑。楊過這孩兒聰明絕頂，我若非說得活龍活現，他怎能相信？他若是不信，小龍女這番苦心，也就沒有着落了。」

郭襄道：「你說楊大嫂已經死了麼？這一十六年的信約全是騙他的麼？」黃蓉忙道：「不，不！說不定小龍女仍在人世，到了相約之日，她果眞來和楊過相聚，那自是謝天謝地。她是古墓派的唯一傳人，古墓派的創派祖師林朝英學問淵博，內功外功俱臻化境，倘若遺下神奇功夫，令小龍女得保不死，也是在情理之中。」

郭襄心下稍寬，道：「是啊！我也這麼想，楊大嫂是這樣的好人，楊大哥又這般愛她，她不會就這麼死的。倘若楊大哥到了約會之期見她不着，豈不是要發狂麼？」

黃蓉道：「今日你外公到來，我便想向他提一句，請他老人家相助圓這個南海神尼的謊兒，可是一直不得其便。」郭襄也擔起憂來，說道：「這會兒楊大哥正和外公在一起，他立時會問起南海神尼之事。外公不知前因後果，不免洩漏了機關，那可怎生是好？」黃蓉道：「倘若小龍女眞能和他相聚，自是上上大吉，甚麼都好。要是到了約期他見不着小龍女，此人一發性兒，不知要鬧出多大亂子來。他會深恨我撒謊騙他，令他苦等了一十六年。」郭襄道：「媽，那你不用擔心，你全是爲了他。你是一片好心，救了他的性命。」

黃蓉道：「不說郭楊兩家三世相交，便是過兒自己，他曾數次相救你爹爹、媽媽、姊姊和你，今日又爲襄陽立了這等大功，雖說咱們於他小有恩惠，但實不足以相報其萬一。唉，過兒一生孤苦，他活到三十多歲，眞正快活的日子實在沒有幾天。」

郭襄黯然低首，心想：「大哥哥倘若不能和楊大嫂相會，只怕他眞的要發狂呢。」黃蓉又道：「你楊大哥是個至性至情之人，只因自幼遭際不幸，性子不免有點孤僻，行事往往出人意表。」郭襄淡淡一笑，道：「他和外公，和我，都是邪派。」黃蓉正色道：「不錯，他是好人，可是有點邪氣。要是小龍女不幸已經逝世，你可千萬別再跟他見面了。」

郭襄沒料到母親竟會這般說，忙問：「爲甚麼？爲甚麼不能再見楊大哥？」黃蓉握住她手，說道：「要是他和小龍女終於相會，你要跟他們一起去遊玩，便一起去，愛到他們家裏去作客，便去好了，就是隨他們到天涯海角，我也放心。但若他會不到小龍女，襄兒，你不知你楊大哥的爲人，他發起狂來，甚麼事都做得出。」郭襄顫聲道：「媽，他如見不到楊大嫂，傷心悲痛，咱們該得好好勸他才是。」黃蓉緩緩搖頭，說道：「他是不聽人勸的。」

郭襄頓了一頓，問道：「媽，隔了一十六年，你說他傷心之下，會不會再圖自盡呢？」黃蓉沉吟半晌，道：「許多人的心思我都猜得到，可是你楊大哥，他從小我就不明白他心中在打甚麼主意，正因爲我猜他不透，是以不許你再跟他相見，除非他和小龍女同來，那自是又當別論。」郭襄呆呆出神，並不接口。

黃蓉道：「襄兒，媽這全是爲你好，你如不聽媽的話，將來後悔可來不及了。」她見女兒秀眉緊蹙，眼現紅暈，柔聲道：「襄兒，我再說一回事你聽，那是你楊大哥之父楊康的作爲。」於是又將楊鐵心如何收穆念慈爲義女，如何比武招親而遇到楊康，如何楊康作惡多端，而穆念慈始終對他一往情深、生下楊過、終於傷心而死等情一一說了，最後道：「穆念慈姊姊品貌雙全，實是一位難得的好女子，只因誤用了眞情，落得這般下場。」

郭襄道：「媽，她是沒有法子啊。她旣歡喜了楊叔叔，楊叔叔便有千般不是，她也要歡喜到底。」

黃蓉凝視着女兒的小臉，心想：「她小小年紀，怎地懂得這般多？」眼見她神情困頓，眼皮軟垂，於是拉開棉被，幫她除去鞋襪外衣，叫她睡下，給她蓋上了被，道：「快合上眼睛，媽看你睡着了再去。」郭襄依言合眼，一夜沒睡，也眞的倦了，過不多時，便卽鼻息細細，沉沉入夢。

黃蓉望着女兒俏麗的臉龐，心想：「三個兒女之中，我定要爲你操心最多。你們三姊弟中，到底我最憐惜那一個，可也眞的說不上來呢。」當下自行回房安睡。

傍晚時分，武氏兄弟派了快馬回報，說道南陽的大軍糧草果然一焚而盡，火藥爆炸，炸死了不少蒙古兵將，餘火兀自未熄，蒙古前軍退兵百里，暫且按兵不動。襄陽城中得到這個確訊，滿城狂喜，「神鵰大俠」四個字掛在口上說個不停。有的更加油添醬，將楊過說得猶似三頭六臂一般，講到他怎地殲滅新野、鄧州兩路敵兵，怎地火燒南陽，口沫橫飛，有聲有色，似一切全是他親眼目覩，誰也沒他知道得明白詳盡。

當晚郭靖夫婦應安撫使呂文德之邀，到署中商議軍情，直到深夜方回。次日淸晨，耶律齊、郭芙、郭破虜依例到後堂向父母請安，等了良久，不見郭襄到來。黃蓉擔心起來，命丫鬟到二小姐房中瞧瞧，是不是她身子不適。過了一會，那丫鬟和郭襄的貼身使女小棒頭同來回報，說道：「二小姐昨晚沒回房安睡。」

黃蓉吃了一驚，忙問：「怎地昨晚不來稟報？」小棒頭道：「昨夜夫人回來得晚了，婢子不敢前來驚擾，只道二小姐過一會兒就能回房，那知道等到這時還沒見到。」

黃蓉微一沉吟，卽到女兒房中察看，只見她隨身衣服和兵刃、銀兩等一件也沒携帶，正自奇怪，忽見女兒枕底露出白紙一角。黃蓉情知不妙，暗暗叫苦，抽出一看，只見紙上寫道：「爹爹媽媽尊鑒：女兒去勸楊大哥千萬不要自尋短見，勸得他聽了之後，女兒卽歸。女襄叩上。」

黃蓉呆在當地，做聲不得，心道：「這女孩兒恁地天眞！楊過是何等樣人，這世上除了小龍女之外，他還能聽誰的勸？要是他肯聽旁人的言語，那也不是楊過了。」有心要卽行出去尋女兒回來，但南北兩路蒙古大軍虎視襄陽，眼前攻勢雖然頓挫，但隨時能再揮兵進攻，這時候如何能爲兒女之私，輕身涉足江湖？當下和郭靖商議之後，寫了四通懇切的書信，分交八名能幹得力的丐幫弟子，分四路出去尋找郭襄，命她卽行歸家。

郭襄那日聽了母親詳述往事之後，雖卽睡去，但惡夢連連，一會兒見楊過揮劍自殺，將另條一手臂也斬斷了，一會兒又見他自千丈高崖上躍將下來，跌得血肉模糊。做了幾個惡夢之後，滿身冷汗的醒來，坐在床上細細思量：「大哥哥給了我三枚金針，答允給我做到三件事。眼下金針還賸一枚，正好持此相求，要他依我，千萬不能自盡。他是豪俠之士，言出必踐，我這便找他去。」於是留了一封短簡，當卽出城。

可是楊過和黃藥師携手同行，此刻到了何處，實是毫無頭緒。郭襄行出三十餘里，腹中飢餓起來，要想尋一家飯店打尖。但襄陽城郊百姓爲了逃避敵軍，早已十室十空，別說飯店，連有人的人家也找不到一家。郭襄從未獨自出過門，想不到道上有這等難處，坐在路旁一塊石上，雙手支頤，暗暗無愁。

坐了一會，心想：「沒有飯店，尋些野果充飢便了。」縱目四顧，身周數里之內連果樹也沒一棵。正沒做理會處，忽聽得馬蹄聲響，一乘馬自東而西奔來。馳到近處，只見馬上坐着個極高極瘦的年老僧人，身披黃袍。馬匹奔馳極快，轉眼便過去了，奔出數丈，那老僧忽地圈轉馬頭，回到郭襄身前停住，問道：「小姑娘，你是誰？怎麼一個人在這兒？」

郭襄見他目光如電，心中微微一凜，但隨卽想到在黑龍潭前所遇到的一燈大師，暗想：「那一燈大師如此慈祥，這老和尙想必也是好人。」答道：「我姓郭，要去找一個人。」那老僧道：「你去找誰？」郭襄側過了頭微微一笑，道：「老和尙多管閒事，我不跟你說。」那老僧道：「你要找的人是怎生模樣，或許我曾在道上見到，便可指點途徑。」郭襄一想不錯，便道：「我找的那人最好認不過，是個沒有右臂的青年男子。他或許是和一隻大鵰在一塊兒，也或許只有他獨自一人。」

那老僧正是金輪法王，聽她所說之人正是楊過，心中一驚，臉上卻現喜色，道：「啊，你要找的人姓楊名過，是不是？」郭襄大喜，道：「是啊，你識得他？」法王笑道：「我怎不識得？他是我的小朋友。我識得他的時候，你還沒出世呢。」

郭襄俏臉上一陣紅暈，笑問：「大和尙，你叫甚麼法名啊？」法王道：「我叫珠穆朗瑪。」珠穆朗瑪是西藏境內一座高山之名，此峯之高，天下第一，法王隨口說出來，隱有武功高絕、無人可及之意。

郭襄笑道：「甚麼珍珠，木馬，嘰哩咕嚕的，名字這麼長。」金輪法王道：「叫珠穆朗瑪。」郭襄道：「好，是珠穆朗瑪大師。你知道我大哥哥在那兒麼？」法王道：「你大哥哥？」郭襄道：「楊過啊？」法王道：「啊，你叫楊過作大哥哥，你說姓郭啊？」郭襄臉上又是微微一紅，道：「我們是世交，他從小住在我家裏的。」

法王心念一動，道：「我有個方外之交，與老僧相知極深。此人武藝高強，名滿天下，也是姓郭，單名一個靖字，不知姑娘識得他麼？」郭襄一怔，心想：「我偷偷出來，他既是爹爹的朋友，說不定硬要押我回去，還是不說的好。」說道：「你說郭大俠麼？他是我本家長輩。大和尚是瞧他去麼？」

法王人既精明，又是久歷世務，郭襄這麼神色稍異，他如何瞧不出來？當卽嘆道：「我和郭大俠乃是過命的交情，已有二十餘年不見，日前在北方聽到噩耗，說郭大俠已經逝世，老僧心痛如絞，因此兼程趕來，要到他靈前去一拜。唉，大英雄不幸短命，眞是蒼天無眼了。」說到這裏，淚水滾滾而下，衣襟盡濕。他內功深湛，全身肌肉呼吸皆能控縱自如，區區淚水，自是說來便來。

郭襄見他哭得悲切，雖然明知父親不死，但父女關心，不由得心中也自酸苦，眼眶一紅，說道：「大和尚，你不用傷心，郭大俠沒有死。」法王搖頭道：「你別瞎說！他確是死了。小女孩兒怎知道大人的事？」郭襄道：「我正自襄陽出來，怎不知道？剛剛昨天我便見過郭大俠。」

法王此時再無懷疑，仰天大笑，說道：「啊，你便是郭大俠的小姐。」突然又搖頭道：「不對，不對，郭大俠的小姐名叫郭芙，我也識得，她今年總有三十五歲出頭了，那像你這般小？」郭襄經不起他這麼一激，道：「那是我大姊姊。她叫郭芙，我叫郭襄。」

法王心中大喜，暗想：「今日當眞是天降之喜，這福氣自己撞將過來。」說道：「如此說來，郭大俠眞是沒死了。」郭襄見他喜形於色，還道他眞是爲父親健在而喜歡，覺得此人良心眞好，說道：「自然沒有死！我爹爹倘若死了，我哭也哭死了。」法王喜道：「好，好，好！我信你了。郭二姑娘，如此我便不到襄陽去了。相煩你告知令尊郭大俠和令堂黃幫主，便說故人珠穆朗瑪敬候安好。」他料知郭襄定要問他楊過之事，於是以退為進，雙手一合十，牽過馬來，便要上鞍。

郭襄道：「喂喂，大和尚，你這個人怎麼如此不講理啊？」法王道：「我怎地不講理了？」郭襄道：「我跟你說了我爹爹的消息，你卻沒跟我說楊過的消息，他到底在那裏？」法王道：「啊，昨天在南陽之北的山谷之中，老僧曾和楊過小友縱談半日，他正在該處練劍，此刻十九未走，你去找他便了。」郭襄秀眉微蹙，道：「這許多山谷，到那裏去找他？請你說得明白些。」法王沉吟半晌，便道：「好罷！我本要北上，就帶你去見他便了。」郭襄大喜，道：「如此多謝你啦。」

法王牽過馬來，道：「小姑娘騎馬，老僧步行。」郭襄道：「這個何以克當？」法王笑道：「這馬四條腿，未必快得過老僧的兩條腿。」

郭襄正欲上馬，忽道：「啊喲，大和尚，我肚子餓啦，你帶着吃的沒有？」法王從背囊中取出一包乾糧。郭襄吃了兩個麵餅，上馬便行。

法王大袖飄飄，隨在馬側。郭襄想起他那句話：「這馬四條腿，未必快得過老僧的兩條腿」，一提馬韁，笑道：「大和尚，我在前面等你。」話聲未畢，那馬四蹄翻飛，已發足向前疾馳。

這馬脚力甚健，郭襄但覺耳畔風生，眼前樹過，幌眼便奔出了里許。她回頭笑道：「大和尚，你追得上我麼？」說話甫畢，微微一驚，原來竟爾不見了金輪法王的蹤影。忽聽得那和尚的聲音從前面樹林中傳出：「郭姑娘，我這坐騎跑不快，你得加上幾鞭。」郭襄大奇：

「怎地他又在前面？」縱馬搶上，只見法王在身前十餘丈處大步而行。郭襄揮鞭抽馬，那馬奔得更加快了，然而和法王始終相距十餘丈，幾乎要迫近數尺也有所不能。這時兩人已走上襄陽城北大路，一望平野，那馬四隻鐵蹄濺得黃土飛揚，看法王時，卻是脚下塵沙不起，宛似御風而行一般。

郭襄好生佩服，心想：「他若非身具這等武功，也不配和爹爹結成知交。」由欽生敬，叫道：「大和尚，你是長輩，還是你來騎馬罷，我慢慢跟着便是。」法王回頭笑道：「咱們何須在道上多費時光？早些找到你大哥哥不好麼？」這時郭襄胯下的坐騎漸感乏力，奔跑已無先前之速，反而與法王越離越遠了。

便在此時，只聽得北邊又有馬蹄聲響，兩乘馬迎面馳來。法王道：「咱們把這兩匹馬截下來，三匹馬掉換着騎，還可趕得快些。」過不多時，兩乘馬已奔到近前，法王雙手一張，說道：「下來走走罷！」

兩馬受驚，齊聲長嘶，都人立起來。馬上乘客術甚精，身隨鞍起，並沒落馬，一人怒喝：「甚麼人？要討死麼？」刷的一聲，馬鞭從半空抽將下來。郭襄喜叫：「大頭鬼，長鬚鬼，別動手，是自己人！」馬上乘客正是西山一窟鬼中的長鬚鬼和大頭鬼。

這時法王左手回帶，已抓住了大頭鬼的馬鞭，往空一奪。不料大頭鬼人雖矮小，卻是天生神力，那馬鞭又是極牢韌的牛皮所製，法王這一奪實有數百斤的大力，但馬鞭居然不斷，也沒將大頭鬼拉得鞭子脫手。法王叫道：「好小子！」手勁暗加，呼的一聲，終於將大頭鬼拉下馬來。

大頭鬼大怒，撒手鬆鞭，便欲撲上跟法王放對。長鬚鬼叫道：「三弟且慢！」說道：「郭二小姐，你怎地和金輪法王在一起了？」當日金輪法王和楊過等同入絕情谷，長鬚鬼樊一翁見過他一面，因此識得。

郭襄笑道：「你認錯人啦，他叫珠穆朗瑪大師，是爹爹的好朋友。金輪法王卻是爹爹的對頭，這不是牛頭不對馬嘴麼？」樊一翁問道：「你在那裏遇見這和尚的？」郭襄道：「我剛碰着他。這位大和尚說道我爹爹不在了，你說好笑不好笑？他要帶我去見大哥哥呢。」大頭鬼道：「二小姐快過來，這和尚不是好人。」郭襄將信將疑，道：「他騙我嗎？」大頭鬼道：「神鵰俠在南邊，怎地他帶你往北？」

金輪法王微微一笑，道：「兩個矮子瞎說八道。」身形䍥幌，倏忽間欺近二鬼身側，雙掌齊下，逕向二鬼天靈蓋拍落。

這十餘年來，法王在蒙古苦練「龍象般若功」，那是密宗中至高無上的護法神功。

那「龍象般若功」共分十三層，第一層功夫十分淺易，縱是下愚之人，只要得到傳授，一二年中即能練就。第二層比第一層加深一倍，需時三四年。第三層又比第二層加深一倍，需時七八年。如此成倍遞增，越是往後，越難進展。待到第五層後，欲再練深一層，往往便須三十年以上的苦功。密宗一門，高僧奇士歷代輩出，但這一十三層「龍象般若功」卻從未有一人練到十層以上。這功夫循序漸進，本來絕無不能練成之理，若有人得享數千歲高齡，最終必臻第十三層境界，只是人壽有限，密宗中的高僧修士欲在天年終了之前練到第七層、第八層，便非得躁進不可，這一來，往往陷入了欲速不達的大危境。北宋年間，藏邊曾有一位高僧練到了第九層，繼續勇猛精進，待練到第十層時，心魔驟起，無法自制，終於狂舞七日七夜，自絕經脈而死。

那金輪法王實是個不世出的奇才，潛修苦學，進境奇速，竟爾衝破第九層難關，此時已到第十層的境界，當眞是震古鑠今，雖不能說後無來者，卻確已前無古人。據那「龍象般若經」言道，此時每一掌擊出，均具十龍十象的大力，他自知再求進境，此生已屬無望，但既已自信天下無敵手，卽令練到第十一層，也已多餘。當年他敗在楊過和小龍女劍下，引爲生平奇恥大辱，此時功力既已倍增，乘着蒙古皇帝御駕親征，便扈駕南來，要雙掌擊敗楊龍夫婦，以雪當年之恥。

這時他雙掌齊出，倏襲二鬼，大頭鬼舉臂一格，喀的一響，手臂立卽折斷，腦門跟着中掌，連哼也沒哼一聲，當卽斃命。樊一翁功力遠爲深厚，眼見敵人這一擊甚是厲害，使一招「托天勢」，雙手舉起撐持，立覺有千斤重力壓在背上，眼前一黑，撲地便倒。

郭襄大驚，喝道：「這兩個是我朋友，你怎敢出手傷人？」

樊一翁噴了兩口鮮血，猛地縱起，抱住了法王兩腿，叫道：「姑娘快逃。」法王左手抓住他背心，要將他提起摔出，但樊一翁捨命迴護郭襄，雙手便如鐵圈般牢牢握住了敵人雙腿。法王雖然力大，卻拉他不脫。郭襄又驚又怒，此時自已知道法王不懷好意，可是不願捨樊一翁而獨自逃命。雙手在腰間一插，凜然道：「惡和尙，你恁地歹毒？快放了長鬚鬼，姑娘隨你去便是。」樊一翁叫道：「姑娘快逃，別管……」下面一個「我」字沒說出口，就此氣絕。

法王提起樊一翁的屍身往道旁一擲，獰笑道：「你若要逃，何不上馬？」郭襄一生從未恨過任何人，當日魯有脚死在霍都手下，但她未曾目覩霍都下手，只是心中悲痛，卻沒憎恨仇人，這時見法王如此毒辣殘忍，不由得恨到極處，對他怒目冷視，竟無半點懼色。法王道：「小姑娘，你怎地不怕我？」郭襄道：「我怕你甚麼？你要殺我，快動手好啦！」法王大拇指一翹，讚道：「好，將門虎女，不愧乃父。」

郭襄向着法王狠狠的望了一眼，想要埋葬兩位朋友，苦無鋤頭鐵鏟之屬，微一沉吟，提起兩人屍身，放在樊一翁的坐騎背上，翻過踏蹬皮索，將屍身綁住了，在馬臀上踢了一脚，說道：「馬兒，馬兒，你送主人回家去罷。」那馬吃痛，疾馳而去。

那晚楊過和黃藥師並肩離了襄陽，展開輕功，向南疾趨，倏忽間奔出數十里之遙，卯末辰初，已到宜城。兩人來到一家酒樓，點了酒菜，共敍契闊。黃藥師說起程英、陸無雙姊妹十餘年來隱居故鄉嘉興，以傻姑爲伴。他曾想携同兩人出來行走江湖散心，兩姊妹總是不願。楊過黯然長嘆，頗感內疚。

兩人喝了幾杯，楊過說道：「黃島主，這十多年來，晚輩到處探訪你老人家的所在，想請問你一件事，直到今日，方始如願。」黃藥師笑道：「我隨意所之，行蹤不定，要找我確是不易。但不知老弟要問我何事。」楊過正要回答，忽聽得樓梯上脚步聲響，上來三人。

黃楊二人聽那脚步之聲，知道上樓的三人武功甚強，大非庸手，一瞥之下，楊過識得當先一人乃是瀟湘子，第二人面目黝黑，並不相識，第三人卻是尹克西。這時瀟湘子和尹克西也已見到楊過，兩人愕然止步，互相使個眼色，便欲下樓。

楊過軒眉笑道：「故人久違，今日有幸相逢，何以匆匆便去？」尹克西拱了拱手，陪笑道：「楊大俠別來無恙？」瀟湘子深恨終南山上折臂之辱，這十餘年來雖然功力大進，自知終非敵手，當下再也不向楊過多瞧一眼，逕自走向樓梯。

那黑臉漢子也是忽必烈帳下有名武士，這次與尹瀟二人來到宜城打探消息。眼見瀟湘子滿臉怒色，當即大聲道：「瀟湘兄且請留步，既有惡客阻了清興，待小弟趕走他便是。」說着伸出大手便往楊過肩頭抓來，要提起他摔下樓去。

楊過見他手掌心紫氣隱隱，知道此人練的是毒砂掌中的一門，心念微動：「我何不借此三人，向黃老前輩探問南海神尼之事？」眼見他手掌將及自己肩頭，反手一搭，拍的一聲，清清脆脆的打了他個耳光。黃藥師暗吃一驚：「這一掌打得好快！」就只這麼一掌，已瞧出楊過自創武功，已卓然而成大家。只聽得拍拍連響，瀟湘子左右雙頰也均中掌。楊過念着尹克西舉止有禮，便饒過了他。

黃藥師笑道：「楊老弟，你新創的這路掌法可高明得緊啊，老夫意欲一覩全豹，以飽眼福。」楊過道：「正要向前輩請教。」當下身形幌動，將那路「黯然銷魂掌法」施展開來，長袖飄動，左掌飛揚，忽而一招「拖泥帶水」，忽而一招「神不守舍」，將瀟湘子、尹克西、和黑臉漢子一起裹在掌風之中。那三人猶如身陷洪濤巨浪，跌跌撞撞，隨着楊過的掌風轉動，別說掙扎，竟連站定脚步也是不能，到了全然身不由主的境地。黃藥師舉杯乾酒，嘆道：「古人以漢書下酒，老夫今日以小兄弟的掌法下酒，豪情遠追古人矣。」

楊過叫道：「老前輩請指點一招。」手掌一擺，掌力將瀟湘子向黃藥師身前送來。黃藥師不敢怠慢，左掌推出，將瀟湘子送了回去，只見那黑臉大漢跟着又衝近身來，於是舉杯飲了一口，回掌將他推出。楊過凝神瞧他掌法，雖然功力深厚，卻也並非出奇神妙，心想：「我若非出全力以赴，引不出他學自南海神尼的掌法。」當下氣聚丹田，催動掌力，將瀟湘子、尹克西、黑臉漢子三人越來越快的推向黃藥師身前。

黃藥師回了數掌，只覺那三人衝過來的勢頭便似潮水一般，一個浪頭方過，第二個更高的浪頭又撲了過來，心想：「這少年的掌力一掌強似一掌，確是武林中的奇才！」

便在此時，那黑臉漢子忽地凌空飛起，脚前頭後，雙脚向黃藥師面門踹到。黃藥師斜掌卸力，右手不自禁的微微一幌，酒杯中一滴酒潑了出來，跟着尹克西和瀟湘子雙雙凌空，一正一斜的撞到。黃藥師叫道：「好！」放下酒杯，右手還了一掌。

黃楊兩人相隔數丈，你一掌來，我一掌去，那三人竟變成了皮毬玩物，給兩人的掌力帶動，在空中來往飛躍。「黯然銷魂掌」使到一半，黃藥師的「落英神劍掌法」已相形見絀，他眼見尹克西如箭般衝到，自忖掌力不足以與之對抗，伸指一彈，嗤的一聲輕響，一股細細的勁力激射出去，登時將楊過拍出的掌力化解了。他連彈三下，但聽得撲通、撲通、撲通三響，瀟湘子等三人摔在樓板之上，暈了過去。這「彈指神通」奇功與楊過的「黯然銷魂掌」鬥了個旗鼓相當，誰也沒能贏誰。

兩人哈哈一笑，重行歸座，斟酒再飲。黃藥師道：「老弟這一路掌法，以力道的雄勁而論，當世唯小婿郭靖的降龍十八掌可以比擬。老夫的落英神劍掌便輸卻一籌了。」楊過連連遜謝，說道：「晚輩當年得蒙前輩指點『彈指神通』與『玉簫劍法』兩大奇功，終身受益不淺。晚輩自創這路掌法，頗有不少淵源於前輩所指撥的功夫，前輩自是早已看出。聞道前輩曾蒙南海神尼指點，學得一路掌法，不知能賜晚輩一開眼界否？」

黃藥師奇道：「南海神尼？那是誰啊？我從沒聽過此人的名頭。」

楊過臉色大變，站起身來，顫聲說道：「難道……難道世上並無……並無南海神尼其人？」黃藥師見他神色斗然大異，倒也吃了一驚，沉吟道：「莫非是近年新出道的異人？老夫孤陋寡聞，未聞其名。」

楊過呆立不動，一顆心便似欲從胸腔中跳將出來，暗想：「郭伯母說得明明白白，說龍兒蒙南海神尼所救，原來盡是騙人的鬼話，原來都是騙我的，都是騙我的！」仰天一聲長嘯，震動屋瓦，雙目中珠淚滾滾而下。

黃藥師道：「老弟有何爲難之事，不妨明示，說不定老夫可相助一臂之力。」楊過一揖到地，哽咽道：「晚輩心亂如麻，言行無狀，須請恕罪。」長袖揚起，轉身下樓，但聽得喀喇喀喇響聲不絕，樓梯踏級盡數給他踹壞。

黃藥師茫然不解，自言自語：「南海神尼，南海神尼？那是何人？」

楊過放開脚步狂奔，數日間不食不睡，只是如一股疾風般捲掠而過。他自忖唯有疲累如死，才不致念及小龍女，到底日後是否能和她相見，此時實是連想也不敢想。不一日已到了大江之濱，他心力交瘁，再也難以支持，眼見一帆駛近岸旁，當下縱身躍上，摸出一錠銀兩擲給舟子，也不問那船駛向何處，在艙中倒頭便睡。

大江東去，濁浪滔滔，楊過所乘那船沿江而下，每到一處商市必定停泊數日，上貨卸貨，原來是在長江中上落貿遷的一艘商船。楊過心中空蕩蕩地，反正是到處漫遊，也不怕那船在途中多所躭擱，在舟中只是白日醉酒，月夜長嘯，書空咄咄，不知時日之過。舟子和客商貪他多給銀兩，只道他是個落拓江湖的狂人，也不加理會。

這一日舟抵江陰，聽得船中一個客商說起要往嘉興、臨安買絲。楊過聽到「嘉興」兩字，猛地一驚：「我父當年在嘉興王鐵槍廟中慘被黃蓉害死，說道是『葬身鴉腹』，難道竟連骸骨也四散無存了？我不好好安葬亡父骸骨，是爲不孝。」言念及此，當卽捨舟上陸。

此時方當隆冬，江南雖不若北方苦寒，卻也是遍地風雪。楊過身披簑衣，頭戴斗笠，踏雪南行，第三日上到了嘉興。

到得城中，已近黃昏，他找一家酒樓用了酒飯，問明王鐵槍廟的路徑，冒着漫天大雪，大踏步而行。得到鐵槍廟時已二更時分。大雪未停，北風仍緊。

朦朦朧朧的白雪反光之下，見這廟年久失修，已破敗不堪，山門腐朽，輕輕一推，竟爾倒在一邊。走進廟去，只見神像毀破，半邊斜倒，到處蛛網灰塵，並無人居。悄立殿上，想像三十餘年之前，父親在此殿上遭人毒手，以致終身父子未能相見一面，傷心人臨傷心地，倍增苦悲。

在廟中前前後後瞧了一遍，心想父親逝世已久，自不致再留下甚麼遺迹，走到廟後，只見兩株大樹之間有座墳墓，墳前立着一碑，墳墓和碑石都蓋滿了白雪。楊過大袖一揮，疾風掠出，碑上白雪飛散，看碑上刻字時，不由得怒火攻心，難以抑制，原來碑上刻着一行字道：

「不肖弟子楊康之墓」，旁邊另刻一行小字：「不才業師丘處機書碑」。

楊過大怒，心想：「丘處機這老道忒也無情，我父既已死了，又何必再立碑以彰其過？我父卻又如何不肖了？哼，肖你這個牛鼻子老道有甚麼好處？我不到全眞敎去大殺一場，此恨難消。」一手掌揚起，便要往墓碑拍落。

便在此時，忽聽得西北方雪地中傳來一陣快速的脚步聲，這聲音好生奇怪，似乎是幾個武林好手同行，卻又似是兩頭野獸緊跟而來，脚步着地時左重右輕，大異尋常。楊過好奇心起，停掌不擊，耳聽得這聲音正是奔向王鐵槍廟而來，於是回進正殿，隱身在坍倒的神像之後，要瞧瞧是甚麼怪物。

片刻之間，脚步聲走到廟前，停着不動，似乎怕廟中有敵人隱伏，過了一會，這才進殿。楊過探頭一瞧，險些兒啞然失笑。原來進廟的共是四人，這四人左腿均已跛折，各人撐着一根拐杖，右肩上各有一條鐵鍊，互相鎖在一起，因此行走時四條拐杖齊落，跟着便是四條右腿同時邁步。

只見當先那人頭皮油光晶亮，左臂斷了半截。第二人額頭生三個大瘤，左臂齊肘而斷，兩人均是殘廢中加了殘廢。第三個短小精悍。第四人是個高大和尚。四人年紀均已老邁。楊過暗暗稱奇：「這四人是甚麼路數？何以如此相依爲命，永不分開？」只聽得嗒嗒兩聲響，爲首的禿子取出火刀火石打着了火，找半截殘燭點着了。楊過看得分明，見除第一人外，其餘三人都只有眼眶而無眼珠，這才恍然：「原來那三人須仗這禿子引路。」

禿頭老者舉起蠟燭，在鐵槍廟前後巡視，四人便如一串大蟹，一個跟一個，相距不逾三尺，楊過早已藏好，別說這四人行動不便，又只一人能夠見物，縱然四人個個耳目靈便、手足輕捷，也搜不出他藏在神像之後。四人巡查後回到正殿。禿頭老者道：「柯老頭沒洩露咱們行蹤，他如邀了幫手，定是先行埋伏在此。」第三人道：「不錯，他答應決不吐露半句，這些人以俠士自負，那『信義』兩字，倒是瞧得很重的。」

四個人並肩坐地。生瘤子的第二人道：「師哥，你說這柯老頭眞的會來麼？」第一人道：「那就難說得很，按理是不會來的，誰能有這麼傻，眼巴巴的自行來送死？」第三個瘦子道：「可是這柯老頭乃江南七怪之首，當年他們和那十惡不赦的丘老道打賭，萬里迢迢的趕到蒙古去教郭靖武藝，這件事江湖傳聞，都說江南七怪千金一諾，言出必踐。咱們也瞧在這件事份上，那才放他。」

楊過在神像後聽得清楚，心想：「原來他們在等候柯老公公。」只聽第二人道：「我說他一定不來，彭大哥，要不要跟你打一個賭，瞧瞧是誰……」一句話還沒說完，只聽得東邊雪地上傳來一陣脚步聲，也是一輕一重，有人以拐杖撐地而來。楊過幼時曾在桃花島上與柯鎭惡相處，一聽便知是他到了。那瘦子哈哈一笑，道：「侯老弟，柯老頭來啦，還打不打賭呢？」那生瘤子的喃喃道：「賊廝鳥，果眞不怕死，這般邪門。」

但聽得錚錚錚幾聲響，鐵杖擊地，飛天蝙蝠柯鎭惡走進殿來，昂然而立，說道：「柯鎭惡守約而來，這是桃花島的九花玉露丸，一共十二粒，每人三粒。」右手輕揚，一個小小磁瓶向爲首的禿頭老者擲去。那老者喜道：「多謝！」伸手接了。柯鎭惡道：「老夫的私事已了，特來領死。」但見他白鬚飄飄，仰頭站在殿中，自有一股凜凜之威。

那生瘤子的道：「師哥，他取來了九花玉露丸，治得好咱們身上的內傷隱痛，咱們跟他又沒深仇大怨，就饒了他罷。」那瘦子冷笑道：「嘿，侯老頭，常言道養虎貽患，你這婦人之仁，只怕要叫咱們死無葬身之地。他此刻雖未洩露，誰保得定他日後始終守口如瓶？」突然提高聲音喝道：「一齊動手！」四人應聲躍起，將柯鎮惡圍在垓心。

那光頭老者啞聲道：「柯老頭，三十餘年之前，咱們同在此處見到楊康慘死，想不到今日你也走上他這條路子，這才眞是報應不爽。」

柯鎮惡鐵杖在地下一登，怒道：「那楊康認賊作父，賣國求榮，乃卑鄙無恥小人。我柯鎮惡堂堂男兒，無愧天地，你如何拿這奸賊來跟我飛天蝙蝠相比？你難道還不知柯某可殺不可辱嗎？」那瘦子哼的一聲，罵道：「死到臨頭，還充英雄好漢！」其餘三人同時出掌，往他頂門擊落。柯鎮惡自知非這四人敵手，持杖挺立，更不招架。

只聽得呼的一聲疾風過去，跟着砰的一響，泥塵飛揚，四人都覺得落掌之處情形不對，似乎並非擊上了血肉之軀。那禿頭老者早已瞧得明白，但見柯鎮惡已然不知去向，他原先站立之處，竟爾換上了廟中那鐵槍王彥章的神像。神像的腦袋爲這勁力剛猛的四掌同時擊中，登時變成泥粉木屑。

那禿頭老者大驚之下，回過頭來，只見一個三十來歲的男子滿臉怒容，抓住柯鎮惡的後頸，將他高高舉在半空，喝道：「你憑甚麼辱罵我先父？」

柯鎮惡問道：「你是誰？」楊過道：「我是楊過，楊康是我爹爹。我幼小之時，你待我不錯，卻何以在背後胡言毀謗我過世的先人？」柯鎮惡冷冷的道：「古往今來的人物，有的流芳百世，有的遺臭萬年，豈能塞得了世人悠悠之口？」楊過見他絲毫不屈，更加憤怒，提起他身子重重往地下一擲，喝道：「你說我父如何卑鄙無恥了？」

那禿頭老者見楊過如此神功，在一瞬之間提人換神，自己竟爾不覺，諒來非他對手，輕輕一扯連着其餘三人鐵鍊，悄步往廟外走去。楊過身形略幌，攔在門口，喝道：「今日不說個明白，誰都不能活着離去。」四個人齊聲大喝，各出一掌，合力向前推出。楊過喝道：「來得好！」左手也是一掌推出，這股強勁無倫的掌風橫壓而至，四個人立足不定，向後便倒，喀喇喇一聲響，都壓在神像之上，將神像撞得碎成了十多塊。四人中第二個武功最弱，偏是他額頭肉瘤剛好撞正神像的胸口，立時昏暈。

楊過道：「你四人是誰？何以這般奇形怪狀的連在一起？又何以與柯鎮惡在此相約會面？」那禿頭老者給楊過這一掌推得胸口塞悶，五臟六腑似乎盡皆倒轉，盤膝坐着運了幾口氣，這才慢慢說出一番話來。

原來這禿頭老者乃是沙通天，第二人生瘤子的是他師弟三頭蛟侯通海，第三個短小精悍之人是千手人屠彭連虎，最後一個高大和尚是大手印靈智上人。三十餘年之前，老頑童周伯通將這四人拿住，交給丘處機、王處一等看守，監禁在終南山重陽宮中，要他們改過自新，這才釋放。四人惡性難除，千方百計的設法脫逃，但每次均給追了回來，第三次脫逃之時，彭連虎、侯通海、靈智上人三個人各自殺了幾名看守的全眞弟子。全眞教的道人爲懲過惡，打折了他們一腿，又損了三人眼睛，只有沙通天未傷人命，雙目得以保全。到得十六年前蒙古武士火焚重陽宮，沙通天等終於在混亂中逃了出來。只因三人目盲，非依沙通天指路不可，彭連虎等生怕他一人棄衆獨行，是以堅不肯除去全眞道人繫在他們肩頭的鐵鍊，四個人連成一串便是爲此。

楊過當年在重陽宮學藝爲時甚暫，又不得師父和師兄們的歡心，從未被准許走近監禁四人之處，因此不識四人面目，更不知他們的來歷。

沙通天等逃出重陽宮後，知道全眞教的根本之地雖然被毀，但在江湖上仍是勢力十分龐大，自己四人已然殘廢，無法與抗，於是潛下江南，隱居於荒僻的鄉村之中，倒也太太平平的過了十六年。這一日四人在門外晒太陽，忽見柯鎭惡從村外小路經過。沙通天生怕他是爲己而來，當卽攔路截住。柯鎭惡的武功遠不及四人，一動手就被制住，詢問之下，才知他另有要事。四人雖與他並無重大仇怨，但恐他洩漏了自己行蹤，便要將他打死。

柯鎭惡當時言道，他須赴嘉興一行，事畢之後，自當回來領死，四人若能容他多活數日，他願取桃花島的療傷至寶九花玉露丸爲酬。四人傷腿之後，每逢陰雨便自酸痛難熬，聽柯鎭惡說能贈以靈藥，於是要他發下重誓，決不吐露四人的行藏，亦不相邀幫手前來助拳，這才約定日子，在王鐵槍廟中重會。

沙通天敍畢往事，說道：「楊大俠，令尊在日，我們都是他府中上客。直他老人家逝世，我們絲毫沒對不起他之處，望你念在昔日之情，放我們去罷。」數十年前，沙通天、彭連虎諸人都是江湖上響噹噹的脚色，縱然刀劍加頸，斧鉞臨身，亦決不肯絲毫示弱，但自被長期幽禁、斷腿傷目之後，心灰氣沮，豪氣盡銷，竟向楊過哀哀求告起來。

楊過哼了一聲，並不理會，向柯鎮惡道：「你剛才可是去見程英、陸無雙姊妹麼？卻是爲了何事？」柯鎮惡仰天長笑，說道：「楊過啊楊過，你這小子好不曉事？」楊過怒道：「我怎地不曉事了？」柯鎮惡笑道：「事到如今，我飛天蝙蝠早沒把這條老命放在心上，便是在年輕力壯之時，柯鎮惡幾時又畏懼於人了？你武功再高，也只能嚇得倒貪生怕死之輩，難道江南七怪是受人逼供的麼？」

楊過見他正氣凜然，不自禁的起敬，說道：「柯老公公，是我楊過的不是，這裏向你謝過了。只因你言語中辱及先父，這才得罪。柯老公公名揚四海，楊過自幼欽佩，從來不敢無禮。」柯鎮惡道：「這才像句人話。我聽說你人品不錯，又在襄陽立下大功，才當你是一號人物。倘若與你父親一般，便是跟我多說一句話，也算是汚辱了我。」

楊過胸間怒氣又增，大聲道：「我爹爹到底做錯了何事，你且說個明白。」要知楊過所交遊的人中，知悉他父親楊康往事的原亦不少，只是誰都不願直言其短，觸犯於他，便逢楊過問起，也只揀些不相干的事說說。柯鎮惡自來嫉惡如仇，生性鯁直異常，那理會楊過是否見怪，當下將楊康和郭靖的事蹟原原本本的說了，又說到楊康和歐陽鋒如何害死江南七怪中的五怪，如何在這鐵槍廟中掌擊黃蓉，終於自取其死，最後說道：「當晚經過，這幾個都是親眼目覩。沙通天、彭連虎，你兩個且說說，柯老頭這番話中可有一句虛言？」

六人在殿中擊毀神像，大聲說話，驚起了高塔上數百隻烏鴉，盤旋空際，呀呀而鳴。沙通天嘆道：「那一天晚上，也是有這許多烏鴉……我手上給楊公子抓了一把，若不是彭兄弟見機得快，將我這手臂斬去，怎能活到今日？」彭連虎道：「柯老頭的話雖然大致不錯，但楊大俠的令尊當年禮賢下士，人品是十分……十分英俊瀟洒的。」

楊過抱頭在地，悲憤難言，想不到自己生身之父竟是如此奸惡，自己名氣再響，也難洗生父之羞。神殿上六人均自不作一聲，唯聽得烏鴉嗚聲不絕。

過了良久，柯鎮惡道：「楊公子，你在襄陽立此大功，你父親便有千般不是，也都掩蓋過了。他在九泉之下，自也歡喜你爲父補過。」

楊過回思自識得郭靖夫婦以來諸般情事，暗想黃蓉所以對自己始終提防顧忌，過去許多誤會別扭，皆是由斯種因。若無父親，己身從何而來？但自己無數煩惱，也實由父親而起，不禁深深嘆了一口長氣，問柯鎮惡道：「柯老公公，程陸兩位可都安好麼？」

柯鎮惡道：「她們聽說你火燒南陽糧草，盡殲蒙古軍先鋒，喜歡得了不得，細細問你的詳情，又問起小龍女的消息，她兩姊妹都是十分掛懷。只可惜我所知也是有限。」

楊過幽幽的道：「這兩位義妹，我也有十六年沒見了。」突然轉過身來，向沙通天喝道：「柯老公公答應把性命交給你們，他老人家向來言出必踐，從不失信於人。現下你們快快動手。倘若你們倚多爲勝，四個人合力殺得了他。我便再殺你們四個狗才，給他老人家報仇。」

沙通天等呆了半晌。彭連虎道：「楊大俠，我們四人無知，冒犯了柯老俠的虎威，望你兩位大人不記小人之過。」楊過道：「那你們記好，這是你們自己不守信約，不敢跟柯老公公動手。」彭連虎道：「是，是。柯老俠大信大義，我們向來是十分欽佩的。」楊過道：「那快快給我走罷。下次休要再撞在我手裏。」沙通天等四人一齊躬身行禮，退出廟去。

楊過如此救了柯鎮惡性命，卻又顧全他的面子，柯鎮惡自是十分感激。兩人踢開殿上泥塊，坐在地下。

柯鎭惡道：「我來到嘉興，是爲了郭二姑娘。」楊過微微一驚，問道：「這小姑娘怎麼了？」柯鎭惡嘆了口氣，臉上卻露微笑，說道：「郭靖那兩個寶貝女兒，各有各的淘氣，眞是好叫人頭痛。也不知爲了甚麼，郭襄這小娃兒忽然不聲不響的離了襄陽，不知去向，可教她父親好生着急，連派了幾批人出去尋訪，都是音訊全無。有人居然找上桃花島來。其實這個整日價跳蹦個不停的小娃兒，又怎肯回桃花島來跟老瞎子作伴？我心下掛念，於是也出來找她。」

楊過道：「可得到甚麼訊息？」柯鎭惡道：「日前我在臨安郊外，偷聽到兩個蒙古使臣的說話，說道襄陽郭大俠的小女兒已被擒到蒙古軍中……」楊過叫道：「啊喲！不知是眞是假？」柯鎭惡道：「蒙古兩路大軍南北夾攻襄陽，臨安朝廷的當國大臣還在妄想議和，這兩個蒙古使臣是派來欺騙我大宋君臣的，官職倒是不小。他二人肆無忌憚的用蒙古話談論，只道旁人決不會懂。偏生我柯老蝙蝠曾在蒙古十多年，眼睛雖瞎，耳朵卻靈，聽了個明明白白。」

楊過皺起眉頭：「如此說來，這事確非虛假了？」

柯鎭惡道：「是啊！我本要送幾枚毒蒺藜給這兩個蒙古韃子嘗嘗滋味，但急於要趕去襄陽報信，不想旁生枝節，給絆住了身子，豈知還是遇上了四隻惡鬼攔路。老頭兒不論那一日歸天都不打緊，郭二姑娘的訊息卻不能不報，這才求他們寬限數天，就近到嘉興來告知程英和陸無雙兩位姑娘。程陸兩位得訊後當即北上，老頭兒便依約前來送死。想不到柯老頭兒守了信約，四隻惡鬼卻言而無信，事到臨頭居然不敢下手，哈哈，哈哈！」

楊過沉吟半晌，問道：「柯老公公可曾聽那兩個蒙古使臣說起，郭二姑娘如何被擒？可有性命危險？」柯鎮惡道：「這個他們倒並沒說起，從話中聽來，好像這兩個韃子官兒也不大清楚。」楊過道：「此事急如星火，晚輩這便趕去，盡力相救，柯老公公緩緩而來罷。」

柯鎮惡日前從到桃花島找尋郭襄的丐幫弟子口中，得知楊過在襄陽幹下的大事，甚服其能，說道：「有你前去，我可放心了。」

楊過道：「柯老公公，晚輩拜託你一件事，請你替先父立過一塊墓碑，碑上便書：『先父楊府君康之墓，不肖子楊過謹立』幾個字。」柯鎮惡一怔，隨卽會意，說道：「不錯，不錯，你原是不肖令尊。你之不肖，遠勝於旁人之肖了。老朽定當遵辦。」

楊過回到嘉興城裏，買了三匹好馬，疾馳向北，一路上不住換馬，絲毫不敢躭擱，不一日已近蒙古軍營。

蒙古皇帝南征襄陽，在新野、鄧州兩處莫名其妙的吃了個大敗仗，在南陽多年積儲的糧草火藥更於一晚間給燒得精光，再傷了不少士卒，銳氣大挫，又不明宋軍虛實，是以大軍在南陽以北安寨立營，按兵不動，雙方未曾開仗。四野旌旗四展，刀槍耀目，楊過縱目望去，一座營帳接着一座，不見盡頭。

楊過等到晚間，闖入大營查探，但見刁斗森嚴，號令整肅，果然是非同小可，御營周圍更是密密層層的布滿了長矛大戟，防守得鐵桶相似。楊過知道大營中勇士無數，自來好漢敵不過人多，倒也不敢稍露形迹。踏訪了大半夜，只查得東大營一處。次日再查探西大營，一連四晚，將東南西北四座大營盡數踏訪遍了，沒探到與郭襄有關的絲毫消息。他在營中擒到一名會說漢語的參謀，逼問之下，那參謀據實而言，說道從沒聽到擒獲襄陽郭大俠之女這回事。

楊過放心不下，又查了數日，這才確知郭襄不在蒙古軍中，心想：「瞧來郭伯伯已將她救了回去，又或許那個蒙古使臣誤聽人言，傳聞不實。」算來小龍女十六年之約將屆，於是縱騎向北，往絕情谷而去。

小龍女
珍重萬千 務求

楊過奔到斷腸崖前，瞧着小龍女所刻下的那幾行字，叫道：「是你親手刻下的字，怎地你不守信約？」但聽得羣山響應，四週山峯都傳來：「不守信約……不守信約……」

第三十八回　生死茫茫

那日郭襄見金輪法王猛下毒手，打死了長鬚鬼和大頭鬼二人，心中傷痛，自知難脫他的魔掌，昂首說道：「你快打死我啊，還等甚麼？」金輪法王笑道：「要打死你這娃娃還不容易？今天殺了兩個人，已經夠了。過幾天揀個好日子，再拿你開刀，快乖乖跟我走罷。」郭襄心想這時與他相抗，徒然自取其辱，只有且跟他去，俟機再謀脫身，於是向他扁扁嘴，做個鬼臉，伸伸舌頭，上馬緩緩而行。

法王心中大樂，暗想：「皇上與四大王千方百計要取郭靖性命，始終未能如願。今日擒獲了郭靖的愛女，以此挾制，不怕他不俯首聽命。比之一劍將他刺死猶勝一籌。便算郭靖當眞倔強不服，我們在城下慢慢折磨這個姑娘，教他心痛如割，神不守舍，那時大軍一鼓攻城，焉能不勝？」

行到天色晚了，胡亂在道旁找一家人家歇宿。屋中住戶早已逃光，空空蕩蕩，唯餘四壁。法王取出乾糧，分些與郭襄吃了，命她在廂房安睡，自己盤膝坐在堂上用功。

郭襄翻來覆去，怎睡得着？挨到半夜，悄悄到堂前張望，只見法王靠在牆壁上，鼻息沉酣，已然睡去。郭襄大喜，悄悄越窗而出，將包袱布撕成四塊，縛在馬脚之上，然後牽了馬韁，放輕脚步，一步步走去，直到離屋約莫半里，回頭不見法王追來，這才上馬疾馳。她想法王醒來發覺自己逃走，料定必回襄陽，自會向南方追去，我偏朝西北奔跑。一口氣馳了小半個時辰，坐騎脚力不濟，這才按轡緩行，一路上時時回頭而望，始終不見法王追到，到天色大明時，算來已馳出五六十里，心中大爲寬慰。

這時已走上了一條山邊小徑，漸漸上嶺，越走越高，轉過一個山坳，忽聽得前面鼾聲如雷，一人撐開手足，橫臥當路。一看之下，這一驚當眞非同小可，險些兒從馬背上摔將下來，原來當道而臥那人光頭黃袍，正是金輪法王，也不知他如何竟搶在前面。郭襄撥轉馬頭，疾下山坡，回首望時，見法王兀自高臥，並不走身追趕。

這一次她不再循路而行，向着東南方落荒而逃。奔了一頓飯時分，只見前面大樹上一人雙足鈎住樹幹，倒吊着身子，向她嘻嘻直笑，卻不是法王是誰？郭襄不驚反怒，喝道：「你要攔阻，好好攔阻便了，如何這般不三不四，戲耍姑娘？」縱馬向前急衝，奔到近處，提起馬鞭，刷的一鞭向他臉上擊去。

只見他更不閃避，馬鞭揮去，鞭梢擊在臉上，卻沒聽到絲毫聲響，便在此時，她坐騎已疾馳而過。郭襄右手一拉，要將馬鞭帶轉，突覺一股大力傳上右臂，身不由主的離了馬鞍，飛上半空。原來法王見馬鞭擊到，張嘴咬住了鞭梢，身子倒掛在樹幹之上，便如打秋千般一盪，竟將郭襄拉了起來。

郭襄身在空中，卻不慌亂，見法王彎腰縮身，又要將自己盪回，當即撒手鬆鞭，乘勢直墮，摔將下來。法王倒是一驚，生怕她摔跌受傷，忙仰身伸手來接，叫道：「小心了！」郭襄大叫：「啊喲！」跌到離法王雙手半尺之處，突然雙掌齊出，砰砰兩聲，擊在他的胸口。這一下變招奇速，饒是法王武功高強，人又機智，竟然沒能避開，只見他手脚亂舞，掉在地下，直挺挺的一動也不動了。

郭襄沒料到竟然一擊成功，不由得喜出望外，拾起地下一塊大石，便要往他光頭上砸落，但她一生從未殺過人，雖深恨此人害了自己兩個朋友，待要下手，終究有所不忍，呆了一呆，放下大石，伸手點了他頸中「天鼎穴」、背上「身柱穴」、胸口「神封穴」、臂上「清冷淵」、腿上「風市穴」，一口氣手不停點，竟點了他身上一十三處大穴，但兀自不放心，又捧過四塊幾十斤的巨岩，壓在他的身上，說道：「惡人啊惡人，姑娘今日不殺你，你以後可要知道好歹，不能再害人了罷！」說着上了馬背。

金輪法王雙目骨溜溜的望着她，笑道：「小姑娘心倒好，老和尙很歡喜你啊！」只見四塊巨岩突然之間從他身上彈了起來，砰嘭、砰嘭幾聲，都摔了開去，他跟着一躍而起，也不知如何，身上被點的一十三處大穴一時盡解。郭襄只驚得目瞪口呆，說不出話來。

原來法王雖中了她的雙掌，但這兩掌如何能震他下樹？又如何能傷得他不能動彈？他卻假裝受傷，要瞧瞧郭襄如何動手，待見她收石不砸，暗想：「這個小妮子聰明伶俐，心地又好，有我二徒之長，卻無二徒之短。」不由得起了要收她爲徒之心。

他生平收了三個弟子，大弟子文武全才，資質極佳，法王本欲傳以衣缽，可是不幸早亡；

二弟子達爾巴誠樸謹厚，徒具神力，不能領會高深秘奧的內功；三弟子霍都王子則是個天性涼薄之人，危難中叛師而別，無情無義。法王自思年事已高，空具一身神技，卻苦無傳人，百年之後，這絕世武功豈非就此湮沒無聞？每當念及，常致鬱鬱。這時見郭襄資質之佳，可說生平罕見，雖說是敵人之女，但她年紀尚幼，何難改變，心想只要傳以絕技，時日一久，她自會漸漸淡忘昔日之事。何況自己與她父母只是兩國相爭，這才敵對，又不是有甚麼不共戴天的深仇大怨。武林中人，對收徒傳法之事瞧得極重，出家人沒有子女，一身本事全靠弟子傳宗接代，衣缽的授受更是頭等大事，法王既動此念，便將攻打襄陽、脅迫郭靖的念頭放到了腦後。

郭襄見他眼珠轉動，沉吟不語，當即躍下馬來，說道：「老和尚的本領眞是不小，就可惜不做好事。」法王笑道：「你既羨慕我的本領，只須拜我爲師，我便將這一身功夫，傾囊傳你。」郭襄啐道：「呸！我學了和尚的功夫有甚麼用？我又不想做尼姑。」法王笑道：「難道學我的功夫，便須做尼姑不成？你點我的穴道，我能自解；你用大石壓在我身上，石頭自己會跳起來；你騎了馬奔跑，我能搶在你前面睡覺，這些功夫難道不好玩麼？」

郭襄心想這些功夫當眞好玩，但這老和尚是惡人，怎能拜他爲師，再者自己急於要找楊過，沒功夫跟他瞎纏，搖頭說道：「你本領再高，我也不能拜惡人爲師。」

法王道：「你怎知我是惡人？」郭襄道：「你一出手便打死了長鬚鬼和大頭鬼兩個，他們跟你無怨無仇，如何便下這毒手？」法王笑道：「我是幫你找坐騎啊，是他兩個先動手的，你沒瞧見嗎？倘若我本領差些，早就先給他們打死了。做和尚的慈悲爲懷，若不是迫不得已，決不傷害人命。」

郭襄哼了一聲，不信他的話，說道：「你到底要怎樣？倘若你眞是好人，怎地又不讓我走？」法王道：「我怎不讓你走了？你騎馬趕路，要東便東，要西便西，我只是在路上睡覺，伸手攔阻過你沒有？」郭襄道：「旣是如此，你讓我找楊大哥去，別跟我囉唆。」

法王搖頭道：「那可不成，你須得拜我爲師，跟我學二十年武藝，那時候你要找誰，便去找誰。」郭襄惱道：「你這和尙好不講理，我不愛拜師，你勉強我幹麼？」法王說道：「你這小娃兒才不講理，像我這樣的明師，普天之下卻那裏找去？旁人便是向我磕三百個響頭，苦苦哀求十年八年，我也不能收他爲徒。今日你得遇這千載難逢的良機，居然自不惜福，豈非奇了？」

郭襄伸手指括臉，說道：「好羞，好羞！你是甚麼明師了？你不過勝得我一個十多歲的女娃子，那有甚麼希奇？你勝得過我爹爹媽媽麼？勝得過我外公黃老島主麼？別說這些人，單就我大哥哥楊過，你就打他不贏。」法王衝口而出：「誰說的？誰說我打不贏楊過這小子？」

郭襄道：「天下的英雄好漢，誰都這般說。前幾日襄陽城中英雄大宴，個個都說世上便有三個金輪法王一齊動手，加起來三頭六臂，也打不過一位獨臂的神鵰大俠楊過！」

她這番話其實乃是隨口編造，只不過意欲氣氣法王，別說英雄大宴中商議的是如何守襄陽、抗蒙古，就眞有人論到法王和楊過武功優劣，郭襄未曾與會，也不會聽到。豈知言者無心，聽者有意，這話正好刺中了法王的痛處。他十餘年前果曾數度敗在楊過手下，只道天下英雄確是以此作爲話柄，欵不住滿腔怒火如焚，喝道：「楊過這小子若是在此，敎他嘗嘗我

『龍象般若功』的厲害，要他吃飽了苦頭，才知當世究竟是他楊過了得，還是我金輪法王高明。」

郭襄心念一動，道：「你明知我大哥哥不在這兒，自可胡吹大氣。你有膽子去找他較量一下麼？你的『蛇豬不若功』……」法王搶着道：「是龍象般若功！」郭襄道：「你勝得過他，才是龍象，如果不堪一擊，終究連小蛇臭豬也不若了！你若勝得過他，我自會求着來拜你爲師。只是料得你也不敢前去找他，因此說了也是枉然。我瞧啊，只要你一見楊過的影子，嚇得連逃走也來不及啦。」

法王豈不知郭襄在使激將之計，但他一生自視極高，偏生曾敗於楊過手下，此番將「龍象般若功」練到了第十層，原是要找楊過一報昔年大敗之辱，大聲道：「我說知道楊過在甚麼地方，那是騙你的，就可惜不知這小子躲到了何處，否則我不找上門去，打得他磕頭求饒才怪。」

郭襄哈哈大笑，拍手唱道：「和尚和尚愛吹牛，自誇天下無敵手，望見楊過東邊來，脚底加油朝西走。」法王哼了一聲，怒目而視。

郭襄道：「我雖不知楊過此時身在何方，但再過一個多月，他定要到一個處所，我卻知道。」法王說道：「到甚麼地方？」郭襄道：「跟你說了有甚麼用？你又不敢去見他，徒然嚇得你魂不附體。」法王咬得牙齒格格作響，喝道：「你說，你說！」郭襄道：「他要到絕情谷去，要在斷腸崖前和他妻子小龍女相會。一個楊過已叫你心驚肉跳，再加上一個小龍女，嘿嘿，老和尚啊，你又何苦到斷腸崖去送死？就算他們夫妻重會，不想殺人，你大敗虧輸之後，也難免傷心斷腸了。」

十餘年來，金輪法王苦練「龍象般若功」之時，心中便以楊過與小龍女聯手齊上的「玉女素心劍法」爲敵手，倘若他無把握能以一敵二，勝得這夫婦二人，此番也不敢貿然便重來中原，這時聽郭襄如此說，更是觸動了他心頭之忌，怒極反笑，說道：「咱們這便上絕情谷去！待我打敗了楊過和小龍女二人，那時卻又如何？」郭襄道：「假如你眞有這等高強的武功，我還不趕着拜你爲師麼？那才是求之不得呢。只可惜那絕情谷地處幽僻，不易找到它的所在。」法王笑道：「恰好我便去過，那倒不用發愁。既然現下爲時尙早，你且跟我到蒙古營中，待我料理了幾件事，再同到絕情谷去便了。」

郭襄見他肯到絕情谷去找楊過比武，心懷大寬，暗道：「我只愁你不肯去，既給我說動了，還怕甚麼？你這惡和尙這會兒狠天狠地，待你見了大哥哥，那時才有得你受的了。」當下便隨他赴蒙古軍中。

法王一意要郭襄承受自己衣缽，心想只有收服她的心，日後方能成爲本門高弟，因此一路上待她極是慈和。武林中明師固是難求，但良材美質的弟子也同樣的不易遇到，徒須擇師，師亦擇徒。法王與郭襄一路上談談說說，覺她聰明過人，悟性特強，不由得暗暗欣喜。有時郭襄傷心長鬚鬼和大頭鬼慘死，怪責法王下手狠辣，法王也不以爲忤，反覺她是性情中人，不似霍都王子之天性涼薄。

法王携郭襄所去的蒙古軍營，是皇弟忽必烈統率的南大營，而楊過前去尋找的，卻是蒙哥大汗駐蹕所在的北大營，只因兩個蒙古使臣隨口閒談，柯鎭惡沒聽得仔細，累得楊過空找了數日。其後楊過動身赴絕情谷時，法王和郭襄不久也即起行，三人相距不過百餘里而已。

郭靖與黃蓉自幼女出走，日夕掛懷。其後派出去四處打探的丐幫弟子一一回報，均說不知音訊。又過十餘日，突然程英和陸無雙到了襄陽，傳來柯鎮惡的訊息，說道郭襄已被擄入蒙古軍中。郭靖、黃蓉大驚。當晚黃蓉便和程英兩人暗入蒙古軍營，四下查訪，也如楊過一般，探不到絲毫端倪。第三晚更和蒙古衆武士鬥了一場，四十餘名武士將黃蓉和程英團團圍住，總算黃程兩人武功了得，黃蓉又連使詭計，這才闖出敵營，逃回襄陽。

黃蓉心下計議，瞧情勢女兒並非在蒙古軍中，但迄今得不到半點音訊，決非好兆，眼見蒙古大軍並無即行南攻的迹象，與郭靖商議了，自行出城尋訪。她隨身帶同一雙白鵰，若有緊急情事，便可令雙鵰傳遞信息。程英、陸無雙姊妹堅要陪她同去。三人繞過蒙古大軍，向西北而行。黃蓉心想：「襄兒此去，是要勸楊過不可自尋短見，上次她在潼關、風陵渡左近與他相遇，這番看來又會重赴舊地，在風陵渡或可訪到若干蹤迹。」

三人離開襄陽時方當嚴冬，沿路緩緩而行，尋消問息，到得風陵渡時已是二月下旬，冰銷雪融。黃蓉等三人在渡口問了半日，撐渡的、開店的、趕車的、行脚的，都說沒見到這麼一個小姑娘。

程英勸慰道：「師姊，你也不須煩惱。襄兒出生第一天，便給金輪法王和李莫愁這兩個大魔頭搶去。常言道大難不死，必有後福。那時如此凶險，尚且無恙，何況今日？」黃蓉嘆了一口氣，並不言語。三人離了渡口，再往郊外閒走。

這一日艷陽和暖，南風薰人，樹頭早花新着，春意漸濃。程英指着一株桃花，對黃蓉道：「師姊，北國春遲，這裏桃花甫開，桃花島上的那些桃樹卻已在結實了罷！」她一面說，一面折了一枝桃花，拿着把玩，低吟道：「問花花不語，爲誰落？爲誰開？算春色三分，半隨流水，半入塵埃。」黃蓉見他嬌臉凝脂，眉黛鬢青，宛然是十多年前的好女兒顏色，想像她這些年來香閨寂寞，自是相思難遣，不禁暗暗爲她難過。

便在此時，只聽得嗡嗡聲響，一隻大蜜蜂飛了過來，繞着程英手中那枝桃花不斷打轉，接着便停在一朵花上，採取花蜜。黃蓉見這隻蜜蜂身作灰白，軀體也比常蜂大了一倍有餘，心念一動，說道：「這似乎是小龍女所養的玉蜂，怎地在此出現？」陸無雙說道：「不錯，咱們便跟着這蜜蜂，瞧牠飛向何處？」

這蜜蜂採了一會兒花蜜，飛離花枝，在空中打了幾個旋，便向西北方飛去。黃蓉等三人忙展開輕身功夫，跟隨在後。那蜜蜂飛行一會，遇有花樹，又停留一會，如此飛飛停停，又多了兩隻蜜蜂。三個人追到傍晚，到了一處山谷，只見嫣紅姹紫，滿山錦繡，山坡下一列掛着七八個木製的蜂巢。那三隻大蜂振翅飛去，投入蜂巢。

另一邊山坡上蓋着三間茅屋，屋前有兩頭小狐，轉着骨溜溜的小眼向黃蓉等而望。忽聽呀的一聲，中間茅屋的柴扉推開，出來一人，蒼髯童顏，正是老頑童周伯通。黃蓉大喜，叫道：「老頑童，你瞧是誰來啦！」

周伯通見是黃蓉，哈哈大笑，奔近迎上，只跨出幾步，突然滿面通紅，轉身回轉茅屋，拍的一聲，關上了柴扉。黃蓉大奇，不知他是何用意，伸手拍門，叫道：「老頑童，老頑童，怎地見了遠客，反躲將起來？」砰砰砰拍了幾聲。周伯通在門內叫道：「不開，不開！死也不開！」黃蓉笑道：「你不開門，我一把火將你的狗窩燒成了灰。」

忽聽得左首茅屋柴扉打開，一人笑道：「荒山光降貴客，老和尚恭迎。」黃蓉轉頭過來，只見一燈大師笑咪咪的站在門口，合十行禮。黃蓉上前拜見，笑道：「原來大師和老頑童作了鄰居，眞是想不到。老頑童不知何故，突然拒客，閉門不納？」一燈呵呵大笑，道：「且莫理他！三位請進，待老僧奉茶。」

三人進了茅屋，一燈奉上清茶，黃蓉問起別來起居。一燈道：「郭夫人，你猜上一猜，那右首茅屋中住的是誰？」黃蓉想起周伯通忽地臉紅關門的怪態，心念一轉，已知其理，笑道：「『曉寒深處，春波碧草，相對浴紅衣。好啊，好啊！』『曉寒深處』云云，正是劉貴妃瑛姑昔年所作的『四張機』詞。

一燈大師此時心澄於水，坐照禪機，對昔年的痴情餘恨，早置一笑，當下鼓掌笑道：「郭夫人妙算如神，萬事不出你之所料。」走到門口叫道：「瑛姑，瑛姑，過來見見昔日的小友。」過不多時，瑛姑托着一隻木盤過來饗客，盤中裝着松子、青果、蜜餞之類。黃蓉等拜見了，五人談笑甚歡。

一燈、周伯通、瑛姑數十年前恩怨牽纏，仇恨難解，但時日既久，三人年紀均老，修爲又進，同在這萬花谷中隱居，養蜂種菜，蒔花灌田，那裏還將往日的尷尬事放在心頭？但周伯通驀地見到黃蓉，不自禁的深感難以爲情，因之閉門躲了起來。他雖在自己房中，卻豎起了耳朵，傾聽五人談話，只聽黃蓉說着襄陽英雄大會中諸多熱鬧情事，待說到揭穿霍都假裝何師我的緊要關頭，她卻把言語岔到了別處，再也忍耐不住，推門而出，到了一燈房中，問道：「那霍都後來怎樣啊？給他逃走了沒有？」

當晚黃蓉等三人都在瑛姑的茅屋歇宿。翌晨黃蓉起身，走出屋外，只見周伯通手掌中托着一隻玉蜂，手舞足蹈，得意非凡。黃蓉笑道：「老頑童，甚麼事啊，這般歡喜？」周伯通笑道：「小黃蓉，我的本領越來越是高強，你佩服不佩服？」

黃蓉素知他生平但有兩好，一是玩鬧，一是武學，這十餘年來隱居荒谷，潛心練武，想來又有甚麼「分心二用，雙手互搏」之類古怪高明的武功創了出來，倒也頗想見識見識，說道：「老頑童的武功，我打小時候起便佩服得五體投地，那還用問？這幾年來，又想出了甚麼奇妙的功夫？」周伯通搖頭道：「不是，不是。近年來最好的武功，是楊過那小娃娃所創的『黯然銷魂掌』，老頑童自愧不如。武學一道，且莫提起！」

黃蓉心中暗暗稱奇：「楊過這孩子當眞了不起，小則小郭襄，老則老頑童，人人都對他傾倒，不知那『黯然銷魂掌』又是甚麼門道？」問道：「那你越來越高強的，是甚麼本事啊？」

周伯通手掌高舉，托着那隻玉蜂，洋洋自得，說道：「那是我養蜂的本事。」黃蓉撇嘴道：「這玉蜂是小龍女送給你的，有甚麼希奇了？」周伯通道：「這個你就不懂了。小龍女送給我的玉蜂，固是極寶貴的品種，但老頑童親加培養，更養出了一批天下無雙、人間罕覯的異種來，當眞是巧奪天工，造化之奇，也無如此奇法。小龍女如何能及呀？」

黃蓉哈哈大笑，說道：「老頑童越老越不要臉，這一場法螺吹得嗚都都地響，你這張厚臉皮，當眞是天下無雙、人間罕覯的異種，巧奪天工，奇於造化。」周伯通也不生氣，笑嘻嘻的道：「小黃蓉，我且問你。人是萬物之靈，身上有刺花刺字，或刺盤龍虎豹，或書『天下太平』。但除了人之外，禽獸蟲蟻身上，可有刺字的？」黃蓉道：「虎有黃斑、豹有金錢，至於蝴蝶毒蛇，身上花紋更奇於刺花十倍。」周伯通道：「但你見過蟲蟻身上有字的沒有？」黃蓉道：「你說是天生的麼？那倒沒見過。」周伯通道：「好罷，今兒給你開一開眼界。」說着將左掌伸到黃蓉眼前。

只見他掌心中托着那隻巨蜂的雙翅之上果然刺得有字，黃蓉凝目望去，見玉蜂右翅上有「情谷底」三字，左翅上有「我在絕」三字，每個字細如米粒，但筆劃清楚，顯是用極細的針刺成。黃蓉大奇，口中喃喃唸道：「情谷底，我在絕。情谷底，我在絕。」心想：「這六字決非天生，乃是有人故意刺成的，按着老頑童的性兒，決不會做這般水磨功夫。」一轉念間，笑道：「那又是甚麼天下無雙、人間罕覯了？你磨着瑛姑，要她用繡花針兒刺上這六個字，難道還瞞得過我麼？」

周伯通一聽，登時脹紅了臉，說道：「你這就問瑛姑去，看是不是她刺的字？」黃蓉笑道：「那她還不給你圓謊麼？你說太陽從西邊出來，她也會說：『不錯，太陽自然從西邊出來，誰說從東邊出來啊？』」

周伯通一張臉更紅了，那是三分害羞，三分尷尬，更有三分受到寃枉的氣惱。他放了掌中玉蜂，一把抓着黃蓉的手，道：「來來來，我教你親眼瞧瞧。」拉着她走到山坡邊一個蜂巢旁邊。這蜂巢孤另另的豎在一旁，與其餘的蜂巢不在一起。周伯通手一揚，捉了兩隻玉蜂，說道：「請看！」

黃蓉凝目看去，只見那兩隻玉蜂雙翅上也都有字，那六個字也是一模一樣，右翅是「情谷底」，左翅是「我在絕」。黃蓉大奇，暗想：「造物雖奇，也決無造出這樣一批蜜蜂來之理。其中必有緣故。」說道：「老頑童，你再捉幾隻來瞧瞧。」周伯通又捉了四隻，其中兩隻翅上無字，另外兩隻雙翅都刺着這六個字。他見黃蓉低頭沉吟，顯已服輸，不敢再說是瑛姑所爲，笑道：「你還有何話說？今日可服了老頑童罷？」

黃蓉不答，只是輕輕念着：「情谷底，在我絕。情谷底，我在絕。」她唸了幾遍，隨即省悟：「啊！那是『我在絕情谷底』。是誰在絕情谷底啊？難道是襄兒？」心中怦怦亂跳，側頭向周伯通道：「老頑童，這窩玉蜂不是你自己所養，是外面飛來的。」

周伯通臉上一紅，道：「咦！那可眞奇了。你怎麼知道？」黃蓉道：「我怎麼不知？這窩蜜蜂飛到這裏，有幾天啦？」周伯通道：「這些玉蜂飛來有好幾年了，只是初時我沒察覺翅上生得有字，直到幾個月前，這才偶爾見到。」黃蓉沉吟道：「當眞有好幾年了？」周伯通道：「是啊，難道連這個也用得着騙你？」

黃蓉沉吟半晌，回到茅屋，和一燈大師、程英、陸無雙等商議，都覺絕情谷底必有蹺蹊。黃蓉掛念女兒，當下便要和程陸姊妹同去一探。一燈大師道：「左右無事，咱們便同去走走。那日令愛來此，這小姑娘慷慨豪邁，老僧很喜歡她。」黃蓉當即拜謝，心中卻平添一層隱憂：「一燈大師定是料想襄兒遭逢危難，否則他何必捨卻幽居清修之樂，一同趕去？」周伯通有熱鬧可趕，如何肯留？堅要和瑛姑隨衆同行。黃蓉見平添了三位高手相助，寬心不少，心想憑着自已這一行六人，不論鬥智鬥力，只怕當世再無敵手，襄兒便是落入奸人之手，也必能救出。於是六人雙鵰，結伴西行。

楊過於三月初二抵達絕情谷，比之十六年前小龍女的約期還早了五天。此時絕情谷中人烟絕蹤，當日公孫止夫婦、衆綠衣子弟所建的廣厦華居早已毀敗不堪。楊過自於十六年前離絕情谷後，每隔數年，必來谷中居住數日，心中存了萬一之想，說不定南海神尼大發慈悲，突然提早許可小龍女北歸。雖每次均是徒然苦候，廢然而去，但每來一次，總是與約期近了幾年。

此刻再臨舊地，但見荆莽森森，空山寂寂，仍是毫無曾經有人到過的迹象，當下奔到斷腸崖前，走過石樑，撫着石壁上小龍女用劍尖劃下的字迹，手指嵌入每個字的筆劃之中，一筆一筆的將石縫中的青苔揩去，那兩行大字小字顯了出來。他輕輕的唸道：「小龍女書囑夫君楊郎，珍重萬千，務求相聚。」一顆心不自禁的怦怦跳動。

這一日中，他便如此痴痴的望着那兩行字發獃，當晚繩繫雙樹而睡。次日在谷中到處閒遊，見昔年自已與程英、陸無雙剷滅的情花花樹已不再重生，他戲稱之爲「龍女花」的紅花卻開得雲霞燦爛，如火如錦，於是摘了一大束龍女花，堆在斷崖的那一行字前。

這般苦苦等候了五日，已到三月初七，他已兩日兩夜未曾交睫入睡，到了這日，更是不離斷腸崖半步。自晨至午，更自午至夕，每當風動樹梢，花落林中，心中便是一跳，躍起來四下裏搜尋觀望，卻那裏有小龍女的影蹤？

自從聽了黃藥師那幾句話後，他早知「大智島南海神尼」云云，乃是黃蓉揑造出來的鬼話，但崖上字迹卻是小龍女所刻，卻半分不假，只盼她言而有信，終來重會。眼見太陽緩緩落山，楊過的心也是跟着太陽不斷的向下低沉。當太陽的一半被山頭遮沒時，他大叫一聲，急奔上峯。身在高處，只見太陽的圓臉重又完整，心中畧畧一寬，只要太陽不落山，三月初七這一日就算沒過完。

可是雖然登上了最高的山峯，太陽最終還是落入了地下。悄立山巔，四顧蒼茫，但覺寒氣侵體，暮色逼人而來，站了一個多時辰，竟是一動也不動。再過多時，半輪月亮慢慢移到中天，不但這一天已經過去，連這一夜也快過去了。

小龍女始終沒有來。

他便如一具石像般在山頂呆立了一夜，直到紅日東昇。四下裏小鳥啾鳴，花香浮動，春意正濃，他心中卻如一片寒冰，似有一個聲音在耳際不住響動：「傻子！她早死了，在十六年之前早就死了。她自知中毒難愈，你決計不肯獨活，因此圖了自盡，卻騙你等她十六年。傻子，她待你如此情意深重，你怎麼到今日還不明白她的心意？」

他猶如行屍走肉般跟蹌下山，一日一夜不飲不食，但覺唇燥舌焦，於是走到小溪之旁，掬水而飲，一低頭，猛見水中倒影，兩鬢竟然白了一片。他此時三十六歲，年方壯盛，不該頭髮便白，更因內功精純，雖然一生艱辛顚沛，但向來頭上一根銀絲也無，突見兩鬢如霜，滿臉塵土，幾乎不識得自己面貌，伸手在額角髮際拔下三根頭髮來，只見三根中倒有兩根是白的。

剎時之間，心中想起幾句詞來：「十年生死兩茫茫，不思量，自難忘。千里孤墳，無處話淒涼。縱使相逢應不識，塵滿面，鬢如霜。」這是蘇東坡悼亡之詞。楊過一生潛心武學，讀書不多，數年前在江南一家小酒店壁上偶爾見到題着這首詞，但覺情深意眞，隨口唸了幾遍，這時憶及，已不記得是誰所作，心想：「他是十年生死兩茫茫，我和龍兒卻已相隔十六年了。他尙有個孤墳，知道愛妻埋骨之所，而我卻連妻子葬身何處也自不知。」接着又想到這詞的下半闋，那是作者一晚夢到亡妻的情境：「夜來幽夢忽還鄉，小軒窗，正梳妝；相對無言，惟有淚千行！料得年年腸斷處，明月夜，短松岡。」不由得心中大慟：「而我，而我，三日三夜不能合眼，竟連夢也做不到一個！」

猛地裏一躍而起，奔到斷腸崖前，瞧着小龍女所刻下的那幾行字，大聲叫道：「『十六年後，在此重會，夫妻情深，勿失信約！』小龍女啊小龍女！是你親手刻下的字，怎地你不守信約？」他一嘯之威，震獅倒虎，這幾句話發自肺腑，只震得山谷皆鳴，但聽得羣山響應，東南西北，四週山峯都傳來：「怎地你不守信約？怎地你不守信約？不守信約……不守信約……」

他自來便生性激烈，此時萬念俱灰，心想：「龍兒既已在十六年前便即逝世，我多活這十六年實在無謂之至。」望着斷腸崖前那個深谷，只見谷口烟霧繚繞，他每次來此，從沒見到過雲霧下的谷底，此時仍是如此。仰起頭來，縱聲長嘯，只吹得斷腸崖上數百朵憔悴了的龍女花飛舞亂轉，輕輕說道：「當年你突然失蹤，不知去向，我尋遍山前山後，找不到你，那時定是躍入了這萬丈深谷之中，這十六年中，難道你不怕寂寞嗎？」

淚眼模糊，眼前似乎幻出了小龍女白衣飄飄的影子，又隱隱似乎聽得小龍女在谷底叫道：「楊郎，楊郎，你別傷心，別傷心！」楊過雙足一登，身子飛起，躍入了深谷之中。

郭襄隨着金輪法王，同到絕情谷來。法王狠辣之時毒逾蛇蠍，但他既存心收郭襄作衣缽傳人，沿途對她問暖噓寒，呵護備至，就當她是自己親生愛女一般。郭襄恨他掌斃長鬚鬼和大頭鬼，神色間始終冷冷的。法王一生受人崇仰奉承，在西藏時儼若帝王之尊，便是大蒙古的四王子忽必烈，對他也是禮敬有加。但小郭襄一路上對他冷言冷語，不是說他武功不如楊過，便是責他胡亂殺人，竟將這個威震異域的大蒙古第一國師弄得哭笑不得。

這一日兩人走到絕情谷，忽聽得一人大聲叫道：「怎地你不守信約？」聲音中充滿着悲憤、絕望、痛苦之情。

郭襄聽來，似乎四周每座山峯都在淒聲叫喊：「你不守信約，你不守信約！」她吃了一驚，叫道：「是大哥哥，咱們快去！」說着搶步奔進谷中。金輪法王大敵當前，精神一振，從背上包袱中取出金銀銅鐵鉛五輪拿在手裏。這時他雖已將「龍象般若功」練到第十層，但想這十六年中，楊過和小龍女也決不會浪費光陰，擱下了功夫，因此絲毫不敢輕忽。

郭襄循聲急奔，片刻間已至斷腸崖前，只見楊過站在崖上，數十朵大紅花在他身旁環繞飛舞。她見那懸崖生得凶險，自己功夫低淺，不敢飛身過去，叫道：「大哥哥，我來啦！」但楊過凝思悲苦，竟是沒有聽見。郭襄遙遙望見他舉止有異，叫道：「我這裏尚有你的一枚金針，須聽我話，千萬不可自盡……」一面說，一面便從石樑往懸崖上奔去。她奔到半途，只見楊過縱身一躍，已墮入下面的萬丈深谷之中。

這一來郭襄只嚇得魂飛魄散，當時也不知是爲了相救楊過，又或許是情深一往，甘心相從於地下，雙足一登，跟着也躍入了深谷。

法王墮後七八丈，見她躍起，急忙飛身來救。他一展開輕功，當眞是如箭離弦，迅捷無倫，但終於遲了一步，趕到崖邊，郭襄已向崖下落去。法王不及細想，使招「倒掛金鈎」，俯身抓她手臂。這一招原是行險，只要稍有失閃，連他也帶入了深谷之中。手指上剛覺得已抓住了她衣衫，只聽得嗤的一響，撕下了郭襄的半幅衣袖，眼見她身子衝開數十丈下的烟霧，直入谷底，濃烟白霧隨即瀰合，將她遮得無影無蹤。

法王黯然長嘆，沮喪不已，手中持着那半幅衣袖，怔怔的望着深谷。

過了良久，忽聽得對面山邊一人叫道：「兀那和尙，你在這裏幹麼？」法王回過頭來，只見對山站着六人，當先一個蒼髯童顏，正是周伯通。他身旁站着三個女子，識得是黃蓉、程英、陸無雙，再後面是一個白鬢白眉的老僧，一個渾身黑衣的年老女子，他卻不知是一燈大師和瑛姑。法王數次見識過周伯通的功夫，知道這老兒的武功別出心機，端的神出鬼沒，心中自來對他存着三分忌憚，而黃蓉身兼東邪、北丐兩家之所長，機變百出，也是個厲害之極的人物。他神功已成，本可與這兩個中原一流武學高手一較，但此時痛惜郭襄慘亡，只淒然道：「郭襄姑娘墮入深谷之中了。唉！」說着長嘆一聲。

衆人一聽，都是大吃一驚。黃蓉母女關心，更是震動，顫聲道：「這話當眞？」法王道：

「我騙你作甚？這不是她的衣袖麼？」說着將郭襄的半幅衣袖一揚。黃蓉瞧那衣袖，果眞是從女兒的衣上撕下，這一來猶如身入冰窟，全身發顫，說不出話來。

周伯通怒道：「臭和尙，你幹麼害死這小姑娘？忒地心毒。」法王搖頭道：「不是我害死的。」周伯通道：「好端端的她怎會墮入深谷？不是你推他，便是逼她。」法王嘆息道：「都不是。我有意收她爲徒，傳我衣鉢，如何肯輕易加害？」周伯通一口唾涎吐了過去，喝道：「放屁！放屁！她外公是黃老邪，父親是郭靖、母親是小黃蓉，那一個不強過你這臭和尙了？卻要她來拜你爲師，傳你的臭衣鉢？便是我老頑童傳她幾手三脚貓把式，不也強過你這些破銅爛鐵的圈圈環環嗎？」

他和法王相距甚遠，這一口唾涎吐將過去，風聲隱隱，便如一枚鐵彈般直奔其面門。法王側頭避過，心下暗服。周伯通見他給自己罵得啞口無言，不禁洋洋自得，又大聲道：「她定是不肯拜你爲師，是不是？而你一心要收她爲徒，是不是？」法王點了點頭。周伯通又道：「照啊，如此這般，你就推她下谷。」

法王心中悵惘，嘆道：「我沒有推她。但她爲何自盡，老僧實是不解。」

黃蓉心神稍定，一咬牙，提起手中竹棒，逕向法王撲了過去。她使個「封」字訣，棒影飄飄，登時將法王身前數尺之地盡數封住了。在這寬不逾尺的石樑之上，黃蓉痛心愛女慘亡，招招下的均是殺手。

法王武功雖勝於她，卻也不敢硬拚，眼見她棒法精奇，如和她纏上數招，那周伯通過來助戰，所處地勢太險，那就極難對付，當下左足一點，退後三尺，一聲長嘯，忽地從黃蓉頭頂飛躍而過。黃蓉竹棒上撩，法王銀輪斜掠架開。黃蓉吸一口氣，回過身來。只見周伯通拳脚交加，已與法王打在一起。法王自恃大宗師的身分，見對方不使兵刃，當下將五輪揷回腰間，便以空手還擊。黃蓉自石樑奔回，竹棒點向他的後心。

法王自練成十層「龍象般若功」後，今日方初逢高手，正好一試，見周伯通揮拳打到，於是以拳對拳，跟着舉拳還擊。兩人拳鋒尙未相觸，已發出劈劈拍拍的輕微爆裂之聲。周伯通吃了一驚，料知對方拳力有異，不敢硬接，手肘微沉，已用上空明拳中的功夫。法王一拳擊出，力近千斤，雖不能說眞有龍象的大力，卻也決非血肉之軀所能抵擋，然與周伯通的拳力一接，只覺空空如也，竟無着力之處，心下暗感詫異，左掌跟着拍出。

周伯通已覺出對方勁力大得異乎尋常，實是從所未遇。他生性好武，只要知道誰有一技之長，便要纏着過招較量，一生大戰小鬥，不知會過多少江湖好手，但如法王所發這般巨力，卻是見所未見，聞所未聞，一時不明是何門道，當下使動七十二路空明拳，以虛應實，運空當強。這麼一來，雖教法王的巨力無用武之處，但要傷敵，卻也決非可能。

法王運出數招，竟似搔不着敵人的癢處。他埋頭十餘年苦練，一出手便即無功，自是大爲焦躁，只聽得背後風聲颯然，黃蓉的竹棒戳向背心「靈台穴」，當下回手一掌，拍的一響，竹棒登時斷爲兩截，餘力所及，只震得地下塵土飛揚，沙石激盪。

黃蓉一驚躍開，暗想這惡僧當年已甚了得，豈知今日更是大勝昔時，他這一掌力道強勁，怪誕異常，那是甚麼功夫？

程英和陸無雙見黃蓉失利，一持玉笛，一持長劍，分自左右攻向法王。黃蓉叫道：「兩位小心！」話聲甫畢，喀喀兩響，笛劍齊斷。法王因郭襄慘亡，今日不想再傷人命，喝道：「讓開了！」不再追擊程陸二人。

突見黑影幌動，瑛姑已攻至身畔，法王手掌外撥，斜打她的腰脅。瑛姑的武功本來尚不及黃蓉，但她所練的「泥鰍功」卻善於閃躲趨避，但覺一股巨力撞到，身子兩扭三曲，竟將這一擊避過。法王卻不知她武功其實未臻一流高手之境，連打兩拳都給她以極古怪的身法避開，不禁暗暗驚訝。他自恃足以橫行天下的神功竟然接連兩人都對付不了，不免稍感心怯，當下不願戀戰，幌身向左閃開。

瑛姑竭盡全力，方始避開了法王的兩招，見他退開，正是求之不得，那敢搶上攔阻？周伯通叫道：「別逃！」猱身追上。

法王正欲迴掌相擊，突聽嗤嗤輕響，一股柔和的氣流湧向面門，正是一燈大師使出「一陽指」功夫，正面攔截。法王一直沒將這白眉老僧放在眼內，那料到他這一指之功，竟是如此深厚。

此時一燈大師的「一陽指」功夫實已到了登峯造極、爐火純青的地步，指上發出的那股罡氣似是溫淳平和，但沛然渾厚，無可與抗。法王一驚之下，側身避開，這才還了一掌。一燈大師見他掌力剛猛之極，也是不敢相接，平地輕飄飄的倒退數步。一個是南詔高僧，一個是西域異士，兩人交換了一招，誰也不敢對眼前強敵稍存輕視。周伯通顧全身分，不肯上前夾擊，站在一旁監視。

一燈與法王本來相距不過數尺，但你一掌來，我一指去，竟越離越遠，漸漸相距丈餘之遙，各以平生功力遙遙相擊。黃蓉在旁瞧着，但見一燈大師頭頂白氣氤氳，漸聚漸濃，便似蒸籠一般，顯是正在運轉內勁，深恐他年邁力衰，不敵法王，心中又傷痛女兒慘亡，便欲上前與仇人一拚，但聽兩人掌來指往，眞力激得嗤嗤聲響，實是插不下手去，正自無計，忽聽得頭頂鵰鳴，於是撮唇作哨，向着法王一指。

一對白鵰縱聲長鳴，從半空中向法王頭頂撲擊下去。若是楊過的神鵰到來，法王或稍有忌憚，這一對白鵰軀體雖大，也不過是平常禽鳥，怎奈何得了他？但他此時正出全力和一燈大師相抗，半分也鬆懈不得，雙鵰突然撲到，只得左掌向上揚了兩下，兩股掌力分擊雙鵰。雙鵰抵受不住，直衝上天。這是這麼一打岔，一燈立佔上風。法王左掌連催，方始再成相持之局。

雙鵰聽得黃蓉哨聲不住催促，而敵人掌力卻又太強，於是虛張聲勢，突然長鳴，向下疾衝，待飛到法王頭頂丈許之處，不待他發掌，早已飛開。雙鵰此起彼落，雖然不能傷敵，卻也大大擾亂了法王的心神。高手對敵，講究的是凝意專志，靈台澄明，內力方能發揮極致，法王掌力之強固然大勝一燈，但修心養性之功卻是遠遜，此時為了郭襄之死頗為惋惜，心神本已不定，雙鵰再來打擾，更加煩躁起來。

他心意微亂，掌力立起感應，一燈微微一笑，向前踏了半步。黃蓉見一燈舉步上前，提聲喝道：「郭靖、楊過，你們都來了，合力擒他！」

其實郭靖是她丈夫，她決不會直呼其名，但她這一聲呼喝是要令法王吃驚，倘若叫的是「靖哥哥」，法王不免轉念：「『靖哥哥』，那是誰？」如此一頓，那突如其來的驚嚇就大為減弱。果然法王一聽到「郭靖、楊過」兩人之名，大吃一驚：「這兩個好手又來，老和尚殆矣！」

便在此時，一燈又踏上了半步。半空中雙鵰也已瞧出了便宜，那雌鵰大聲鳴叫，疾撲而下，直衝法王面門，伸出利爪去挖法王眼珠。法王罵道：「孽畜！」左掌上拍。

豈知雌鵰這一下仍是虛招，離他面前尚有丈許，早已逆衝而上，那雄鵰卻悄沒聲的從旁偷襲而下，待得法王發覺，左爪已快觸到他的光頭。法王又驚又怒，揮手一拂，正中鵰腹。雄鵰抓起了他頭頂金冠，振翅高飛。但法王這一拂力道何等強勁，那雄鵰身受重傷，雖然飛上半空，終於支持不住，突然翻了個觔斗，墮入崖旁的萬丈深谷之中。

黃蓉、程英、陸無雙、瑛姑都忍不住叫出聲來。周伯通大怒，喝道：「臭和尚，老頑童不講究甚麼江湖規矩了。說不得，要來個以二對一。」縱身掄拳，往法王背心打去。

那雌鵰見雄鵰墮入深谷，厲聲長鳴，穿破雲霧，跟着衝了下去，良久不見回上。

金輪法王前後受敵，心中先自怯了，他武功雖高，如何擋得住這兩大高手的夾攻？不敢再行戀戰，嗆啷啷金輪和銀輪同時出手，前擋一陽指，後拒空明拳，在兩股內力夾擊之中，斜身向左竄出，身形幌動，已自轉過山坳。周伯通大聲吆喝，自後趕去。

法王好容易脫身，提氣急奔，心知只要再被周伯通一纏上，數百招內難分勝敗，那白眉老僧乘虛下手，自己這條老命非葬送在這絕情谷中不可。眼見前面是一片密密層層的樹林，正要發足奔入，突聽得嗤的一聲急響，一粒小石子從林中射出。

樹林離他尚有百餘步，但這粒小石子不知由何神力奇勁激發，形體雖小，破空之聲卻響亮異常，對準面門疾射而來。法王舉銀輪一擋，拍的一響，小石子撞在輪上，登時碎成數十粒，四下飛濺，臉上也濺到了兩粒，雖然石粒微細，傷他不得，卻也隱隱生疼。法王又是一驚：「這粒小石子從如此遠處射來，竟撞得我輪子幌動，此人功力之強，決不在那老和尚和老頑童之下，怎地天下竟有如許高手？」

他一怔之間，只見林中一個青袍老人緩步而出，大袖飄飄，頗有瀟洒出塵之致。周伯通大喜，叫道：「黃老邪！這臭和尚害死了你的外孫女兒，快合力擒他！」

林中出來的正是桃花島主黃藥師。他與楊過分手後，北上漫遊，一日在一處鄉村小店中小酌，猛見雙鵰自空中飛過，知道若非女兒，便是兩個外孫女兒就在近處，於是悄悄跟隨，來到絕情谷中。他不願給女兒瞧見，只遠遠跟着，直至見一燈和周伯通分別和金輪法王動手不勝，這藏僧眞是生平難遇的好手，不禁見獵心喜，跟着出手。

法王雙輪互擊，嚐的一聲，聲若龍吟，說道：「你便是東邪黃藥師麼？」黃藥師點了點頭，說道：「不錯。大師有何示下？」法王道：「我在藏邊之時，聽說中原只有東邪、西毒、南帝、北丐、中神通五人了得，今日見面，果然名不虛傳。其餘四位那裏去了？」黃藥師道：「中神通和北丐、西毒，謝世已久，這位高僧便是南帝，這一位周兄，是中神通的師弟。」周伯通道：「若是我師兄在世，你焉能接得他的十招？」

這時三人作丁字形站立，將法王圍在中間。法王瞧瞧一燈大師、瞧瞧周伯通、又瞧瞧黃藥師，長嘆一聲，將五輪抛在地下，說道：「單打獨鬥，老僧誰也不懼。」周伯通道：「不錯。今日咱們又不是華山絕頂論劍，爭那武功天下第一的名號，誰來跟你單打獨鬥？臭和尚作惡多端，自己裁決了罷。」法王嘆道：「中原五大高人，今見其二，老僧死在三位手上，也不枉了。只可惜那龍象般若功至老僧而絕，從此世上更無傳人。」提起右掌，便往自己天靈蓋上拍了下去。

周伯通聽到「龍象般若功」五字，心中一動，搶上去伸臂一擋，架過了他這一掌，說道：「且慢！」法王昂然道：「老僧可殺不可辱，你待怎地？」周伯通道：「你這甚麼龍象般若功果然了得，就此沒了傳人，別說你可惜，我也可惜。何不先傳了我，再圖自盡不遲？」言下竟是十分誠懇。

法王尚未回答，只聽得撲翅聲響，那雌鵰負了雄鵰從深谷中飛上，雙鵰身上都是濕淋淋地，看來谷底是個水潭。雄鵰毛羽零亂，已然奄奄一息，右爪仍牢牢抓着法王的金冠。雌鵰放下雄鵰後，忽地轉身又衝入深谷，再回上來時，背上伏着一人，赫然便是郭襄。

黃蓉驚喜交集，大叫：「襄兒，襄兒！」奔過去將她扶下鵰背。

法王見郭襄竟然無恙，也是一呆。周伯通正架着他的手臂，右眼向一燈一眨，左眼向黃藥師一閃，做了個鬼臉。東邪、南帝雙手齊出，法王右脅左胸同時中指。若是換作別人，雖然點正他的要害，也閉不了他的穴道，但東邪、南帝這兩根手指，當今之世再無第三根及得，一是精微奧妙的「彈指神通」，一是玄功若神的「一陽指」，法王如何受得？「嘿」的一聲，身子幌了一下。周伯通伸手在他背心「至陽穴」上補了一拳，笑道：「躺下罷！」法王雙腿一軟，緩緩坐倒。一燈等三人對望一眼，心中均各駭然：「這藏僧當眞厲害，身上連中三下重手，居然仍不摔倒。」

三人搶到郭襄身旁，含笑慰問，只聽她叫道：「媽，他在下面……在下面，快……快去……救他……」只說了這幾句，心神交疲，暈了過去。一燈拿起她的腕脈一搭，說道：「不礙事，只是受了驚嚇。」伸手在她背心推拿了幾下。過了一會，郭襄悠悠醒轉，說道：「大哥哥呢，上來了嗎？」黃蓉道：「楊過也在下面？」郭襄點了點頭，低聲道：「當然哪！」她心中是說：「倘若他不在下面，我跳下去幹麼？」黃蓉見女兒全身濕透，問道：「下面是個水潭？」郭襄點了點頭，閉上雙眼，再無力氣說話，只是手指深谷。

黃蓉道：「楊過既在谷底，只有差鵰兒再去接他。」當下作哨召鵰。但連吹數聲，雙鵰竟毫不理睬。黃蓉好生奇怪，數十年來，雙鵰聞喚即至，從不違命，何以今日對自己的口哨直似不聞？

她又一聲長哨，只見那雌鵰雙翅一振，高飛入雲，盤旋數圈，悲聲哀啼，猛地裏從空中疾衝而下。黃蓉心道：「不好！」大叫：「鵰兒！」只見那雌鵰一頭撞在山石之上，腦袋碎裂，折翼而死。衆人都吃了一驚，奔過去看時，原來那雄鵰早已氣絕多時。衆人見這雌鵰如此深情重義，無不慨嘆。黃蓉自幼和雙鵰爲伴，更是傷痛，不禁流下淚來。

陸無雙耳邊，忽地似乎響起了師父李莫愁細若遊絲的歌聲：「問世間，情是何物，直教生死相許？天南地北雙飛客，老翅幾回寒暑？歡樂趣，離別苦，就中更有痴兒女。君應有語，渺萬里層雲，千山暮雪，隻影向誰去？」她幼時隨着李莫愁學藝，午夜夢迴，常聽到師父唱着這首曲子，當日未歷世情，不明曲中深意，此時眼見雄鵰斃命後雌鵰殉情，心想：「這頭雌鵰假若不死，此後萬里層雲，千山暮雪，叫牠孤單隻影，如何排遣？」觸動心懷，眼眶兒竟也紅了。

程英道：「師父，師姊，楊大哥既在潭底，咱們怎生救他上來才好？」

黃蓉抹了抹眼淚，問女兒道：「襄兒，谷底是怎生光景？」郭襄精神漸復，說道：「我一掉下去，筆直的沉到了水底，心中一慌，吃了好幾口水。後來不知怎的冒上了水面，大哥哥……楊大哥拉住我頭髮，提了我起來……」黃蓉稍稍放心，道：「水潭旁有岩石之類，可以容身，是不是？」郭襄道：「水潭旁都是大樹。」黃蓉「嗯」了一聲，問道：「你怎麼會跌下去的？」

郭襄道：「楊大哥拉我起來，第一句話也這般問我。我取出那口金針，交了給他，說道：『我來叫你保重身子，不可自尋短見。』他目不轉瞬的向我瞧着，卻不說話。不久雄鵰兒跌了下來，跟着雌鵰將雄鵰負了上去，又下來負我。我叫楊大哥上來，他一言不發，提着我放上了鵰背。媽，叫鵰兒再下去接他啊。」

黃蓉暫不跟她說雙鵰已死，脫下外衣，蓋在她的身上，轉頭道：「看來過兒一時並無危險，咱們快搓一條長索，接他上來。」衆人齊聲說是，分頭去剝樹皮。

各人片刻間剝了不少樹皮。程英、陸無雙和瑛姑便用韌皮搓成繩索，一燈、黃藥師、周伯通、黃蓉四人手撕刀割，切剝樹皮。這四人雖是當今武林中頂尖兒的高手，但做這等粗笨功夫，也不過勝在力大而已，未必便強過尋常熟手工人，直忙到天黑，還只搓了一百多丈繩索，看來仍是遠遠不足。程英在繩索一端縛了一塊岩石，另一端繞在一棵大樹上，繩索漸結漸長，穿過雲霧，垂入深谷。

這七人個個內力充沛，直忙了整晚，毫沒休息。到得次晨，郭襄也來相助。黃蓉才簡畧問了幾句她被法王所擒的經過。

繩索不斷加長，楊過在谷底卻沒送上半點訊息。黃藥師取出玉簫，運氣吹動，簫聲悠揚，直飄入谷底。按理楊過聽到簫聲，必當以長嘯作答，但黃藥師一曲既終，谷口惟見白烟橫空，寂靜無聲。

黃蓉微一沉吟，取劍斬下一塊樹幹，用劍尖在木材上劃了五個字：「平安否　盼答」，將木塊擲了下去。良久良久，谷底始終沒有回答。各人面面相覷，暗暗擔心。

程英道：「山谷雖深，計來長索也應已經垂到，待我下去瞧瞧。」周伯通叫道：「我先去！」也不等旁人答話，搶到谷邊，一手拉繩，波的一聲溜了下去，穿烟破霧，剎那間不見了影蹤。過了約莫半個時辰，只見他捷如猿猴般援索攀了上來，鬚髮上沾滿了青苔，不住搖頭，說道：「影蹤全無，影蹤全無，有甚麼楊過？連牛過、馬過也沒有。」

衆人一齊望着郭襄，臉上全是疑色。郭襄急得幾乎要哭了出來，說道：「楊大哥明明是在下面，怎會不在？他坐在水邊的一棵大樹上啊。」

程英一言不發，援繩溜下谷去，陸無雙跟隨在後。接着瑛姑、周伯通、黃藥師、一燈等一一援繩溜下。

黃蓉道：「襄兒，你身子未曾康復，不可下去，別再累媽擔心。你楊大哥若在底下，咱們這許多人定能救他上來，知道了麼？」郭襄心中焦急，含淚答應。黃蓉向坐在地下的金輪法王瞧了一眼，心想他穴道被點，將滿十二個時辰，這人內功奇高，別要給他以眞氣衝開穴索下谷。

道，於是走過去在他背心「靈台」、胸下「巨闕」、雙臂的「清冷淵」上又補了幾下，這才援

手上稍鬆，身子墮下時越來越快，黃蓉在中途拉緊繩索，使下墮之勢畧緩，又再鬆手，如此數次，方達谷底。只見深谷之底果是個碧水深潭，黃藥師等站在潭邊細心察看，卻那裏有楊過的蹤迹？又見潭左幾株大樹之上，高高低低的安着三十來個大蜂巢，繞着蜂巢飛來飛去的都是玉蜂。黃蓉心念一動，說道：「周大哥，你捉隻蜜蜂來瞧瞧，看翅上是否有字？」周伯通依言捉了一隻玉蜂，凝目一看，道：「沒字。」

黃蓉打量山谷周圍情勢，但見四面都是高逾百丈的峭壁，無路可通，潭邊的大樹奇形怪狀，不知名目，抬起頭來，雲霧封谷，難見天日，正沉吟間，猛聽得周伯通叫道：「這一隻有字，這一隻有字。」黃蓉過去一看，只見那玉蜂雙翅之上，果然刺着「我在絕，情谷底」六個細字。料得關鍵是在碧水潭中。潭邊七人之中惟她水性最好，於是畧加結束，取一顆九花玉露丸含在口中，以防水中有甚毒蟲水蛇，一個旋子，躍入了潭中。

那潭水好深，黃蓉急向下潛，越深水越冷，到後來寒氣透骨，睜眼看去，四面藍森森、青鬱鬱，似乎結滿了厚冰。黃蓉暗暗吃驚，但仍不死心，鑽上水面來深深吸了幾口氣，又潛了下去。但潛到極深之處，水底有一股抗力，越深抗力便越強，黃蓉縱出全力，也無法到達潭底，同時冷不可耐，四周也無特異之處，只得回了上來。

衆人見她嘴唇凍成紫色，頭髮上一片雪白，竟是結了一層薄冰，無不駭然。程英和陸無雙忙折下樹枝，在她身旁生起一個火堆。

郭襄見母親與衆人一一緣繩下潭，心想：「大哥哥便是不肯上來，外公和媽媽他們抬也抬了他上來。到底他爲甚麼要自盡呢？難道楊大嫂死了？永遠不跟他見面了？」

正自怔怔的出神，忽聽得金輪法王「啊喲、啊喲」的大聲呻吟。郭襄轉過身來，只見他臉上肌肉抽搐，顯是在忍受極大痛苦。郭襄哼了一聲，說道：「你這是自作自受，誰叫你動不動便出手殺人？」法王「啊喲、啊喲」叫得更加響了，眼光中露出哀求之色。

郭襄忍不住問道：「怎麼？很痛麼？」法王道：「你媽媽點了我背心的靈台穴和胸下巨闕穴，我全身如有千萬隻螞蟻在咬，痛癢難當，她爲甚麼不再點了我膻中穴和玉枕穴？」郭襄一怔，她跟母親學過點穴、拂穴之法，知道「膻中」和「玉枕」是人身要穴中的要穴，只要稍受損傷，立即斃命，說道：「我媽暫且不殺你，你不知感激，還多說甚麼？」法王昂然道：「她如點了我膻中、玉枕兩穴，我胸背麻木，就可少受許多痛苦。我這般深厚的修爲，難道能要得了我的性命？」郭襄不信，道：「你少吹牛。媽媽說的，『膻中和玉枕，一碰便送命』，你身上麻癢，用力忍耐一下，他們馬上就回上來啦。」

法王道：「郭姑娘，一路上我待你如何？」郭襄道：「還算不錯。可是你殺了長鬚鬼和大頭鬼，又害死我家的雙鵰，你待我再好，我也不記情。」法王道：「好罷，殺人償命，待會你殺了我，給你朋友報仇便是。但我一路上這般待你，你卻如何報答？」郭襄道：「你說怎麼報答？」法王道：「你給我在膻中穴和玉枕穴上用力各點一指，讓我少受些苦楚，便算是報答我了。」

郭襄不住搖頭，道：「你要我殺你，我才不動手呢。」法王急道：「大丈夫言出如山，你點我這兩處穴道，我決計死不了。待會你媽媽上來，我還要向她求情，豈肯輕易便死？」郭襄見他說得誠懇，心想：「我先輕輕的試一試。」伸指在他胸口膻中穴上輕輕一點，法王舒了一口氣，道：「果然好得多了，你再用力些。」郭襄加重勁力，只見他展眉一笑，毫無受傷迹象，只是臉色由紅轉白、又由白轉紅的變了兩次，說道：「再重些！」郭襄便依照父母所傳的點穴之法，在他膻中穴上點了一指。

法王道：「好啊！我胸口不怎麼難受啦！你瞧死不了，是不是？」郭襄大感驚奇，道：「我再點你的玉枕穴啦！」起初仍是輕點試探，這才運力而點。法王道：「多謝，多謝！」閉目暗暗運氣，突然間一躍而起，說道：「走罷！」

郭襄大駭，叫道：「你……你……」法王左手一勾，抓住了她的手腕，說道：「快走，我金輪法王武功獨步天下，難道這『推經轉脈、易宮換穴』的粗淺功夫也不會麼？」說着雙足一點，帶着郭襄向前奔去。

郭襄大叫：「你騙人，你騙人！」心下好生後悔：「我實在見識太低，連這些粗淺功夫也不知道。」她怎知道「推經轉脈、易宮換穴」的奇功又如何是粗淺功夫？實是他西藏密宗極深奧艱難的內功，奇妙處比之歐陽鋒逆轉全身經脈雖然大爲不及，卻也是一宗甚難修練的怪異神功。當郭襄點他膻中、玉枕兩穴之時，他已暗自推經轉脈、易宮換穴，將另外兩處穴道轉了過來。郭襄落指時還怕傷了他的性命，實則是替他解開了穴道。

金輪法王帶着郭襄躍出數丈，突然間心念一轉，毒計陡生，眼見兩棵大樹上繫着那根長索，便要運力扯斷。

索，只須弄斷繩索，周伯通、一燈、黃藥師、黃蓉等人勢必喪命深谷，於是縱身過去抓住長

郭襄大驚，一記肘搥撞向他脅下。也是法王過於托大，對她絲毫沒加提防，這一記肘搥正好撞中了「淵液穴」，只感半身酸麻，剎時間渾身無力。郭襄用力一扭，掙脫了他的手腕，雙掌搭在他背心，叫道：「推你下去，摔死你這惡和尚。」法王大驚，暗運內力衝穴，口中卻哈哈大笑，說道：「憑你這點微末功夫，也推得我動？」

郭襄卻不知時機稍縱即逝，此刻法王穴道未解，只須用力一推，他便摔下谷去，又或快速出手，連點他身上數處穴道，他也無論如何來不及推經轉脈、易宮換穴。但她見先前點他膻中和玉枕兩處要穴，反而助他解開了穴道，只道再點也是無用，當下縱身躍開，奔到崖邊，說道：「我跟媽媽死在一起！」便要往深谷中跳落。

法王大驚，吸一口眞氣，衝破了郭襄所點的「淵液穴」，不及扯斷長索，便向她撲去。郭襄發足便奔，在山石和大樹間縱來躍去。若在平陽之地，法王只須兩個起落，早便追上，但斷腸崖前到處都是古木怪石，郭襄東一鑽，西一躲，一時倒也奈何她不得，跟她捉迷藏般大兜圈子，追了良久，方始使一招「雁落平沙」，從空中飛撲而下，抓住了她手臂。郭襄張口大呼：「媽！」只叫得一聲，法王便按住了她嘴。就在此時，遠遠傳來了陸無雙之聲：「小郭襄那裏去了？」

法王心下一凜，暗叫：「可惜，可惜！終於錯過了時機！」伸指點了郭襄的啞穴，拖了她發足疾奔。其實這當兒時機尙未錯過，還只陸無雙一人上來，他奔將過去，儘來得及弄斷

長索，陸無雙一人又怎阻擋得住？只是他吃了周伯通、一燈、黃藥師等人的苦頭，好容易逃得性命，忽然聽到人聲，只道黃藥師等已一齊回上，那敢再去生事？

黃蓉等在谷底細細查察，再也搜不到甚麼蹤迹，四周也無血漬，諒來楊過並未遇到不幸，衆人一商量，只得先行回上，再定行止。第一個緣繩而上的是陸無雙、其次是程英、瑛姑。待得黃蓉上來時，只聽得程英等三人正在高呼：「小郭襄，小郭襄，你在那裏啊？」黃蓉見女兒和法王一齊失蹤，這一急眞是非同小可，急忙登高眺望。接着黃藥師、一燈、周伯通一一上來，七人找遍了絕情谷，那裏有兩人的蹤迹？

找到谷口，只見地下遺着郭襄一隻鞋子。程英道：「師姊，你休擔憂，定是那法王挾持襄兒一路南行。襄兒留下鞋子，好教咱們知道。這孩子的聰明機警，實不下於她媽媽呢。」黃蓉再想起女兒先前的說話，法王只是逼她拜師，要她承受衣缽，想來一時不致有何危難，這才憂心稍減。

一行人奔向高台，在敵人強弓射不到處勒馬站定。只見台上站着兩人，一個身披黃色僧袍，正是金輪法王，另一個妙齡少女被綁在一根木柱之上，卻是郭襄。

第三十九回　大戰襄陽

一行人取道南下，沿路打聽法王和郭襄的蹤迹。行不數日，道路紛紛傳言，說道蒙古南北兩路大軍夾攻襄陽，在城下與宋軍開仗數次，互有勝敗，襄陽情勢十分緊急。黃蓉心下擔憂，說道：「韃子猛攻襄陽，咱們須得急速趕去，襄兒的安危，只得暫且不去理會了。」一衆人齊聲稱是。

黃藥師、一燈、周伯通等輩，本來都是超然物外、不理世事的高士，但襄陽存亡關係重大，或漢或虜，在此一戰，卻不由得他們袖手不顧。

於路毫不躭擱，不一日抵達襄陽城郊。只聽得號角聲此起彼落，遠遠望去，旌旗招展，劍戟如林，馬匹奔馳來去，襄陽城便如裹在一片塵沙之中，蒙古大軍竟已合圍。衆人見了這等聲勢，無不駭然。黃蓉道：「敵軍勢大，只有挨到傍晚，再設法進城。」當下七人躲在樹林之中，除了周伯通嘻笑自若之外，人人均有憂色。

待到二更時分，黃蓉當先領路，闖入敵營。這七人輕功雖高，但蒙古軍營重重疊疊，闖過一座又是一座，只闖到一半，終於給巡查的小校發覺。軍中擊鼓鳴鑼，立時有三個百夫隊圍了上來。其餘軍營卻是寂無聲息，毫不驚慌。

周伯通奪了兩枝長矛，當先開路，黃藥師和一燈各持一盾，倒退反走，抵擋追兵，四個女子居中，向前急闖。好在身處蒙古營中，敵兵生怕傷了自己人馬，不敢放箭，少了一件最厲害的兵器，否則若在空曠之地，萬箭齊發，周伯通、黃藥師等便有三頭六臂，又怎抵擋得了。七人邊戰邊進，敵兵卻愈聚愈多，數十枝長矛圍着七人攢刺。周伯通、黃藥師等掌風到處，敵兵矛斷戟折、死傷枕藉。但蒙古兵剽悍力戰，復又恃衆，竟不稍卻。

周伯通笑道：「黃老邪，咱們三條老命，瞧來今日要斷送在這裏了，只是你怎生想個法兒，把這四個小女娃救了出去。」瑛姑呸了一聲道：「說話不三不四，我老太婆也算小女娃兒麼？要死便死在一起，咱們只救這三個小娃兒便了。」

黃蓉暗暗心驚：「老頑童素來天不怕地不怕，從不說半句洩氣之言，今日陷入重圍，竟想到要斷送老命，看來情形當眞有點不妙！」眼見四下裏敵軍蜂聚蟻集，除了捨命苦戰，一時也想不出別樣計較。

再衝了數重軍營，黃蓉瞥見左首立着兩座黑色大營帳，她曾隨成吉思汗西征，知是積貯輜重糧食之處，心念一動，猛地裏竄了出去，從敵兵手中搶過一個火把，直撲輜重營。蒙古兵發喊趕來。黃蓉奔得迅捷，頭一低，已鑽入營中，高舉火把，見物便燒，頃刻之間，在兩座輜重營中連點了七八個火頭，這才衝出，又和周伯通等會合。

輜重營中堆的不少是易燃之物，火頭一起，立時噼噼啪啪的燒將起來。周伯通瞧得有趣，拋下長矛，搶了兩根火把，到處便去放火，他更在無意之中燒到一座馬厩，登時戰馬奔騰，喧嘩嘶鳴，這麼一來，蒙古大營終於亂了。

郭靖在城中聽得北門外敵軍擾攘，奔上城頭，只見幾個火頭從蒙古營中衝天而起，知道有人在敵營中搗亂，忙點起二千人馬，命武敦儒、武修文兄弟殺出城去接應。

二武衝出里許，火光中望見黃藥師扶着陸無雙、一燈扶着周伯通，七個人騎了五匹馬急衝而至。二武卻不上前廝殺，領着人馬布開陣勢，射住陣脚，阻住追來的敵軍，這才下令後隊變前隊，掩護著着蓉等人，緩緩退入城中。

郭靖站在城頭相候，見是岳父、愛妻和一燈大師、周伯通等到了，心中大喜，忙開城相迎。只見陸無雙腰間中槍，周伯通背上中了三箭，鬚眉頭髮，被火燒得乾乾淨淨，兩人受傷甚是不輕。程英、黃蓉、瑛姑也均受箭傷，只是所傷不在要害。一燈和黃藥師均深通醫道，看了周陸二人的傷勢之後，都是愁眉不展，半晌說不出話來。

周伯通笑道：「段皇爺，黃老邪，你們不用發愁，老頑童心血來潮，知道自己決計死不了。你們多花點兒精神，好好醫治陸無雙小娃兒是正經。」他一直和黃藥師嬉皮笑臉，對一燈卻甚是敬重，不但敬重，簡直有點害怕，一燈出家已久，他卻仍稱之為「段皇爺」。黃藥師和一燈見他強忍痛楚，言笑自如，稍覺放心。但陸無雙卻昏迷不醒。

次日天甫黎明，便聽得城外鼓角雷鳴，蒙古大軍來攻。襄陽城安撫使呂文德和守城大將王堅督率兵馬，守禦四門。郭靖與黃蓉登城望去，只見蒙古兵漫山遍野，不見盡頭。蒙古大軍曾數次圍攻襄陽，但軍容之盛，兵力之強，卻以此次爲最。幸好郭靖久在蒙古軍中，熟知蒙古兵攻城的諸般方畧，早已有備，不論敵軍如何用弓箭、用火器、用壘石、用雲梯攻城，守城的宋兵居高臨下，一一破解。直戰到日落西山，蒙古軍已損折了二千餘人馬，但兀自前仆後繼，奮勇搶攻。

襄陽城中除了精兵數萬，尚有數十萬百姓，人人知道此城一破，無人得以倖存，因此丁壯之夫固然奮起執戈守城，便是婦孺老弱，也是擔土遞石，共抗強敵。一時城內城外殺聲震動天地，空中羽箭來去，有似飛蝗。

郭靖手執長劍，在城頭督師。黃蓉站在他的身旁，眼見半爿天布滿紅霞，景色瑰麗無倫，城下敵軍飛騎奔馳，猙獰的面目隱隱可見，再看郭靖時，見他挺立城頭，英風颯颯，心中不由得充滿了說不盡的愛慕眷戀之意。他夫妻相愛，久而彌篤，今日強敵壓境，是否能再度將之擊退，誰都難以逆料。黃蓉心想：「我和靖哥哥做了三十年夫妻，大半心血都花在這襄陽城上。咱倆共抗強敵，便是兩人一齊血濺城頭，這一生也眞是不枉了。」一瞥眼，見郭靖左鬢上又多了幾莖白髮，不禁微生憐惜之心：「敵兵猛攻一次，靖哥哥便多了幾十根白髮。」

忽聽得城下蒙古兵齊呼：「萬歲，萬歲，萬萬歲！」呼聲自遠而近，如潮水湧近，到後來十餘萬人齊聲高呼，眞如天崩地裂一般。但見一根九旄大纛高高舉起，鐵騎擁衞下青傘黃蓋，一彪人馬鏘鏘馳近，正是大汗蒙哥臨陣督戰。

蒙古官兵見大汗親至，士氣大振。只見紅旗招動，城下隊伍分向左右，兩個萬人隊衝上來急攻北門。這是大汗的扈駕親兵，最是精銳之師，又是迄今從未出動過的生力軍，人人要在大汗眼前建立功勳，數百架雲梯紛紛豎立，蒙古兵將便如螞蟻般爬向城頭。

郭靖攘臂大呼：「兄弟們，今日叫韃子大汗親眼瞧瞧咱們大宋好男兒的身手！」他這一聲呼喝中氣充沛，萬衆吶喊喧嚷之中，仍是人人聽得清楚。城頭上宋兵戰了一日，已然疲累不堪，忽聽得郭靖這麼呼叫，登時精神大振，均想：「韃子欺侮得咱們久了，這時須教他們大汗知道咱們的厲害！」當下各人出力死戰。

但見蒙古兵的屍體在城下漸漸堆高，後續隊伍仍如怒濤狂湧，踐踏着屍體攻城。大汗左右的傳令官騎着快馬奔馳來去，調兵向前。暮色蒼茫之中，城內城外點起了萬千火把，照耀得如同白晝。

安撫使呂文德瞧着這等聲勢，眼見守禦不住，心中大怯，面如土色的奔到郭靖身前，叫道：「郭……郭大俠，守不住啦，咱……咱們出城南退罷！」郭靖厲聲道：「安撫使何出此言？襄陽在，咱們人在，襄陽亡，咱們人亡！」

黃蓉眼見事急，呂文德退兵之令只要一說出口，軍心動搖，襄陽立破，提劍上前，喝道：「你只要再說一聲棄城退兵，我先在你身上刺三個透明窟窿！」呂文德左右的四名親兵上前攔阻，黃蓉橫腿掃出，四名親兵一齊摔跌開去。

郭靖喝道：「大夥兒上城抗敵，再不死戰，還算是甚麼男兒漢？」衆親兵素來敬服郭靖，見他神威凜凜的這麼呼喝，齊聲應是，各挺兵刃，奔到城牆邊抗敵。大將王堅縱聲叫道：「咱們拚命死守，韃子兵支持不住了！」

猛聽得蒙古的傳令官大呼：「衆官兵聽者：大汗有旨，那一個最先攻登城牆，便封他爲襄陽城的城主。」蒙古兵大聲歡呼，軍中梟將悍卒個個不顧性命的撲將上來。傳令官手執紅旗，來回傳旨。郭靖挽起鐵胎弓，搭上狼牙箭，颼的一聲，長箭衝烟穿塵，疾飛而去。那傳令官當胸中箭，登時倒撞下馬。蒙古兵一聲喊，士氣稍挫。過不多時，又有一隊生力軍萬人隊開抵城下。

耶律齊手持長槍，奔到郭靖身前，說道：「岳父岳母，韃子猛攻不退，小壻開城出去衝殺一陣。」郭靖道：「好！你領四千人出城，可要小心了。」耶律齊翻身下城。不久戰鼓雷鳴，城門開處，耶律齊領了一千名丐幫弟子、三千名官兵，一般的標槍盾牌，衝了出去。

北門外蒙古兵攻城正急，突見宋軍殺出，翻身便走。耶律齊揮軍趕上。突然蒙古軍三聲炮響，左右兩個萬人隊包抄上來，將耶律齊所領的四千人圍在垓心。

那三千官兵訓練有素，武藝精熟，驍勇善鬥，又有一千名丐幫弟子作爲骨幹，雖然被圍，卻是絲毫不懼。郭靖、黃蓉、呂文德、王堅四人從城頭上望將下去，但見宋軍陣勢不亂，以一當十，高呼酣戰，黑暗中刀光映着火把，有如千萬條銀蛇閃動，眞乃好一場大戰！

蒙古兵勢衆，兩個萬人隊圍住了耶律齊的四千精兵，另一個萬人隊又架雲梯攻城。

郭靖見耶律齊一隊人攔在城外，蒙古援兵調遣不便，傳令下去，命武氏兄弟揮兵讓出缺口，任由蒙古兵爬上城來。二武應命，領兵退開。霎時之間，成百成千的蒙古兵爬上了城頭。城下千千萬萬蒙古兵將眼見城破，大叫：「萬歲！萬歲！」

呂文德臉如土色，嚇得全身如篩糠般抖個不住，只叫：「郭大俠，這……這便……便如何是好？咱……們這……這該當……」

郭靖不語，眼見蒙古兵已有五千餘人爬上城頭，舉起黑旗一招，驀地裏金鼓齊鳴，朱子柳與武三通各率一隊精兵，從埋伏處殺將出來，立時塡住了缺口，不令蒙古兵再行攻上。城頭的五千餘人陷入了包圍之中。

這時城外宋軍被圍，城頭蒙古軍被圍，東西南三門也是攻拒惡鬥，十分慘烈，喊聲一陣響於一陣。

蒙古大汗立馬於小丘之上，親自督戰，身旁兩百多面大皮鼓打得咚咚聲響，震耳欲聾，甚麼說話的聲音都給淹沒了。但見千夫長、百夫長一個個或死或傷，血染鐵甲，從陣前抬了下來。大汗蒙哥身經百戰，當年隨拔都西征，曾殺得歐洲諸國聯軍望風披靡，直攻至多瑙河畔，維也納城下，此刻見了這一番廝殺，也不由得暗暗心驚：「往常都說南蠻懦怯無用，其實絲毫不弱於我們蒙古精兵呢！」

其時夜已三更，皓月當空，明星閃爍，照臨下土，天上雲淡風輕，一片平和，地面上卻是十餘萬人在捨死忘生的惡戰。

這一場大戰自清晨直殺到深夜，雙方死傷均極慘重，兀自勝敗不決。宋軍佔了地利，蒙古軍卻仗着人多。

又戰良久，忽聽得前軍齊聲吶喊，一隊宋軍急馳而至，直衝向小丘。大汗的護駕親兵紛紛放箭阻擋。蒙哥居高臨下，放眼望去，只見一名宋軍將軍手執雙矛，騎了一匹高頭大馬，在戰陣中左衝右突，威不可當，羽箭如雨點般向他射去，都被他一一撥開。蒙哥左手一揮，鼓聲立止，回頭問左右道：「此人如此勇猛，可知是誰麼？」左首一個白髮將軍道：「啓稟陛下，這人便是郭靖。當年成吉思汗封他為金刀駙馬，遠征西域，立功不小。」蒙哥失聲道：「啊！原來是他！將軍神勇，名不虛傳！」

蒙哥左右統率親兵的眾將聽得大汗誇獎敵人，都是心中不忿。四名將軍齊聲呼喝，手挺兵刃衝了上去。

郭靖見四人身高馬大，兩個帶着萬夫長的白色頭飾，兩個帶着千夫長的紅色頭飾，喊聲如雷，縱馬奔近身來，當即拍馬迎上，長矛一起，拍的一聲，將一名千夫長手中的大刀刀桿震斷，跟着一矛透胸而入。兩名萬夫長雙槍齊至，壓住郭靖矛頭。一名千夫長的蛇矛刺向郭靖小腹。四人使的都是長兵刃，急切間轉不過來，郭靖長矛撒手，身子右斜，避過那千夫長的一矛，跟着雙腕翻轉，抓住兩名萬夫長的鐵槍槍頭，大喝一聲，宛如在半空中起個霹靂，振臂回奪。那兩名萬夫長雖是蒙古軍中有名的勇士，但怎禁得郭靖的神力？登時手臂酸麻，兩柄鐵槍脫手。郭靖不及倒轉槍頭，就勢送出，噹噹兩聲，兩柄鐵槍的槍桿撞在兩人胸口。兩名萬夫長都披了護胸鐵甲，槍桿刺不入身，但給郭靖內力一震，立時狂噴鮮血，倒撞下馬。

那千夫長甚是悍勇，雖見同伴三人喪命，仍是挺矛來刺。郭靖橫過左手鐵槍格開他蛇矛，右手鐵槍砰的一聲，重重擊在他的頭盔之上，只打得他腦蓋碎裂。

眾親兵見郭靖在剎那之間連斃四名勇將，無不膽寒，雖在大汗駕前，亦不敢上前與之爭鋒，只是不住的放箭。郭靖縱馬欲待搶上小丘，但數百枝長矛密密層層的排在大汗身前，連搶數次，都是不能近身，突然間胯下坐騎一聲嘶鳴，前腿軟倒，竟是胸口中了兩箭。眾蒙古親兵大聲歡呼，擁了上來。

人叢中只見郭靖縱躍而起，挺槍刺死了一名百夫長，跳上了他的坐騎，槍挑掌劈，霎眼間打死了十多名蒙古官兵。

蒙哥見他橫衝直撞，當者披靡，在百萬軍中來回衝殺，蒙古官兵雖多，竟是奈何他不得，不由得皺起眉頭，傳令道：「是誰殺得郭靖，立賞黃金萬兩，官升三級！」重賞之下，衆官兵蜂湧向前。

郭靖見情勢危急，又衝不到大汗跟前，揮槍打開身旁幾名敵兵，彎弓搭箭，疾向蒙哥射去。這一箭去勢好不勁急，猶如奔雷閃電，直撲蒙哥。護駕的親兵大驚，兩名百夫長閃身擋在大汗面前，噗的一聲，長箭穿過第一名百夫長，但去勢未衰，又射入第二名百夫長前胸，將兩人釘成了一串，在蒙哥身前直立不倒。

蒙哥見了這等勢頭，不由得臉上變色。衆親兵擁衞大汗，退下了小丘。

便在此時，蒙古中軍發喊，一枝宋軍衝了過來，當先一人舞着兩柄鐵槳，狂砸猛打，卻是泗水漁隱。原來黃蓉見丈夫陷陣，放心不下，命泗水漁隱領了二千人衝入接應。蒙古兵見大汗退後，陣勢微亂。

黃蓉在城頭看得明白，下令道：「大家發喊，說蒙古大汗死了！」衆軍歡呼叫喊：「蒙古大汗死了，蒙古大汗死了！」襄陽軍連年與蒙古兵相鬥，聰明的都學說了幾句蒙古話，這時便有人用蒙古話叫了起來。

蒙古官兵聽得喊聲，都回頭而望，只見大汗的大纛正自倒退，大纛附近紛紜擾攘，混亂中那裏能分眞假，只道大汗眞的殞命，登時軍心大亂，士無鬥志，紛紛後退。

黃蓉下令追殺，大開北門。三萬精兵衝了出來。耶律齊率領的四千人已損折了半數，餘下的乘勢追敵。蒙古官兵久經戰陣，雖敗不潰，精兵殿後，緩緩向北退卻，宋兵倒也不能迫近。只是攻入襄陽的五千餘蒙古精銳之師卻無一活命。

待得四門蒙古兵退盡，天色已然大明。這一場大戰足足鬥了十二個時辰，四野裏黃沙浸血，死屍山積。斷槍折戈、死馬破旗，綿延十餘里之遙。

這一仗蒙古兵損折了四萬餘，襄陽守軍也死傷二萬二三千人，自蒙古興兵南侵以來，以此仗最爲慘烈。

襄陽守軍雖然殺退了敵兵，但襄陽城中到處都聞哀聲，母哭其子，妻哭其夫。

郭靖、黃蓉不及解甲休息，巡視四門，慰撫將士，再去看視周伯通和陸無雙的傷勢時，見兩人都已好轉。周伯通耐不住臥床休息，早已在庭園中溜來溜去。郭靖、黃蓉相視一笑，這才回府就寢。

次日清晨，郭靖正在安撫使府中與呂文德及大將王堅商議軍情，忽有小校來報，說道探得一個蒙古萬人隊正向北門而來。呂文德驚道：「怎……怎麼剛剛去，又來了？這……這可不成話啊！」

郭靖拍案而起，登城瞭望。只見敵兵的萬人隊在離城數里之地列開陣勢，卻不進攻。過不多時，千餘個工匠負石豎木，築成了一個十餘丈高的高台。

這時黃藥師、黃蓉、一燈、朱子柳等都已在城頭觀敵，見蒙古兵忽然構築高台，均感不解。朱子柳道：「韃子建此高台，若是要窺探城中軍情，不應距城如此之遠，何況我軍只須射以火箭，立時焚毀，又有何用？」黃蓉皺眉沉思，一時也想不透敵軍的用意。高台甫立，又見數百蒙古軍率了騾馬，運來大批柴草，堆在台周，卻似要將此台焚毀一般。衆人更覺奇怪。朱子柳道：「難道敵軍攻城不下，於是築壇祭天麼？又或許是甚麼厭勝祈禳的妖法。」郭靖道：「我久在蒙古軍中，從未見過他們做這般怪事。」

說話之間，又望見千餘名士兵舞動長鍬鐵鏟，在高台四周挖了一條又深又闊的壕溝，挖出來的泥土便堆在壕溝以外，成爲一堵土牆。黃藥師怒道：「襄陽城是三國時諸葛亮的故居，韃子無禮，在這位大賢門前玩弄玄虛，豈不是欺大宋無人麼？」

只聽得號角吹動，鼙鼓聲中，一個萬人隊開了上來，列在高台左側，跟着又是一個萬人隊列在右側。陣勢布定，又有一個萬人隊布在台前，連同先前的萬人隊，一共是四個萬人隊圍住了高台。這個大陣綿延數里，盾牌手、長矛手、斬馬手、強弩手，折衝手，一層一層，將那高台圍得鐵桶相似。

猛聽得一陣號響，鼓聲止歇，數萬人鴉雀無聲，遠處兩乘馬馳到台下。馬上乘客翻身下鞍，携手上了高台，只因隔得遠了，兩人的面目瞧不清楚，依稀可見似是一男一女。

衆人正錯愕間，黃蓉突然驚呼一聲，往後便倒，竟是暈了過去。衆人急忙救醒，齊問「怎麼？甚麼事？」黃蓉臉色慘白，顫聲道：「是襄兒，是襄兒。」衆人吃了一驚，面面相覷。朱子柳道：「郭夫人，你瞧明白了麼？」黃蓉道：「我雖瞧不清她面目，但依情理推斷，決計是她。韃子攻城不成，竟然使出奸計，眞是……眞是無恥卑鄙已極。」黃藥師和朱子柳經她一說，登時省悟，滿臉憤激之色。郭靖卻兀自未解，問道：「襄兒怎地會到這高台上去？韃子使甚麼奸計了？」

黃蓉挺直身子，昂然道：「靖哥哥，襄兒不幸落入了韃子的手裏，他們建此高台，台下堆了柴草，卻將襄兒置在台上，那是要逼你投降。你若不降，他們便舉火燒台，叫咱們夫婦心痛腸斷，神智昏亂，不能專心守城。」

郭靖又驚又怒，問道：「襄兒怎會落入韃子手裏？」黃蓉道：「連日軍務緊急，我怕你分心，沒說此事。」於是將郭襄如何在絕情谷中被金輪法王擄去之事說了。郭靖一聽楊過在谷底失去蹤迹，連連追問端詳，待聽黃蓉說完，皺眉道：「蓉兒，這可是你的不對了，過兒生死未明，你怎地便捨他而去？」郭靖一向敬重愛妻，從未在旁人之前對她有絲毫失禮，這兩句責備之言說得甚重，黃蓉不由得滿臉通紅。

一燈道：「郭夫人深入寒潭，凍得死去活來，查明楊過確係不在谷底，又何況小姑娘落入奸人之手，大夥兒都主張追趕，須怪郭夫人不得。」一燈既如此說，郭靖自不敢再說甚麼，只恨恨的道：「郭襄這小娃兒成日闖禍，倘若過兒有甚好歹，咱們心中何安？讓她給蒙古兵燒死了乾淨。」

黃蓉一言不發，轉身下城。衆人正商議如何營救郭襄，忽見城門開處，一騎向北衝出，馬上乘者正是黃蓉。衆人一見，無不大驚。郭靖、黃藥師、一燈、朱子柳等紛紛上馬追出。

一行人奔向高台，在敵人強弓射不到處勒馬站定。只見台上站着兩人，一個身披黃色僧袍，正是金輪法王，另一個妙齡少女被綁在一根木柱上，卻不是郭襄是誰？

郭靖雖惱她時常惹事，但父女關心，如何不急？大聲叫道：「襄兒，你別慌，爹爹媽媽都來救你啦！」他內力充沛，話聲清清楚楚的送上高台。郭襄早給太陽晒得昏昏沉沉，忽聽得父親聲音，喜叫：「爹爹，媽媽！」

金輪法王哈哈大笑，朗聲說道：「郭大俠，你要我釋放令愛，半點不難，只瞧你有沒有膽量骨氣？」郭靖向來沉穩厚重，越處危境，越是凝定，聽法王這般說，竟不動怒，說道：「法王有何難題，便請示下。」法王道：「你若有做父母的慈愛之心，便上台來束手受縛，一個換一個，我立時便放了令愛。」他素知郭靖深明大義，決不肯為了女兒而斷送襄陽滿城百姓，是以出言相激，盼他自逞剛勇，入了圈套。但郭靖怎能上他這個當，說道：「韃子若非懼我，何須跟我小女兒為難？韃子既然懼我，郭靖有為之身，豈肯輕易就死？」

法王冷笑道：「人道郭大俠武功卓絕，驍勇無倫，卻原來是個貪生怕死之徒。」他這激將之計若是用在旁人身上，或能收效，但郭靖身繫合城安危，只是淡淡一笑，並不理會。

這幾句話卻惱了武三通和泗水漁隱，兩人一揮鐵鎚，一舞雙槳，縱馬向前衝去。蒙古數千名射手挽弓搭箭，指住二人，只待奔近，便要射得他們便似刺蝟一般。一燈大師見情勢不妙，飛身下馬，三個起伏，已攔在兩個徒兒的馬上，大袖一揚，阻住馬匹的去路，喝道：「回去！」武三通和泗水漁隱本是逞着一股血氣之勇，心中如何不知這一去是有死無生，眼見師父阻攔，便勒馬而回。蒙古官兵見這高年和尚追及奔馬，禁不住暴雷也似喝采。

法王說道：「郭大俠，令愛聰明伶俐，老衲本來很喜歡她，頗有意收之為徒，傳以衣缽。但大汗有旨，你若不歸降，便將她火焚於高台之上。別說你心痛愛女，老衲也覺可惜，還請三思。」

郭靖哼了一聲，眼見四十名軍士手執火把站在台下柴草堆旁，只待法王一聲令下，便即點火。四個萬人隊將這高台守得如此嚴密，血肉之軀如何衝得過去？何況即使衝近了，火發台焚，又怎救得女兒下來？

他久在蒙古軍中，知道蒙古用兵素來殘忍，掠地屠城，一日之間可慘殺婦孺十數萬人，若將郭襄燒死，眞如踩死一隻螞蟻一般，抬起頭來，遙望女兒容色憔悴，不禁心中大是痛惜，當下叫道：「襄兒聽着，你是大宋的好女兒，慷慨就義，不可害怕。爹娘今日救你不得，日後定當殺了這萬惡奸僧，爲你報仇。懂得了麼？」郭襄含淚點頭，大聲叫道：「爹爹媽媽，女兒不怕！」

郭靖道：「這才是我的好女兒！」解下腰間鐵胎硬弓，搭上長箭，颼颼颼連珠三箭，高台下三名手執火把的蒙古兵應聲倒地，三枝長箭都是透胸而過。郭靖射術學自蒙古神箭將軍哲別，再加數十年的內力修爲，他所站之處敵兵箭射不到，他卻能以強弩斃敵。衆蒙古兵齊聲發喊，高舉盾牌護身。郭靖道：「走罷！」勒轉馬頭，與黃蓉等回入城中。

一行人站上城頭。黃蓉呆呆望着高台，心亂如痲。

一燈道：「韃子治軍嚴整，要救襄兒，須得先設法衝亂高台周圍的四個萬人隊。」黃藥師道：「正是。」凝思片刻，說道：「蓉兒，咱們用二十八宿大陣，跟韃子鬥上一鬥。」黃蓉垂頭道：「便是鬥勝了，韃子舉火燒台，那便怎麼處？」郭靖昂然道：「咱們奮力殺敵，襄兒生死，付諸天命。岳父，請問那二十八宿大陣怎生擺法？」

黃藥師笑道：「這陣法變化繁複，當年我瞧了全眞教的天罡北斗陣後，潛心苦思，參以古人陣法，創下這二十八宿陣來，有心要與全眞教的道士們較個高下。」一燈道：「黃老邪五行奇門之術天下獨步，這二十八宿大陣想來必是妙的。」黃藥師道：「我這陣法本意只用於武林中數十人的打鬥，並沒想到用於千軍萬馬的戰陣。然畧加變化，似乎倒也合用，只可惜眼前少了一人雙鵰。」一燈道：「願聞其詳。」

黃藥師道：「雙鵰若不給那奸僧害死，咱們陣法發動，雙鵰便可飛臨高台，搶救襄兒下來，目下卻無善策。這二十八宿大陣乃依五行生尅變化，由五位高手主持。咱們東南北中四個方位都有人了，但老頑童身受重傷，少了西方一人。倘若楊過在此，此人武功不在昔年歐陽鋒之下，此刻卻那裏找他去？這西方的主將，倒是大費躊躇。」

郭靖眼光掠過高台，向北方雲天相接處遙遙望去，一顆心已飛到了絕情谷中，喃喃的道：「過兒是生是死，當眞教人好生牽掛。」

當日楊過心傷腸斷，知道再也不能和小龍女相會，於是縱身躍入谷底，只道定然粉身碎骨，從此一了百了，不料下墮良久，突然撲通一響，竟是摔入了一個水潭之中。他從數百餘丈高處躍將下來，衝力何等猛烈，筆直的墮將下去，也不知沉入水中多深，突然眼前一亮，似乎看到一個水洞，待要凝神再看，水深處浮力奇強，立時身不由主的被浮力托了上來，便在此時，郭襄跟着跌入了潭中。

當時的奇事一件跟着一件，楊過不及細想，待郭襄浮上水面，當即伸手將她救到潭旁的岸上，問道：「小妹子，你怎麼跌到了這裏？」郭襄道：「我見你跳下來，便跟着來了。」楊過搖頭道：「胡鬧，胡鬧！你難道不怕死麼？」郭襄微笑道：「你不怕死，我也不怕死。」楊過心中一動：「難道她小小年紀，竟也對我如此情深？」想到此處，不由得雙手微微顫動。

郭襄從懷中取出最後一枚金針，說道：「大哥哥，當日你給了我三枚金針，曾說憑着每一枚金針，我可相求一事，你無有不允。今日我來求懇：不論楊大嫂是否能和你相會，你千萬不可自尋短見。」說着便將金針放入他手中。

楊過眼望手中的金針，顫聲道：「你從襄陽到這裏來，便是為求我這件事麼？」郭襄心中歡喜，說道：「不錯。大丈夫言而有信，你答允過我的事，可不許賴。」

楊過嘆了一口長氣，一個人從生到死、又從死到生的經過一轉，不論死志如何堅決，萬萬不會再度求死。他上下打量郭襄，只見她全身濕透，冷得牙關輕擊，卻是滿臉喜色，於是拾了些枯枝，待要生火，但兩人身邊的火摺火絨都已浸濕了不能使用，只得道：「小妹子，你先練兩遍內功，免得寒氣入體，日後生病。」郭襄兀自不放心，問道：「你已答允了我，不再自盡了？」楊過道：「我答允了！」郭襄大喜，說道：「咱兩個一起練。」

兩人並肩坐下，調息運氣。楊過自幼在寒玉床上習練內功，這一些寒氣自不放在心上，伸手撫住郭襄背脊上的「神堂穴」，一股陽和之氣緩緩送入她體內。過不多時，郭襄只覺周身百脈，無不暢暖。

待郭襄內息在周天搬運數轉，楊過這才問起她如何到絕情谷來。郭襄說了。楊過怒道：「這法王如此可惡，咱們覓路上去，待你大哥哥揍他個半死。」說話未了，突然空中墮下一頭大鵰，在潭中載沉載浮，受傷甚重。郭襄驚道：「是咱家的鵰兒。」跟着雌鵰飛下將雄鵰負上，第二次飛下時，楊過將郭襄扶上鵰背。他只道那鵰兒定會再來接自己上去，豈知待了良久，竟是毫沒聲息，他那裏知道雌鵰已殉情而死。

楊過待鵰不至，當即觀看潭邊情景，一瞥眼間，只見大樹上排列着數十個蜂巢。這些蜂巢比尋常的爲大，而在巢畔飛來舞去的，正是昔年小龍女在古墓中馴養的異種玉蜂。楊過一見，禁不住「啊」的一聲驚呼出來，雙足釘在地下，移動不得，過了片刻，這才走近巢旁察看，只見蜂巢之旁糊有泥土，實是人工所爲，依稀是小龍女的手迹。

他定了定神，心想：「遮莫當年龍兒躍下此谷，便在此處居住？」繞着寒潭而行，察看一遍，但見四下削壁環列，宛似身處一口大井之底，常言道「坐井觀天」，但坐在此處，望上去盡是白雲濃霧，又怎得見天日？

楊過折下幾根樹幹，敲打四周山壁，全無異狀，但凝神察看，發見有幾棵大樹的樹皮曾爲人剝去，有些花草畔的石塊排列整齊，實非天然，霎時之間，忽喜忽憂，一顆心怦怦的跳個不住，這時已料得定小龍女定在此處住過，只是悠悠一十六年，到今日是否玉人無恙，有誰能說？楊過素來不信鬼神，但情急之下，終於跪了下來，喃喃祝禱：「老天啊老天，你終須保佑我再見龍兒一面。」

禱祝一會，尋覓一會，終是不見端倪。楊過坐在樹下，支頤沉思：「倘若龍兒死了，也當在此處留下骸骨，除非是骨沉潭底。」記得先前沉入潭時曾見到大片光亮，甚非尋常，其中當有蹊蹺，想到此處，一躍而起。

他大聲說道：「好歹也要尋個水落石出，不見她的屍骨，此心不死。」於是縱身入潭，直往深處潛去，那潭底越深越寒，潛了一會，四周藍森森的都是玄冰。楊過雖不畏寒，但深處浮力太強，用力衝了數次，也不過再潛下數丈，始終無法到底。此時氣息漸促，於是回上潭邊，抱了一塊大石，再躍入潭中。

這一次卻急沉而下，猛地裏眼前一亮，他心念一動，忙向光亮處游去，只覺一股急流捲着他的身子衝了過去，光亮處果是一洞。他拋下大石，手脚齊划，那洞內卻是一道斜斜向上的冰窖。他順勢划上，過不多時，波的一響，衝出了水面，只覺陽光耀眼，花香撲鼻，竟是別有天地。他不即爬起，遊目四顧，只見繁花青草，便如一個極大的花園，然花影不動，幽谷無人。他又驚又喜，縱身出水，見十餘丈外有間茅屋。

他提氣疾奔，但只奔出三四丈，立時收住脚步，一步步慢慢挨去，只想：「倘若在這茅屋之中仍是探問不到龍兒的消息，那便怎麼？」走得越近，脚步越慢，心底深處，實是怕這最後的指望也終歸泡影，最後走到離茅屋丈許之地，側耳傾聽，四下裏靜悄悄地，絕無人聲鳥語，惟有玉蜂的嗡嗡微響。

待了一會，終於鼓起勇氣，顫聲道：「楊某冒昧拜謁，請予賜見。」說了兩聲，屋中無人回答。伸手輕輕一推板門，那門呀的一聲開了。

舉步入內，一瞥眼間，不由得全身一震，只見屋中陳設簡陋，但潔淨異常，堂上只一桌一几，此外便無別物，桌几放置的方位他卻熟悉之極，竟與古墓石室中的桌椅一模一樣。他也不加思量，自然而然的向右側轉去，果然是間小室，過了小室，是間較大的房間。房中床楊桌椅，全與古墓中楊過的臥室相同，只是古墓中用具大都石製，此處的卻是粗木搭成。

但見室右有榻，是他幼時練功的寒玉床；室中凌空拉着一條長繩，是他練輕功時睡臥所用；窗前小小一几，是他讀書寫字之處。室左立着一個粗糙木櫥，拉開櫥門，只見櫥中放着幾件樹皮結成的兒童衣衫，正是從前在古墓時小龍女爲自己所縫製的模樣。他自進室中，撫摸床几，早已淚珠盈眶，這時再也忍耐不住，眼淚撲簌簌的滾下衣衫。

忽覺得一隻柔軟的手輕輕撫着他的頭髮，柔聲問道：「過兒，甚麼事不痛快了？」這聲調語氣，撫他頭髮的模樣，便和從前小龍女安慰他一般。楊過霍地回過身來，只見身前盈盈站着一個白衫女子，雪膚依然，花貌如昨，正是十六年來他日思夜想、魂牽夢縈的小龍女。

兩人呆立半晌，「啊」的一聲輕呼，摟抱在一起。燕燕輕盈，鶯鶯嬌軟，是耶非耶？是眞是幻？

過了良久，楊過才道：「龍兒，你容貌一點也沒變，我卻老了。」小龍女端目凝視，說道：「不是老了，是我的過兒長大了。」

小龍女年長於楊過數歲，但她自幼居於古墓，跟隨師父修習內功，屏絕思慮欲念。楊過卻飽歷憂患，大悲大樂，因此到二人成婚之時，已似年貌相若。

那古墓派玉女功養生修鍊，有「十二少、十二多」的正反要訣：「少思、少念、少欲、少事、少語、少笑、少愁、少樂、少喜、少怒、少好、少惡。行此十二少，乃養生之都契也。多思則神怠，多念則精散，多欲則智損，多事則形疲，多語則氣促，多笑則肝傷，多愁則心懾，多樂則意溢，多喜則忘錯昏亂，多怒則百脈不定，多好則專迷不治，多惡則焦煎無寧。

此十二多不除，喪生之本也。」小龍女自幼修爲，無喜無樂，無思無慮，功力之純，即是師祖林朝英亦有所不及。但後來楊過一到古墓，兩人相處日久，情愫暗生，這少語少事、少喜少愁的規條便漸漸無法信守了。婚後別離一十六年，楊過風塵飄泊，闖蕩江湖，憂心悄悄，兩鬢星星；小龍女卻幽居深谷，雖終不免相思之苦，但究竟二十年的幼功非同小可，過得數年後，重行修鍊那「十二少」要訣，漸漸的少思少念，少欲少事，獨居谷底，卻也不覺寂寞難遣，因之兩人久別重逢，反顯得楊過年紀比她爲大了。

小龍女十六年沒說話，這時說起話來，竟然口齒不靈。兩人索性便不說話，只是相對微笑。楊過到後來熱血如沸，拉着小龍女的手，奔到屋外，說道：「龍兒，我好快活。」猛地躍起，跳到一棵大樹之上，連翻了七八個觔斗。

這一下喜極忘形的連翻觔斗，乃楊過幼時在終南山和小龍女共居時的頑童作爲，十多年來他對此事從來沒想起過，那料到今日人近中年，突然又來這麼露了一手。只是他武功精湛，身子在半空中矯夭騰挪，自然而然顯出了上乘輕功。小龍女縱聲大笑，甚麼「少語、少笑、少喜、少樂」的禁條，全都拋到九霄雲外去了。

小龍女從身邊取出手帕，本來在終南山之時，楊過翻罷觔斗，笑嘻嘻的走到她身旁，小龍女總是拿手帕給他抹去額上汗水，這時見他走近，臉不紅，氣不喘，那裏有甚麼汗水？但她還是拿手帕替他在額頭抹了幾下。

楊過接過手帕，見是用樹皮的經絡織成，甚爲粗糙，想像她這些年來在這谷底的苦楚，不禁心酸難言，輕輕撫着她頭髮，說道：「龍兒，也眞難爲你在這裏挨了一十六年。」

小龍女幽幽嘆了口氣，說道：「倘若我不是從小在古墓中長大，這一十六年定然挨不下來。」

兩人並肩坐在石上互訴別來情事。楊過不住口的問這問那。小龍女講了一會話，言語漸漸靈便，才慢慢將這一十六年中的變故說了出來。

那日楊過將半枚絕情丹拋入谷底，小龍女知他為了自己中毒難治，不願獨生。當晚她思前想後，惟有自己先死，絕了他的念頭，才得有望解他體內情花之毒。但倘若自己露了自盡的痕迹，只有更促他早死，思量了半夜，於是用劍尖在斷腸崖前刻了那幾行字，故意定了一十六年之約，這才縱身躍入深谷。當時她想，如果楊過天幸得保性命，隔了長長的十六年後，即使對自己相思不減，想來也決不致再圖殉情。

她說到這裏，楊過嘆道：「你為甚麼想到一十六年？倘若你定的是八年之約，咱們豈不是能早見八年？」小龍女道：「我知你對我深情，短短八年時光，決計沖淡不了你那烈火一般的性子。唉，那想到雖隔一十六年，你還是跳了下來。」楊過笑道：「可知一個人還是深情的好。假如我想念你的心淡了，只不過在斷腸崖前大哭一場，就此別去，那麼咱倆終生不能再見了。」小龍女道：「冥冥之中，自有天意。」兩人出死入生，經歷如此劇變之後，終能相聚，這時坐在石上相偎相倚，心中都是深深感謝蒼天眷顧。

兩人默然良久。楊過又問：「你躍入這水潭之中，便又怎樣？」小龍女道：「我昏昏迷迷的跌進水潭，浮起來時給水流衝進冰窖，通到了這裏，自此便在此處過活。這裏並無禽鳥野獸，但潭中水產豐盛，谷底水果食之不盡，只是沒有布帛，只能剝樹皮做衣衫了。」

楊過道：「那時你中了冰魄銀針，劇毒浸入經脈，世上無藥可治，卻如何在這谷底居然好了？」他凝視小龍女，雖見她容顏雪白，殊無血色，但當年中毒後眉間眼下的那層隱隱黑氣卻早已褪盡。

小龍女道：「我在此處住了數日後，毒性發作，全身火燒，頭痛欲裂，當眞支持不住，想起在古墓中洞房花燭之夕，你教我坐在寒玉床上逆運經脈，雖然不能驅毒，卻可稍減煩惡苦楚。這裏潭底結着萬年玄冰，亦有透骨之寒，於是我潛回冰窖，在那邊躭了一會，竟然頗有效驗。此後時常回到墮下來時的水潭之旁，向上仰望，總盼能得到一點你的訊息。有一日忽見谷頂雲霧中飛下幾隻玉蜂，那自是老頑童攜到絕情谷中來玩弄而留下的。我宛如見到好友，當即構築蜂巢，招之安居。後來玉蜂愈來愈多。我服食蜂蜜，再加上潭中的白魚，覺得痛楚稍減，想不到這玉蜂蜂蜜混以寒潭白魚，正是驅毒的良劑，如是長期服食，體內毒發的次數也漸漸加長。初時每日發作一兩次，到後來數日一次，進而數月一發，最近五六年來居然一次也沒再發，想是已經好了。」

楊過大喜，道：「可見好心者必有好報，當年你若不是把玉蜂贈給老頑童，他不能帶到絕情谷來，你的病也治不好。」小龍女又道：「我身子大好後，很想念你，但深谷高逾百丈，四周都是光溜溜的石壁，怎能上得？於是我用花樹上的細刺，在玉蜂翅上刺下『我在絕情谷底』六字，盼望玉蜂飛上之後，能爲人發見。數年來我前後刺了數千隻玉蜂，但始給沒有回音帶轉，我一年灰心一年，看來這一生終是不能再見你一面了。」

楊過拍腿大悔，道：「我忒也粗心。每次來絕情谷，總是見到玉蜂，卻從沒捉一隻來瞧瞧，否則你也可少受幾年苦楚了。」小龍女笑道：「這原是我無法可施之際想出來的下策。其實，誰又能想得到這小小蜜蜂身上刺得有字？這字細於蠅頭，便有一百隻玉蜂在你眼前飛過，你也看不到牠翅上有字。我只盼望，甚麼時候一隻玉蜂撞入了蛛網，天可憐見給你看到了，你念着咱倆的恩義，定會伸手救牠出來，那時你才會見到牠翅上的細字。」她卻不知蜂翅上的細字終於給周伯通發見，而給黃蓉隱約猜到了其中含義。

兩人說了半天話，小龍女回進屋去燒了一大盆魚，佐以水果蜂蜜。潭水寒冷，所產白魚軀體甚小，卻是味美多脂。楊過吃了一個飽，只覺腹中暖烘烘地甚是舒服，這才述說一十六年來的諸般經歷。他縱橫江湖，威懾羣豪，遭際自比獨居深谷的小龍女繁複千百倍，但小龍女素來不關心世務，只求見到楊過便萬事已足，縱是最驚心動魄的奇遇，她聽着也只淡淡一笑，猶如春風過耳，終不縈懷。倒是楊過絮絮問她如何捉魚摘果，如何造屋織布，對每一件小事都興味盎然，從頭至尾問個明白，似乎這小小谷底，反而大於五湖四海一般。

兩人長談了一夜，直到天明，這才倦極而眠。醒來時日已過午，楊過道：「龍兒，咱倆便在這谷底終老呢，還是設法回去那花花世界？」依着小龍女的心意，寧可便在谷底安靜太平的和楊過廝守，但想他喜歡熱鬧，雖然對自己情深愛重，終是過不慣這般寂居的日子，便道：「咱們想法子上去瞧瞧罷，若是上面不好，可再回來，只是……只是，要上去卻難得緊呢。」

兩人潛入冰窖，回到潭邊，只見一條長索從谷口直懸下來，水潭旁又有許多縱橫錯雜的脚印，潭邊生着一個火堆，餘燼未熄。楊過道：「啊，有人來找過咱們了，而且還潛入過水潭。」在潭邊走了一圈，見到一株大樹上有人用刀尖刻着兩行字道：「一燈、伯通、瑛姑、蓉、英、無雙，至此覓楊過不遇，悵悵而歸。」

楊過心中感激，道：「他們終是沒忘記我。」小龍女道：「誰也不會忘記你的。」楊過道：「他們雖然也潛入過水潭，但因無百餘丈高處躍下來的急衝之力，沉潭不深，是以見不到冰窖所在。倘若我也是緣繩下來，那便找你不着了。」小龍女道：「我早說過萬事前定，老天爺在冥冥中早有安排。」楊過搖頭笑道：「這叫作精誠所至，金石爲開。」

他伸手拉扯繩索，試出繩身堅韌，上面繫得牢固，說道：「我先上去，瞧那法王是否尚在。」但想一燈大師、黃島主、老頑童等既到過這裏，這法王必已逃之夭夭了。又問：「你的武功可有擱下？若是爬不上，我負你上去。」小龍女微笑道：「十六年來雖無寸進，從前所學的功夫多半還留着。」楊過回頭一笑，左手抓着繩索，微一運勁，身子已竄上丈餘，接着小龍女也攀繩上來。兩人不多時便爬出了深谷。

並肩站在斷腸崖前，瞧着小龍女當年在石壁上所刻的那兩行字，眞如隔世，兩人相對一笑。此時心頭之喜，這一十六年來的苦楚登時化作雲烟。

楊過在山邊摘了一朶「龍女花」，替小龍女簪在鬢邊，一時花人相映，花光膚色，不知是紅花替人添了嬌艷，還是人面給桃花增了姿色？

黃藥師在襄陽城頭說要擺個「二十八宿大陣」，與金輪法王大戰一場。郭靖稟明安撫使呂文德，請下將令，讓黃藥師在校場上調兵遣將。這時參與英雄大會的各路豪傑雖已散了大半，留在城中的也還是英才濟濟，各人齊集校場聽調。

黃藥師道：「韃子用四個萬人隊圍着高台，咱們倘若多點人馬，便勝了他，也算不得本事。咱們也只用四萬人。孫子兵法有言，十則圍之，但善用兵者以一圍一，有何難哉？」站上將台，說道：「咱們這二十八宿大陣，共分五行方位。」召集統兵將領，詳加解釋，又道：「這陣勢變化繁複，非一時所能融會貫通，因此今日之戰，要請五位熟悉五行變化之術的武學高手指揮，領軍的將軍須依這五位的號令行事。」衆將躬身聽令。

黃藥師道：「中央黃陵五炁，屬土，由郭靖統軍八千，此軍直搗中央，旨在救出郭襄，不在殲敵。各軍背負土囊，中盛黃土，一攻至台下，立即以土囊滅火壓柴，拆台救人。」郭靖接令，站在一旁。

黃藥師又道：「南方丹陵三炁，屬火。相煩一燈大師統軍，領兵八千。此路兵中一千人衞護主將，其餘七千人編爲七隊，分由朱子柳、武三通、泗水漁隱、武敦儒、武修文兄弟、武敦儒夫人耶律燕、武修文夫人完顏萍等七人統率。上應朱雀七宿，是爲井木犴、鬼金羊、柳土獐、星日馬、張月鹿、翼水蛇、軫火蚓七星。」一燈大師接令。

黃藥師又道：「北方玄陵七炁，屬水。由黃蓉統軍，領兵八千。此路兵中一千人衞護主將，其餘七千人編爲七隊，分由耶律齊、梁長老、郭芙、及丐幫諸長老、諸弟子統率。上應玄武七宿，是爲斗木獬、牛金羊、女土蝠、虛日鼠、危月燕、室火豬、壁水獐七星。」黃蓉應命接令。這一路兵以丐幫弟子爲主力，人才極盛。

黃藥師點了三路兵後，說道：「東方青陵九炁，屬木。此路兵由我東邪黃藥師統軍，也是統兵八千。我門下弟子死得乾乾淨淨，傻姑不在身邊，這裏只賸下程英一人。」於是點了參與英雄大會的豪傑六人，說道：「東路兵也分八隊，一路衞護主將，其餘七隊上應青龍七宿，是爲角木蛟、亢金龍、氐土貉、房月狐、心日兎、尾火虎、箕水豹七星。」

他點到最後一路西路軍，說道：「這一路由全眞教教主李志常主軍……」衆人聽到這裏，都覺以聲望武功而論，這一路主將遠較其餘四路爲弱。忽聽得將壇下一人大聲說道：「喂，黃老邪，你撇下我不理嗎？」衆人看時，說話的正是老頑童周伯通。黃藥師道：「周兄，你背傷未愈，不能辛勞，本來請你任西路主將，原是最妙……」

周伯通搶着道：「區區小傷，放在甚麼心上？我便做西路主將便了。志常，你敢和我爭這主將做麼？」李志常躬身道：「弟子不敢。」周伯通笑道：「好啊，我也知道你不敢。」說着便從李志常手中接過了令箭。黃藥師無奈，只得道：「那麼周兄務請小心了。你領兵八千，其中一千相煩瑛姑統率，衞護主將，其餘七隊由李志常等全眞教的第三代弟子分領，上應白虎七宿，是爲奎木狼、婁金狗、胃土雉、昴日鷄、畢月烏、觜火猴、參水猿七星。」

他點將已畢，命諸路軍士在軍器庫中領取應用各物齊備，然後令旗一展，四萬兵馬分列東南西北中五方，朗聲說道：「昔日裏雲台二十八將上應天象，輔佐漢光武中興，咱們這二十八宿大陣雖然比不上漢光武的聲勢，但抗敵禦侮、守土衞國，卻也是堂堂之旗，正正之師。諸君各聽主將號令，今日與蒙古韃子決一死戰。」衆兵將齊聲答應，有若雷震。當下號炮三響，四門大開，五路兵馬列隊而出。

只見東路軍各人背負一根極長的木樁，攻到高台東首，一千兵手執盾牌，衝前擋箭，其餘七千人紛紛放下木樁，東打一根，西打一根，看來似乎雜亂無章，實則八千根木樁的位置皆依黃藥師所繪圖畫而樹立，分按五行八卦，頃刻間已將高台東首封住。

西路軍以全眞教爲主力，羣道素來熟悉天罡北斗陣法，只見長劍如雪，七人一堆，四十九人一羣，左穿右插，蜂湧捲來，蒙古兵將看得眼也花了，只得放箭阻擋。猛聽得北方衆軍發喊，卻是黃蓉領着丐幫弟子，拖着一架架水龍，將毒汁往蒙古兵身上射去。那毒汁濺身，登時疼痛不堪，少刻便即起泡腐爛，蒙古軍抵擋不住，向南敗退。

卻見南方烟霧沖天，乃是一燈率領八千人施行火攻，硫磺硝石之屬一陣陣從噴火鐵筒中噴出。蒙古軍見勢頭不對，當即敗至中央。郭靖領軍八千，隨後緩緩而上，見蒙古軍亂，當即揮軍而前，直衝高台。

忽聽得高台旁號角聲響，喊聲大作，地底下鑽上數萬頂頭盔來。原來蒙古主帥也是善能用兵，除了在高台四周明布四個萬人隊外，掘地爲坑，另行伏兵數萬。郭靖等遠遠望來，只道敵軍是掘的陷坑，豈知是埋伏了生力軍。這一來蒙古軍敗勢登時扭轉，二十八宿大陣縱橫來去，雖將敵軍衝亂，要聚而殲之，卻已有所不能。

戰鼓雷鳴，宋軍與蒙古大軍大呼酣鬥。高台旁的守軍強弓硬弩，向外激射，郭靖所率中路軍數度衝前，均被箭雨射了回來。兩軍鬥了半個時辰，一時勝敗未分。黃藥師靑旗招展，猛地裏東路軍攻南，西路軍攻北，陣法變動。

二十八宿大陣暗伏五行生剋之理。南路一燈大師的紅旗軍搶向中央，郭靖的黃旗軍奔西，周伯通的全眞教白旗軍衝向北方，黃蓉率領下的黑旗軍丐幫弟子兵趨東，黃藥師的靑旗軍轉向南路。這五行大轉，是謂火生土、土生金、金生水、水生木、木生火。宋兵雖只四萬人，但陣法精妙，領頭的均是武林好手，而宋兵人人對郭靖夫婦感恩，決意捨命救其愛女，是以蒙古人雖然人數多了一倍，竟也抵擋不住。

激戰良久，黃藥師縱聲長嘯，青旗軍退向中央，黃旗軍回攻北方，黑旗軍迂迴南下，紅旗軍疾趨而西，白旗軍東向猛攻。這陣法又是一變，五行逆轉，是謂木尅土、土尅水、水尅火、火尅金、金尅木。

這五行生尅變化，說來似乎玄妙，實則是我國古人精研物性之變，因而悟出來的至理，通陰陽之道，反鬼神之說，我國醫學、歷數等等，均依此爲據，所謂「五運更始，上應天期，陰陽往復，寒暑迎隨，眞邪相薄，內外分離，六經波蕩，五氣傾移」，在當時可謂舉世無匹。蒙古堅甲利兵，武功鼎盛，但文智淺陋，豈能與當世第一大家黃藥師相抗？是以陣法連轉數次，守禦高台的統兵將領登時眼花繚亂，頭昏腦脹，但見宋軍此一隊來，彼一隊去，正是「瞻之在前，忽焉在後」，不知如何揮軍抵敵才是。

金輪法王站在高台之上，瞧着台下的大戰，心下也是暗自駭異。當日黃蓉以小小的石陣相困，他已然參解不透，何況黃藥師胸中實學，更是勝女十倍？這二十八宿大陣在五位當代高手主持之下展布開來，不由得他不服，眼見蒙古兵死傷越來越重，黃旗軍一步步逼向高台。他雖以郭襄爲要脅，但終不忍眞的便舉火將她燒死，轉頭向她瞧了一眼，只見她雙手雖然被縛，卻是抬起了頭，殊無懼色。法王叫道：「小郭襄，快叫你父投降，我從一數到十，你父親不降，我便下令舉火了。」

郭襄道：「你愛數便數，別說從一數到十，你且數到一千一萬試試。」法王怒道：「你道我當眞不敢燒死你嗎？」郭襄冷然道：「我只覺得你挺可憐的。」法王怒道：「我可憐甚麼？」郭襄道：「你打不過我爹爹媽媽，打不過我外公黃島主，打不過一燈大師，打不過老頑童周伯通，打不過我大哥哥楊過，只有本事把我綁在這裏。我襄陽城中，便是一個帳前的小卒，也不似你這般卑鄙無恥。法王，我倒想勸你一句話。」法王咬緊牙齒問道：「你勸我甚麼？」郭襄道：「如你這般爲人，活在世上有何意味？不如跳下高台，圖個自盡罷！」

郭襄此時早已將生死置之度外，她從小便伶牙俐齒，說話素不讓人，這幾句話只搶白得法王幾乎氣炸了胸膛。他大聲喝道：「郭靖聽者：我從一數到十，你若不歸降，我便下令舉火燒台。」郭靖道：「你瞧我郭靖是投降之人麼？」

黃藥師用蒙古語大聲叫道：「金輪法王，你料敵不明，是爲不智；欺侮弱女，是爲不仁；不敢與我們眞刀眞槍決勝，是爲不勇。如此不智不仁不勇之人，還充甚麼英雄好漢？你在絕情谷中給我擒住，向小姑娘郭襄磕了一十八個響頭，哀哀求苦，她才放你。你這忘恩負義、貪生怕死之徒，還有臉面身居蒙古第一國師之位麼？」

向郭襄磕頭求饒，其實並無此事，但黃藥師深謀遠慮，早在發兵之前，便要黃蓉將這一番斥責法王的言辭譯成了蒙古話，暗暗記熟，這時以丹田之氣朗聲說了出來，雖在千萬人大呼酣戰之際，仍是人人聽得明白，卻教法王辯也不是，不辯也不是。蒙古人自來最尊敬的是勇士，最賤視的是懦夫，衆軍聽了黃藥師這幾句話，不由得仰視高台，臉有鄙色。兩軍交戰，氣盛者勝，蒙古軍將士聽得己方主將如此卑鄙無恥，一股氣先自衰了。宋兵卻人人奮勇，節節爭先。

法王見情勢不對，叫道：「郭靖，你聽着，我從一數到十，『十』字出口，你的愛女便成焦炭。一……二……三……四……」他每叫一字，便停頓一會，只盼郭靖終於受不住煎逼，縱不投降，也當心神大亂。

郭靖、黃藥師、一燈、黃蓉、周伯通五路兵馬聽得法王在台上報數，又見台下數百名軍士高舉火把，只待他一聲令下，便即舉火焚燒柴草，人人都是又急又怒，竭力衝殺，想攻到台前救援郭襄。但蒙古兵箭法精絕，台前數千精兵張弓發箭，勢不可當。萬箭攢射下，泗水漁隱、梁長老、武修文等都身帶箭傷，更有四名全眞教的第三代弟子、十餘名丐幫好手中箭身亡，宋軍兵將死傷更不計其數。

黃蓉事先曾命郭芙將軟蝟甲給外公穿上，蓋這一戰凶險殊甚，倘若爲了相救女兒以致父親身受損傷，那可是終生抱憾了。黃藥師心想這是女兒的一番孝心，不便拒卻，但暗中又脫了下來，騙得周伯通穿在身上，因之周伯通雖然箭傷未愈，但在槍林箭雨中縱橫來去，卻是安然無恙。他見弩箭射到自己身上竟然一一跌落，不由得心中大樂，直搶而前，掌風發處，蒙古射手紛紛辟易。

只聽得金輪法王高聲叫道：「八……九……十！好，舉火！」一剎時間堆在台邊的柴草着火，濃烟升起。郭靖所統的八千黃旗軍背上雖各負有土囊，但攻不到台前二百步以內，只有徒呼負負。

黃蓉眼見黑烟中火燄上升，臉色慘白，搖搖欲墜。耶律齊伸手扶住，說道：「岳母，你到陣後休息，我便性命不住，也要救襄妹出來。」

便在此時，猛聽得遠處喊聲如雷，陣後數萬蒙古兵鐵甲鏗鏘，從兩側搶出，逕去攻打襄陽。「萬歲，萬歲，萬萬歲！」的呼聲震山撼野。蒙圖大汗蒙哥的九旄大纛高高舉起，疾趨城下，精兵悍將在大汗親自率領之下蠭湧攻城。

郭靖左手持盾，右手挺矛，本已搶到離高台不足百步之處，蒙古射手箭如蝗集，卻始終傷不着他，眼見便可竄上高台，忽聽得陣後有變，不禁吃了一驚，心道：「啊喲不好，中了韃子的調虎離山之計。安撫使懦怯懼敵，城中兵馬雖衆，但乏人統領，只怕大事不妙。」

郭靖與黃藥師發兵之際，城中本來也已嚴加戒備，以防敵軍乘隙偷襲，那知高台前的敵軍居然如此悍勇頑抗，而蒙古大汗竟不顧高台前兩軍相持，親身涉險攻城。郭靖心想：「救女事小，守城事大！」大聲道：「岳父，咱們別管襄兒，急速回襲敵軍後方。」

黃藥師回頭望去，只見火燄漸漸昇高，法王正自長梯一級級走下，高台頂上只餘郭襄一人，他豈不明這中間的輕重緩急，郭襄一人如何能和襄陽全城的安危相比？只得長嘆一聲：「罷了！」命旗手揮動青旗，調兵回南。

郭襄被綁高台，眼見父母外公都無法上來相救，濃烟烈火，迅速圍住台脚，自知頃刻之間便要遭火焚而死。她初時自是極爲惶急，但事到臨頭，心中反而寧靜了下來，舉首向北遙望，但見平原綠野，江山如畫，心想：「這麼好玩的世界，我卻快要死了。但不知大哥哥這時在那裏，從谷底回上來沒有？」

回思與楊過數日相聚的情景，雖然自今而後再無重會之期，但單是這三次邂逅，亦已足慰平生。她這時身處至險，心中卻異常安靜，對高台下的兩軍劇戰竟爾不再關心。正當如此神馳深谷、追憶往日之際，忽聽得遠處一聲清嘯鼓風而至，剎那間似乎將那千軍萬馬的廝殺聲一齊淹沒。

郭襄心頭一凜，這嘯聲動人心魄，正與楊過那日震倒羣獸的嘯聲一般無異，當即轉頭往嘯聲處望去，只見西北方的蒙古兵翻翻滾滾，不住向兩旁散開，兩個人在刀山槍林中急驅而前，猶似大船破浪衝波而行。在那兩人之前卻是一頭大鳥，雙翅展開，激起一陣狂風，將射來的弩箭紛紛撥落。這頭大鳥猛鷙悍惡，凌厲無倫，正是楊過的神鵰。

郭襄大喜，凝目望那兩人時，但見左首一人青冠黃衫，正是楊過，右首那人白衣飄飄，卻是個美貌女子。兩人各執長劍，舞起一團白光，隨在神鵰身後，衝向高台。郭襄失聲叫道：「大哥哥，這位就是小龍女麼？」

楊過身旁的女子便是小龍女，只是隔得遠了，郭襄這話楊過卻沒聽見。神鵰當先開路，雙翅鼓風，將射過來的弩箭吹得歪歪斜斜，縱然中在身上，也已無力，否則神鵰雖是靈禽，健翮如鐵，但終是血肉之軀，如何能不受箭傷？蒙古兵將中見神鵰來得猛惡，躍馬挺槍來刺，卻給楊過和小龍女長劍刺處，一一落馬。兩人一鵰相互護持，片刻間衝到台前。

楊過叫道：「小妹子莫慌，我來救你。」眼見高台的下半截已裹在烈火之中，他縱身一躍，上了梯級，向上攀行數丈，猛覺頭頂一股掌風壓將下來，正是金輪法王發掌襲擊。楊過倒持長劍，迴掌相迎，砰的一聲響，兩股巨力相交，兩人同時一幌，木梯搖了幾搖，幾乎折斷。兩人都是一驚，暗讚對手了得：「一十六年不見，他功力居然精進如斯！」

楊過見情勢危急，不能和他在梯上多拚掌力，長劍向上疾刺，或擊小腿，或削脚掌。法王身子在上，若出金輪與之相鬥，則兵刃既短，俯身彎腰實在大是不便，只得急奔回上高台。楊過向他背心疾刺數劍，招招勢若暴風驟雨，但法王並不回首，聽風辨器，一一舉輪擋開，便如背上長了眼睛一般。楊過喝采道：「賊禿！恁地了得！」

法王剛剛踏上台頂，回手便是一輪。楊過側首讓過，身隨劍起，在半空中撲擊而下。法王舉金輪一擋，左手金輪便往他劍上砸去。

適才兩人在梯級上較量了這一招，楊過但覺法王掌力沉雄堅實，生平敵手之中從未見過，不由得暗暗稱奇，心想自己在海潮之中練功，力足以與怒濤相抗，十六年前法王已非自己對手，何以今日他一掌擊下，自己竟會險些兒招架不住？眼見他雙輪砸至，竟不避讓，長劍抖動，有心要試一試他的眞力。剎時劍輪相觸，聲若龍吟。兩股巨力再度相抗，喀的一響，楊過的長劍斷成數截，法王的雙輪也自拿揑不住，脫手飛出，跌下高台，砸死了三名蒙古射手。楊過心下暗驚：「一十六年來，我從未使過玄鐵重劍，今日可當眞忒也托大了。」

兩人交拆了這一招，各自向後躍開，均覺手臂隱隱酸麻。法王探手入懷，跟着便取出銅輪鐵輪，撲擊過來。楊過卻更無別般兵刃，左手衣袖帶風揮出，右手發掌相抗。

郭襄叫道：「老和尙，我說你打不過我大哥哥是不是？你自逞武藝高強，何以手執兵刃，和他空手而鬥？好不要臉！」法王哼了一聲，並不答話，手中雙輪的招數卻着着加緊。

黃藥師、郭靖、黃蓉正自領兵回救郭襄，突見楊過、小龍女和神鵰斜刺殺出，衝上了高台，無不精神大振。黃藥師招動令旗，在東南西北中五路兵馬中各調兵四千，合成二萬，襲擊攻城敵軍的後方，賸下二萬兵馬在高台下為楊過聲援。宋軍人數減了一半，然見楊過上了高台，皆是以一當十，竭力死戰。只是蒙古兵的射手守得猶如鐵桶相似，當眞是寸土必爭。宋軍衝上了數丈，轉眼間又給逼了回來。

在襄陽城下，攻城戰也是激烈展開。安撫使呂文德不敢臨城，全身鐵甲披掛，卻帶同兩名心愛小妾，躲在小堡中不住發抖，顛三倒四的只唸：「救苦救難觀世音菩薩，保祐……保祐我一家老少平安……救苦救難……」兩名小妾替他揉搓心口，拭抹口邊的白沫。

探事軍士流水價來報：「東門又有敵軍萬人隊增援……北門韃子的雲梯已經豎起……」呂文德翻着白眼，只問：「郭大俠回來了沒有？韃子還不退兵麼？」

這時楊過單手獨臂，已與法王的銅鐵雙輪拆到二百招以上。兩人武功家數截然不同，但均是愈鬥力氣愈長，輪影掌風，籠蓋了高台之頂，台脚下衝上來的黑烟直薰入三人眼中。楊過雖無兵刃，卻始終不落下風。法王激鬥中覺得高台微微搖幌，心知台脚為火焚毀，頃刻間便要倒塌，那時勢必和楊過、郭襄同歸於盡，又見楊過掌法越變越奇，再鬥百餘招只怕便要為他所制，情急之下，毒念陡起，猛地裏鐵輪向楊過右肩砸下，乘他沉肩卸避，右手銅輪突然飛出，擊向郭襄面前。她綁在木樁之上，全身動彈不得，如何能避？

楊過大吃一驚，急忙縱起，揮右袖將銅輪擊落。但高手廝拚，實是半分相差不得，他只求相救郭襄，全身門戶洞開，法王長身探臂，鐵輪的利口衝向楊過左腿。楊過身在半空，急出右足，踢向敵人手腕。法王鐵輪斜翻，這一下楊過終於無法避過，嗤的一聲，右足小腿中輪，登時血如泉湧，受傷不輕。郭襄「啊」的一聲驚叫。法王已掏出鉛輪，仍是雙輪在手，直上直下的逕向郭襄攻來。他知楊過雖然受傷，仍非片刻之間能將他制服，當下只是襲擊郭襄，使楊過奮力相救，手忙脚亂，處於全然挨打的局面。

郭襄叫道：「大哥哥，你別管我，只須殺了這藏僧給我報仇。」但聽楊過「啊」的一聲，左肩被輪子劃傷。

小龍女和神鵰在台下守護，和周伯通合力驅趕蒙古射手，使他們不能向郭襄放箭。但她全副心神卻始終放在楊過身上，揮劍殺敵之際，時時抬眼望高台，突然間只見楊過身染鮮血，心頭突的一跳，險些兒魂飛天外。這時木梯早已燒斷，無法上台去助戰，她心頭一片茫然，只是舞劍砍殺，已不知自己身在何處，此時到底在做甚麼。

楊過面臨極大險境，數次要使出黯然銷魂掌來摧敗強敵，但這路掌法身與心合，他自與小龍女相會之後，喜悅歡樂，那裏有半分「黯然銷魂」的心情？雖在危急之中，仍無昔日那一份相思之苦，因之一招一式，使出去總是差之厘毫，威力有限。

他在高台上空手搏擊、肩腿受傷的情景，郭靖等也都望見了，只是相距過遠，如何能插翅飛上相助？黃蓉心念一動，搶過耶律齊手中長劍，拋給郭靖，叫道：「射上去給過兒！」郭靖接過長劍，取過兩張鐵胎硬弓，雙弓相並，將劍柄扣在弓弦之上，左手托定兩弓，右手拉滿雙弦，隨即一放，颼的一聲急響，長劍白光閃閃，破空飛去。

那長劍呼呼聲響，直向楊過身後射去。楊過右手袖子一捲，裹住了劍身，正好法王鉛輪砸到，楊過左手接住長劍從雙輪之間刺了出去。可是他左肩受傷之後勁力已減。法王雙輪一絞，拍的一響，又已將長劍絞斷。衆人在台下看得清楚，無不大驚失色。

楊過心知今日已然無倖，非但救不了郭襄，連自己這條性命也要賠在台上，淒然向小龍女望了一眼，叫道：「龍兒，別了，別了，你自己保重。」便在此時，法王鐵輪砸向他的腦門。楊過心下萬念俱灰，沒精打采的揮袖捲出，拍出一掌，只聽得噗的一聲，這一掌正好擊在法王肩頭。

忽聽得台下周伯通大聲叫道：「好一招『拖泥帶水』啊！」楊過一怔，這才醒覺，原來自己明知要死，失魂落魄，隨手一招，恰好使出了「黯然銷魂掌」中的「拖泥帶水」。這套掌法心使臂、臂使掌，全由心意主宰，那日在萬花谷中，周伯通只因無此心情，雖然武術精博，終是領悟不到其中妙境。楊過既和小龍女重逢，這路掌法便已失卻神效，直到此刻生死關頭，心中想到便要和小龍女永訣，哀痛欲絕之際，這「黯然銷魂掌」的大威力才又不知不覺的生了出來。

法王本已穩操勝券，突然間肩頭中掌，身子一幌，驚怒交集，立即和身撲上。楊過退步避開，跟着「魂不守舍」、「倒行逆施」、「若有所失」，連出三招，跟着是一招「行屍走肉」，踢出一脚。這一脚發出時恍恍惚惚，隱隱約約，若有若無，法王那裏避得過了？砰的一響，正中胸口。法王大叫一聲，一口鮮血噴出，翻下高台。

宋軍和蒙古軍不約而同的齊聲大叫，宋軍乃是歡呼，蒙古將士卻是驚喊。

這時那高台連連搖幌，格格劇響，楊過知道事急，不及去解郭襄之縛，揮掌推出，擊斷了綁着她的那根木樁，將她連樁抱起，看準了神鵰之背，湧身便跳。那神鵰雙翅一撲，躍起丈餘，牠體重不能飛翔，這一躍卻也有數人之高，楊過和郭襄穩穩落上鵰背，緩緩着地。便在此時，烟火飛騰中巨響連作，高台不斷傾斜。

法王被楊過踢下高台，雖然身受重傷，還是想死裏逃生，強忍一口氣，一個打滾，正想翻身站起，忽聽得背後一人哈哈大笑，將他攔腰抱住，按在地下，跟着只覺千針萬箭，一齊刺入體內。原來按住他的正是老頑童周伯通。他身上穿着桃花島至寶軟蝟甲，這副寶甲刀槍不入，而且生滿尖刺，猶如刺蝟一般，法王本已受傷，再給老頑童這麼一抱一按，那裏還能動彈？高台倒塌，周伯通縱身躍開，法王便被壓在火柱之下。

黃蓉見愛女終於死裏逃生，不禁喜極而泣，心裏對楊過的感激眞是難以言宣，便是爲他死了亦所甘願，忙奔向女兒身旁，割斷她身上的綁縛。郭靖、黃藥師、一燈大師、耶律齊等也無不精神大振。

高台下蒙古軍見主將殞命，登時散亂，再給五路宋軍來回衝擊，登時潰不成軍。

郭靖攘臂大呼：「回救襄陽，去殺了那韃子大汗。」宋軍應聲吶喊，掉頭向正在攻城的蒙古軍衝去。

小龍女撕下衣襟給楊過裹傷，雙手顫抖，竟是一句話也說不出來。楊過微笑道：「你在台下，擔心受驚，更苦過我在台上惡戰。」只聽得宋軍喊聲猶如驚天動地，旗分五色，猛向蒙古軍衝鋒。楊過凝目遙望，見敵軍部伍嚴整，人數又多過宋軍數倍，宋軍如潮水般衝了一次又一次，卻那裏撼得動敵軍分毫？

楊過叫道：「巨奸雖斃，敵軍未敗，咱們再戰。你累不累？」這四句話前三句慷慨激昂，最後一句卻轉成了溫柔體貼的調子。小龍女淡淡一笑，說道：「你說上，便上罷！」

忽然身旁一個少女聲音說道：「楊大嫂，你眞美！」正是郭襄。小龍女回頭笑道：「小妹子，多謝你爲我們祝禱重會。你大哥哥儘說你好，定要帶我到襄陽來見你一見。」郭襄嘆了一口氣，道：「也眞只有你，才配得上他。」小龍女挽住她手，跟她甚是親熱。小龍女本來對誰都是冷冷的不大理睬，但聽楊過誇讚郭襄，說她爲自己夫婦祝禱重會，又不顧性命的躍下深谷，來求楊過不可自盡，對她也便不同。

楊過牽過幾匹四下亂竄的無主戰馬，說道：「我來開路，一齊衝罷！」躍上馬背，當先馳去。小龍女和郭襄各乘一匹，跟在他身後。三人奔馳向南，但見數百道雲梯豎在襄陽城牆外。蒙古兵如螞蟻般正向上爬。

三人馳上一個小丘，縱目四望，忽見西首有千餘蒙古兵圍住了耶律齊率領的三百來人。這些蒙古兵均使四尺彎刀，將耶律齊的部屬一個個劈下馬來。郭芙領着一隊兵馬待要衝入相救，卻被蒙古兩個千人隊攔住了，夫妻倆遙遙相望，卻是不能相聚。郭芙眼見丈夫身旁的士卒越來越少，一顆心不住的下沉，深知戰陣中千軍萬馬相鬥，若是落了單被圍，武功再高也必無倖。

楊過叫道：「郭大姑娘，你向我磕三個響頭，我便去救你丈夫出來。」依着郭芙平素驕縱的性兒，別說磕頭，寧可死了，也不肯在嘴上向楊過服輸，但這時見丈夫命在須臾，更不遲疑，縱馬上了小丘，翻身下馬，雙膝跪倒，便磕下頭去。

楊過吃了一驚，急忙扶起，深悔自己出言輕薄，忙道：「是我的不是，我胡說八道，你別當眞。耶律兄和我一見如故，焉有不救之理？」飛身奔下小丘，在戰場上將一匹匹健馬牽過，一共牽了八匹，前四匹，後四匹，排成兩列，跟着躍上馬背，單手提着八根韁繩，大聲呼喝，向敵軍刀陣中衝了過去。

宋時戰陣之中，原有連環甲馬一法，當年雙鞭呼延灼攻打水泊梁山，即曾以連環馬陣法取勝。楊過將這八匹馬連成二列，宛然是個小小的連環馬之陣。只是八匹馬雜湊而成，未加訓練，奔動之際或東或西，不成行列，全仗楊過神力提韁，將八匹馬制得服服貼貼，卅二隻鐵蹄翻飛，擊土揚塵，疾馳而前。楊過施展輕身功夫，在八匹馬背上往復跳躍。蒙古軍那裏見過這等神奇的騎術？驚奇之間，八匹馬已衝入陣中。楊過衣袖一捲，搶過一面大旗，豎在馬鞍之上。

蒙古兵將大聲呼喝，上前阻擋，楊過揮旗橫掃，將三名將官打下馬來，眼見距耶律齊已不過兩丈，叫道：「耶律兄，快向上跳！」跟着大旗揮動，耶律齊湧身躍起，楊過運臂一捲，大旗正好將他身子捲住。兩人八馬，馳出敵軍重圍。

耶律齊喘了口氣，說道：「楊兄弟，多謝你相救，只是我尚有部屬被圍，義不能獨生，我要跟他們死在一起。」楊過心念一動，道：「你也去搶一面大旗來罷。」跟着取出火摺一幌，將旗子點燃了。耶律齊道：「妙計！」縱馬上前，奪了一桿大旗，便在楊過的火旗上引着了。兩人縱聲大呼，揮動火旗，又攻了進去。

這兩面火旗舞動開來，聲勢大是驚人，猶似兩朶血也似的火雲，在半空中飛舞來去，蒙古兵將只要給帶上了，無不燒得焦頭爛額，當此情勢，蒙古兵將雖然勇悍，卻也不能不退。耶律齊的部隊這時只剩下七八十人，乘勢一衝，出了包圍圈子。耶律齊收集殘兵，屯在土丘之上，畧事喘息。

郭芙走到楊過身前，盈盈下拜，道：「楊大哥，我一生對你不住，但你大仁大義，以德報怨，救了……」說到此處，聲音竟自哽咽了。其實過往楊過曾數次救她性命，但郭芙對他終存嫌隙，明知他待自己有恩，可是厭惡之心總是難去，常覺他自恃武功了得，有意示惠逞能，對己未必安着甚麼好心。直到此番救了她丈夫，郭芙才眞正感激，悟到自己以往之非。

楊過急忙還禮，說道：「芙妹，咱倆從小一起長大，雖然常鬧別扭，其實情若兄妹。只要你此後不再討厭我、恨我，我就心滿意足了。」

郭芙一呆，兒時的種種往事，剎時之間如電光石火般在心頭一閃而過：「我難道討厭他麼？當眞恨他麼？武氏兄弟一直拚命的想討我歡喜，可是他卻從來不理我。只要他稍爲順着我一點兒，我便爲他死了，也所甘願。我爲甚麼老是這般沒來由的恨他？只因爲我暗暗想着他，念着他，但他竟沒半點將我放在心上？」

二十年來，她一直不明白自己的心事，每一念及楊過，總是將他當作了對頭，實則內心深處，對他的眷念關注，固非言語所能形容，可是不但楊過絲毫沒明白她的心事，連她自己也不明白。

此刻障在心頭的恨惡之意一去，她才突然體會到，原來自己對他的關心竟是如此深切。

「他衝入敵陣去救齊哥時，我到底是更為誰擔心多一些啊？我實在說不上來。」便在這千軍萬馬廝殺相撲的戰陣之中，郭芙斗然間明白了自己的心事：「他在襄妹生日那天送了她這三份大禮，我為甚麼要恨之切骨？他揭露霍都的陰謀毒計，使齊哥得任丐幫幫主，為甚麼我反而暗暗生氣？郭芙啊郭芙，你是在妒忌自己的親妹子！他對襄妹這般溫柔體貼，但從沒半分如此待我。」

想到此處，不由得恚怒又生，憤憤的向楊過和郭襄各瞪一眼，但驀地驚覺：「為甚麼我還在乎這些？我是有夫之婦，齊哥又待我如此恩愛！」不知不覺幽幽的嘆了口長氣。雖然她這一生甚麼都不缺少了，但內心深處，實有一股說不出的遺憾。她從來要甚麼便有甚麼，但眞正要得最熱切的，卻無法得到。因此她這一生之中，常常自己也不明白：為甚麼脾氣這般暴躁？為甚麼人人都高興的時候，自己卻會沒來由的生氣着惱？

郭芙臉上一陣紅，一陣白，想着自己奇異的心事。楊過、小龍女、耶律齊、郭襄等人卻都在凝目遙望襄陽城前的劇戰。眼見蒙古軍已蟻附登城，郭靖、黃藥師等所率領的兵馬雖在後攻擊牽制，只是人數太少，動搖不了蒙古攻城大軍的陣伍。蒙古大汗的九旄大纛漸漸逼近城垣，城內守軍似乎軍心已亂，無力將登城的敵軍反擊下來。郭襄急道：「大哥哥，怎麼是好？怎麼是好？」

楊過心想：「此生得與龍兒重會，老天爺實在待我至厚，今日便是死了，也已無憾。男兒漢大丈夫為國戰死沙場，正是最好的歸宿。」言念及此，精神大振，叫道：「耶律兄，咱們再去衝殺一陣。」耶律齊道：「再好沒有。」小龍女和郭襄齊聲道：「大夥兒一齊去！」

楊過道：「好！我當前鋒，你們多檢長矛，跟隨在我身後。」耶律齊當下傳令部屬，在戰場上檢拾長矛，每人手中都抱了三五枝。

楊過執了一枝長矛，躍馬衝前，那神鵰邁開大步，伴在馬旁，伸翅撥開射來的弩箭。小龍女、耶律齊、郭芙、郭襄四人緊隨其後。楊過對着蒙古大汗的九旄大纛，疾馳而去。耶律齊吃了一驚，心想蒙古大汗親臨前敵，定然防衞極嚴，精兵猛將，多在左右，自己這百餘人衝了過去，豈非白白送死？但想自己這條命是楊過救的，眞所謂水裏水裏去，火裏火裏去，他要到那裏，便跟到那裏，何必多言？

這一行人去得好快，轉眼間衝出數里，已到襄陽城下。蒙哥的扈駕親兵見楊過來得勢頭猛惡，早有兩個百人隊衝上阻擋。楊過左臂一揮，一枝長矛飛擲出去，洞穿一名百夫長的鐵甲，貫胸而過。他順手從耶律齊手中接過一枝長矛，擲死了第二名百夫長。蒙古親兵一陣驚亂，楊過已突陣而過。衆親兵大驚，挺刀舉戟，紛紛上前截攔。楊過一矛一人，當者立斃。他左臂的神功係從山洪海潮之中練成，這長矛飛擲之勢，便是岩石也能揷入，何況常人血肉之軀？他每一枝長矛都對準了頂盔貫甲的將軍發出，頃刻間擲出了一十七枝長矛，殺了一十七名蒙古猛將。

這一下突襲，當眞如迅雷不及掩耳，蒙古大軍在城下屯軍十萬餘衆，但楊過奔馬而前，便如摧枯拉朽般破堅直入，一口氣衝到了大汗的馬前。

蒙哥的扈駕親兵捨命上前抵擋。執戟甲士橫衝直撞的過來，遮在大汗身前。楊過回臂要去耶律齊手中再拿長矛時，卻拿了個空，原來已給蒙古甲士隔斷。眼見蒙古大汗臉有驚惶之色，拉過馬頭正要退走，楊過一聲長嘯，雙脚踏上馬鞍，跟着在馬鞍上一點，和身躍起，直撲而前。十餘名親兵將校挺槍急刺，楊過在半空中提一口眞氣，一個觔斗，從十餘枝長槍上翻了過去。

蒙古大汗見勢頭不好，一提馬韁，縱騎急馳。他胯下這匹坐騎乃是蒙古萬中選一的良駒，龍背鳥頸，骨挺筋健，嘶吼似雷，奔馳若風，名為「飛雲騅」，和郭靖當年的「汗血寶馬」不相上下。此刻鞍上負了大汗，四蹄翻飛，逕向空曠處疾馳。楊過展開輕功，在後追去。蒙古軍數百騎又在楊過身後急趕。

兩軍見了這等情勢，城上城下登時都忘了交戰，萬目齊注，同聲吶喊。

楊過見大汗單騎逃遁，心下大喜，暗想你跑得再快，也要教我趕上了，那知道這「飛雲騅」實是非同小可，後蹄只在地下微微一撐，便竄出了數丈。楊過提氣急追，反而和大汗越來越遠了。他彎腰在地下拾起一根長矛，奮力往蒙哥背心擲去。

眼見那長矛猶似流星趕月般飛去，兩軍瞧得親切，人人目瞪口呆，忘了呼吸。只見那飛雲騅猛地裏向前一衝，長矛距大汗背心約有尺許，力盡而墮。宋軍大叫：「啊喲！」蒙古軍齊呼：「萬歲！」

這時郭靖、黃藥師、周伯通、一燈等相距均遠，只有空自焦急，卻那裏使得出一分力氣去助楊過？蒙古兵將千千萬萬，也只有吶喊助威，枉有盡忠效死之心，又怎趕得上飛雲騅的脚力？

蒙哥在馬背上回頭一望，見將楊過越拋越遠，心下放寬，縱馬向西首一個萬人隊馳去。

那萬人隊齊聲發喊，迎了上來，只要兩下裏一湊合，楊過本領再高，也傷不着大汗了。

楊過眼見功敗垂成，好生沮喪，突然間心念一動：「長矛太重，難以及遠，何不用石子？」拾起兩枚石子，運勁擲了出去。但聽得嗤嗤聲響，兩粒石子都擊在飛雲騅臀上。那馬吃痛，一聲長嘶，前足提起，人立起來。

蒙哥雖貴為有史以來最大帝國的大汗，但自幼弓馬嫻熟，曾跟隨祖父成吉思汗、父親拖雷數次出征，於拔都西征歐洲之役中，他更建立殊勳，畢生長於馬背之上、刀槍之中，這時變出非常，卻並不慌亂，挽雕弓、搭長箭，雙腿緊緊挾住馬腹，回身向楊過便是一箭。楊過低頭避過，飛步搶上，左手中早已拾了一塊拳頭大小的石塊，呼的一聲擲出，正中蒙哥後心。楊過這一擲勁力何等剛猛，蒙哥筋折骨斷，倒撞下馬，登時斃命。

蒙古兵將見大汗落馬，無不驚惶，四面八方搶了過來。郭靖大呼傳令，乘勢衝殺。城內宋軍開城殺出。郭靖、黃藥師、黃蓉等發動二十八宿大陣，來回衝擊。蒙古軍軍心已亂，自相殘殺，死者不計其數，一路上拋旗投槍，潰不成軍，紛紛向北奔逃。

郭靖等正追之間，忽見西方一路敵軍開來，隊伍甚是整齊，軍中豎起了四王子忽必烈的旗號。蒙古兵敗如山倒，一時之間那能收拾？忽必烈治軍雖嚴，給如潮水般湧來的敗兵一衝，部屬也登時亂了。忽必烈見勢頭不妙，率領一枝親兵殿後，緩緩北退。郭靖等直追出三十餘里，眼見蒙古兵退勢不止，而呂文德流水價的派出傳令官召郭靖回軍保城，宋軍這才凱旋而回。

自蒙古和宋軍交鋒以來，從未有如此大敗，而一國之主喪於城下，更是軍心大沮。蒙古大汗之位並非父死子襲，係由皇族王公、重臣大將會議擁立。蒙哥既死，其弟七王子阿里不哥在北方蒙古老家得王公擁戴而爲大汗。忽必烈得訊後領軍北歸，與阿里不哥爭位，兄弟各率精兵互鬥。最後忽必烈得勝，但蒙古軍已然元氣大傷，無力南攻，襄陽得保太平。直至一十三年後的宋度宗咸淳九年，蒙古軍始再進攻襄陽。

郭靖領軍回到襄陽城邊，安撫使呂文德早已率領親兵將校，大吹大擂，列隊在城外相迎。衆百姓也擁在城外，陳列酒漿香燭，羅拜慰勞。

郭靖携着楊過之手，拿起百姓呈上來的一杯美酒，轉敬楊過，說道：「過兒，你今日立此大功，天下揚名固不待言，合城軍民，無不重感恩德。」

楊過心中感動，有一句話藏在心中二十餘年始終未說，這時再也忍不住了，朗聲說道：「郭伯伯，小姪幼時若非蒙你撫養教誨，焉能得有今日？」

他二人自來萬事心照，不說銘恩感德之言，此時對飲三杯，兩位當世大俠傾吐肺腑，只覺人生而當此境，復有何求？

二人携手入城，但聽得軍民夾道歡呼，聲若轟雷。楊過忽然想起：「二十餘年之前，郭伯伯也這般携着我的手，送我上終南山重陽宮去投師學藝。他對我一片至誠，從沒半分差異。可是我狂妄胡鬧，叛師反教，闖下了多大的禍事！倘若我終於誤入歧路，那有今天和他携手入城的一日？」一想到此處，不由得汗流浹背，暗自心驚。

襄陽城中家家懸綵，戶戶騰歡。雖有父兄子弟在這一役中陣亡的，但軍勝城完，悲戚之念也不免稍減。

這晚安撫使署中大張祝捷之宴，呂文德便要請楊過坐個首席。楊過說甚麼也不肯。衆人推讓良久，終於推一燈大師爲尊，其次是周伯通、黃藥師、郭靖、黃蓉，這才是楊過、小龍女、耶律齊。呂文德心下暗自不悅，心想：「黃島主是郭大俠的岳父，那也罷了。一燈老和尚貌不驚人，周老頭子瘋瘋顚顚，怎能位居上座？」羣雄縱談日間戰況，無不逸興橫飛，呂文德卻那裏插得下口去？

酒過數巡，城中官員、大將、士紳紛紛來向郭靖、楊過等敬酒，極口讚譽羣俠功署豐偉，武藝過人。

郭靖想起師門重恩，說道：「當年若非全眞教丘道長仗義、七位恩師遠赴蒙古，又得洪老恩師栽育，我郭靖豈能立此微功？但咱們今日在此歡呼暢飲，各位恩師除柯老恩師外，均已長逝，思之令人神傷。」一燈等盡皆黯然。郭靖又道：「此間大事已了，明日我想啓程赴華山祭掃恩師之墓。」楊過道：「郭伯伯，我也正想說這句話，大夥兒一齊都去如何？」一燈、黃藥師、周伯通等都想念這位逝世的老友，齊聲贊同。

是晚羣雄直飲至深夜，大醉而散。

註：「元史」本紀卷三載：「憲宗諱蒙哥，睿宗拖雷之長子也。……九年二月丙子，悉率諸兵……丁丑，督諸軍戰城下……攻鎭西門、攻東新門、奇勝門……攻護國門……登外城，殺宋兵甚衆……屢攻不克……癸亥、帝崩。……帝剛明雄毅，沉斷而寡言……

御羣臣甚嚴。」

「續通鑑」：「蒙古主屢督諸軍攻之，不克……蒙古主殂……史天澤與羣臣奉喪北還，於是合州圍解。」「續通鑑考異」：「元憲宗自困頓兵日久，得疾而殂。『重慶志』謂其中飛石……今不取。」

依歷史記載，憲宗係因攻四川重慶不克而死，是否爲了中飛石，史書亦記載各異。但蒙古軍宋軍激戰最久、戰況最烈者係在襄陽，蒙古軍前後進攻數十年而不能下。爲增加小説之興味起見，安排爲憲宗攻襄陽不克，中飛石而死，城圍因而得解。

楊過朗聲說道：「今番良晤，豪興不淺，他日江湖相逢，再當杯酒言歡。咱們就此別過。」說着袍袖一拂，攜着小龍女之手，與神鵰並肩下山。

第四十回　華山之巔

次日清晨，郭靖等一行人生怕襄陽軍民大舉相送，一早便悄悄出了北門，逕往華山而去。周伯通、陸無雙、武氏兄弟、泗水漁隱等傷勢未愈，衆人騎在馬上，緩緩而行。好在也無要事，每日只行數十里即止。

不一日來到華山，受傷衆人在道上緩行養傷，這時也已大都痊可。一行人上得山來，楊過指點洪七公與歐陽鋒埋骨之處。黃蓉早在山下買雞肉蔬菜，於是生火埋灶，作了幾個洪七公生前最喜歡的菜餚，供奉祭奠。羣雄一一叩拜。

歐陽鋒的墳墓便在洪七公的墓旁。郭靖與歐陽鋒仇深似海，想到他殺害恩師朱聰、韓寶駒等五俠的狠毒，雖然事隔數十年，仍是恨恨不已。只有楊過思念舊情，和小龍女兩人在墓前跪拜。周伯通上前一揖，說道：「老毒物啊老毒物，你生前作惡多端，死後骸骨仍得與老叫化爲隣，也可算是三生有幸。今日人人都來拜祭老叫化，卻只有兩個娃娃向你叩頭，你地下有知，想來也要懊悔活着之時心狠手辣了罷？」這一篇祭文別出心裁，人人聽着都覺好笑。

衆人取過碗筷酒菜，便要在墓前飲食，忽然山後一陣風吹來，傳到一陣兵刃相交和呼喝叱罵之聲，顯是有人在動手打鬥。周伯通搶先便往喧嘩聲處奔去。餘人隨後跟去。轉過兩個山坳，只見一塊石坪上聚了三四十個僧俗男女，手中都拿着兵刃。

這羣人自管吵得熱鬧，見周伯通、郭靖等人到來，只道是遊山的客人，也不理會。一名鐵塔般的大漢朗聲說道：「大家且莫吵鬧，亂打一起也非了局，這『武功天下第一』的稱號，決不是叫叫嚷嚷便能得手的。今日各路好漢都已相聚於此，大夥兒何不便憑兵刃拳脚上見個雌雄？只要誰能長勝不敗，大家便心悅誠服，公推他爲『武功天下第一』。」一個長鬚道人揮劍說道：「不錯。武林中相傳有『華山論劍』的韻事，咱們今日便來論他一論，且看當世英雄，到底是誰居首？」餘人轟然叫好，便有數人搶先站出，大叫：「誰敢上來？」

周伯通、黃藥師、一燈等人面面相覷，看這羣人時，竟無一個識得。

第一次華山論劍，郭靖尚未出世，那時東邪、西毒、南帝、北丐、中神通五人，爲爭一部「九陰眞經」，約定在華山絕頂比武較量，藝高者得，結果中神通王重陽獨冠羣雄，贏得了「武功天下第一」的尊號。二十五年後，王重陽逝世，黃藥師等第二次華山論劍，除東邪、西毒、南帝、北丐四人外，又有周伯通、裘千仞、郭靖三人參與。各人修爲精湛，各有所長，但眞要說到「天下第一」四字，實所難言，單以武功而論，似乎倒以發了瘋的歐陽鋒最強。想不到事隔數十年，居然又有一羣武林好手，相約作第三次華山論劍。這一着使黃藥師等盡皆愕然。更奇的是，眼前這數十人並無一個識得。難道當眞「長江後浪推前浪，一輩新人勝舊人」？難道自己這一干人都作了井底之蛙，竟不知天外有天，人上有人？

只見人羣中躍出六人，分作三對，各展兵刃，動起手來。數招一過，黃藥師、周伯通等無不啞然失笑，連一燈大師如此莊嚴慈祥的人物，也忍不住莞爾。又過片刻，黃藥師、周伯通、楊過、黃蓉等或忍俊不禁，或捧腹大笑。原來動手的這六人武功平庸之極，連與武氏兄弟、郭家姊妹相比也是遠遠不及，瞧來不過是江湖上的一批妄人，不知從那裏聽到「華山論劍」四字，居然也來附庸風雅。

那六人聽得周伯通等人嘻笑，登時罷鬥，各自躍開，厲聲喝道：「不知死活的東西。老爺們在此比武論劍，爭那『武功天下第一』的名號。你們在這裏嘻嘻哈哈的幹甚麼？快快給我滾下山去，方饒了你們的性命。」

楊過哈哈一笑，縱聲長嘯，四下裏山谷鳴響，霎時之間，便似長風動地，雲氣聚合。那一干人初時慘然變色，跟着身戰手震，嗆啷啷之聲不絕，一柄柄兵刃都抛在地下。楊過喝道：「都給我請罷！」那數十人呆了半晌，突然一聲發喊，紛紛拚命的奔下山去，跌跌撞撞，連兵刃也都不敢執拾，頃刻間走得乾乾淨淨，不見蹤影。

瑛姑、郭芙等都笑彎了腰，說不出話來。黃藥師嘆道：「欺世盜名的妄人，所在多有，但想不到在這華山之巔，居然也得見此輩。」

周伯通忽道：「昔日天下五絕，西毒、北丐與中神通已然逝世，今日當世高手，卻有那幾個可以稱得五絕？」黃蓉笑道：「一燈大師和我爹爹功力與日俱深，當年已居五絕，今日更無疑義。你義弟郭靖深得北丐眞傳，當可算得一個。過兒雖然年輕，但武功卓絕，小一輩英才中無人及得，何況他又是歐陽鋒的義子。東和南是舊人，西和北兩位，須當由你義弟和過兒承繼了。」

周伯通搖頭道：「不對，不對！」黃蓉道：「甚麼不對？」周伯通道：「歐陽鋒是西毒，楊過這小子的手段和心腸可都不毒啊，叫他小毒物，有點兒寃枉。」

黃蓉笑道：「靖哥哥也不做叫化子，何況一燈大師現今也不做皇爺了。我說幾位的稱號得改一改。爹爹的『東邪』是老招牌老字號，那不用改。一燈大師皇帝不做，做和尙，該稱『南僧』。過兒呢，我贈他一個『狂』字，你們說貼切不貼切？」

黃藥師首先叫好，說道：「東邪西狂，一老一少，咱兩個正是一對兒。」楊過道：「想小子年幼，豈敢和各位前輩比肩。」

黃藥師道：「啊哈，小兄弟，這個你可就不對了。你既然居了一個『狂』字，便狂一下又有何妨？再說以你今日聲名之盛、武功之強，難道還不勝過老頑童嗎？」黃藥師知道女兒故意不提周伯通，是要使他心癢難搔，於是索性擠他一擠。楊過也明白他父女的心意，和小龍女相視一笑，心想：「這個『狂』字，果然說得好。」

周伯通道：「南帝、西毒都改了招牌，『北丐』呢，那又改作甚麼？」朱子柳道：「當今天下豪傑，提到郭兄時都稱『郭大俠』而不名。他數十年來苦守襄陽，保境安民，如此任俠，決非古時朱家、郭解輩逞一時之勇所能及。我說稱他爲『北俠』，自當人人心服。」一燈大師、武三通等一齊鼓掌稱善。

黃藥師道：「東邪、西狂、南僧、北俠，四個人都有了，中央那一位，該當由誰居之？」說着向周伯通望了一眼，續道：「楊夫人小龍女是古墓派唯一傳人。想當年林朝英女俠武功卓絕，玉女素心劍法出神入化，縱然是重陽眞人，見了她也忌憚三分。當時林女俠若來參與華山絕頂論劍之會，別說五絕之名定當改上一改，便是重陽眞人那『武功天下第一』的尊號，也未必便能到手。楊過的武藝出自他夫人傳授，弟子尙且名列五絕，師父是更加不用說了。是以楊夫人可當中央之位。」小龍女微微一笑，道：「這個我是萬萬不敢當的。」黃藥師道：「要不然便是蓉兒。她武功雖非極強，但足智多謀，機變百出，自來智勝於力，列她爲五絕之一，那也甚當。」

周伯通鼓掌笑道：「妙極，妙極！你甚麼黃老邪、郭大俠，老實說我都不心服，只有黃蓉這女娃娃精靈古怪，老頑童見了她便縛手縛脚，動彈不得。將她列爲五絕之一，眞是再好也沒有了。」

各人聽了，都是一怔，說到武功之強，黃藥師、一燈等都自知尙遜周伯通三分，所以一直不提他的名字，只是和他開開玩笑，想逗得他發起急來，引爲一樂。那知道周伯通天眞爛漫，胸中更無半點機心，雖然天性好武，卻從無爭雄揚名的念頭，決沒想到自己是否該算五絕之一。

黃藥師笑道：「老頑童啊老頑童，你當眞了不起。我黃老邪對『名』淡泊，一燈大師視『名』爲虛幻，只有你，卻是心中空空蕩蕩，本來便不存『名』之一念，可又比我們高出一籌了。東邪、西狂、南僧、北俠、中頑童，五絕之中，以你居首！」

衆人聽了「東邪、西狂、南僧、北俠、中頑童」這十一個字，一齊喝釆，卻又忍不住好笑。五絕之位已定，人人歡喜，當下四散在華山各處尋幽探勝。

楊過指着玉女峯對小龍女道：「咱們學的是玉女劍法，這玉女峯不可不遊。」小龍女道：「正是。」

兩人攜手同上峯頂，見有小小一所廟宇，廟旁雕有一匹石馬。那廟便是玉女祠，祠中大石上有一處深陷，凹處積水清碧。楊過當年來過華山，雖未上過玉女峯，卻曾聽洪七公說起山上各處勝蹟，對小龍女道：「這是玉女的洗頭盆，碧水終年不乾。」小龍女道：「咱們到殿上拜拜玉女去。」

走進殿中，只見玉女的神像容貌婉孌，風姿嫣然，依稀和古墓中祖師林朝英的畫像有些相似。兩人都吃了一驚。小龍女道：「難道這位女神便是咱們的祖師婆婆麼？」楊過說道：「師祖婆婆當年行俠天下，有惠於人。有人念着她老人家的恩德，在這裏立祠供奉，說不定也是有的。」小龍女點頭道：「若是尋常仙姑，何以祠旁又有一匹石馬？看來那是紀念師祖婆婆的那匹坐騎。」兩人並肩在玉女像前拜倒，心意相通，一齊輕輕禱祝：「願咱倆生生世世都結爲夫婦。」

忽聽得身後脚步之聲輕響，有人走進殿來。兩人站起身來，見是郭襄。楊過喜道：「小妹子，你和咱們一起玩罷！」郭襄道：「好！」小龍女携着她手，三人走出殿來。

經過石樑，到了一處高岡，見岡腰有個大潭。郭襄向潭裏一望，只覺一股寒氣從潭中直冒上來，不禁打個寒戰。這大潭望將下去深不見底，比之絕情谷中那深谷，卻又截然不同。絕情谷的深谷雲封霧鎖，從上面看來，令人神馳想像，不知下面是何光景，這大潭卻可極目縱視，只是越瞧越深，使人不期然而生怖畏。小龍女拉住她手，說道：「小心！」

楊過道：「這個深潭據說直通黃河，是天下八大水府之一。唐時北方大旱，唐玄宗曾書下禱雨玉版，從這水府裏投下去。」郭襄道：「這裏直通黃河？那可奇了。」楊過笑道：「這也是故老相傳而已，誰也沒下去過，也不知眞的通不通？」郭襄道：「唐玄宗投玉版時，楊貴妃是不是在他身邊？後來下雨了沒有？」楊過哈哈一笑，說道：「這個你可問倒我啦。看來老天爺愛下雨便下雨，不愛下便不下，未必便聽皇帝老兒的話。」郭襄凝望深潭，幽幽的道：「嗯，便是貴爲帝王，也未必能事事如意。」

楊過心中一凜，暗道：「這孩子小小年紀，何以有這麼多感慨？須得怎生想個法兒敎她歡悅喜樂。」正欲尋語勸慰，小龍女突然「咦」的一聲，輕聲道：「瞧是誰來了？」

楊過順着她手指望去，只見山岡下有兩人在長草叢中蛇行鼠伏般上來。這兩人輕功甚高，走得又極隱蔽，顯是生怕給人瞧見，但小龍女眼力異於常人，遠遠便已望見。楊過低聲道：「這兩人鬼鬼祟祟，武功卻大是不弱，這會兒到華山來必有緣故，咱們且躲了起來，瞧他們作何勾當。」三人在大樹岩石間隱身而待。

過了好一會功夫，聽得踐草步石之聲輕輕傳上。這時天色漸晚，一輪新月已掛在大樹之巓。郭襄靠在小龍女身旁，她對上來的兩人全不關心，望着楊過的側影，心中忽想：「若是我終身得能如此和大哥哥、龍姊姊相聚，此生再無他求。」但覺此時此情，心滿意足，只盼時光便此停住，永不再流，但內心深處，卻也知此事決不能夠。

小龍女在暮靄蒼茫中瞧得清楚，但見郭襄長長的睫毛下淚光瑩然，心想：「她神情有異，不知懷着甚麼心事。我和過兒總得設法幫她辦到，好教她歡喜。」

只聽得那兩人上了峯頂，伏在一塊大岩石之後。過了半晌，一人悄聲道：「瀟湘兄，這華山林深山密，到處可以藏身。咱們好好的躲上幾日，算那禿驢神通如何廣大，也未必能尋得到。待他到別地尋找，咱們再往西去。」

楊過瞧不見二人身形，聽口音是尹克西的說話，他口稱「瀟湘兄」，那麼另一人便是瀟湘子了，心想：「蒙古諸武士來我中土爲虐，其中金輪法王、尼摩星、霍都等已然伏誅，達爾巴、馬光佐作惡不深，只賸下瀟湘子和尹克西這兩個傢伙。當日我饒了他們性命，但看來二人怙惡不悛，不知又在幹甚麼奸惡之事。」

只聽瀟湘子陰惻惻的道：「尹兄且莫喜歡，這禿驢倘若尋咱們不着，定然守在山下孔道之處。咱們若是貿然下去，正好撞在他的手裏。」尹克西道：「瀟湘兄深謀遠慮，此言不差，卻不知有何高見。」瀟湘子道：「我想這山上寺觀甚多，咱們便揀一處荒僻的，不管住持是和尚還是道士，都下手宰了，佔了寺觀，便這麼住下去不走啦。那禿驢決計想不到咱們會在山上窮年累月的停留。他再不死心，在山中搜尋數遍，在山下守候數月，也該去了。」尹克西喜道：「瀟湘兄此計大妙。」他心中一歡喜，說話聲音便響了一些。

瀟湘子忙道：「禁聲！」尹克西歉然道：「嗯，我竟然是樂極忘形。」接着兩人悄聲低語。楊過再也聽不清楚，暗暗奇怪：「這兩人怕極了一個和尚，唯恐給他追上。這兩個惡徒武功各有獨到之處，方今除了黃島主、一燈大師、郭伯伯等寥寥數位，極少有人是他們之敵，何況他二惡聯手，更是厲害，不知那位高僧是誰，竟能令他們如此畏懼？又不知他何以苦苦追蹤，非擒到這二人不可？」又想：「那瀟湘子說要殺人佔寺，打的盡是惡毒主意，這件事既然給我撞到了，怎能不管？」

只聽得遠處郭芙揚聲叫道：「楊大哥、楊大嫂、二妹……楊大哥、楊大嫂、二妹……吃飯啦……吃飯啦！」楊過回過頭來，向小龍女和郭襄搖了搖手，叫她們別出聲答應。過了半晌，郭芙不再呼喚。

忽聽得山腰裏一人喝道：「借書不還的兩位朋友，請現身相見！」這兩句喝聲只震得滿山皆響，顯是內力充沛之極，雖不威猛高昂，但功力之淳，竟是不弱於楊過的長嘯。

楊過一驚，心想：「世上竟尙有這樣一位高手，我卻不知！」他畧畧探身，往呼喝聲傳來處瞧去，月光下只見一道灰影迅捷無倫的奔上山來。過了一會，看淸楚灰影中共有兩人，一個灰袍僧，携着一個少年。瀟尹二人縮身在長草叢中，連大氣也不敢透一口氣、楊過見了那僧人的身形步法，暗暗稱奇：「這人的輕功未必在龍兒我和之上，但手上拉了一少年，在這陡山峭壁之間居然健步如飛，內力之深厚，竟可和一燈大師、郭伯伯相匹敵。怎地江湖之上從未聽人說起有這樣一位人物？」

那僧人奔到高岡左近，四下張望，不見瀟尹二人的蹤迹，當即向西峯疾奔而去。郭襄忍耐不住，大聲叫道：「喂，和尙，那兩人便在此處！」她叫聲剛出口，颼颼兩響，便有兩枚飛錐、一枚喪門釘，向她藏身處急射過來。楊過袍袖一拂，將三枚暗器捲在衣袖之中。郭襄內功不深，叫聲傳送不遠，那僧人去得快了，竟沒聽見她呼叫。郭襄見他足不停步的越走越遠，急道：「大哥哥，你快叫他回來。」

楊過長吟道：「有緣千里來相會，無緣對面不相逢！」這兩句話一個個字遠遠的傳送出去。那僧人正走在山腰之間，立時停步，回頭說道：「有勞高人指點迷津。」楊過吟道：「踏破鐵鞋無覓處，得來全不費功夫。」那僧人大喜，携了那少年飛步奔回。

瀟湘子和尹克西聽了楊過的長吟之聲，這一驚非同小可，相互使個眼色，從草叢中竄了出來，向東便奔。楊過見那僧人脚力雖快，相距尚遠，這華山之中到處都是草叢石洞，若是給這兩個惡徒躲了起來，黑夜裏卻也未必便能找着，當下伸指一彈，呼的一聲急響，一枚飛錐破空射去，正是瀟湘子襲擊郭襄的暗器。楊過不知那僧人找這二人何事，不欲便傷他們性命，這枚飛錐只在二人面前尺許之處掠過，激盪氣流，刮得二人顏面有如刀割。二人「啊」的一聲低呼，轉頭向北。楊過又是一枚喪門釘彈出，再將二人逼了轉來。

便這麼阻得兩阻，那僧人已奔上高岡。瀟湘子和尹克西眼見難以脫身，各出兵刃，並肩而立，一個手持哭喪棒，一個手持軟鞭。尹克西那條珠光寶氣的金龍鞭在重陽宮給楊過震得寸寸斷絕，現下這條軟鞭上雖仍鑲了些金珠寶石，卻已遠不如當年金龍鞭的輝煌華麗。

那僧人四下一望，見暗中相助自己之人並未現身，竟不理睬瀟尹二人，先向空曠處合十行禮，道：「少林寺小僧覺遠，敬謝居士高義。」

楊過看這僧人時，只見他長身玉立，恂恂儒雅，若非光頭僧服，宛然便是位書生相公。和他相比，黃藥師多了三分落拓放誕的山林逸氣，朱子柳卻又多了三分金馬玉堂的朝廷貴氣。這覺遠五十歲左右年紀，當眞是腹有詩書氣自華，儼然、宏然、恢恢廣廣、昭昭蕩蕩，便如是一位飽學宿儒、經術名家。楊過不敢怠慢，從隱身之處走了出來，奉揖還禮，說道：「小子楊過，拜見大師。」心中卻自尋思：「少林寺的方丈、達摩院首座等我均相識，他們的武功修為似乎還不及這位高僧，何以從來不曾聽他們說起？」

覺遠恭恭敬敬的道：「小僧得識楊居士尊範，幸何如之。」向身旁的少年道：「快向楊居士磕頭。」那少年上前拜倒，楊過還了半禮。這時小龍女和郭襄也均現身，覺遠合十行禮，甚是恭謹。

瀟湘子和尹克西僵在一旁，上前動手罷，自知萬萬不是覺遠、楊過和小龍女的敵手，若要逃走，也是絕難脫身。兩人目光閃爍，只盼有甚機會，便施偷襲。

楊過道：「貴寺羅漢堂首座無色禪師豪爽豁達，與在下相交已十餘年，堪稱莫逆。六年之前，在下蒙貴寺方丈天鳴禪師之召，赴少室山寶剎禮佛，得與方丈及達摩院首座無相禪師等各位高僧相晤，受益非淺。其時大師想是不在寺中，以致無緣拜見。」

神鵰大俠楊過名滿天下，但覺遠卻不知他的名頭，只道：「原來楊居士和天鳴師叔、無相師兄、無色師兄均是素識。小僧在藏經閣領一份閒職，三十年來未曾出過山門一步，只為職位低微，自來不敢和來寺居士貴客交接。」楊過暗暗稱奇：「當眞是天下之大，奇材異能之士所在都有，這位覺遠大師身負絕世武功，深藏不露，在少林寺中恐亦沒沒無聞，否則無色和我如此交好，若知本寺有此等人物，定會和我說起。」

楊過和覺遠呼叫相應，黃藥師等均已聽見，知道這邊出了事故，一齊奔來。楊過和覺遠說話之際，衆人一一上得岡來，當下楊過替各人逐一引見。黃藥師、一燈、周伯通、郭靖、黃蓉在武林中都已享名數十年，江湖上可說是誰人不知，那個不曉，但覺遠全不知衆人的名頭，只是恭謹行禮，又命那少年向各人下拜。衆人見覺遠威儀棣棣，端嚴肅穆，也不由得油然起敬。

覺遠見禮已畢，合十向瀟湘子和尹克西道：「小僧監管藏經閣，閣中片紙之失，小僧須領罪責，兩位借去的經書便請賜還，實感大德。」楊過一聽，已知瀟湘子和尹克西在少林寺藏經閣中盜竊了甚麼經書，因而覺遠窮追不捨，但見他對這兩個盜賊如此彬彬有禮，倒是頗出意料之外。

尹克西笑嘻嘻的道：「大師此言差矣。我兩人遭逢不幸，得蒙大師施恩收留，圖報尙自不及，怎會向大師借了甚麼經書不還，致勞跋涉追索？再說，我二人並非佛門弟子，借了佛經又有何用？」

尹克西是珠寶商出身，口齒伶俐，這番話粗聽之下原也言之成理。但楊過等素知他和瀟湘子並非良善之輩，而他們所盜的經書自也不會是尋常佛經，必是少林派的拳經劍譜。若依楊過的心性，只須縱身上前，一掌一個打倒，在他們身上搜出經書，立時了事，又何必多費唇舌？但覺遠是個儒雅之士，卻向衆人說道：「小僧且說此事經過，請各位評一評這個道理。」

郭襄忍不住說道：「大和尙，這兩個人躲在這裏鬼鬼祟祟的商量，說要殺人佔寺，好讓你尋他們不着。若不是作賊心虛，何以會起此惡心？」

覺遠向瀟尹二人道：「罪過罪過，兩位居士起此孽心，須得及早清心懺悔。」

衆人見他說話行事都有點迂腐騰騰，似乎全然不明世務，跟這兩個惡徒竟來說甚麼清心懺悔，都不禁暗暗好笑。

尹克西見覺遠並不動武，卻要和自已評理，登時多了三分指望，說道：「大家原該講道理啊！」覺遠點頭道：「衆位，那日小僧在藏經閣上翻閱經書，聽得山後有叫喊毆鬥之聲，又有人大叫救命。小僧出去一看，只見這兩位居士躺在地下，被四個蒙古武官打得奄奄一息。小僧心下不忍，上前勸開四位官員，見兩位居士身上受傷，於是扶他們進閣休息。請問兩位，小僧此言非虛罷？」尹克西道：「不錯，原是這樣。因此我們二人對大師救命之恩感激不盡。」

楊過哼了一聲，說道：「以你兩位功夫，別說四名蒙古武士，便是四十名、四百名，又怎能將你們打倒？君子可欺以方，覺遠大師這番可上了你們的大當啦。」

覺遠又道：「他們兩位養了一天傷，說道躺在床上無聊，向小僧借閱經書。小僧心想宏法廣道，原是美事，難得這兩位居士生具慧根，親近佛法，於是借了幾部經書給他們看。那知道有一天晚上，這兩位居士乘着小僧坐禪入定之際，卻將小徒君寶正在誦讀的四卷『楞伽經』拿了去。不告而取，未免稍違君子之道，便請兩位賜還。」

一燈大師佛學精湛，朱子柳隨侍師父日久，讀過的佛經也自不少，聽了他這番言語，均想：「這兩人從少林寺中盜了經書出來，我只道定是拳經劍譜的武學之書，豈知竟是四卷楞伽經。這楞伽經雖是達摩祖師東來所傳，但經中所記，乃如來佛在楞伽島上說法的要旨，明心見性，宣說大乘佛法，和武功全無干係，這兩名惡徒盜去作甚？再說，楞伽經流布天下，所在都有，並非不傳秘籍，這覺遠又何以如此窮追不捨，想來其中定有別情。」

只聽覺遠說道：「這四卷『楞伽經』，乃是達摩祖師東渡時所携的原書，以天竺文字書寫，兩位居士只恐難識，但於我少林寺卻是世傳之寶。」衆人這才恍然：「原來是達摩祖師從天竺攜來的原書，那自是非同小可。」

尹克西笑嘻嘻的道：「我二人不識天竺文字，怎會借閱此般經書？雖說這是寶物，但變賣起來，想亦不值甚麼錢。除了佛家高僧，誰也不會希罕，而大和尚們靠化緣過日子，又是出不起價的。」

衆人聽他油腔滑調的狡辯，均已動怒。覺遠卻仍是氣度雍容，說道：「這楞伽經共有四種漢文譯本，今世尚存其三。一是劉宋時那跋陀羅所譯，名曰『楞伽阿跋多羅寶經』，共有四卷，世稱『四卷楞伽』。二是元魏時菩提流支譯，名曰『入楞伽經』，共有十卷，世稱『十卷楞伽』。三是唐朝寶叉難陀所譯，名曰『大乘入楞伽經』，共有七卷，世稱『七卷楞伽』。這三種譯本之中，七卷楞伽最爲明暢易曉，小僧攜得來此，難得兩位居士心近佛法，小僧便舉以相贈。倘若二位要那四卷楞伽和十卷楞伽，也無不可，小僧當再去求來。」說着從大袖中掏出七卷經書，交給身旁的少年，命他去贈給尹克西。

楊過心想：「這位覺遠大師竟是如此迂腐不堪，世上少見，難怪他所監管的經書竟會給這兩個惡徒盜去。」

只聽那少年說道：「師父，這兩個惡徒存心不良，就是要偷盜寶經，豈是當眞的心近佛法？」他小小身材，說話卻是中氣充沛，聲若洪鐘。衆人聽了都是一凜，只見他形貌甚奇，額尖頸細、胸闊腿長，環眼大耳，雖只十二三歲年紀，但凝氣卓立，甚有威嚴。

楊過暗暗稱奇，問道：「這位小兄弟高姓大名？」覺遠道：「小徒姓張，名君寶。他自幼在藏經閣中助我洒掃晒書，雖稱我一聲師父，其實並未剃度，乃是俗家弟子。」楊過讚道：

「名師出高徒，大師的弟子氣宇不凡。」覺遠道：「師非名師，這個徒兒倒眞是不錯的。只是小僧修爲淺薄，未免躭誤了他。君寶，今日你得遇如許高士，眞乃三生有幸，便當向各位請教。常言道：『聞君一席話，勝讀十年書』。」張君寶應：「是。」

周伯通聽覺遠嚕哩嚕囌說了許久，始終不着邊際，雖然事不關己，卻先忍不住了，叫道：「喂，瀟湘子和尹克西兩個傢伙，你們騙得過這個大和尙，可騙不過我老頑童。你們可知當今五絕是誰？」尹克西道：「不知，卻要請教。」

周伯通得意洋洋的道：「好，你們站穩了聽着：東邪、西狂、南僧、北俠、中頑童。五絕之中，老頑童居首。老頑童既爲五絕之首，說話自然大有斤兩。這經書我說是你們偷的，就是你們偷的。便算不是你們偷的，也要着落在你們兩個廝鳥身上，找出來還給大和尙。快快取了出來！若敢遲延，每個人先撕下一隻耳朶再說。你們愛撕左邊的還是右邊的？」說着磨拳擦掌，便要上前動手。

瀟湘子和尹克西暗皺眉頭，心想這老兒武功奇高，說幹就幹，正自不知所措，忽聽覺遠說道：「周居士此言差矣！世事抬不過一個理字。這部楞伽經兩位居士若是借了，便是借了。若是不借，便是不借。倘若兩位居士當眞沒有借，定要胡賴於他，那便於理不當了。」

周伯通哈哈大笑，說道：「你們瞧這大和尙豈非莫名其妙？我幫他討經，他反而替他們分辯，眞正豈有此理。大和尙，我跟你說，我賴也要賴，不賴也要賴。這經書倘若他們當眞沒偷，我便押着他們卽日起程，到少林寺中去偷上一偷。總而言之，偷卽是偷，不偷亦偷。昨日不偷，今日必偷；今日已偷，明日再偷。」

覺遠連連點頭，說道：「周居士此言頗合禪禮。佛家稱色卽是空，空卽是色，色空之際，原不必強求分界。所謂『偷書』，言之不雅，不如稱之爲『不告而借』。兩位居士只須起了不告而借之心，縱然並未眞的不告而借，那也是不告而借了。」

衆人聽他二人一個迂腐，一個歪纏，當眞是各有千秋，心想如此論將下去，不知何時方休。楊過截斷周伯通的話頭，對尹瀟二人說道：「你二人幫着蒙古來侵我疆土，害我百姓，早已死有餘辜。今日一燈大師和覺遠大師兩位高僧在此，我若出手斃了你們，兩位高僧定覺不忍。我指點兩條路，由你們自擇，一條路是乖乖交出經書，從此不許再履中土。另一條路是每人接我一掌，死活憑你們的運氣。」

尹、瀟面面相覷，不敢接話。他二人都在楊過手下吃過大苦，心知雖一掌，卻是萬萬受不起。尹克西心想：「只須捱過了今日，自後練成武功，再來報仇雪恥。衆人之中，只有覺遠和尙最好說話，欲脫此難，只有着落在他身上。」說道：「楊大俠，你我之事，咱們以後再說。你武功遠勝於我，在下是不敢得罪你的。至於有沒有借了經書，還是讓覺遠師跟咱們兩個細細分說，這件事可沒碍着你楊大俠啊？」

楊過尙未回答，覺遠已連連點頭，說道：「不錯，不錯，尹居士此言有理。」楊過搖頭苦笑，一回首，只見張君寶目光炯炯，躍躍欲動。楊過向他使個眼色，命他逕自挺身而出，自己當可爲他撐腰。

張君寶會意，大聲道：「尹居士，那日我在廊下讀經，你悄悄走到我的身後，伸指點了我穴道，便把那四卷楞伽經取了去。此事可有沒有？」尹克西搖頭道：「倘若我要借書，儘管開言便是，諒小師父無有不允，又何必點你穴道？」

覺遠點頭道：「嗯，嗯，倒也說得是。」張君寶道：「兩位既說沒有借，可敢讓我在身上搜上一搜麽？」覺遠道：「搜人身體，似覺過於無理。但此事是非難明，兩位居士是否另有善策，以釋我疑？」

尹克西正欲狡辯飾非，楊過搶着道：「覺遠大師，諒這兩個奸徒決不會當眞潛心佛學，這四卷楞伽經中，可有甚麽特異之處？」

覺遠微一沉吟，道：「出家人不打誑語，楊居士既然垂詢，小僧直說便是。這部楞伽經中的夾縫之中，另有達摩祖師親手書寫的一部經書，稱爲『九陽眞經』。」

此言一出，衆人矍然而驚。當年武學之士爲爭奪「九陰眞經」，鬧到輾轉殺戮，流血天下，最後五大高手聚集華山論劍，這部經書終於爲武功最強的王重陽所得。此後黃藥師盡逐門下弟子、周伯通被囚桃花島、歐陽鋒心神錯亂、段皇爺出家爲僧，種種事故皆和「九陰眞經」有關，那想到除了「九陰眞經」之外，達摩祖師還著有一部「九陽眞經」。這經書的名字人人都是第一次聽見，但「九陰眞經」的名頭實在太響，黃藥師、周伯通、郭靖、黃蓉、楊過、小龍女皆曾先後研習，少林寺的武功爲達摩祖師所傳，他手寫的經書自然非同小可，是以一聽之下，登時羣情聳動。

覺遠並沒察覺衆人訝異，又道：「小僧職司監管藏經閣，閣中經書自是每部都要看上一看。想那佛經中所記，盡是先覺的至理名言，小僧無不深信，看到這『九陽眞經』中記着許多強身健體、易筋洗髓的法門，小僧便一一照做，數十年來，勤習不懈，倒也百病不生，近幾年來又揀着容易的教了一些給君寶。那『九陽眞經』只不過教人保養有色有相之身，這臭皮囊原來也沒甚麼要緊，經書雖是達摩祖師所著，終究是皮相小道之學，失去倒也罷了。但楞伽經卻是佛家大典，兩位居士又不懂天竺文字，借去也無用處，還不如賜還小僧了罷。」

楊過暗自駭異：「他已學成了武學中上乘的功夫，原來自已居然並不知曉，還道只是強身健體、百病不生而已。如此奇事，武林中從所未有。我若非親眼見他這般拘謹守禮，必說他故意裝腔作勢、深藏不露。難怪天鳴、無色、無相諸禪師和他同寺共居數十年，竟不知儕輩中有此異人。」

一燈大師卻暗暗點頭，心道：「這位師兄說『九陽眞經』只不過是皮相小道，果已深悟佛理。禪宗之學，在求明心見性，九陽眞經講的是武功，自是爲他所不取了。」

尹克西拍了拍身子，笑道：「在下四大皆空，身上那有經書？」瀟湘子也抖了抖長袍，說道：「我也沒有。」

張君寶突然喝道：「我來搜！」上前伸手，便向尹克西胸口扭去。尹克西左手在他手腕上一帶，右手在他肩頭輕輕一推，拍的一聲，將張君寶推了出去，摔了個觔斗。

覺遠叫道：「啊喲，不對，君寶！你該當氣沉於淵，力凝山根，瞧他是否推得你動？」張君寶爬起身來，應道：「是！師父。」縱身又向尹克西撲去。

衆人早便不耐煩了，忽聽覺遠指點張君寶武藝，都是一樂，均想：「料不到這位君子和尙居然也會教徒弟打架。」

只見張君寶直竄而前，尹克西揪住他手臂，向前一推一送。張君寶依着師父平時所授的方法，氣沉下盤，對手這麼一推，他只是上身微幌，竟沒給推動。尹克西吃了一驚，心想：「我對周伯通、郭靖、楊過一干人雖然忌憚，但這些人都是武林中頂兒尖兒的高手，除了這寥寥數人而外，我實已可縱橫當世，豈知這小小孩童也奈何他不得？」當下加重勁力，向前疾推。張君寶運氣和之相抗。那知尹克西前推之力忽而消失，張君寶站立不定，撲地俯跌。尹克西伸手扶起，笑道：「小師父，不用行這大禮。」

張君寶滿臉通紅，回到覺遠身旁道：「師父，還是不行。」覺遠搖了搖頭，說道：「他這是故示以虛，以無勝有。你運氣之時，須得氣還自我運，不必理外力從何方而來。你瞧這山峯。」說着一指西面的小峯，續道：「他自屹立，千古如是。大風從西來，暴雨自東至，這山峯既不退讓，也不故意和之挺撞。」張君寶悟性甚高，聽了這番話當即點頭，道：「師父，我懂了，再去幹過。」說着緩步走到尹克西身前。

楊過見他兩次都是急撲過去，這一次聽了覺遠指點幾句，登時脚步沉穩，心道：「他師徒想是修習『九陽眞經』已久，是以功力深厚。但兩人從沒想到這部經書不但教人強身健體，還教人如何克敵制勝、護法伏魔，因之臨敵打鬥的訣竅，竟是半點不通。」

張君寶走到距尹克西身前四尺之處，伸出雙手去扭他手臂。尹克西哈哈一笑，左手砰的一聲，拍在張君寶胸前。他礙着大敵環伺在側，不便出手傷人，這一拍只使了一成力，但求令張君寶吃痛，叫他不敢再行糾纏。張君寶全然不知閃避，只見敵人手掌在眼前一幌，已拍在自己胸口，叫道：「師父，我捱打啦。」尹克西一掌擊中，斗覺對方胸口生出一股彈力，將掌力撞了回來，幸虧自己這一掌勁力使得小，否則尚須遭殃。他跟着左手探出，抓住張君寶肩頭，想提起他來摔一交，那知竟然提他不起。

尹克西這一來倒是甚爲尷尬，連使幾招擒拿手法，但均只推得張君寶東倒西歪，要將他摔倒卻是不能，迫得無奈，當下連擊數掌，笑道：「小師父，我可不是跟你打架。君子動口不動手，你還是走開，咱們好好的講理。」他每一掌都擊在張君寶身上，掌力逐步加重，但張君寶體內每次都生出反力，掌力增重，對方抵禦之力也相應加強。

張君寶叫道：「啊喲，師父，他打得我好痛，你快來幫手。」尹克西道：「我這是迫於無奈，是你過來打我，可不是我過來打你。老師父，你要打我便請打好了，你於我有救命之恩，我是萬萬不敢還手的。」

覺遠搖頭幌腦的道：「不錯，尹居士此言有理……嗯，嗯，君寶，我幫手是不幫的，但你要記得，虛實須分清楚，一處有一處虛實，處處總此一虛實。你記得我說，氣須鼓盪，神宜內斂，無使有缺陷處，無使有凹凸處，無使有斷續處。」

張君寶自六七歲起在藏經閣中供奔走之役，那時覺遠便將「九陽眞經」中紮根基的功夫傳授了他，只是兩人均不知那是武學中最精湛的內功修爲。少林僧衆大都精於拳藝，但覺遠覺得掄槍打拳不符佛家本旨，抑且非君子當所爲，因此每見旁人練武，總是遠而避之。直到此時張君寶迫得和尹克西動手，覺遠才教他以抵禦之法，但這也只是守護防身，並非攻擊敵人。張君寶聽了師父之言，心念一轉，當下全身氣脈派貫，雖不能如覺遠所說「全身無缺陷處、無凹凸處、無斷續處」，但不論尹克西如何掌擊拳打，他只感微微疼痛，並無大碍了。

饒是如此，尹張兩人的功力終究相去不可以道里計，尹克西倘若當眞使出殺手，自然立時便輕輕易易的殺了這少年，但他眼見楊過、小龍女、周伯通、郭靖等站在左近，那裏敢便下毒手？兩人糾纏良久，張君寶固不能伸手到對方身邊搜索，尹克西卻也打他不倒。只瞧得楊過等衆人暗暗好笑，瀟湘子不住皺眉。

郭襄叫道：「小兄弟，出手打他啊，怎麼你只挨打不還手？」覺遠忙道：「不可，勿嗔勿惱，勿打勿罵！」郭襄叫道：「你只管放手打去，打不過我便來幫你。」張君寶道：「多謝姑娘！」揮拳向尹克西胸口打去。覺遠搖首長嘆：「孽障，孽障，一動嗔怒，靈台便不能如明鏡止水了。」

張君寶一拳打在尹克西胸口，他從來未練過拳術，這一拳打去只如常人打架一般，如何傷得了對方？尹克西哈哈大笑，心中卻大感狼狽。他成名數十載，不論友敵，向來不敢輕視於他，豈知今日在衆目睽睽之下，竟爾奈何不了一個孩童，下殺手傷他是有所不敢，想要提起他來遠遠摔出，卻有所不能，一時好不尷尬，只能不輕不重的發掌往他身上打去，只盼他忍痛不住，就此退開。

那邊廂覺遠聽得張君寶不住口的哇哇呼痛，也是不住口的求情叫饒：「尹居士，你千萬不可下重手傷了小徒的性命。這孩子人很聰明，良心好，知道我失了世代相傳的經書，歸寺必受方丈重責，這才跟你糾纏不清，你可萬萬不能當眞……」他求了幾句情，又禁不住出言指點張君寶：「君寶，經中說道：要用意不用勁。隨人所動，隨屈就伸，挨何處，心要用在何處……」

張君寶大聲應道：「是！」見尹克西拳掌打向何處，心意便用到何處，果然以心使勁，敵人着拳之處便不如何疼痛。

尹克西叫道：「小心了，我打你的頭！」張君寶伸臂擋在臉前，精神專注，只待敵拳打到，那料到尹克西虛幌一拳，左足飛出，砰的一聲，踢了他一個觔斗。張君寶幾個翻身，滾到楊過身前，這才站起。

覺遠叫道：「尹居士，你如何打誑語？說打他的頭，叫他小心，卻又伸脚踢他，這不是騙人上當麼？」

衆人聽了都覺好笑，心想武學之道，原在實則虛之，虛則實之，虛虛實實，叫人捉摸不定，豈能怪人玩弄玄虛？

張君寶年紀雖小，心意卻堅，揉了揉腿上被踢之處，叫道：「不搜你身，終不罷休！」說着拔步又要上前。楊過伸手握住他手臂，說道：「小兄弟，且慢！」

張君寶手臂被他拉住，登時半身酸麻，再也不能動彈，愕然回頭。楊過低聲道：「你只挨打不還手，終是制他不住。我教你一招，你去打他，且瞧仔細了。」於是右手袖子在張君寶臉前一拂，左拳伸出，擊到他胸前半尺之處，突然轉彎，輕輕一下擊在他的腰間，低聲道：「你師父教你：挨何處，心要用在何處。這句話最是要緊不過，你出拳打人，打何處，也是心要用在何處。你打他之時，心神貫注，便如你師父所言，要用意不用勁。」

張君寶大喜，記住了楊過所教的招數，走到尹克西身前，右手成掌，在他臉前一揚，跟着左拳平出，直擊其胸。尹克西橫臂一封，張君寶這一拳忽地轉彎，拍的一聲，擊中在他脅下。尹克西受過他的拳擊，本來打在他身上痛也不痛，因此雖見楊過授他招數，心下更沒半點在意，暗想我便受你一百拳、二百拳，又有何礙？那知這一拳只打得他痛入骨髓，全身顫動，險些彎下腰來。

他不知張君寶練了「九陽眞經」中基本功夫，眞力充沛，已是非同小可，只不過向來不會使用，這時分別得到覺遠和楊過的指點，懂得了用意不用勁之法，那便如寶劍出匣，利錐脫囊，威力大不相同。尹克西又驚又怒，眼見張君寶右手一揚，左拳又是依樣葫蘆的擊來胸口，知他跟着便彎擊自己脅下，於是是反手一抄他的手腕，右手砰的一掌，將張君寶擊出數丈之外。

張君寶內力雖強，於臨敵拆解之道卻一竅不通，如何能是尹克西之敵？這一下額頭撞在岩石之上，登時鮮血長流。他卻毫不氣餒，伸袖抹了抹額上鮮血，走到楊過身前，跪下磕了個頭，道：「楊居士，求你再教我一招。」

楊過心道：「我若再當面教招，那尹克西瞧在眼內，定有防備。這便無用。」於是在他耳邊低聲說道：「這一次我連教你三招。第一招左右互調，我使左手時，實則是該使右手，我出右袖時，你打他時須用左拳。」張君寶點頭答應。楊過當下教了他一招「推心置腹」。張君寶跟着他出拳推掌，心中卻記着左右互調。

楊過道：「第二招我左便左，我右便右，不用調了。」這一招叫做「四通八達」，拳勢大開大闔，甚具威力，張君寶試了兩遍便記住了。

楊過又低聲道：「第三招『鹿死誰手』，卻是前後對調，這一招最難，部位不可弄錯。你不會認穴，那也無妨，待會我在他背心上做個記號，你用指節牢牢按在這記號之上，那便制住他了。」當下錯步轉身，左迴右旋，猛地裏左手成虎爪之形，中指的指節按在張君寶胸口，低聲道：「這一招全憑步法取勝，你記得麼？」張君寶點頭道：「記得！」把這三招在心中默想一遍，走向尹克西身前。

當楊過教招之時，尹克西看得清清楚楚，心想：「這三招果然精妙，倘若你楊過突然對我施招，我倒也不易抵擋，但既這般當面演過，又是這個不會半分武術的小娃娃來出手，我若再對付不了，除非尹克西是蠢牛木馬。楊過啊楊過，你可也太小覷人了。」他氣惱之下，也沒加深思，眼見張君寶走近，不待他出招，一拳便擊中了他的肩頭。

張君寶生怕錯亂了楊過所教的招數，眼見拳來，更不抵禦閃避，咬牙強忍。尹克西這一拳是先打他個下馬威，出拳用了五成力道，只打得他肩頭骨骼格格聲響。張君寶「啊喲」一聲，跟着右掌左拳，使出了第一招「推心置腹」。

當楊過傳授張君寶拳法時，尹克西瞧得明白，早便想好了應付之策，準擬一招便摔得他頭破血流，決不容他再施展第二招、第三招。那知張君寶這招「推心置腹」使出來時方位左右互調，和楊過所傳截然不同。尹克西左肘橫推，料得便可擋開他右手的一掌，不料手肘竟推了個空，砰的一聲，結結實實的吃了一拳，跟着自己右手又抓了個空，小腹上再中一掌，但覺得內臟翻動，全身冷汗直冒，這兩下受得實是不輕。他若非自作聰明，只須待敵招之到再行拆招，那麼張君寶所學拳法雖然神妙，以他此時功力，總不能出招如電，尹克西儘可從容化解，便算中了一拳，第二拳也必能避開。

張君寶一招得手，精神大振，踏上一步，使出第二招「四通八達」來。這一招拳法雖只一招，卻是包着東西南北四方，休、生、傷、杜、死、景、驚、開八門。尹克西胸腹間疼痛未止，眼見這少年身形飄忽，又攻了過來，他適才吃了大虧，已悟到原來楊過所授的拳法須得左右互調，只道這一招仍是應左則右，眼見那少年這招出手極快，當下制敵機先，搶到左方，發掌便打。豈知這一招的方位卻並不調換，尹克西料敵一錯，又是縛手縛脚，出招全都落在空處，霎時間只聽得劈拍聲響，左肩、右腿、前胸、後背，一齊中掌。總算張君寶打得快了之後內力不易使出，尹克西所中這四掌還不如何疼痛，只是累得他手忙脚亂，十分狼狽。

覺遠心頭一凜，叫道：「尹居士，這一下你可錯了。要知道前後左右，全無定向，後發制人，先發者制於人啊。」

楊過心道：「這位大師的說話深通拳術妙理，委實是非同小可，這幾句話倒使我受益不淺。『後發制人，先發者制於人』之理，我以往只是模模糊糊的悟到，從沒想得這般清楚。只是他徒弟和別人打架，他反而出言指點對方，也可算得是奇聞。」轉念又想：「憑那尹克西的修爲，便是細細的苦思三年五載，也不能懂得他這幾句話的道理。」

尹克西聽了覺遠的話，那想到他是情不自禁的吐露了上乘武學的訣竅，只道他是故意胡言亂語，擾亂自己心神，喝道：「賊禿，放甚麼屁！哎喲……」這「哎喲」一聲，卻是左腿上又中了張君寶的一脚。他狂怒之下，雙掌高舉，拚着再受對方打中一拳，運上了十成力，從半空中直壓下來。

張君寶第三招尚未使出，月光下但見敵人鬚髯戟張，一股沉重如山的掌力直壓到頂門，叫聲：「不好！」待要後躍逃避，全身已在他掌力籠罩之下。

覺遠叫道：「君寶，我勁接彼勁，曲中求直，借力打人，須用四兩撥千斤之法。」

覺遠所說的這幾句話，確是「九陽眞經」中所載拳學的精義，但可惜說得未免太遲了些，事到臨頭，張君寶便是聰明絕頂，也決不能立時領悟，用以化解敵人的掌力。這時他被尹克西的掌力壓得氣也透不過來，腦海中空洞洞，全身猶似墮入了冰窖。

尹克西連遭挫敗，這一掌已出全力，存心要將這糾纏不休的少年毀於掌底，縱然楊過等人不放過自己，那也顧不了許多，總之是勝於受這無名少年的屈辱。眼見便可得手，忽聽得嗤的一聲輕響，一粒小石子橫裏向左頰飛來，石子雖小，勁力卻大得異乎尋常。尹克西無可奈何，只得退一步避開。

這粒小石子正是楊過用「彈指神通」的功夫發出，他彈出石子之前，手中已先摘了幾朶鮮花，揑碎了成個小球，石子飛出，跟着又彈出那個花瓣小球，石子射向尹克西的左頰，那花瓣小球卻在他背後平飛掠過。尹克西受石子所逼，退了一步，正好將自己項頸下的「大椎穴」撞到了花球之上。

倘若楊過將花球對準了這穴道彈出，花球雖輕，亦必挾有勁風，尹克西自會擋架閃避，但這時他自行將穴道撞將過去，竟是絲毫不覺，只是淺灰的衣衫之上，被花瓣的汁水淸淸楚楚的留下了一個紅印。

尹克西這一退，張君寶身上所受的重壓登時消失，他當卽向西錯步，使出了楊過所授的第三招「鹿死誰手」。

尹克西一呆，尋思：「第一招他左右方位互調，第二招忽然又不調了，這一招我不可魯莽，且看明白了他拳勢來處，再謀對策。」他這番計較原本不錯，只可惜事先早落楊過的算中。楊過傳授這一招之時，已料到他必定遲疑，但時機一縱卽逝，這招「鹿死誰手」東奔西走，着着搶先，古語云：「秦失其鹿，天下共逐之」，豈是猶豫得的？

張君寶左一迴右一旋，已轉到了敵人身後，其時月光西斜，照在尹克西背上，只見他項頸下衣衫上正有一個指頭大的紅印。張君寶心想：「這位楊居士神通廣大，也沒見他過來，怎地果然在他背後作了記號？」當下不及細思，左手指節成虎爪之形，意傳眞氣，按在這紅印之上。這「大椎穴」非同小可，乃手足三陽督脈之會，在項骨後三節下的第一椎骨上。人身有二十四椎骨，古醫經中稱爲應二十四節氣，「大椎穴」乃第一節氣。尹克西「大椎穴」被內勁按住，一陣酸麻，手脚俱軟，登時委頓在地。

旁觀衆人除了瀟湘子外，個個大聲喝采。

張君寶見敵人已無可抗拒，叫聲：「得罪！」伸手便往他身上裏裏外外搜了一遍，卻那裏有「楞伽經」的影蹤？

張君寶抬起頭來瞧着瀟湘子。瀟湘子已知其意，心想自己的武功和尹克西在伯仲之間，尹克西旣已在這少年手底受辱，自己又怎討得了好去？當下在長袍外拍了幾下，說道：「我身上並無經書，咱們後會有期。」猛地裏縱起身子，往西南角上便奔。

覺遠袍袖一拂，擋在他的面前。瀟湘子惡念陡起，吸一口氣，將他深山苦練的內勁全都運在雙掌之上，挾着一股冷森森的陰風，直撲覺遠胸口。

楊過、周伯通、一燈、郭靖四人齊聲大叫：「小心了！」但聽得砰的一響，覺遠已然胸口中掌，各人心中正叫：「不妙！」卻見瀟湘子便似風箏斷綫般飄出數丈，跌在地下，縮成一團，竟爾昏暈了過去。原來覺遠不會武功，瀟湘子雙掌打到他身上，他既不能擋，又不會避，只有無可奈何的挨打，可是他修習九陽眞經已有大成，體內眞氣流轉，敵弱便弱，敵強愈強。那掌力擊在他身上，盡數反彈了出來，變成瀟湘子以畢生功力擊在自己身上，如何不受重傷？

衆人又驚又喜，齊口稱譽覺遠的內力了得。但覺遠茫然不解，口說：「阿彌陀佛，阿彌陀佛。」張君寶俯身到瀟湘子身邊一搜，也無經書。

楊過道：「適才我聽這兩個奸徒說話，那經書定是他們盜了去的，只不知藏在何處。」武修文道：「咱們來用一點兒刑罰，瞧他們說是不說。」覺遠道：「罪過罪過，千萬使不得。」黃蓉道：「這些亡命之徒，便是斬去了他一手一足，他也決計不肯說，刑罰是沒有用的。」

便在此時，忽聽得西邊山坡上傳來陣陣猿啼之聲。衆人轉頭望去，見楊過那頭神鵰正趕着一頭蒼猿，伸翅擊打。那蒼猿軀體甚大，但畏懼神鵰猛惡，不敢與鬥，只是東逃西竄，啾啾哀鳴。郭襄看得可憐，奔了過去，叫道：「鵰大哥，就饒了這猿兒罷。」神鵰收翅凝立，神情傲然。

尹克西站起身來，扶起了瀟湘子，向蒼猿招了招手。那蒼猿奔到他身邊，竟似是他養馴了的一般。兩人夾着一猿，脚步蹣跚，慢慢走下山去。衆人見了這等情景，心下側然生憫，也沒再想到去跟他二人爲難。

郭襄回頭過來，見張君寶頭上傷口中兀自汩汩流血，於是從懷中取出手帕，替他包紮。

張君寶好生感激，欲待出言道謝，卻見郭襄眼中淚光瑩瑩，心下大是奇怪，不知她爲甚麼傷心，道謝的言辭竟此便說不出口。

卻聽得楊過朗聲說道：「今番良晤，豪興不淺，他日江湖相逢，再當杯酒言歡。咱們就此別過。」說着袍袖一拂，携着小龍女之手，與神鵰並肩下山。

其時明月在天，清風吹葉，樹巓烏鴉啊啊而鳴，郭襄再也忍耐不住，淚珠奪眶而出。

正是：

「秋風清，秋月明；落葉聚還散，寒鴉栖復驚。相思相見知何日，此時此夜難爲情。」

（全書完。郭襄、張君寶、覺遠、九陽眞經等事蹟，在「倚天屠龍記」中續有敘述。）

後記

「神鵰俠侶」的第一段於一九五九年五月二十日在「明報」創刊號上發表。這部小說約刊載了三年，也就是寫了三年。這三年是「明報」最初創辦的最艱苦階段。重行修改的時候，幾乎在每一段的故事之中，都想到了當年和幾位同事共同辛勞的情景。

「神鵰」企圖通過楊過這個角色，抒寫世間禮法習俗對人心靈和行為的拘束。禮法習俗都是暫時性的，但當其存在之時，卻有巨大的社會力量。師生不能結婚的觀念，在現代人心目中當然根本不存在，然而在郭靖、楊過時代卻是天經地義。然則我們今日認為天經地義的許許多多規矩習俗，數百年後是不是也大有可能被人認為毫無意義呢？

道德規範、行為準則、風俗習慣等等社會的行為模式，經常隨着時代而改變，然而人的性格和感情，變動卻十分緩慢。三千年前「詩經」中的歡悅、哀傷、懷念、悲苦，與今日人們的感情仍是並無重大分別。我個人始終覺得，在小說中，人的性格和感情，比社會意義具有更大的重要性。郭靖說：「為國為民，俠之大者」，這句話在今日仍有重大的積極意義。但我深信將來國家的界限一定會消滅，那時候「愛國」、「抗敵」等等觀念就沒有多大意義了。

然而父母子女兄弟間的親情、純眞的友誼、愛情、正義感、仁善、勇於助人、爲社會獻身等等感情與品德，相信今後還是長期的爲人們所讚美，這似乎不是任何政治理論、經濟制度、社會改革、宗教信仰等所能代替的。

武俠小說的故事不免有過份的離奇和巧合。我一直希望做到，武功可以事實上不可能，人的性格總應當是可能的。楊過和小龍女一離一合，其事甚奇，似乎歸於天意和巧合，其實卻須歸因於兩人本身的性格。兩人若非鍾情如此之深，決不會一躍入谷中；小龍女若非天性淡泊，決難在谷底長時獨居；楊過如不是生具至性，也定然不會十六年如一日，至死不悔。當然，倘若谷底並非水潭而係山石，則兩人躍下後粉身碎骨，終於還是同穴而葬。世事遇合變幻，窮通成敗，雖有關機緣氣運，自有幸與不幸之別，但歸根結底，總是由各人本來性格而定。

神鵰這種怪鳥，現實世界中是沒有的。非洲馬達加斯加島有一種「象鳥」(Aepyornis-titan)，身高十呎餘，體重一千餘磅，是世上最大的鳥類，在公元一六六〇年前後絕種。象鳥腿極粗，身體太重，不能飛翔。象鳥蛋比駝鳥蛋大六倍。我在紐約博物館中見過象鳥蛋的化石，比一張小茶几的几面還大些。但這種鳥類相信智力一定甚低。

「神鵰俠侶」修訂本的改動並不很大，主要是修補了原作中的一些漏洞。

一九七六年五月

國立中央圖書館出版品預行編目資料:

神鵰俠侶／金庸著 --二版-- 臺北市:遠流，民79

四冊，21公分--(金庸作品集;9-12)

ISBN 957-32-0415-0(一套:平裝)

857.9